혹은　　　　가로놓인　　　　꿈들

강대호 소설집
혹은 가로놓인 꿈들

펴낸날 2024년 6월 14일

지은이 강대호
펴낸이 이광호
주간 이근혜
편집 윤소진 유하은 김필균 이주이 허단
마케팅 이가은 최지애 허황 남미리 맹정현
제작 강병석
펴낸곳 ㈜**문학과지성사**
등록번호 제1993-000098호
주소 04034 서울 마포구 잔다리로7길 18(서교동 377-20)
전화 02)338-7224
팩스 02)323-4180(편집) / 02)338-7221(영업)
대표메일 moonji@moonji.com
저작권 문의 copyright@moonji.com
홈페이지 www.moonji.com

이 도서는 2024년도 한국문화예술위원회 아르코문학창작기금 발간지원 사업에
선정되어 발간되었습니다.

혹은   가로놓인   꿈들

문학과지성사   강대호 소설집

차례

'DEUS EX MACHINA'를 위한 변론   7

아이들의 신   41

그랑드 자트 섬의 일요일 오전   81

현재에서 지속되는 과거(들)   135

용빌, 혹은 가로놓인 꿈들   175

두 가지 「프란츠 카프카」에 붙이는 한 가지 주석   207

늦잠   259

반아   297

더 나은   373

해설 / 세 개의 무기력과 영원히 더 나아지는 꿈 · 전청림   399

작가의 말   421

'DEUS EX MACHINA'를 위한 변론

많은 인터뷰에서 k가 밝혔듯, 또 그렇지 않았더라도 다들 예상했을 것이듯, 〈La biblioteca di Babele〉[i]는 아르헨티나 출신의, 인류사상 가장 유명한 국립도서관장인 작가 보르헤스의 역사적인 단편소설 「바벨의 도서관」[ii]에 기원을

---

[i] 아르헨티나 출신의 인공지능 기술자와 SF소설가, 행위예술가 등 열두 명이 팀을 이뤄 2041년부터 진행해온 인공지능 소설 창작 및 온라인 전시 프로젝트. 우리나라에선 이미 〈바벨의 도서관〉이라는 이름으로 번역되어 소개된 적 있으나, 본문의 저자가 프로젝트의 제목을 원어로 표기하였기에 마찬가지로 원어 표기했다. 이후에도 본문에 원어로 표기된 고유명사의 경우, 저자의 의도를 살려 원어 표기를 원칙으로 한다.

[ii] Jorge Luis Borges(1899~1986)가 1941년 발간한 소설집 『El jardín de senderos que se Bifurcan』에 수록된 단편소설. 『El jardín de senderos que se Bifurcan』은 1944년 2부를 추가하여 『Ficciones』란 이름으로 재발간되는데, 이후에도 몇 차례 구성의 변화를 겪게 되는 『Ficciones』가 처음 우리나라에 소개된 것은 『죽음과 콤파스 외』(우덕룡 옮김, 삼성출판사, 1978)였다. 완역이 아닌, Borges의 여러 책에서 단편소설을 선별해 묶은 선집에 일

두고 있다. 적잖은 논란과 함께였던 시작을 고려할 때 다소 싱겁게도, 1년을 채 넘기지 못하고 대중의 관심에서 밀려난 이 철 지난 프로젝트가, 그러나 정확히 백 년 앞서 발표된 예의 단편소설보다, 그것에 등장하는 신화적인 건축물을 어설프게나마 재현해보려는, 다름 아닌 작가 자신의 욕망으로 기획되었던 동명의 세계문학 선집을 더 많이 참고했다는 사실은 잘 알려지지 않았다(원주: 따라서 몇몇이 제기했던, 〈La biblioteca di Babele〉가 30년 가까이 앞선 "바벨의 도서관" 프로젝트[iii]의 질 떨어지는 반복에 불과하다는 비판은 그다지 설득력이 없다. 두 작품은 모두 「바벨의 도서관」

부가 포함된 형태였다. 이후 『허구들』(박병규 옮김, 녹진, 1992)이란 이름으로 최초 완역되었으나, 현재는 1999년 출간된 『픽션들』(황병하 옮김, 민음사)이란 이름으로 더 잘 알려져 있다. 『픽션들』은 다섯 권으로 기획-출간된 '보르헤스 전집'[불필요한 혼란을 피하려 출간 시의 표현을 그대로 사용했으나, 실상 시와 논픽션 산문, 그리고 Honorio Bustos Domecq 등 가상의 소설가를 내세워 아르헨티나 소설가 Adolfo Bioy Casares(1914~1999)와 공동 집필한 소설들이 빠져 있어 최소한 '보르헤스 소설 전집', 혹은 '보르헤스 소설 선집'이라 표기해야 옳다] 중 하나이고, 통일성을 위해 본문에 인용되는 모든 Borges의 소설은 민음사 '보르헤스 전집'의 번역을 기준으로 삼는다.

iii 미국의 작가이자 프로그래머인 Jonathan Basile(?~)이 제작한 웹페이지다. Basile은 알고리즘을 이용해 이 웹페이지에 「바벨의 도서관」의 배경인 〈도서관〉을 '거의 그대로' 재현한다. 다만 알고리즘의 한계로 두 〈도서관〉에는 사사로운 차이가 존재한다. 단적인 예시로 「바벨의 도서관」의 서술자가 '신성한 〈도서관〉은 예견할 수 없'다고 밝힌 모음 없는 단어 'dhcmrlchtdj'를 Basile의 〈도서관〉에서는 쉽게 찾아볼 수 있다. (https://libraryofbabel.info)

에서 시작되었으나 완전히 다른 방향으로 뻗어 나간다). 그 이유를 짐작하긴 어렵지 않은데, 단편소설 「바벨의 도서관」이 보여준 혁명적이고 발칙한 상상력에 비해, 그것이 단 한 명의 위대한 아르헨티나 국립도서관장의 눈에 의해 선별되었다는 점을 제하면 숱하게 반복되었던 전집류 시리즈들과 별 차이가 없었던 세계문학 선집 '바벨의 도서관'은, 당연하게도, 대단한 명성을 누리지는 못했기 때문이다. 조금 가혹하게 평하자면, 그것들의 표지에 '호르헤 루이스 보르헤스'라는 이름과 함께 어쩌면 작가 자신보다 더 거대한 명성을 누리고 있을 '바벨의 도서관'이라는 제목이, 요컨대 새로 출간된 책의 뒤표지에 으레 달리는 유명인의 추천사처럼 적혀 있다는, 상업적인 측면에선 다분히 의미 있을 특징만이 우리로 하여금 이 선집을 '펭귄 클래식' 시리즈나 풍족한 삶을 누리는 애서가의 잘 가꾸어놓은 서재와 구분할 수 있게 해주었다. 보르헤스가 정말 충실히, 그러니까 할 수 있는 한에서나마 충실히, 이미 구상 단계부터 자신의 상상력을 아득히 초과했을 〈도서관〉을 재현하고자 했다면, 차라리 시력을 잃은 뒤에도 자신이 찾으려는 문장이 몇 번째 서가의 몇 번째 줄 몇 번째 칸에 꽂힌 어떤 책의 몇 번째 페이지 몇 번째 줄인지까지 기억했다는 식의 전설 같은 일화들을 떠올렸을 때, 관장직을 내려놓은 것과 별개로 이미 그의 인지 영역에서는 개인 서재와 다름없어졌을 아르헨티나 국립도서관의 모든 책을 하나씩 실물 크기로 촬영해 바빌론 유적의 바닥과 외벽을 메우거나, 어쩌면 아르헨티나 국립도서관의 도서 목록을 상회할 제 머릿속의 독서 목록을 할 수 있는 한(한 사람이 일생토록 읽은 책의 목록이란, 그가 독서에 열정적이면 열정적일수록 온전히 기억해내기 어려워지는 게 당연하므로) 적어넣은 몇 장의 플로피디스크[iv]를 남겨놓는 것이 더 그럴듯한 선택지였을지도 모른다. 그러나 많은 위대한 창작자가 그랬듯 한 개인이 절대 총괄할 수 없는 세계 그 자체를 그려보려 했던 이 작가는, 아쉽게도, 좋은 의미로든 나쁜 의미로든 대범한 탐험가와는 거리가 멀었다. 아주 쉬운 예시, 이를테면 세계의 비밀을 엿본 메시아가 등장하긴 하나 서술자는 이들로부터 한 발짝 물러선 관찰자로 등장하는 「삐에르 메나르, 『돈키호테』의 저자」나 「기억의 천재 푸네스」[v] 따위가 아니더라도,

---

iv   1971년 미국의 IBA에서 최초로 상용화한 컴퓨터 보조기억장치로, 최초엔 지름 8인치의 원반이 사각형 플라스틱 재킷에 덮인 형태에 약 8(정확히는 7.97)KB의 용량으로 출시되었다가 점차 내부 원반 지름 3인치에 200MB 용량까지 발전되었으나, 1981년 독일의 Polydor Pressing Operations에 의해 상용화되기 시작한 차세대 컴퓨터 보조기억장치 CD(Compact Disc)에 밀려 점차 입지를 잃다가 1999년을 끝으로 단종된다.

v   두 작품 모두 『Ficciones』에 수록된 단편소설로, 후자의 경우 『El jardín de

「모래의 책」이나 「셰익스피어의 기억」[vi]에서 나타나는 '진실로부터 도망치는 인물'의 전형인 서술자들은, 단편소설 「바벨의 도서관」의 주인공이 존재할 수 있는 모든 가능성이 있다는 〈도서관〉에서 제 삶의 의미를 증명해줄 단 한 권의 〈변론서〉를 (혹은 그 〈변론서〉의 덜떨어지는 가짜 판본들이나마) 찾고자 일생토록 매달렸던 탐험이 실은 지극히 '상징적인', 다시 말해 '인지적인 탐험'이었음을 암시하며, 또 왜 이 위대한 작가가 '장편소설 무용론'[vii]을 고수했는지에 관한 힌트를 제공해준다. 물론 이는 보르헤스라는 작

senderos que se Bifurcan』에는 수록되지 않았다가 추가 수록되었다. 전자는 삐에르 메나르라는 학자 사후 그의 작업을 회고하는 인물을, 후자는 신적인 기억력을 가진 푸네스를 관찰하는 인물을 서술자로 내세운다.

vi   각각 소설집 『El libro de Arena』(1975)와 소설집 『La memoria de Shake-speare』(1983)의 표제작이다. 「모래의 책」의 경우, 『모래의 책』(송병선 옮김, 예문, 1995)으로 우리나라에 처음 소개되었으나, 이는 『El libro de Arena』의 완역본이 아닌 『죽음과 콤파스 외』와 같은 선집 형태였다. 두 소설집이 완역된 것은 '보르헤스 전집' 중 한 권인 『셰익스피어의 기억』(황병하 옮김, 민음사, 1997)으로 두 책의 합본 형태였다. 「모래의 책」에는 "마치 책 속에서 페이지들이 점점 불어나는 것 같"은 신비로운 책에 두려움을 느끼고 이를 한 국립도서관에 유기하는 인물이, 「셰익스피어의 기억」에는 우연히 '셰익스피어'의 기억을 샀다가 이를 감당하지 못하고 모르는 번호로 전화를 걸어 다시 팔아버리는 인물이 등장한다.

vii   Borges는 평생 장편소설을 쓰지 않았고 『픽션들』의 첫번째 서문에서 "방대한 양의 책을 쓴다는 것은 쓸데없이 힘만 낭비하는 정신나간 짓"이라 쓴 바 있다.

가를 연구하는 데 있어서 다소 박한 관점이다. 모든 인간이 그렇듯, 위대한 작가 역시 단순한 개인일 따름이고, 모든 개인이 동일하게 나아가야 할 불변의 좌표에 대한 믿음은, 아래로도 위로도 무한히 뻗어 있는 〈도서관〉에서는 실없는 농담일 뿐이다. 모두가 각자의 방식대로, 각자의 방향으로 탐험한다 하더라도 이들은 어차피, 〈도서관〉에 부여된 410페이지에 40행, 각 행 80여 개의 검은 글자, 25개의 철자 기호 수라는 법칙[viii]과 무한함이 만들어내는 마법에 의해, 본질적으로 일방향적인 것과 다름없는 형국을 이루기 때문이다. 방금 『석고의 경련』[ix]이라는 책을 서가에 꽂고 그 반대편으로 걷기 시작한 이가 법칙(410페이지에 40행, 각 행 80여 개의 검은 글자, 25개의 철자 기호 수)이 만들어낼 수 있는 모든 가능성을 통과한 후 가닿을 땅은, 무한함이라는 또 하나의 법칙을 고수하려 〈도서관〉이 그 너머에 마련해 놓은 앞서와 완벽히 동일한 거울 세계(요컨대 '역사는 반복된다!'라는 경구의 가장 구체적인 재현)이고, 따라서 『석고의 경련』의 반대편으로 걷는 이와 『석고의 경련』 편으로 걷는 이는 사실상 같은 좌표를 향해 걷고 있다 말해야 한

---

viii 「바벨의 도서관」의 배경인 〈도서관〉의 존재 법칙.

ix 「바벨의 도서관」에서 주인공이 〈도서관〉의 무질서하지 않음을 설명하기 위해 예시로 드는 책의 제목.

다. 역사적으로 세계의 질서에 불만을 품고 이를 붕괴시키고자 했던 많은 예술가가 실상 혐오라는 세계의 다른 질서를 견고하게 쌓아왔듯이, 이 이상한 세계에서 한 방향으로 걷는 것은 동시에 그 반대편으로 걷는 것이고, 어쩌면 아직도 많은 이가 예술에 대한 갈망을 놓지 못하는 이유 역시 바로 이 (반)탐험에 대한 설명할 수 없는 애수 탓이다. 영원히 어느 방향으로도 걸어 '나갈' 수 없는 삶에 대한 망각. 이것이야말로 예술을 지탱하는 불온한 근간일지 모른다. 따라서 〈La biblioteca di Babele〉에 전시된 소설들을 읽은 대다수 독자가 얼마 지나지 않아 흥미를 잃은 건 자연스러워 보인다. 이 범람하는 소설들은 〈도서관〉이 그렇듯, 그 안에 들어선 이들이 방향을 감각할 수 없게 했기 때문이다. 방향이란 결국 좌표와 좌표의 순차적인 연결, 그 반복이다. 즉 얼핏 보기에 산발적으로 흩어진 좌표 무더기[(24, 8) (-6, -3) (2, 7) (1993, -94) (0, 1) (-3, 1594)……]더라도, 이것이 순차로 연결만 되어 있다면[(24, 8) ⇒ (-6, -3) ⇒ (2, 7) ⇒ (1993, -94) ⇒ (0, 1) ⇒ (-3, 1594)……] 사람들은 다소 혼잡스러울지언정 모종의 방향을 유추해낼 수 있다. 그러므로 문제의 본질은 좌표 간의 거리가 아닌, 순차성의 부재다. 다만 유의해야 하는데, 여기서 지적하는 순차성의 부재는, 뫼비우스의띠식의 단순한 순환 논리를 포괄하지 않는다는 점이다. 이를테면 $(0,0) \Rightarrow (1,0) \Rightarrow (1,1) \Rightarrow (0,1) \Rightarrow$ $(0,0)$……는 순차성이 부재한 선처럼 보인다. 내부의 어느 좌표도 정확한 시작이나 끝을 가리키지 않으므로. 그러나 이는 어디까지나 '단일한 선'이라는 점에서 순차적이다. 아니, 더 정확히 말해야 한다. 이는 어디까지나 선'만'을 이룬다는 점에서 순차적이다. 문제는 선이 부재하거나 선을 초과할 때, 모종의 시작이 단일한 좌표, 즉 점이 아닌 면일 때 발생한다. 팀장 k를 포함해, 총 열두 명으로 구성된 팀이 〈도서관〉을 재현하기 위해 만든 인공지능 'DEUS EX MACHINA'[x]에겐 공식적으로 총 30편의 데뷔작이 있다. 잘 알려져 있다시피, 마치 한 권의 시집을 내놓으며 등장한 시인처럼, 혹은 어떤 공적인 자리에서도 자신의 작품을 내놓지 않다가 불현듯 개인전을 연 무명의 화가처럼 'DEUS EX MACHINA'는 홈페이지 "La biblioteca di Babele"에 총 각기 다른 언어(원주: 개중 25개는 해당 국가의 표준어가 아닌 특정 지역 방언이나 특정 사회 방언이나 특정 시간 방언이었다)로 씌어진 30편의 소설을 전시하며 등장했기 때문

---

[x] 〈La biblioteca di Babele〉에 씌어진 소설 창작 전문 인공지능. 이름의 어원은 고대 그리스 연극에서 갈등을 해소하거나 결말을 지을 때 주로 이용하던 장치다. 밧줄과 도르래 등을 이용해 무대 위로 내려오는 신의 형상으로 표현되었으며, 직역하면 '기계장치의 신'이라는 의미이다.

이다. 작품의 수와 동일한 수의 언어로 씌어졌다는 점이 특기할 만하나, 시인과 화가의 비유가 알려주듯, 특별한 경우라 할 수 없다. 창작자의 은밀한 창고에 방치되어 있던 여러 작품이 한꺼번에 사회로 내던져지는 경우는 드문 경우가 아니다. 하지만 이 30편의 소설은 이런 케이스와 근본적으로 달랐다. "이 30편의 소설은 모두 한 창작자에게서, 동시에 탄생했다. 이는 전혀 비유적인 표현이 아니다. 우리의 'DEUS EX MACHINA'는 30편의 소설을 '정말로' 동시에 집필했다. 물론 많은 창작자가 한 시기에 다양한 작품을 만든다. 상상해보건대, 하나의 캔버스 위로 붓질을 하다 잠시 커피를 마시고 옆에 세워둔 다른 캔버스에 스케치를 하는 식이다. 그러나 'DEUS EX MACHINA'의 작업 방식은 다르다. 'DEUS EX MACHINA'는 한 번의 붓질을 한 뒤 커피를 마시지 않을뿐더러, 한 캔버스 위로 붓질을 하는 동안 다른 캔버스를 방치하지 않는다. 'DEUS EX MACHINA'는 같은 뇌와 같은 정도로 단련된 신체를 가진 30명의 클론처럼, 30개의 첫 문장을 '동시에' 썼다. 중요한 것은 이 30개의 뇌, 30개의 신체가 전혀 클론이 아니라는 점이며, 우리가 이번 프로젝트의 제목을 빌려 온 위대한 작가의 소설[xi]을 암

xi 「〈30〉 교파」를 지칭한다. 『El libro de Arena』에 수록된 작품으로 우리나라엔

시하고자 게임의 규칙처럼 부여한, 말하자면 창작자로서는 다소 불만스러웠을지 모를 제약 탓에 30편에 불과했던 첫 데뷔작(들) 이후의 작품(들)은, 더 많은 이란성쌍둥이를 거느리게 될 것이란 점이다."[xii] k가 많은 인터뷰에서 지겹도록 반복해야 했을 이 내용은 이제 전처럼 많은 이의 방문을 받지 못하게 되었음에도 묵묵히 공장(이 표현에는 폄하의 의도가 조금도 담겨 있지 않다, 마땅히)을 가동하고 있는 홈페이지에도 좀더 장황하게, 전문적인 차원에서 'DEUS EX MACHINA'의 구체적인 메커니즘과 함께 적혀 있다. (따라서 이 소설들의 게시된 순서가 홈페이지에 방문자가 들어오는 순간 무작위로 재배열되는 방식임은 타당하다) 이 야심 찬 프로젝트가 가동되자 온갖 분야의 전문가(원주: 인상적인 일례로는 갈라파고스에 대해 특별하지는 않더라도 살펴볼 만한 지점이 있는 몇몇 논문을 남긴 신실한 다윈주의 동물학자, 그러나 말년에 한 학회에서 돌연 "결국

『셰익스피어의 기억』을 통해 처음 소개되었다. 소설에는 기독교의 두 교파가 등장하는데, 개중 하나는 '30'을 성스러운 숫자라 여기고, 다른 하나는 '하늘의 섭리'를 완성하기 위해 신이 안배한 계획의 두 '자발적인 배우'가 예수와 유다였다 주장하며 유다가 자살하기 전 버린 은화 30냥을 암시하는 '서른 개의 동전'을 이름으로 사용한다.

xii   본문과 정확히 일치하는 인터뷰를 찾을 수 없어 본문을 기준으로, 저자의 모국어로 번역된 인터뷰 내용을 참고했다.

모두 말씀의 덧없는 재현일 따름이었다"라는 발언을 해 많은 이를 당혹게 했던 브라이언 박[xiii]이 있다)뿐 아니라, 이 소식을 전해 들은 거의 모든 국가의 사람들이 공론장으로 뛰어들었음을 재차 주지하는 것은 불필요하겠으나, 많은 이에게 〈La biblioteca di Babele〉은 인공지능 산업의 거대화에 따라 꾸준히 제기되어 왔음에도 진지하게 받아들여지지 않았던 '인간 예술가 무용론'을 뒷받침하는 결정적인 증거로 여겨졌음은 짚고 넘어가야 한다. 이를 부정하는 사람들이 주장하는, 전위적이고 '순수하게 창조적인' 인공지능 예술이 이전에 존재하지 않았다고 말할 수는 없지만, 많은 자본이 투입되는 산업이니만큼 대다수 인공지능이 그러한 방향성 대신 개인의 파편화된 기호에 맞춘 작품들을 창작해내는, 이른바 '지극히 사유화된 예술'[xiv]을 추구했던 점과,

---

xiii   Brian Park(1972~). 한국계 이민자 2세 미국인으로, 갈라파고스에 대한 논문으로는 「A Midnight」(2011)가 있고, 인용된 발언 이후 논문으로는 「A Total Eclipse of the Sun」(2036)이 대표적이다.

xiv   이 표현이 처음 씌어진 시기를 특정하긴 어렵다. 그러나 인공지능 회화가 본격적으로 상용화된 2030년대 후반, SNS를 통해 비슷한 표현이 다수 등장했음은 비교적 확실해 보인다. 지금에 와선 학술지나 공공 매체에서 인용된 것만을 어렵사리 찾아볼 수 있지만, '입구 없는 회랑' '개인을 위한, 개인에 의한, 개인의 예술' '누구나 볼 수 있고 누구도 볼 수 없는 그림' 등 당시에는 훨씬 다양한 표현이 사용되었다. 대다수가 개개인에게 '전용 화가'가 생긴 것과 다름없는 상황을 기존의 미술이 귀족 문화와 부르주아 문화에 기생한 형

또 그렇지 않은 인공지능 예술들도 (여러 개별적인 악재와 공통된 문제점, 요컨대 잘 팔릴 만한 요소가 없었다는 이유로) 눈에 띄는 반향을 일으키지 못했다는 점을 고려할 때, k의 호언장담대로, 한 번에, 더 정확히 말하자면 반나절 만에 30편을 훌쩍 넘어서는 양의 작품을 '무작위로' 쏟아내고 '전시'하는 인공지능의 등장은 시사하는 바가 컸다. 우습게도, 프로젝트가 시작된 지 채 두 달이 되지 않은 시점에 이미 '인간 예술가 무용론'의 지지자들은 "인공지능이 아무리 탁월하게 성장하더라도 '이런 작품'은 만들 수 없다"라고 주장하는 이들에게 하품을 하며 홈페이지 "La biblioteca di Babele"를 보여주는 것으로 답을 대신할 수 있게 되었다. 영원의 관점에서 무한대라 표현하기 무람없는 이 작품 중에는 아직 '이런 작품'이 없을지 몰라도, 그것의 덜떨어진 가짜 판본, 어쩌면 오히려 그것을 덜떨어진 가짜 판본으로 격하시킬 진정한 원전이 포함되어 있었으므로. 문제는, 얼마간의 들뜬 관심 이후 부정하기 힘든 파격을 암시하는 개념

태로 존재했던 현실과 연결한 패러디였고, 쓰이는 맥락에 따라 권력 지향적인 이전 미술에 대한 조롱 내지는 점차 공론장을 잃어가는 미술계에 대한 자조 등 다양한 의미를 띠었다. 그러나 인공지능 예술의 범위가 커져 점차 기존의 미술 장르로 한정된 표현들이 사장되는 과정에서 자연히 이런 패러디적 특성이 지워졌고, 결과적으로 비교적 의미가 선명하며 몰개성한 '지극히 사유화된 예술'이 보편적인 표현으로 남게 되었다 추측된다.

자체와는 무관하게 그것들이 점차 독자들에게 '별거 아닌 것'처럼 여겨졌다는 데 있다. 'DEUS EX MACHINA'가 쓴 작품들에 아무래도 있지 않을까 싶은, 혹은 있었으면 하는 모종의 문제점을 규명하려(이는 특히 앞서 당당하게 입을 열었던 온갖 분야의 전문가들에겐 더없이 중요하고 다급한 일이었을 것이다), 대충 둘러댔다는 인상을 지우기 어려우나, 〈La biblioteca di Babele〉에는 '깊이감[xv]이 부재'한다며 공론장에서 슬그머니 발을 빼는 이들이 등장한 것은 이 무렵이다. 그러니까 지금 내가 이 글을 통해 하려는 것은, 이성의 없는 변명의 '깊이감'을 '순차성'으로 교체하는 작업이다. 왜 그토록 많은 이가 '지극히 사유화된 예술'의 세례를 받는 이 세계에서 'DEUS EX MACHINA'의 작품만은 온당한 독자를 확보하지 못했는지를 살펴봄과 함께, 이해받지 못한 위대한 창작자의 작업물에, 필연적으로 부족할 수밖에 없는, 해설-변론을 달아두려 한다. 물론《La biblioteca di Babele》가 시작된 것이 벌써 29년 전이니만큼 더 탁월한 기

---

xv   원문은 'depth'로, 저자의 지적과 다르게 이 단어는 〈La biblioteca di Babele〉에 대한 대중의 관심이 완전히 식은 이후인 2044년의 한 인터뷰에서 처음 (예의 폄하 의미로) 사용되었다. 그러나 공식적인 지면에 등장하지 않았을 뿐, 프로젝트가 시작되고 1년이 채 되지 않았을 시점부터 저자 주변의 학자들 사이에서 유사한 표현이 공공연하게 사용되었을 가능성도 배제할 수 없다.

술력을 뽐내는 다양한 인공지능 예술이 많이 등장했음을 나 역시 모르지 않는다. 어떤 이들은 이 글을 너무 빨리 앞질러 나가는 인공지능 예술 산업을 좇아가지 못해 좌절한, 덜떨어지고 감각 없는 학자의 한심한 추억팔이라 생각할지도 모른다. 아마 그들은 이렇게 말하리라. "왜 지금에서야, 〈La biblioteca di Babele〉가 모두의 관심을 받던 29년 전도, 또 그 관심이 시들기 시작한 무렵도 아닌, 단순한 무기력이나 무관심 때문이 아니라, 무의미한 끈질김으로 트래픽을 꾸역꾸역 집어삼키고 있을 뿐인 구식 인공지능과 그의 제작자들에게서 발견할 만한 유의미한 지점이 모두 소진되었음이 명명백백해 아무도 구태여 그것을 소재 삼지 않는 이 시점에 와서야, 마치 특별한 발견이라는 양 구태의연한 이야기를 하죠? 아무리 써먹을 게 없다고 해도 너무 구차한 거 아닌가요?" 이때 내가 꺼낼 수 있는 대답은, 그들의 지적처럼, 다소 구차하다: "당신들의 지적은 참으로 합당합니다. 아마 이 순간에도 온당히 언급되어야 할 많은 지점이 언급되지 못한 채, 범람하는 다른 텍스트들에 떠밀려, 지극히 일부만 맛보기식으로 겉만 조금 뜯어 먹히고 버려지는 음식물처럼 세계 바깥으로 던져지는 텍스트가 무수할 것이므로, 1년을 넘기지는 못했지만, 아무래도 사라지는 텍스트에 비해서는 압도적으로 많은 관심을 끌어모았던 〈La biblioteca di Babele〉의 케이스는 이례적이라 얘기해야 마땅하고, 당시를 통과한 이들이라면 누구나 한번 맛보았을 이 진부한 음식을 제가 다시금 거대한 공용 식탁 위로 올리는 일은 부질없음을 넘어 부당해 보일 겁니다. 그러나 다른 한편 저는, 하릴없이 이 유명한 프로젝트의 기원이 된 작가가 창작한, 탁월한 상징주의자이자 『돈키호테』의 진정한 저자 삐에르 메나르[xvi]를 떠올리며, 이렇게 말할 수밖에 없습니다: 어떤 깨달음은 충분한 발효를 거쳐야지만 식빵처럼 두툼한 부피감을 얻는 법인 모양입니다, 애석하게도."

그러므로 이제 나는《La biblioteca di Babele》의 공공연하게 알려져 있던 개념과 논의 들을 환기하고자, 마치 나를 포함한 과거의 많은 이가 무지로 인해 그랬던 것을 재연하듯, 다분히 의도적으로 누락했던 얘기부터 다시 시작하고자 한다. 요컨대, 동시-다중 창작자로서의 'DEUS EX MACHINA'에

---

xvi   앞서 언급했듯 「삐에르 메나르, 『돈키호테』의 저자」의 등장인물이다. 주로 문학을 연구하는 학자이자 상징주의자로 그려진다. 소설은 에스파냐의 작가 Miguel de Cervantes Saavedra(1547~1616)가 『돈키호테』를 창작한 지 약 300년 후 삐에르 메나르가 『돈키호테』를 '원문 그대로' 다시 쓰려 시도했고 일정 부분 성공했음을 그의 동료 학자로 추정되는 서술자의 목소리로 증언하며, (마찬가지로 서술자의 목소리를 빌려) Cervantes의 『돈키호테』를 우연과 몰이해의 작품으로 폄하하는 한편 삐에르 메나르의 『돈키호테』야말로 진정 창조적인 작품이라 칭송한다.

대한 이야기다: 이해할 수 있듯, 어쩌면 (29년이 다 되어가는 무관심 동안 꾸준히 공장을 가동해왔음에도 단 한 번도 이를 암시하는 첨언을 하지 않았다는 점에서, 다소 함부로 미루어볼 때) 수많은 인터뷰에서 같은 말을 반복했던 k나 그의 동료들조차 마찬가지였을지 모르므로, 이 동시-다중 창작자가 사람들에게 상상케 했던 것은 무작위성을 띤, 자연히 그것을 구성하는 내재율이 부재한 압도적인 양 그 자체였다. 다시 말해, '이란성쌍둥이'란 표현이 암시하는 것처럼, 인터뷰를 통해 'DEUS EX MACHINA'의 메커니즘을 전해 듣는 이들과 이를 전달하는 k 모두 'DEUS EX MACHINA'가 30개의, 혹은 그 이상의 신체로 이루어진 클론-집단이 아니라는 점을 간과했다는 얘기다. 물론 이런 실수가 그들의 무지나 무능력에 기인해 있다고 보기는 어렵다. 앞서 얘기했듯, 'DEUS EX MACHINA'가 독자 혹은 관객들에게 제시한 최초의 좌표는 점이 아닌 면이었기 때문이다. 방언을 포함한 30개의 각기 다른 언어로 이루어진 방대하고 기이한 면. 장담컨대, 분량조차 제각각인 첫 소설(들)이 발표되고부터 반나절 후 당연하다는 듯 30개를 훌쩍 뛰어넘는 다음 작품(들)[xvii]이 게시되기까지, 이 소설(들)을 모두 '원어

---

xvii   두번째로 발표된 소설은 총 666편이다. 밝혀진 바에 따르면, 지금까지

로' 읽어낸 사람은 없었다. 물론 어떤 이들은 내가 구태여 원어라는 지점을 강조한 것이 불만스러울지 모른다. 지금만큼 섬세하고 고차원적인 성능을 보여주지는 못했으나, 당시에도 인터넷상의 외국어 텍스트를 즉각적으로 번역해주는 프로그램은 존재했으므로, 애당초 한 개인이 읽어내기엔 너무 가혹할 정도로 광범위한 언어 지식을 요구하는 예의 소설(들)을 모두 원어로 읽어야 한다는 주장은 광신적인 언어 순수주의자의 헛소리처럼 들림이 자연스럽다. 그러나 자칫 광신도로 오인된다 할지라도 나는 30편의 소설을 각자 배정된 30개의 언어로 읽어야만 했다고 주장해야 한다. 서사 장르의 도입부가 대개 그렇듯, 'DEUS EX MACHINA'의 첫 작품(들)에도 이후 'DEUS EX MACHINA'가 쓰게 될 장대한 대서사시를 따라가는 데 유용한 단서들이 숨어 있었고, 이 단서를 발견하려면 반드시 30편의 소설을 '변형 없이' 읽어야 하기 때문이다. 이를테면 내가 처음 발견한 단서는 예의 최초의 30편에 속한 두 장편소설(그것을 어떻게 찾았느냐고 묻고 싶은 이들이 있을 테니, 상술했듯 접속할 때마다 게시물의 순서가 무작위로 섞이는 데다 작품의 게

'DEUS EX MACHINA'가 한 번에 창작한 소설의 수는 30편에 못 미치거나 666편을 초과한 적이 없다고 한다.

시일도 의도적으로 누락되어 있어 29년 동안 꾸준한 업데이트를 거치며 하나의 거대한 혼돈으로 자라난 이 신화적인 뱀, 녀석의 머리를 찾기 위한 방법으론, 허망하게도 29년을 허투루 보내지 않은 기술자들이 개발해낸 몇 가지 단순한 인공지능 프로그램이면 충분했다는 얘기를 남겨두겠다)에 얽힌 것이다. 표준 독일어로 씌어진『Der Bau』와 표준 베트남어로 씌어진『Đường Hầm』. 이것들이 숨긴 단서를 해독해내기 위해 우리는 단순한 가정을 통과해야 한다. 이를테면 베트남어를 읽을 줄 모르는 한 독일인이 호기심에 홈페이지 "La biblioteca di Babele"에 들어가 이 두 소설을 나란히 읽게 된다는 가정 따위. 그럼 이 독일인이 읽는 두 작품의 제목은 무엇일까? 단언컨대,『Der Bau』와『Tunnel』이었을 것이다. 그럼 반대의 경우, 요컨대 독일어를 읽을 줄 모르는 베트남인이 번역기에 의존해 두 소설을 나란히 읽었다면? 이때 이것들의 제목이『Kiến Trúc』과『Đường Hầm』이었음을 짐작하는 것도 어렵지 않다. 문제는 여기, 바로 '어렵지 않게 짐작할 수 있는 사실'에 있으므로. 사실 이때 독일인이 읽은 것이『Der Bau』라는 동명의 두 소설이고, 베트남인이 읽은 것 역시『Đường Hầm』이라는 동명의 두 소설이어야 마땅하다. 왜냐하면 'Der Bau'와 'Đường Hầm'은 모두 '굴'이라는 의미를 가진 단어이기 때문이다. 다만 맥락

없이 단일한 단어로 제시되는 상황에서 일반적으로 'Der Bau'는 '건축'으로, 'Đường Hầm'은 '터널'로 번역될 뿐. (그렇다면 성능이 월등히 보완된 현재의 번역기를 사용하면 어떻게 될까? 놀랍게도 결과는 다르지 않다. 두 작품 모두, 어찌 보면 당연하게도, '굴'뿐만 아니라 '건축'과 '터널'의 의미를 내포하고 있으므로, 소설 전체를 관통한 뒤에도 번역기는 보다 '일반적인 선택'을 수정할 필요가 없는 탓이다) 그러므로 이제야 밝히건대, 사실 이 두 작품의 공통점은 제목만이 아니다. 두 작품은 완전히 동일한 작품, 혹은 그런 작품일 가능성을 지극히 내포하고 있는 작품들이기 때문이다. 하나의 문장을 다른 문장으로, 하나의 단어를 다른 단어로 옮겨 적는 과정에서 대다수 번역기가 택하는, 그러니까 근본적으로 틀리다 말할 수는 없을, '일반적인 선택'들로 인해 자연히 삭제되는 그런 가능성 말이다. 이제 이 글을 읽는 독자들도 번역기를 통해 두 작품을 나란히 읽은 이들(30편이라는 가혹한 양과 두 작품이 장편소설이라는 점을 고려할 때 아마 이들의 수도 그리 많지 않을 성싶은데)이 예의 작품들을 하나의 공통된 이야기를 변주한 두 가지 짝패로, 말하자면 누가 누구의 원본이라 말할 수 없는 두 클론으로 받아들이게 된다는 사실을 충분히 짐작할 수 있을 것이다. 이처럼 짝패를 이루는 작품군에는 꽤 유구한 전통[xviii]이 마련되어

있으므로, 이들이, 마치 번역기가 그랬듯, 자신들의 '일반적
인 결론'을 수정해야 할 필요를 찾지 못했음도 우리는 어렵
지 않게 짐작할 수 있다. 그러나 두 작품을 온전히 읽으려
면 이 '일반적인 결론'을 수정하지 않으면 안 된다. 완벽히
동일한 순간에 씌어진, 동일한 가능성을 내포한, 그러나 동
일하지 않을 가능성 역시 지극히 내포한 작품으로 이해할
때, 이것들이 단순히 포스트모더니즘적 실험의 망령 내지
는 무책임하며 지루하기까지 한 상대주의적 세계관의 타
성적인 재현이 아님을 알아차릴 수 있다. 자명하게 드러난
언어적 차원에서, 그리고 내포된 한쪽 가능성(두 작품이 동
일하지 않을 가능성)의 차원에서 두 작품은 둘 중 무엇도
상대의 번역본일 수 없는, 앤디 워홀[xix]의 빤한 아류작일 따

xviii   저자가 염두에 두었던 '전통'이 무엇인지는 정확하지 않으나, 유추해보
        자면, 영어와 불어를 오가며 여러 작품을 창작하고 자신의 작품을 직접
        번역(영어는 불어로, 불어는 영어로)하기도 했던 아일랜드 작가 Samuel
        Beckett(1906~1989)나 동일한 내용을 문단의 순서만 바꿔 쓴 윤해서의 「테
        포케레케레」(2011)와 「테 포케레케레」(2017) 등을 예시로 들 수 있다.

xix   Andy Warhol(1928~1987). 본명은 Andrew Warhola Jr.로 미국의 종합
        예술가이자 출판, 영화제작자이며, 우리나라에는 팝아트의 선구자로 잘 알
        려져 있다. 그러나 이는 오해인데, 팝아트의 시작은 영국의 전위 미술 단체
        Independent Group(1952~1955)이 1956년 연 전시회 〈This is Tomorrow〉
        에서 Richard William Hamilton(1922~2011)이 선보인 콜라주 「Just what
        is it that makes today's homes so different, so appealing?」으로 보는 것
        이 합당하기 때문이다. 또한 Warhol이 했다 널리 알려진 "우선 유명해져라,

름이지만, 동시에 하나의 신체가 동일한 과정(인공지능은 두 개의 소설을 쓰기 위해 두 개의 타자기를 두드리지 않으므로)을 거쳐 창작한 동일한 작품(일 가능성을 가진 것)이기 때문이다. 이즈음에서 나는 또 어떤 이들이 제기할 불만, 이를테면 창작 과정이 제아무리 동일했을지언정 분리된 두 회로를 통과해 탄생했을 두 작품이 어떻게 본질적으로 같으냐는 공격적인 의문, 비트겐슈타인[xx]에겐 하나의 사과라도 테이블 위에 놓이는지 아래에 놓이는지 따라 완전히 다른 두 사과가 되듯, 어쨌든 다른 언어로 씌어진 두 작품은 완전히 다른 두 작품이라 칭해야 타당하며, 홈페이지 내에서 게시물의 위치가 매번 바뀌지만 단 한 순간도 겹치지 않는 두 작품의 물리적인 처지야말로 바로 이런 사실을 암시하는 것이 아니냐는, 아마 누구보다도 환원 논리를 사랑하는 상대주의 광신도들의 것이 아닐까 싶은 목소리를

그렇다면 사람들은 당신이 똥을 싸도 열렬히 박수 쳐줄 것이다"라는 말 역시 그가 한 것이 아니며, 이 말의 정확한 출처는 밝혀진 바 없다.

[xx]   Ludwig Josef Johann Wittgenstein(1889~1951). 개신교로 개종한 유대인 조부모를 둔 오스트리아계 영국 철학자이다. 오스트리아에서 출생했고 본국과 아일랜드를 오가며 살다가, 1938년 독일의 나치 정권이 오스트리아를 병합한 사건을 계기로 영국 국적을 취득하였다. 유명한 저서로는 『Tractatus Logico-Philosophicus』(1922)와 『Philosophische Untersuchungen』(1953)이 있으며, 이중 전자에서 Wittgenstein은 '사과'를 대상으로 한 일종의 철학적 사고실험을 전개한다.

들을 수 있고, 나는 이들의 불만에 대답할 의무가 있으므로, 다시 한번 앞으로 돌아가야 한다. 역시나 다분히 의도적으로 누락한 언어들 사이에서 '순차성의 부재' 문제를 다시 끄집어 올리기 위해 말이다. 어쩌면 장황하고 혼란스러운 서술 탓에 어떤 독자들은 그런 얘기가 있었다는 사실조차 잊었는지도 모르겠다. 하지만 나는 앞서 분명히, 당시 많은 이가 'DEUS EX MACHINA'의 소설들을 읽어나가는 과정에서 어쩐지 '별거 아닌 것' 같다는 느낌을 받았고, 이 글의 목적은 다분히 피상적인 이 감각을 설명하고자 온갖 분야의 전문가를 포함한 대다수 사람이 내놓았던 변명("깊이감이 부재한다") 속에서 '깊이감'을 '순차성'으로 대체하는 것이라 썼다. 물론 이에 관해선 이미 면으로서의 첫 작품 (들)과 같으며 다른 두 작품의 예시가 어느 정도, 말하자면 무엇이 '선행된 것'인지 근본적으로 밝힐 수 없고 누구도 따로 명시하지 않는 이 작품들을 어떤 순서로 읽어야 하는지 알 수 없다는 것, 어쨌든 '같은 작품'이라 말할 수는 없는 『Der Bau』를 읽고 『Đường Hầm』을 읽는 과정과 『Đường Hầm』을 읽고 『Der Bau』를 읽는 과정 중 무엇이 첫 작품 (들)을 읽는 '올바른' 방법인지 파악할 수 없다는 점이, 혹은 차라리 두 방법 모두 '옳다'는 점을 밝힘으로써 어느 정도 설명을 시도하고 있으나, 이것이 너무 피상적인 증명임을 부정하긴 힘들다. 그러므로 자, 보다 근본적인 질문으로 돌아가보자. 왜 그들은 'DEUS EX MACHINA'의 작품에 흥미를 잃었을까? 이미 어떤 인간도 할 수 없는 일이 되어버린, 어쩌면 처음부터 그랬을, 《La biblioteca di Babele》를 따라 읽는 과정처럼, '그들 모두'의 의견을 온전히 합한 결론을 내는 것은 당연히 불가능하다. 따라서 나는 이제 말하지 않은 것을 없는 것으로, 붙어 있는 것을 떨어져 있는 것으로, 떨어져 있는 것을 붙어 있는 것으로 비약하지 않으면 안 된다. 이를테면 단일한 작품을 읽을 때는 적당한 흥미를 유지한 채, 때론 작가가 말하고자 하는 바나 작가의 성향 따위를 어렵지 않게 상상해가며 읽어나갔던 독자들은 이 독서가 두번째 작품으로 이어지는 순간부터, 또 그러한 방식으로 세번째, 네번째 작품으로 이행되는 과정 동안 지독한 현기증에 시달리지 않을 수 없었다고. 그렇다면 나는 또 이렇게 이을 수도 있다: 현기증의 원인은 간명하다. 이 기묘한 작가의 얼굴을 도저히 그릴 수 없기 때문이다. 어떤 작품을 대면할 때든 최소한으로나마 그들에게 주어진 방향과 좌표를 알려주는 푯말이 부재한 그 이상한 군집 속에서 그들은 마치 신처럼 자유롭고 막막했기에. 작품들의 논리는 서로 배반하지조차 않은 채 동떨어진 땅에서 각기 무관한 형상으로 뻗어졌고, 확신 없이 휘두르는 붓질들은 서로 너무 멀어 하나의 추상회화를 이루는 구성 요소라 부르기도 민망할 정도였다. 그러다 이따금, 몇몇 운 좋은 독자만이 경험했을 두 붓질이 겹쳐지는 순간을 우리는 상상해볼 수 있지만, 이미 너무나도 광대해진 캔버스의 크기가 그들에게서 이런 일치에 의미를 부여할 의지마저 박탈해 갔음도 충분히 짐작할 수 있다. 이때 이들이 배회하던 홈페이지에서 발견하는 것은 이미 인터뷰를 통해 보았던 k의 비유다. 클론. 말하자면 "'DEUS EX MACHINA'는 같은 뇌와 같은 정도로 단련된 신체를 가진 30명의 클론처럼, 30개의 첫 문장을 '동시에' 썼다. 중요한 것은 이 30개의 뇌, 30개의 신체가 전혀 클론이 아니라는 점이며……" 따위의 문장. 일상에서 숱하게 사용되는 반어법의 예시가 알려주듯, 하나의 말은 언제나 청자로 하여금 그것이 지시하는 정반대편을 상상케 한다. 심지어 그것이 모종의 이미지를 동반하는 비유문이며, 문장이 제시된 비유-이미지를 부정하는 형태라면, 어떤 인간도 이미지를 떠올리지 않고 이미지를 부정할 수는 없으므로, 사람들은 때로 발화된 문장의 의도(클론이 아니다)보다, 그것이 부정하려 했던 비유 자체(클론)에 더 많은 신경을 기울이게 된다. 이때 그들이 마주하는 건 무수한, 혹은 무수할 클론에 의해 창작되어 흩뿌려진 작품들. 자신으로 하여금 다만 무한과 허무를 잠시 떠올리게 했을 뿐인 그 거대한 쓰레기장, 순차성의 가능성을 잃어버린 그 혼돈에서, 그들이 진저리 치며 고개를 돌리는 건 자연스러운 귀결처럼 보인다. 그러므로 이들이 간과한 것 역시 그것들을 쓴 것이 클론이 아닌 하나의 신체라는 점, 또 〈La biblioteca di Babele〉를 실험적이고 특별하게 하는 영역과 무관해 보여 대다수 연구자가 포착해내지 못했던, 또한 포착했던 이들도 금세 흥미를 잃었을 것이 분명한, 어느 인터뷰의 한 대목이다. "편의를 위해 첫 문장이라 말하기는 했지만, 당연히 'DEUS EX MACHINA'가 모든 소설을 처음부터 써 내려가는 것은 아닙니다. 그도 다른 창작자들과 같아요. 어떤 작품은 첫 문장을 먼저 쓰고, 또 어떤 작품은 마지막 문단을 완성하고서야 도입부에 손을 대죠. 물론 인간은 도무지 따라 할 수 없을 정도로 산만하게 글 전체를 배회할 때도 있습니다. 글자를 입력하는 속도가 너무 빨라 육안으로 그 과정을 모두 좇는 건 불가능에 가깝지만요." k 자신도 밝히고 있듯 인간은 흉내 낼 수 없는 소박한 장기를 제외한다면 모든 창작자가 겪는 흔하디흔한 상황에 대한 얘기일 따름인 이 대목은, 'DEUS EX MACHINA'라는 특수한 창작자와 만나는 순간 예상치 못한, 그러나 이 모든 일의 기원에 보르헤스가 놓여 있음을 상기할 때 지극히 합당하다 할 만한 가능성의 중요한 열쇠가 된다. 말하자면《La biblioteca di Babele》의 도입부는 아직 씌어지지도 않았을 지 모른다는 가능성 말이다. 그리고 이 가능성의 영역에선 'DEUS EX MACHINA'가 처음 쓴 30편의 소설조차 하나 의 면, 군집으로서의 정체성을 잃게 된다. 어쩌면 이것들로 하나의 얼굴을 그려내려 했던 이들이 겪은 실패가 처음부 터 암시했던 대로, 이 30편의 소설은 〈La biblioteca di Babele〉라는 '하나의 대서사시', 우리는 결코 목도할 수 없 을 하나의 신화적인 선을 그리는 과정에서 다만 같은 순간 에 찍혔을 뿐인, 전혀 다른 위치에 놓일 좌표-퍼즐이었을 지도 모른다는 얘기다. 나는 도무지 결말에 가닿을 가망이 보이지 않는 독서를 해나가는 과정에서 이 가능성에 증거 가 될 지점을 한 가지 발견할 수 있었다. '하고 무신 문장을 떠올리고, 고마 잊어버리따'라는 문장으로 끝나는 소설이 처음 공개된 30편 중 섞여 있었고, 정확한 시기를 찾지는 않았으나 예의 30편에 속하지 않는 것만은 확실한 한 소설 은 'J'ai pensé à une phrase, mais je l'ai oubliée(어떤 문장을 떠올렸는데, 잊어버렸다)'라는 문장으로 시작되었던 것이 다[xxi]: 따라서 한참을 돌아서야 나는 앞서 상대주의 광신도

xxi   전자는 「인력인교, 척력인교」(2041), 후자는 「Une Comédie ou Une
       Tragédie」(2067)로, 후자는 '인력이거나 척력이거나' 정도로 번역할 수 있
       다. 본래 원문에는 인용된 문장 모두 괄호로 번역문을 달아두었으나, 전자의

들로 추정되는 이들이 내게, 그러나 그들의 입과 손가락이 아니라 나의 뇌 속 회로가 상상해낸 입과 손가락으로 제기한 불만에 대해 이렇게 대답해야 한다. "엄밀한 관점에서 보았을 때, 당신들이 주장한 바처럼 동일한 작품일 가능성을 내포한 두 작품은 그럼에도 완전히 다른 두 작품임이 분명합니다. 그러나 언제나 충분치 못할 뿐인 엄밀함이라는 기준을 더 지극히 내세우고 봤을 때, 다른 이 두 작품은, 또한 「La biblioteca di Babele」라는 대서사시의 아주 작은 두 단락, 아니면 차라리 쓰다 만 두 음절에 불과하므로, 하나의 거대한 캔버스에 그어진 먼 두 붓질과 같습니다. 그러므로 이것들, 캔버스 위의 아직 연결되지 않은 두 붓질이 완성된 미래를 선명히 보여준다 말할 수는 없으나 거기 도래할 하나의 그림이 있음만은 예언한다 말할 수는 있듯, 그것들은 둘이고 하나라 말해야 마땅하죠." 그러나 완성의 (불)가능성으로만 존재하는 'DEUS EX MACHINA'의 초상, 바로 그 이미지-개념이 암시하듯, 또 한편 나는 이 장황한 이야기를 이끌어오는 동안 간과할 수 없는 한 가지 허점, 각기 다른 기반 위에서만 성립되는 두 논리를 그만 하나의 문단에 기재해버리는 우스꽝스러운 실수를 남겨버렸으므로,

경우 불필요하다 판단해 후자만 남겨두었다.

곧바로 나를 사로잡는 의구심은 어쩌면 이 글의 합당한 종착지다: 정말 그런가? 나는 29년의 공백을 사이에 둔 끈질긴 추격 끝에 한 위대한 창작자의 누구도 발견하지 못했던 비밀을 들춰내는 데 성공한 것일까? 이때 잠들어 있던, 혹은 이 글을 쓰는 내내 가동되고 있었으나 쓰지 않아 없는 것으로 치부되었던 모종의 뇌 속 회로가 불쑥 내게 내민 영상이, 번뜩이는 영감이거나 위원회에 연구 실적을 보고해야 할 시기가 닥쳐왔다는 불안이었을 모종의 충동에 떠밀려 철 지난 프로젝트의 진실을 막 쫓기 시작한 시기, 이름 없는 식물들이 도처에 생장하는, 그런 폐허와 다름없는 홈페이지와 그 주변을 헤매며 정보를 모으다 알게 된 한 무리의 컬트적인 게이머에 대한 것임은 마땅하다. 다른 이의 존재가 중요치 않은 게임 방식이 어떤 영향을 준 것인지, 컬트적인 취향을 가진 무리가 자주 드러내곤 하는 외부에 대한 적의를 찾아보기 힘들었던 이들의 성향 덕에, 나는 아주 손쉽게 그 29년 역사를 가진 게임의 면면을 훔쳐볼 수 있었다. 단순히 보면, 이들이 하는 게임이란 퍼즐 맞추기였다. 〈La biblioteca di Babele〉를 대상으로 삼는 모든 일이 그렇듯, 완수할 수 없음만이 확정적인 결말로 깔린 이들의 게임은, 자신이 정한 일정 시기 동안 자신이 정한 규칙에 의거해 홈페이지의 작품들을 읽어내는 방식으로 진행되었던 것이다. 물론 실상은 더 복잡했지만. 그들 중 충분히 숙달되지 못한 대다수 게이머는 자신의 독서에 자국어로 씌어진 작품만 읽는다거나 접속할 때마다 재배열되는 순서에 첫번째 놓인 작품만 읽는다는 식의 단순한 규칙을 부과해 소소한 활력을 얻는 것으로 만족했으나, 몇 탁월한 탐험가들은 제목의 음성기호[xxii]가 'i'로 시작되는 작품만 읽고 이 작품들에서 음성기호 'i'가 쓰이는 경향성을 분석한다든지, 알파벳이 쓰이지 않는 작품만 읽은 후 이 작품들에서 알파벳 언어권의 영향을 찾아보는 식의 규칙을 세우고 이것을 실천에 옮겼던 것이다. 그리고 나는 이 두 예시를 제공한 대범하면서도 부지런한 탐험가들이 각기 상반된 의미를 가진 두 가지 결론, 요컨대 작품에 씌어진 언어와 상관없이 제목의 음성기호가 'i'로 시작하는 작품에서는 음성기호 'i'가 열아홉 가지의 명확한 규칙을 두고 쓰인다는 결론(첫번째 탐험가의 경우)과, 알파벳이 쓰이지 않은 많은 작품에는 분

---

xxii   본문에 명시되지는 않았으나, 발표 시기를 고려하면 1886년 파리에서 프랑스 언어학자 Paul Édouard Passy(1859~1940)를 중심으로 불어, 영어 교사들이 모여 만들어진 'International Phonetic Association(국제음성협회)'(해당 명칭은 1897년 제정)이, 1888년 영국의 철학자이자 언어학자였던 Henry Sweet(1845~1912)가 개발한 음성기호를 차용하여 발표한 IPA(International Phonetic Alphabet, 국제음성기호)의 2067년 개정판을 기준 삼은 것으로 추측된다.

명 바깥에서 왔다고 말할 수 있는, 말하자면 탐험가의 머릿속에 남아 있는 홈페이지 내 알파벳 언어권 작품들과의 연관성을 띤 요소들이 발견되었으나, 다른 한편 이 요소들이 비非알파벳 언어권 작품들 내부에서 생겨났을 가능성도 충분했던 데다, '이다'[xxiii] 하나의 형태를 바꾸는 것으로도 문장 전체의 의미를 바꾸거나 때로 문장 자체를 비문으로 만들어버릴 수 있음이 암시하듯, 하나의 언어에 속한 각기 요소는 절대 다른 요소들과 무관하게 존재하지 않으므로, 어떤 한 요소가 알파벳 언어권에 영향을 받았다 해석하게 되면 마치 이 요소만 해당 언어의 다른 요소들과 분리되어 저만의 개별적 역사를 통과한 듯한 우스운 모양새가 된다는 점을 주지하며, 비알파벳 언어권의 작품들은 알파벳 언어권 작품들과 무관하게 독립된 세계를 이루고 있다는 결론(두번째 탐험가의 경우)에 다다랐음을 기억한다.[xxiv] 하지만

xxiii   원문은 'be'다.

xxiv   그러나 이 두 비평적 실험이나 〈La biblioteca di Babele〉를 대상으로 삼는 게이머 집단의 실체에 대해선 의견이 분분하다. 본 글이 발표된 이후 몇몇 호기심 많은 학자가 이들과의 접촉을 시도했으나, 아무도 성공하지 못했다. 이에 저자는 "그들은 어디에나 있다. 문은 항상 열려 있으며, 필요한 것은 문턱을 넘기 위한 조금의 용기뿐이다"라는 식의 선문답으로 일관해, 학자들 사이에선 논리를 지탱해줄 적절한 사례를 찾지 못해 저자가 가상의 집단을 창조했으리라는 추측과, 어쩌면 예의 게이머 집단이란 저자의 뇌 속 회로들에 대한 비유이며 언급된 두 예시는 하나의 뇌가 좌뇌와 우뇌처럼 갈라져 벌인 상반

이는 어쩌면 은밀히 침입해 온 상대주의 광신도들이 내가 원고를 쓰다 지쳐 까무룩 잠든 사이 귓속으로 흘려 넣은 부정한 경전일지도…… 따라서 내게 남은 선택지란, 애석하게도 하나뿐이다. 또 한 사람, 끝끝내 걸어 나갈 방향을 찾지 못한 무기력한 탐험가, 그가 실천하지 않을 계획들로만 채운 이 탐험 일지를 여기 행인들로 가득한 공터에 던져두는 것. 그리하여 또 얼마간의 시간이 흐르는 동안 이 변변찮은 혼잣말이 여기 오래된 폐허를 반분하는 두 지각知覺을 조금씩 움직여 식은 대지에 충분한 열을 가하길 기원하는 것. 어떤 깨달음이란 충분한 발효를 거쳐야지만 식빵처럼 두툼한 부피감을 얻는 법이니까, 마땅히.**xxv**

된 두 탐험일 것이란 추측 정도가 비슷하게 지배적으로 받아들여지고 있다.

xxv 본 글은 프랑스계 이탈리아 출판사 World Editions가 미국에서 발행 중인 SF 월간지 『Galaxy Science Fiction』에 2070년 4월 James E. Gunn이 발표한 「In Defense of 'DEUS EX MACHINA'」를 발췌·번역한 것이다. 글의 대상인 〈La biblioteca di Babele〉는 현재도 진행 중이며, 홈페이지를 통해 누구나 별도의 로그인 없이 관람할 수 있다.

아이들의 신

박 교수가 죽었다. 예견된 일이었으나 받아들이기 쉽지
않았다. 박지유 때와는 달랐다. 갑작스러웠던 그의 죽음을
받아들이는 과정은 오히려 잔잔했다. 어떤 감정은 충분히
뜸을 들여야지만 밥알처럼 또렷한 형태를 얻는 법인가 보
다. 장례식은 그가 생전에 가르쳤던 제자의 수를 떠올리면
다소 조촐했다. 박 교수의 말년을 지켜본 제자는 사실상 나
뿐이었다 얘기해도 상관없으리라. 어떤 이들은 마지막 남
은 떡고물이라도 하나 얻어먹으려 애를 쓴다며 면전에서
비웃었고, 다른 이들은 그 떡고물 하나 안 내놓으면서 사람
을 놓아주지 않는다며 박 교수를 탓했다. 이쪽이나 저쪽이
나 나 들으라는 얘기였고 또한 나에게만 들리는 얘기였으
므로 기분이 좋을 리 없었다. 나로 얘기할 것 같으면, 애당
초 떨어질 떡고물이 바닥을 드러낸 지 오래란 것쯤은 알고

있었다. 물론 병세가 심해 작품을 전혀 쓸 수 없게 되기 전만 해도 다음 출간 일정 얘기가 오가고 있었다. 박 교수 정도 활동한 작가라면 으레 수발을 들어주려는 출판사가 하나둘쯤 있는 법이기 때문이다. 박 교수를 따라다니며 이런저런 일을 처리하고, 또 이런저런 사람을 만나다 보니 배운 사실이고, 말하자면 나도 그런 출판사들과 다를 게 없었다. 연장자를 모시는 것이 몸에 뱄달까. 내 헌신을 안타까워하는 이들이 듣는다면 코웃음 치겠지만, 아마 일찍이 모실 만한 다른 선생님이라도 나타났다면 경우가 달라졌을지도 모른다고, 나는 진심으로 생각한다. 그러나 말년의 박 교수가 그랬듯, 그 무렵의 내게도 이렇다 할 연이 남아 있지 않았다. 다들 달아났달까. 박지유를 추앙하며 박 교수와 그를 받드는 이들의 무지를 노골적으로 비웃는 무리가 늘어나는 속도는, 그들이 찬양해마지않는 박지유의 도발적으로 널뛰기하는 시상詩想보다 언제나 반걸음 이상 빨랐고, 부모님은 박 교수가 아직 창창해 내가 박 교수의 오른팔 노릇 하는 걸 누구도 이상하게 생각하지 않을 무렵, 몰던 차가 눈길에서 미끄러지는 사고로 어쩌면 불행 중 다행히도, 같은 날 같은 시에 운명을 다하신 뒤였다. 박지유가 그에게 찾아와 한바탕 난동을 피우고 오래지 않은 어느 날 박 교수가 술을 마시다가 어디 좋은 곳에서 생각 정리나 하면서 쉬고 싶다는 마음을 은근히 내비쳤을 때 곧바로 고향 마을 청예리가 떠오른 것을 보면, 나는 무의식중에 박 교수를 통해 때를 놓쳐 복구할 가망을 잃어버린 부모님과의 관계를 보상 받으려는 욕망을 품고 있었는지도 모르겠다. 말하자면 내게도 나름의 이유가 있었다. 남들에게 구구절절 털어놓을 만한 것이 아니었을 따름이다. 하지만 누군들 그렇지 않을까. 한 친구의 악의 없는 표현을 빌려, 차라리 로베르트 발저처럼 한없이 자신을 깎아내리지 않으면 견딜 수 없는 천성이라도 있었다면 하루하루가 감사하고 충만했을지 모를 아랫사람으로서의 오랜 삶이 내게 준 것이라면, 항시 서로 상충하면서도 무엇 하나 틀렸다 말할 수는 없는 다양한 지혜의 엉킴을 혼란스러운 실타래 모양 그대로 받아들이는 능력이었고, 한 번도 원망한 적 없다면 거짓말일 두 사람, 박 교수와 박지유에게도 다 남들에게 구구절절 털어놓을 수 없는 이유 따위가 있었으리라 생각한다. 다시 말하지만, 이제 딱히 증오심은 없다.

그러나 누군가의 명예가 손상될 만한 이야기가 항상 증오에서 출발하는 것은 아니다. 그럼에도 왜 두 사람 모두 자신의 명예를 수호하기 위해 움직일 입과 손을 잃어버린 뒤에야 이런 이야기를 꺼내는지 다소 공격적인 의문을 제기할 이들을 생각해 미리 변명을 달아두자면—어떤 의문은 충분히 뜸을 들여야지만 밥알처럼 또렷한 형태를 얻는 법이다, 애석하게도.

*

박 교수는 단 한 번도 박지유의 성을 부르지 않았다. 박 교수 밑에서 지내본 적 없는 이들이라면 그것이 뭐 대수인가 싶겠지만, 이는 꽤 특수한 경우다. 박 교수에게 나는 줄곧 최 군이었다. 이따금 박 교수가 내 이름을 기억하고 있을지, 혹은 기억하려고 한 적이나 있을지 궁금했고, 이런 궁금증은 박 교수 밑에서 오래 공부했던 제자들 사이에선 진부한 농담으로 통했다. 한 집단 안에 높은 확률로 두 명 이상일 수밖에 없는 김이나 박씨 성을 가진 이들도 박 교수에게는 김 군과 박 군이었으므로, 그들은 자연스레 박 교수가 이름을 부르는 순간 저도 모르게 내비치는 몇 가지 제스처에 누구보다 예민해지곤 했다. 학부생 시절의 출석 체크 같은 불가피한 상황이 있었지만, 이런 때에도 박 교수는 특유의 권태롭고 고압적인 태도로, 고개를 꼿꼿이 세운 채 교단 위에 펼쳐놓은 출석부로 시선을 내리깔고 있었으므로, 박 교수가 단 한 시기라도 우리의 이름을 기억한 적이 있는가에 대한 힌트가 되어주진 않았다.

"지유,라고 했나?"

따라서 박지유를 학교 인근의 한 술집에서 박 교수에게 소개해준 날, 박 교수의 입에서 나온 '지유'라는 호칭이 우리에겐 그 자체로 하나의 작은 사건이었다. 그 낯선 호명 방식에 대한 인상이 모두 지금의 나와 같지는 않더라도, 당시 나를 포함해 자리에 있던 모든 이가 저들 나름의 어떤 낌새를 감지했음은 분명하다. 아마 그때까지도, 적잖은 이들이 박 교수가 당장 손에 든 박지유의 시들을 갈가리 찢어버릴지 모른다는, 단지 두려움이나 기대라고만은 말할 수 없는 단단한 감정을 지우지 못했으리라. 교단 위에서 가만히 학생의 시를 낭송하다가 불쑥 시가 프린트된 종이를 찢어버리는 퍼포먼스는 박 교수에게 시 창작 수업을 듣는 이들이라면 한 번씩은 꼭 겪는 의례였다. 이따금 첫 시가 찢기지 않는 학생들도 있었지만, 그의 밑에서 대학원 생활을 하게 되고 단 한 편의 시도 찢기지 않은 이는 없었다. 그러니까 박 교수의 수업을 한 번도 들은 적 없으며 대학원 생활 역시 한 적 없는 박지유와는 다르게 말이다. 본래라면 세 시간 남짓 박 교수의 합평을 듣기로 되어 있었던 첫날, 내가 본 것은 그날 다루기로 했던 시를 모조리 갈가리 찢어버린 박 교수가 단상 위아래로 흩뿌려진 종이 쪼가리들만 남기고 유유히 자리를 뜨는 모습이었고, 이제 막 대학에 입학한 신입생에 불과했던 나와 동기들은 눈앞에서 벌어진 참상에 어떻게 대처해야 할지 갈피를 잡지 못하다 하나둘 짐을 챙겨 강의실을 떠났다. 몇몇은 강의실을 나선 뒤 곧바로 조교를 찾아갔으나 유의미한 성과를 얻진 못했다. 조교는, 그러니까 이후 박 교수의 연구실로 들어간 우리가 그랬듯, 냉담하지는 않았지만 그렇다고 학생들의 얘기에 열심히 귀를 기울이진 않았고, 이제 와 생각해보면, 당시 그에게 있어서 그 사건을 계기로 자퇴나 보이콧을 하겠다는 학생이 한 명도 나오지 않은 것만으로도 그해는 성공적인 셈이었으니, 이상할 것도 없는 일이었다. 당시의 우리는 전혀 그렇게 생각할 수 없었지만.

요컨대, 박 교수의 밑에서, 또한 박 교수와 별반 다르지 않은 교수들 밑에서 시나 문학을 배우는 일이란, 많은 이상한 일을 이상할 것 없이 받아들이게 되는 과정이었다. 좋은 의미로든 나쁜 의미로든 그랬다. 10년 가까이 공부를 해오며 내가 깨우친 시의 태도란, 어떤 이상함도 언제든지 이상하지 않게 받아들이는 것이나 다름없었으므로, 이상함의 좋고 나쁨이란 결국 이상함 자체를 바라보는 방식보다는 이상함을 경계 짓는 방식에 달려 있었다. 따라서 대다수 제자가 박 교수에게, 박 교수의 시에 등을 돌리게 되는 계기란, 우리에게 있어서 이전까지 경계를 가르는 기준점이 되었던 '박 교수'가 '박지유'로 바뀌는 것으로 충분했다. 박지유야말로 종잡을 수 없이 이상함의 막막한 벌판을 내달리는 미친놈이었으니, 애증이라 해도 학부를 졸업한 이후 구태여 박 교수 곁에 남은 우리가, 가능한 한 먼 곳으로 내달리고 규격을 깨부수는 것을 최상의 가치로 삼았던 박 교수가 심어준 믿음을 따라 더욱 거대한 이상함을 쫓아 모이는 것은 이상할 게 없는 일이었다.

물론 그렇다고 해서 처음부터 모두가 박 교수에게 등을 돌린 것은 아니었다. 애당초 박 교수가 박지유의 시를 좋아했으므로, 당시만 해도 대다수는 박지유보다는, 박지유의 이상함까지 받아들일 줄 아는 박 교수의 너른 시선을 신뢰하는 편이었다. 말했다시피 우리는 결국 스스로 남기를 선택한 이들이었다. 뒤에선 종일 박 교수를 씹어대던 이들도 박 교수의 시를 보는 안목만큼은 당대의 누구에게도 밀리지 않는다고 생각했다. 누구나 하나쯤 그런 믿음을 가방 속에 넣고 다녔던 시기, 어쩌면 그런 믿음으로 제 가방을 더럽히고 싶지 않은 이들은 모두 떠나버린 어떤 세계였고, 누군들 그렇지 않았을까. 생각해보면 박 교수에게도 보이콧을 하는 대신 자신을 찾아와 지도 교수의 폭정에 대해 하소연하는 몇 살 터울의 학부 후배들을 에둘러 물리며 이번 해는 그래도 나은 편이라며 안도하던 시기가 있었을지 모른다.

"시가 좋군. 단어를 만지는 감각이 아주 이상한데, 그 이상한 게 참 좋아."

이제 박 교수나 우리에 대해 전혀 알지 못하는 독자라 할지라도, 박지유가 프린트해 온 시를 한참 조용히 읽던 박 교수가 박지유의 이름을 부르며 그렇게 말했을 때, 우리가 느꼈을 감정을 어렵지 않게 짐작할 것이다.

사실 박 교수에게 그를 소개해줄 때만 해도 우리 사이에서 박지유에 대한 평가는 분분했다. 박지유는 본래 서양화를 전공하는 학생이었다. 같은 학교였지만 문학 관련 수업은 전혀 듣지 않아서 타 과 수업을 듣다 박지유를 알게 된 한 학부 후배가 그가 취미로 쓰는 시 노트를 읽고 그것을 우리에게 보여주기 전까지 우리는 그런 사람이 있다는 사실도 알지 못했다. 문제는 이 취미에 불과한 시가 너무 이상하다는 점이었다. 박지유의 시를 보며 '새롭다'고 말하는 이가 있는가 하면, 어떤 이들은 '전혀 읽히지 않는다'고 평가했다. 그런 작품에는 항상 따라붙기 마련인 '이런 것도 시라면……' 식의 말을 서슴없이 내뱉는 이들도 있었다. 당연히 그들도 그런 얘기를 본인 앞에서 하지는 않았으나, 이미 뱉은 말이었으니 의도했든 하지 않았든 시를 보여주게 된 것을 계기로 조금씩 우리와 친분을 쌓아갔던 박지유의 귀에 얘기가 흘러들지 않기란 힘들었다. 훗날 박지유가 박 교수에게 벌인 일에 대해 아는 이들이라면 예상했겠지만, 한바탕 소동이 일었다. 박지유는 자신의 시를 욕했는지 안 했는지와 상관없이 뒤에서 그것에 대해 떠든 이들의 시를 어디선가 구해 와서는 우리가 모인 술자리로 찾아와 그것들을 바닥에 내던지고 침을 뱉었다. 어쩌면 나는 그 순간부터 이미 박 교수를 떠올렸던 것일까. 하지만 박 교수와 달리 박지유는 말없이 자리를 뜨지 않았다. 박지유는 한층 술에 달아오른 얼굴로 장장 두 시간 동안 자신이 왜 그 시들에 침을 뱉을 수밖에 없었는지를 쏟아냈다. 솔직히 말해, 당시 나는 그의 기나긴 연설을 들으며 모종의 야릇한 쾌감을 느꼈다. 그즈음 내가 박 교수와 시에 대해 모호하게 갖고 있던 환멸 탓이었다. 이유는 알 수 없었으나, 나는 박 교수가 나의 시를 찢지 않게 된 후부터 그에게서 전혀 시를 배우고 있지 않다는 인상을 받고 있었다. 좀더 정확히 말해보자면, 박 교수가 가르치는 시란, 그가 시를 찢는 순간에 모두 집약되어 있는 것 같았다. 박 교수는 시를 찢는 순간에만 우리에게 가르침을 주고, 이후로는 그 스스로도 별로 진지하게 여기지 않는 지루한 해설을 달고 있다는 인상이었다. 그런데 그 순간, 박지유가 술인지 광기인지 모를 것에 절어 완전히 눈이 풀린 얼굴로 나타나 나와 나의 친구들의 시에 침을 뱉고 그것들이 얼마나 형편없는지에 관해 떠드는 모습을 보자, 그것이 바로 박 교수가 에둘러 해설해야만 했던 시라 느껴졌다. 부끄럽게도, 이것은 모두 사실이다.

하지만 마땅히, 모두 나와 같은 감상을 가졌던 것은 아니다. 한없이 이어질 것 같던 박지유의 악담과 저주가 끝나고 얼마 지나지 않아 술집에는 언제라도 패싸움이, 실상 린치나 다름없는 싸움이 벌어질 것 같은 분위기가 감돌았다. 그들은 모욕을 모욕으로 갚은 셈이었다. 나를 포함해 싸움을 좋아하지 않는 몇몇이 나서서 다른 사람들을 말리고 박지유를 술집 바깥으로 끌고 나가지 않았다면, 어떤 식으로든 우리와 박지유의 연은 거기서 끊겼을 것이다.

박지유를 박 교수에게 데려가보자는 의견을 먼저 꺼낸 것은 나였다. 박지유의 행동이 과격하기는 했으나, 우리가 먼저 박지유의 시에 대해 너무 많은 뒷말을 만들었던 것이 먼저였으므로, 어찌어찌 우리가 우선 사과하자는 방향으로 의견이 모였을 즈음이다. 끝까지 사과하지 않겠다는 태도를 고수했던 이들조차 내 의견에는 관심을 비쳤다. 그들도 모두 궁금했으리라. 언제나 우리에게 가르치며 그것에 하릴없이 익숙해지도록 만들었던 박 교수는, 저 이상함의 화신 같은 박지유를 어떻게 받아들일까. 어쩌면 박 교수가 자신의 시를 사정없이 찢던 모습을 떠올리며 박지유에게도 그 같은 모욕을 선사해주고 싶었는지도 모른다. 요컨대, 박지유의 시가 '새롭다'고 말한 이들조차 박 교수의 입에서 '좋다'는 평가가 나올 거라고는 예상하지 못했다. 궁금했던 것은 박지유의 시가 어떤지라기보다는, 박 교수의 태도가 어떨지였으므로.

*

박 교수는 박지유에게 다음 학기부터 자신의 수업을 들어보는 것이 어떻겠느냐고 제안했지만, 박지유는 거절했다. 대신 박지유는 박 교수가 있는 술자리에 이따금 시가 프린트된 종이 뭉치를 들고 찾아왔고, 1년 후 휴학계를 내고 나서는 교수실에 직접 찾아오는 일도 생겼다. 예나 지금이나 나는 박 교수가 가장 아끼는, 애용하는 제자였으므로 내가 박지유와 가장 많이 얼굴을 마주하던 때이기도 했다. 요컨대 대다수의 예상과는 다르게, 나는 박지유와도 꽤 가까운 사이였다. 한때 거의 광신적 추앙을 보이던 몇몇이 듣는다면 섣부른 질투심을 품을지도 모르겠다. 또 당시만 해도 나는 누군가 나에게 그런 질투심을 드러낸다면 조금 뿌듯해하며 어쩔 수 없는 일이라 받아들였을지도 모른다. 박

지유가 교수실을 찾는 방식은 제멋대로였으므로, 박 교수
가 아무리 첫사랑에 빠진 소년처럼 굴었다 한들 정말 소년
처럼 세월과 삶이 쌓아둔 모든 것을 내팽개칠 것도 아니었
으므로 매 방문을 제때 맞는 것은 당연히 불가능했고, 나는
박 교수가 일을 마치고 헐레벌떡 교수실로 돌아오기까지
박지유의 심심풀이 상대를 맡곤 했다. 박지유가 커피와 차
중 무엇을 선호하는지. 곁들인 다과에 자주 손을 대는지.
달리 꺼낼 화제를 찾지 못하는 어색한 때에는 어떤 모양으
로 앉아 있는지. 평소 시에 대한 얘기를 즐기는지. 어떤 시
인을 읽고 또 어떤 음악을 듣는지. 제 생각이 담긴 얘기를
할 때와 가벼운 한담을 나눌 때 표정과 목소리에 어떤 차
이가 있는지. 아마 박지유의 광신도들, 누구보다 그가 쓰는
시의 비밀을 캐내고 싶어 하고, 그것을 얻기 위해서라면 박
지유의 똥이라도 구해 맛봤을 그들이라면 군침을 흘리며
탐했을 그런 사사로운 정보들에 나보다 밝은 이를 찾기는
어려우리라. 그 시기 나는 박지유에 대해, 그러나 박지유
자신도 알지 못할, 오랜 시간을 함께 지낸 친구나 연인 들
만이 의식적으로 기억을 더듬고서야 맞아 그랬지 하고 떠
올릴 만한 많은 것을 알게 되었다. 우리가 하릴없이 인간임
을 증명하는 그런 사사로운 편린들을, 그러나 당시의 나는
지금처럼 이렇게 담담히 기억에 담아두었던 것은 아니다.

다시 1년이 지나기 전 박지유는 익히 알려진 문예지 신인상을 통해 시를 발표했다. 박지유란 존재가 대학원생과 학부생 사이에서 하나의 신화가 되기까지는 오래 걸리지 않았다. 신화와 함께 박 교수가 박지유를 단 한 번도 성으로 부르지 않았다는 사실이 종종 언급되었다. 아직 박 교수는 그의 천재성을 한눈에 알아본 눈 밝은 스승이었으므로, 다른 제자들과는 애당초 대하는 태도가 달랐다는 식의 하나 마나 한 얘기였다. 그러나 박 교수와 박지유의 사이가 틀어졌음이 알려진 것을 계기로 숙덕공론의 방향도 달라지기 시작했다. 사람들은 박 교수가 박지유를 질투하고 또한 처음부터 경쟁 상대로 삼았던 탓에 구태여 익숙하고 친근한 호칭을 피했으리라 짐작했다(요컨대 박 교수가 나나 다른 학생들을 최 군이나 이 군으로 부르는 것이 정말 '친근한' 행동이라는 듯이). 두 사람의 성이 같다는 점을 들어 박지유에게 자신의 자리를 빼앗길까 두려운 나머지 무의식적으로 그를 자기와 같은 성으로 부르기를 꺼렸으리라고 얘기하는 이들도 있었다. 이러나저러나 귀를 기울일 만한 것은 아니었다.

박 교수를 싫어하는 이들은 사이가 틀어진 계기를 그가 가진 박지유에 대한 열등감에서 찾으려 했지만, 나는 다르게 생각한다. 박 교수는 사건이 터지기 전부터 박지유에게 너무 많은 청탁이 쏟아져 시를 쓰는 감각이 전만큼 예리하지 못하다는 것에 불만을 갖고 있었고, 두 사람이 술자리를 가질 때면 크든 작든 그 같은 얘기로 언성이 높아지곤 했다. 또 나는 박 교수가 누구보다 박지유의 시를 사랑한다는 것을 알았다. 박 교수는 틈만 나면 박지유의 시를 꺼내 보았다. 당장 몇 시간 뒤에 학생들의 시를 합평해야 하는 와중에도 박지유의 시를 손에서 놓지 않았다. 교수실을 대신 정리하던 중 박 교수의 시작 노트에서 박지유의 시를 어설프게 흉내 낸 듯한 몇 줄의 문장을 발견한 적도 있다. 우습다 못해 애처로울 정도로, 끔찍하게 형편없는 문장이었다. 당연히, 박 교수가 쓰는 모든 문장이 그처럼 형편없는 것은 아니었다. 애석하게도, 거의 모든 이가 박 교수의 시가 완전히 죽어버렸다는 얘기를 서슴없이 꺼내게 된 무렵에도 박 교수는 아름다운 문장을 쓸 줄 아는 사람이었다. 박 교수는 술이 어느 정도 오르면 주변의 이것저것을 가리키며 되는대로 시이거나 시에 근접한 무언가를 주절거렸고, 너무 뜬금없는 순간 튀어나왔다 이내 휘발된다는 점만을 제외하면, 그것들은 꽤 아름다운 문장이었다. 문제는 그런 문장을 박 교수 자신이 받아들이지 못했다는 점이다. 한참 이리저리 시 비슷한 것을 주절거리던 박 교수는 더럽혀진 입

안을 게워내듯 허공에 욕을 지껄이다 변기에 한바탕 토를 쏟기 일쑤였다. 박지유를 만난 이후, 박 교수의 자기혐오는 돌이킬 수 없을 정도로 심해졌다. 이따금 인사불성으로 취할 때면 그는 자신의 시를 매몰되어 누구의 손길도 닿지 않는 오래된 하수관에 고인 악취 따위에 비유했다. 과도한 비하였으나, 이해하지 못할 바는 아니다. 내가 처음 보았던, 이 시인이 가르치는 시는 어떤 것일까 궁금하게 만들었던 시집 『자정』은 실상 그가 우리에게 가르쳐왔던 시와 다소 무관했기 때문이다.

현재의 관점으로 읽기엔 다소 낡았으나 20여 년 전 내가 그것을 처음 읽었을 때만 해도 『자정』은 꽤 볼만한 시집이었다. 한 줄의 서시에서 출발해 뒤로 갈수록 시의 길이가 조금씩 늘어나다가 정확히 가운데 위치한 서른 페이지짜리 시를 기점으로 다시 길이가 줄어들어 한 줄짜리 시로 돌아가 끝나는 이 산문시집은 어제이면서도 동시에 내일인 어떤 오늘에 대해 지긋한 목소리로 증언했다. 박 교수가 지금의 나보다 젊었을 적에 묶은 시집. 나는 아직도 두 가지 극단적인 개념을 아무렇지 않게 병렬해두는 이 시집만의 교묘한 균형 감각과, 이 균형 감각을 붓 삼아 캔버스 삼아 그리는 고즈넉한 자정의 풍경이야말로 박 교수가 쓸 수 있는 가장 탁월한 시였다고 생각한다. 박 교수 자신은 그렇게 믿고 싶어 하지 않았지만 말이다. 그랬다. 그는 자신의 시 풍을 혐오했다. 물론 단순히 박지유를 만난 탓은 아니었다. 그것은 아주 오래된 혐오였다. 학부생 시절의 일이다. 다섯 번째 학기였던 것으로 기억하는데, 대체로 그만큼 학교를 다니며 학기마다 새로운 시와 소설을 써서 제출하고 또 똥 파리처럼 그것에 달라붙는 온갖 혹평에 시달리는 일을 반 복하다 보면 한두 명씩 어떻게든 욕만큼은 먹지 않고자 하 는 마음으로 작품을 쓰는 이가 생기기 마련이었다. 박 교수 가 그날 수업에서 찢은 시 역시 그런 종류였다. 훗날 박 교 수 자신이 박지유의 시를 그렇게 했던 것처럼, 박 교수의 시를 어설프게 모방한 시였다. 전에 몇 번 같은 수업을 들 었고 한 학기 정도 창작 스터디도 같이 했던 동기의 작품이 었으므로 나는 단번에 그 시가 영향이 아닌 모방으로 탄생 했음을 알아챌 수 있었다. 아마 박 교수도 마찬가지였으리 라. 그러나 흥미로운 것은, 그 시가, 또 그렇게 끔찍하지는 않았다는 점이다. 솔직히 말해, 첫 학기 이후로 한 번도 박 교수에게 찢긴 적 없는 그의 이전 시들에 비해 좋지도 않았 지만, 그렇다고 특별히 떨어지지도 않는 시였다.

하지만 박 교수는 그것을 찢었다. 시를 찢을 때건 찢지 않을 때건, 한 번은 반드시 박 교수가 직접 시를 낭독한다 는 암묵적인 룰도 지켜지지 않았다.

"최 군, 자네는 이제 알겠지. 암, 자네는 알 때가 다 됐어. 그렇지 않은가? 시는 그런 게 아니라네. 시는 흉내를 낸다고 되는 게 아니야."

박 교수에게 청예리에 내려가 잠시 쉬다 오는 것이 어떻겠냐고 제안했던 날, 한차례 변기에 속을 게워낸 박 교수는 불콰하게 술이 달아오른 얼굴로 자기를 어설프게 흉내 내려는 제자들 얘기를 꺼냈다. 테이블에 술잔과 수저를 놓는 모양까지 자신을 따라 한다는 신입 대학원생과 오래전 합평 수업에 자신의 옛 시풍을 어설프게 흉내 낸 시를 냈다는 학부생에 관한 얘기였다. 나는 두 사람 모두 누구인지 알고 있었고, 그들이 불러일으킨 혐오감의 기원이, 자신을 따라 하는 학생이 아니라 학생이 따라 한 자신에게 있음을 알고 있었다. 박 교수야말로 쓸 수 없는 시를 흉내 내느라 자신의 시를 끝장내버린 사람이었으므로, 만약 본인의 주장대로 박 교수가 자신의 시풍을 따라 하는 학생에게 혐오감을 느꼈다 하더라도, 그것은 매 학기 죄 없는 학생들의 시를 찢는 식으로 한 번도 제 것인 적 없는 이상함을 흉내 내는 자신의 추레한 몰골을 거기서 발견했기 때문이리라. 이상할 것도 없는 일이었다.

*

　많은 이가 이미 알고 있을 예정된 사건이 터진 이후, 요
컨대 박지유가 집까지 찾아와 칼부림을 벌인 이후, 박 교
수는 급격히 사위었다. 운 좋게도 박지유가 많이 취해 있기
도 했고 운도 좋아 상처는 그리 깊지 않았으나, 병실에 누
워 상처가 아물면 아물수록 박 교수는 양분을 잃은 나무처
럼 메말라갔다. 자신이 문예지에 실은 악평이 계기가 되었
다고는 하나 아끼던 제자에게 칼부림을 당했으니 이 정도
마음 앓이는 오히려 자연스럽지 않느냐고 어설픈 너스레
를 떨곤 했지만, 내 생각에 원인은 칼부림 자체에 있지 않
았다.

　내 생각에, 칼부림은 단지 확인 절차에 불과했다. 자신이
박지유와 조금도 닮지 않았음을, 오랜 세월 제자들의 시를
찢으며 흉내 내려 했던 광기 그 자체가 되어 나타난 박지유
를 보고 박 교수는 깨달았으리라. 따라서 박 교수가 박지유
를 성을 부르지 않았던 이유는, 다만 그럴 수 없었기 때문
이다. 그는 처음 박지유의 시를 읽었을 때부터 그와 자신을
같은 방식으로 부를 수 없었다. 오래전부터 그의 머릿속을
떠나지 않았던 이미지, 매몰된 하수관에서 영원히 공회전
을 계속하는 역겨운 악취의 이미지가 그의 입을 막았으리

라. 입을 여는 순간 그 숨길 수 없는 악취가 새어 나가 박지유라는 파릇파릇한 신성, 우연히 시의 세계수에서 제 앞으로 떨어진 거룩한 잎을 더럽힐까 두려웠으리라.

애석하게도, 나는 내가 아는 한의 진실만을 말하고 있다. 박 교수에게 박지유란 차라리 신성이었다. 이상함이라는 이름의 신성. 시라는 이름의 신성. 그를 사위게 했던 것은 제자에 대한 배신감이나 한탄 따위가 아니었다. 박 교수는 매일 아침 신에게 버림받았다는 비애와 함께 눈을 떴다. 신성의 거룩한 잎, 박지유의 시를 마주하기 전부터 누구보다 그것에 가까이 닿길 원했던 박 교수는 막상 그것을 목도한 이후, 줄곧 자신이 결코 신성에 근접할 수 없음만을 확인했으리라. 나는 그가 안쓰러웠다. 나 역시 박지유와 그의 시에 매혹되었던 이들 중 하나였기 때문이다. 내게, 또 우리에게 박지유란 박 교수가 어떤 제대로 된 설명도 없이 슬그머니 열어놓고 가버린 문 너머의 세계였다. 문 너머의 세계에는 박 교수가 닳도록 찬양했던 시의 세계수가 천지를 뒤덮도록 가지와 뿌리를 뻗고 있는 것 같았다. 언제라도 낡은 시대에 대한 미련을 버리고 영험하고 찬란한 바람이 새어드는 저 문턱을 넘기만 하면 매일같이 시의 완연한 열매를 따 먹을 수 있으리라. 우리는 그렇게 믿었다. 아마 먼저 학교를 떠난 이들, 첫 합평 수업에서 자신의 시를 찢는 박 교수를 보고 다시는 학교에 나오지 않기로 결심한 이들이었다면, 무언가 박지유에 대해 다른 상상을 해볼 수 있었을지도 모른다. 그러나 박 교수가 평생에 걸쳐 쌓아 올린 사원의 성좌는 그가 우리 앞에 나타나기 이전부터 박지유만을 위해 준비되어 있었고, 나는 매일이 다르게 사위는 그에게 어릴 적 당신의 『자정』을 읽으며 시에 대한 환상을 키웠다 말하지 못했다.

그러나 어떤 감각은 충분히 뜸을 들여야지만 밥알처럼 또렷한 형태를 얻는 법이다. 내가 박지유와 그의 시에 대해 다른 상상을 할 수 있게 된 것은 그가 평소와 다름없이 술집에서 싸움을 벌이다가, 그러나 평소와는 달리 머리가 깨져 죽게 된 뒤의 일이다. 조금의 냉소도 없이, 정말이지 박지유다운 죽음이었으므로, 그가 죽은 지 1년이 지나 박 교수가 박지유 시선집의 엮는 이로 참가하게 되었을 때, 나는 박 교수를 도와 할 수 있는 최대한 품을 들여 박지유의 시들을 찾아 읽었다. 그 덕분이었다. 이전에 보지 못한 박지유를 발견할 수 있었던 것은 말이다. 힌트는 박 교수가 앞서 그토록 혐오했던 박지유의 '못난 시들'에 있었다. 이 못난 시들 속에서 박지유의 걸음걸이는, 어쩌면 정말 박 교수가 걱정했던 대로 많은 청탁에 급급히 써 내려가는 과정이 그를 많이 지치게 했는지, 하나의 시상에서 다른 시상으로, 하나의 단어에서 다른 단어로 강물을 건너는 과정에서 종종 이전에는 과감히 뛰어넘었던 작은 디딤돌들의 도움을 받곤 했고, 종횡무진하는 걸음걸이에 매혹되어 보지 못했던 그 작은 디딤돌들이 눈에 들어오자 나는 박지유의 시를 작동하게 하는 몇 가지 단순한 메커니즘을 잡아낼 수 있었던 것이다. 요컨대 나는 마술이 보여주는 신비로운 질서에 매혹되기 위해 무대를 찾으면서도, 한편으론 마술이 역시 마술에 불과했음을 증거하는 비밀을 발견하려 열심히 눈알을 굴리는 아이였고, 한번 비밀을 들킨 마술은 더는 이전처럼 휘황한 오라를 펼쳐 보일 수 없는 법이었다. 아주 흔해빠진 몇 가지 테크닉을 섞어 시적 세계를 제 마음대로 날아다니는 것처럼 보이게 하는 마술 실력은 분명 대단했으나, 데뷔 이후 근 5년을 활동하는 동안 쏟아낸 세 권의 시집이 한 치의 오차도 없이 똑같은 수작을 부렸으므로, 시를 따라 읽는 과정에서 점차 눈앞의 것이 시가 아니라 잘 고안된 하나의 마술 장치로 보이는 것은 어쩔 수 없었다. 우스웠다. 박 교수가 평생을 바쳐 꿈꿨던 세계수의 거룩한 잎이 한낱 잘 오려 붙인 색종이였다니. 이미 경이를 잃은 나는 세번째 출간한 시집과 그 이후 죽기 전까지 문예지를 통해 발표했던 시들을 정리하는 과정에선 시적인 그 무엇도 느낄 수 없었다.

*

박지유의 시선집을 만드는 일에 의욕이 꺾여가는 모습을 보이자 박 교수는 내가 너무 긴 시간 별다른 대가도 없이 자신을 돕느라 지쳤으리라 지레짐작한 듯했다. 나는 구태여 부정하지 않았다. 박 교수가 그 정도 죄의식을 느끼는 것이 나쁠 게 없었던 데다, 내가 깨달은 바를 그에게 말하는 것이 옳은가 고민되었던 탓이다. 이미 박 교수의 시는 오랫동안 어설픈 흉내를 내느라 완전히 이전의 몸을 잃어버린 뒤였다. 이따금 써내는 그럴듯해 보이는 시들조차, 박지유 흉내에 지쳐 그 대안으로 자신의 옛 시풍을 베낀 것에 불과했다. 박 교수는 자신의 시를 쓸 때조차 수업에서 혹평을 당하고 싶지 않아 자신의 시풍을 베껴 썼던 오래전의 제자보다 만듦새가 조금 더 그럴듯한 가짜 이상을 쓰지 못하는 사람이 되어 있었다. 거기다 생각에 생각을 거듭할수록 나는 박 교수가 진정 그것을 알 수 없었을까, 누구보다 박지유의 시를 사랑했던 그가 어떻게 그것을 모를 수 있었을까 하는 의문이 들었다.

시선집을 출간한 뒤로는 말했던 것처럼 박 교수에게 떡고물이 떨어지니 아니니 하는 따위의 얘기를 들으며 지낸 시간이었다. 나도 사람이니만큼 별다른 득 없이 이도 저도 아닌 모양으로 이어지는 박 교수와의 관계가 버거울 때도 있었지만, 한물갔다고는 해도 교수씩이나 된 사람이 제 생활도 챙기지 못하는 것은 또 아니었으므로, 어찌어찌 곁을 지키며 생활했다. 거기다 박 교수는 박지유의 소식을 듣기 전 이미 사망 선고를 받은 사람이었다. 시적인 자아만이 아니라, 육체적으로도 말이다. 의사는 박 교수의 머릿속에 있는 혹이 자라나고 있다 했다. 이 소식을 듣고 얼마 지나지 않아 박지유가 머리가 깨져 죽었다는 얘기를 들었을 때, 어떻게든 두 사람 사이 연결 고리를 달아두려는 운명의 농간이 남몰래 우습게 여겨졌던 것도 사실이다.

그러나 박 교수의 죽음은 머릿속에 자라나는 혹 탓이 아니었다. 박 교수는 혹이 그의 육체를 완전히 망가뜨린다 예견된 시점보다 2년을 더 살았고, 예견된 시점이 다가올수록 상태가 급격히 악화되어 죽기 4년 전 무렵부터는 교수 일을 완전히 내려놓은 채 1인용 병실 생활을 하다, 병원에서 더 해줄 것이 없다고 판단된 마지막 1년은 다시 자택으로 돌아와 지냈다. 이 1년간 그는 대체로 산송장이나 다름없는 모습이었으나 이따금 기적적으로 기력을 되찾을 때면 동네를 산책 다녔다. 나나 가족이 없을 때는 항상 요양인이 붙어 있었으므로, 사람들은 그를 절대 혼자 내보내지 않으려 했지만, 요양인은 망가진 육체 탓에 이전보다 더 성미가 사납게 변한 박 교수의 고집을 이길 만큼 단단한 사람이 아니었다. 나도 가족도 그것을 이미 알고 이해하고 있었으니, 일이 터진 이후에도 그의 단단하지 못함을 탓하는 사람은 없었다. 단단하지 못함이 지나쳐 도리어 우리를 더 난처하게 했던 요양인의 성미를 떠올려 보면, 오직 그만은 그런 자신을 탓하지 않을 수 없었을지도 모르지만.

박 교수는 항상 그랬듯 짧은 기적, 그러나 이때만큼은 온전히 기적이라 부를 수 없는 모종의 작용이 그의 기력을 되찾아와 산책을 나갔던 어느 날 차에 치여 죽었다. 나는 볼일이 있어 다른 도시에 나와 있었는데, 기억하기로 유난히 바람이 없어 주변 풍경의 이상하리만치 선연하고 괴이하게 관측되던 날이었다. 사고가 난 것은 전날 내내 내린 폭설이 단단한 빙판을 이룬 차도 위였고, 몸이 안 좋아진 이후 눈이 내린 뒤면 항상 넘어질까 걱정되어 떠듬떠듬 길을 걸은 덕에 죽는 순간까지 한 번도 눈길에 엉덩방아를 찧은 적이 없었던 박 교수는, 어쩌면 불행 중 다행히도, 빙판에 미끄러진 차가 너무 빠른 속도로 돌진해 와 자신이 차에 치였다는 사실을 채 알기도 전에 완전히 숨을 거뒀을 것이라고, 의사는 얘기했다.

그러니까 나는 세 부모를 모두 눈과 차에게 잃은 셈이다. 그러나 그것에서 나는 또 무슨 대단한 의미를 발견해야 할까. 나는 이 글을 쓰면서 아주 오랜만에 시를 쓰는 기분을 느낀다.

*

차에 치인 순간 박 교수의 손엔 정육면체 모양으로 깎인 작은 나무 장난감이 쥐어져 있었다. 그가 청예리에서 머물던 시기 설기가 선물해준 것이라 했다. 어릴 적부터 항상 넋이 반쯤 딴 데를 향해 있는 것 같았던 설기였으나, 녀석이 시에 관심이 많다는 사실은 박 교수를 통해 알게 되었다. 어떻게 친해졌는지는 모르겠는데, 박 교수가 청예리에 머무는 내내 설기가 찾아와 시에 대해 묻고 써온 시를 보여줬다는 것이었다. 나중에 읽게 된 녀석의 시는 박 교수의 말마따나 형편없었으나, 그런 것보단 설기가 시에 관심을 갖고 있었다는 사실이 신기했다. 떠올려보면 술에 취한 박 교수가 그랬듯 별안간 엉성한 시구 같은 것을 떠들 때가 있었다. 당시만 해도 그것이 저 나름대로 읊어본 시라는 생각은 전혀 하지 못했지만 말이다. 설기는 그러니까, 그 시절 그 같은 촌이라면 어디에나 한 명씩 있기 마련인 동네 바보 꼬마였으므로, 녀석이 심심풀이로 나무를 깎아 무슨 장난감을 만들든 넋이 나간 소리를 하든 거기 관심을 기울이는 사람은 없었다. 그때 그 마을에선, 그 이상함이 곧 설기의 역할이었다. 누구도 바람이 바람의 역할을 하는 것에 이상함을 느끼지 않는다. 바람이 이상한 순간은, 오히려 그것이 조금도 불어오고 있지 않을 때다. 비틀거리는 몸을 지탱하기 위해 당연하게 손을 뻗은 쪽에 있어야 할 것이 잡히지 않을 때, 우리는 애틋한 심정으로 난간의 존재를 깨닫기 마련이다.

요컨대 박 교수가 끝내 박지유의 시가 실상 잘 고안된 마술 장치에 불과함을 눈치채지 못했던 것도 그렇지 않은 것이 당연했기 때문이다. 처음 나타난 순간부터 그에게 박지유란 이미 하나의 신성이었기에, 다름 아닌 그가 신성의 역할을 부여했기에, 박 교수는 언제나 박지유의 비밀을 궁금해했지만, 한 번도 진심으로 궁금해해본 적이 없었으리라. 시에 탈출구 없는 환멸을 느끼며 만성이 되어가는 시적 불감증에 몸부림쳤던 무렵 내가, 교수실에 앉아 자연스럽게 한담을 나누는 척하며 유심히 훔쳐보았던 박지유의 동작 동작에서 한결같이 놀라운 면모만을 발견했던 것과 같은 이유로. 무언가에 대해 진심으로 궁금하기 위해선, 우선 진심으로 의심해야 하므로, 그런 불경이 그에겐 가능하지 않았으리라. 이상할 것도 없는 일이다.

따라서 나는 한 가지 더, 박지유의 비밀을 박 교수에게 알리지 않았다. 예견되었던 죽음이 제때 찾아오지 않아, 대부분을 병실 침대에 누워 선 채로 썩어가는 고목처럼 지내던 시기였다. 내부에서 시작된 썩음이었으므로 병자 특유의 악취가 나는 흉한 몰골은 아니었지만, 누구라도 옆에 앉아 있다 보면 그의 자아가 기이하게 부풀어 있음을, 내장이 모두 썩어 고인 악취가 팽창하며 박 교수의 자아를 비대하게 만들고 있음을 눈치챌 수 있었고, 박 교수가 신체적으로 정신적으로 무너지기 전에도 그리 단란한 관계는 아니었던 가족들은 일찌감치 그를 단념해, 자연스럽게 병실을 지키는 일은 나와 요양인이 맡는 모양이 되어 있었다. 이 시기에도 박 교수는 상태가 조금이라도 호전되면 서랍에 소중히 보관해둔 박지유의 시들을 꺼내 읽곤 했다. 특히 자신이 엮은 박지유의 시선집을 자주 펼쳐보았는데, 그 모습을 가만히 지켜보고 있다 보면 불쑥, 마치 제가 처음 낸 시집의 이름을 온갖 포털에 검색해보는 어리숙한 시인처럼 상기된 얼굴로, 요새도 사람들이 이 시들을 많이들 읽느냐고 물어보곤 했다.

"네, 그럼요, 선생님. 지유 시는 금방 잊힐 만한 게 아니잖아요."

내 대답은 항상 같았고, 그럼 박 교수는 만족스러운 미소를 지으며 다시 시집으로 눈을 돌렸다. 그러므로 이제 문단 소식에 밝은 이들이라면 내가 박 교수에게 무엇을 숨겼는지 곧바로 눈치챌 수 있으리라. 그도 그럴 것이 박 교수가 병실과 자택에서 남은 생을 보내는 사이 박지유의 시와 관련된 커다란 논란이 문단 내에서 일어났기 때문이다. 사실 논란이랄 것도 없이, 전후 사정이 명명백백한 사건이었다.

모르는 이들을 위해 덧붙이자면, 사건의 개요는 이랬다: 오래전 예술계를 지망하는 두 고등학생이 연애를 했다. 한 사람은 그림을 그리고 싶었고, 다른 한 사람은 시를 쓰고 싶었다. 이중 그림을 그리고 싶었던 사람은 한 번의 재수로 원하는 대학에 들어가 전공자의 삶을 살게 되지만, 다른 한 사람은 그러지 못했다. 미술을 전공하게 된 사람이 보기에 자신의 연인이 쓰는 시는 굉장했으나, 그것이 대학 입시라는 과정과 잘 들어맞지 않았는지 시를 쓰고 싶었던 사람은 4년간 원하는 대학에 들어갈 수 없었다. 재수가 3년을 넘길 무렵 그림을 그리고 싶었던 사람은 굳이 대학에 들어가지 않더라도 시는 쓸 수 있지 않냐는 식으로 에둘러 운을 뗐다. 아마 비교적 원활한 창작 환경을 얻을 수 있었던 그는 3년이라는 시간이 한 사람이 가진 열정을 썩어 문드러지게 하기 충분했음을 짐작하지 못했으리라. 결국 시를 쓰고 싶었던 사람은 네번째 입시에 실패하자 집에 있던 모든 시집을 폐지로 팔아버렸다. 싸움은 이 과정에서 일어났다. 그림을 그리고 싶었던 사람은 시를 쓰고 싶었던 사람 자체만큼 이나, 혹은 그 이상으로 그의 시를 사랑했으므로, 자신의 연인이 시를 포기하는 것을 납득할 수 없었다. 자신의 결정을 납득할 수 없어 하는 연인을, 시를 쓰고 싶었던 사람이 납득할 수 없었던 것은 이상할 게 없다. 서로를 납득할 수 없었던 이들의 연애가 그즈음에서 끝장나버린 것 역시. 문제는 그림을 그리고 싶었던 사람이 헤어진 연인의 시를 이상하리만치 사랑했던 데에 있다. 도무지 이해할 수 없는 집착이었다. 어쩌면 우리에게 사건이 전달되는 과정에서 생략된 어떤 시간 속에는, 그림을 그리고 싶었던 사람이 시에 열정을 가졌던 순간이 있었을까.

어쨌든 우리가 알 수 있는 사실은, 그림을 그리고 싶었던 사람은 헤어진 연인을 그리는 한 방식으로, 혹은 헤어진 연인을 정리하는 한 방식으로 시 쓰기를 택했다는 데 있다. 물론 당시만 해도 그는 아직 그림을 그리고 싶은 사람이었으므로, 그리 진지한 창작은 아니었다. 따라서 헤어지기 전 연인에게 파일로 건네받았던 몇 편의 시, 시작詩作과 관련해 들었던 얘기들, 그리고 평범한 대화 속에서 자연스럽게 주고받은 소소한 아이디어들을 이용한 모작, 그가 택한 방식은 간편하면서도 얻고자 하는 것을 얻기에 충분한 것이었다. 그는 어린 시절을 함께했던 다른 이들이 모두 잊은 뒷산의 고목 밑 비밀 기지에 매주 한 번씩 찾아가 혼자서 하루를 보내고 내려오는 쓸쓸한 아이처럼 추억을 더듬어가며 작은 휴대용 노트에 시를 끄적거렸다. 그러던 어느 날, 여느 때처럼 시를 쓰던 그에게 다가온 한 타 과 학생이 우연히 그의 노트를 읽게 되고…… 이후부터는 이 글만 읽은 독자들도 쉽게 짐작할 수 있는 내용이다.

그림을 그리고 싶었던 사람도 그림을 그리지 않게 되고, 시를 쓰고 싶었던 사람도 시를 쓰지 않게 되는 이 이상한 이야기는, 시 쓰기를 포기한 이후 서점에 들를 일이 생겨도 의식적으로 문학 코너 쪽은 구경도 하지 않으며 지내던 죽은 시인의 옛 연인이, 인터넷을 돌아다니던 중에 지나간 부고를 발견한 것을 계기로 세상에 알려지게 되었다. 이미 문제의 원흉인 시인이 죽은 뒤였으므로 법적 시비까지 번지는 않았으나, 죽은 시인의 옛 연인이 자신의 클라우드 드라이브를 샅샅이 뒤져 찾아내 공개한 시들에는 사람들이 죽은 시인의 시에서 열광하던 그 모든 것이 가지런히 누운 씨앗처럼 담겨 있었으므로, 사건의 여파는 생각보다 컸다. 아마 내가 미리 박 교수의 가족들에게 언질해두어, 또한 그들이 그런 골치 아픈 일에 조금도 얽히고 싶어 하지 않아, 박지유 시선집의 절판과 관련된 몇 가지 행정적인 업무를 그 몰래 처리하지 않았다면 박 교수도 이 모든 사실을 알게 되었으리라.

아아, 만약 그랬다면 박 교수는 그제야 헛된 환각을 헤치고, 박지유의 시를, 자신이 사랑했던 과거를 흉내 내느라 닳고 닳은 그 소박한 마술 장치를 똑바로 보게 되었을까? 아니면 이제 시라면 넌더리가 난다는 옛 제자의 옛 연인에게 찾아가 손목을 잡아끌며 다음 학기부터는 내 수업을 들어보는 것이 어떠냐고 물었을까? 이런 상상을 할 때마다 찾아드는 야릇한 쾌감을 독자들이 상상할 수 있을지 모르겠다. 애석하게도, 어떤 감정은 오히려 충분히 뜸을 들여야지만 밥알처럼 또렷한 형태를 얻는 법이다. 그것이 이미 내 것이 아닌 감정이라 할지라도.

나는 이제 박 교수에게도, 박지유에게도 한 톨만큼의 증오도 느끼지 못한다.

*

이해할 여지를 내주지 않는 타인의 죽음이야말로 내 삶의 한 가지 주요한 테마인지, 박지유가 죽고 몇 년이 채 지나지 않아 이번엔 설기가 돌연 병에 걸려 죽었다는 소식을 듣게 되었다. 설기의 시를 처음 읽게 된 것도 이때 설기의 부모님이 내게 건넨 시 뭉치를 박 교수에게 전달하는 과정에서였다. 아직 박 교수의 몸이 병실에서 지내야 할 만큼 악화되지 않은 무렵이었고, 우리가 설기의 죽음을 추모하기 위해 청예리를 찾은 것은 다시 1여 년이 흐른 뒤다. 이즈음 청예리는 전에 없이 활기를 띠고 있었다. 어릴 적부터 설기가 심심풀이로 깎곤 했던, 박 교수도 선물 받고 나도 선물 받고 또 마을 사람이라면 한 번쯤 누구나 선물 받았을 예의 구멍 뚫린 정육각형 나무토막이 마을을 방문했던 어느 명망 있는 미술평론가의 눈에 들어 조각 예술의 새로운 패러다임 정도로 띄워지고 있는 탓이었다. 바깥을 향해, 대상의 외부를 깎아내던 기존의 조각과 달리 설기의 조각은 겉으로 보기엔 밋밋한 정육면체에 불과한 나무토막의 안으로 파고들어 갔다는 것이 미술평론가의 설명이었다. 이 조각은 당연 눈으로 보기 위한 것이 아니었고, 열어둔 틈으로 손이나 발 따위를 넣어야만 느껴지는 것이라 했다. 정육면체 내부의 조각된 어둠. 시각이 아닌 촉각을 위한 조각. 내가 선물 받은 것들은 모두 버린 탓에 박 교수가 갖고 있던 '편안함'이라는 이름의 조각에 손을 넣어봤더니 확실히 '편안함'이라고밖에 이름 붙일 수 없는 아득한 감각이 손을 감싸왔으므로, 미술평론가의 호들갑이 아주 헛소리는 아닌 듯했다. 거기다 조각가인 설기는 이미 죽어버린 후였으니, 생전에 설기가 틈만 나면 주변 사람에게 나무토막을 건

네주고 다녔던 청예리가 한순간에 죽은 예술가의 작품이
묻힌 유적지로 변모하는 것은 자연스러웠다. 우연히 아직
설기의 선물을 버리지 않았던 이들은 예정에 없던 돈벼락
을 맞았고, 도굴꾼이나 다름없는 외지인들이 찾아와 어디
엔가 버려진 조각이 없나 마을 곳곳을 들쑤시기 일쑤였다.
이런 풍경이 죽은 설기를 추모하기 좋을 리 없었으므로, 나
는 사람들이 잘 찾지 않는 마을 변두리로 차를 끌었다. 어
릴 적에 친구들과 자주 오르내리던 뒷산 둔덕이었다. 둔덕
한편은 고목이 자리를 지키고 있었는데, 본래 흙으로 덮여
있다 시간이 지나 허물어진 것인지 바깥으로 묵직한 몸체
를 드러낸 뿌리가 아이들이 옹기종기 모여 앉기 좋을 작은
굴 모양인 녀석이었다. 더욱이나 이 고목 옆에 서서 아래를
내려다보면 청예리가 한눈에 들어왔으므로, 청예리 사람
이라면 누구나 이 둔덕에서 아이 때는 친구들과, 나이가 조
금 찬 후에는 연인과, 많은 시간이 흐른 뒤엔 자신과 비밀
하나둘쯤을 만들곤 했다. 나는 가라앉은 분위기를 풀고자
차를 끌고 뒷산을 오르는 동안 이런 얘기를 들려주었지만
박 교수는 별다른 대꾸가 없었다. 청예리에서 지내며 설기
와 적잖은 정을 나눴는지 내려오는 내내 깊은 회상에 잠긴
듯 보였던 그는, 차에서 내린 뒤 혼자서는 제대로 서지도
못하는 몸을 내게 간신히 기댄 채 애수에 찬 표정으로 한참

청예리를 내려보다 이내 품에서 설기의 시들을 꺼냈다. 자기가 죽는 날 그 시들을 자신의 미발표 시들과 함께 모두 태워주라는 것이었다. 시들이 너무 형편없어 남겨둬봤자 죽은 천재 조각가 설기의 명예에 도움되지 않을 것이란 얘기였다. 나는 조용히 그것을 받았다. 박 교수는 또 잠시 생각에 잠긴 듯하다가 이렇게 말했다.

"최 군, 나는 자네를 잘 알아. 우린 참 오랜 세월을 함께했으니 말일세."

나는 고개를 끄덕이며 가만히 웃었다. 본래는 다만 오랜 습관을 따라 반사적으로 고개를 끄덕인 것이었는데, 막상 고개를 끄덕이다 보니 자연스레 웃음이 새어 나왔다. 생각해보면 정말 그랬다. 처음 박 교수에게 시를 보여주기 위해 처음으로 혼자 이 동네를 떠났던 날에도 나는 잠시 둔덕에 들려 청예리를 내려다보았다. 평소와 다름없이 바람이 많이 불던 날, 열여덟 살 때였다. 이제 와 보면 그 나이에 어떻게 박 교수를 찾아가 직접 시를 보여주기까지 했는지 놀라울 따름이지만, 학교에서만 박 교수를 만났던 이들의 상상과 달리 적어도 교단을 통해 만나는 이들의 것이 아니라면 시를 함부로 찢어버리진 않았던—그렇기에 설기의 시들이 남아 있을 수 있었던 것이니까—그와의 첫 만남은, 이후 대학 강의실에서의 기억과 비교해보면 꽤 아름답게 남아 있었다.

"자네 시들은 모두 스스로의 노력에 의해 나왔지. 누가 도와준 건 하나도 없어. 난 자네가 참 자랑스러워. 그런 노력은 아무나 하는 게 아니라네."

목이 메었는지 박 교수는 잠시 말을 멈췄다. 죽은 설기를 생각하는지, 혹은 여전히 죽은 박지유만이 머릿속을 채우고 있는지 참담함에 잠긴 표정이었다. 어쨌건 그 순간에도 그가 나와 지금 이 둔덕이 보여주는 청예리의 풍경을 생각하고 있지 않음만은 분명히 알 수 있었다.

"그래도 이 산 어딘가에 묻혀 있는 설기와 비교한다면, 글쎄, 잘 모르겠군. 그 애는 정말 필사적이었지. 시를 쓰지 말라고 하면 그 자리에 픽 자빠져 죽거나, 혹은 나를 죽여 버릴 것 같았다네. 우습지 않은가, 최 군? 이 친구의 재능은 다른 쪽에 있었어. 다른 분야의 천재였단 말일세. 그런데도 끝끝내 시를 쓰고 싶어 했지. 평생을 관절염으로 절뚝거리며 개똥 같은 시만 쓰다 죽어갔다네. 이제 다시 그 아이를 만난다면, 나는 어째야 하는가? 시에 재능이 없으니 포기하라고 해야 하나? 다른 무언가를 찾아보라고 해야 하나? 대답해보게, 최 군. 시라는 게 그런 건가? 우리가 평생 붙들고 살아온 시라는 그 망할 놈이, 이토록 모질고 잔인한 거였나?"

나는 한동안 입을 다물고 있었다. 할 말이 떠오르지 않는 것은 아니었으나, 구태여 꺼낼 얘기들은 아니었다. 다만 오래 차를 몬 탓에 목이 결려 이리저리 꺾었다가 이내 무언가 말을 하려는 제스처처럼 보일까 그만두었다. 멀리 박 교수에게 마련해주었던 거처가 보였다. 내가 청예리에 살 때만 해도 주인 없는 폐가여서, 시를 쓰고 싶으면 항상 찾아가 손전등으로 버틸 수 없을 만큼 밤이 깊어지고서야 나오던 곳이었다. 당시에는 사실상 집의 기능을 모두 상실한 상태여서 겨울이 되면 집에서부터 들쳐 업고 온 이불을 몸에 둘둘 두르고 두 손만 밖에 내놓은 채 시를 쓰곤 했다. 아마 설기도 저기서 시를 배웠겠지. 박 교수가 지낼 수 있도록 이곳저곳을 손봐두긴 했으나, 시간을 이길 수는 없었는지 언제 무너지더라도 이상하지 않을 만큼 쇠락한 모습이었다. 이내 아마 긴 세월 저 빈집 구석구석에 스며 지난한 철거 작업을 진행해왔을 장본인, 아득한 곳에서부터 밀려들어 가장 낮은 곳을 사정없이 할퀴고 지나가는, 청예리 특유의 바람이 불어왔고, 내가 실은 오랫동안 이 바람을 증오했음을, 처음 시를 쓰려고 마음먹었던 것이 방문자라고는 없는 이 끔찍하도록 고독한 마을을 가장 밑바닥부터 갉아먹었던 이 바람에 대한 증오 때문이었음을 기억해낼 수 있었다. 청예리를 떠나고서야 그것을 오랫동안 증오해왔음을 깨달을 수 있었던 바람. 누구도 그 존재를 이상하게 여기지 않았던 바람.

나는 말했다.

"그 시를 태우지 않으면, 제게 화내실 건가요?"

박 교수는 대답하지 않았다. 애석하게도, 아마 박 교수는 설기의 시를 떠올리고 있었으리라. 혹은 시에 대해 말하는 순간 항상 그래왔듯, 박지유의 시가 또다시 그의 머릿속을 헤집고 들어왔는지도 모른다. 그러나 언제나 그랬듯, 내가 당신과 얘기하며 떠올리고 염두에 두었던 것은 내 팔을 간신히 붙들고 서 있던 당신, 박 교수의 시였다. 그러므로 자, 나는 약속을 지켰다. 여기, 당신이 남겨둔 시가 있다. 박지유의 시가 그랬듯, 설기의 조각이 그랬듯, 당신 자신조차 무엇을 쓰는지 무엇을 행하는지 모르고 남겨두었을 시. 단한 줄도 불태우지 않고, 단 한 줄의 거짓말도 보태지 않은, 끔찍하도록 사랑했던 당신의, 또 한 편의 시가 여기.

* 박형서의 단편소설 「신의 아이들」(『핸드메이드 픽션』, 문학동네, 2011)을 다시 쓰기 한 작품이다. 후반부 대화문(pp. 76~79)은 원문의 대화문(pp. 119~20)을 그대로 인용하였다.

그랑드 자트 섬의 일요일 오전

나무 저택의 아이에게 초대받은 건 내가 유일했다. 아닌 척했지만, 아이는 제집을 나무 저택이라 부르는 것을 좋아했다. 나무 저택. 확실히 멋진 이름이다. 섬의 어떤 건물도 그런 이름을 갖지 못했다. 유일하다는 건 멋지다. 이전에는 나무로 된 건물이 많았는데, 이제 다 공구리를 부어 새로 지었다고 했다. 나무나 벽돌처럼 보이는 것도 사실은 무늬뿐이고, 안은 다 공구리라 했다. 섬의 동쪽과 북쪽에 육지로 통하는 두 개의 긴 다리가 놓인 것은 섬의 집들이 하나같이 공구리로 변하고도 한참 뒤였다. 매일같이 짐과 사람을 실은 차들이 동쪽 다리를 건너 섬의 안쪽을 한차례 헤집고 북쪽 다리로 사라졌다. 해가 떨어지고 뒷산에 올라 섬을 통과하는 그 긴 행렬을 보고 있다 보면 고통에 몸부림치는 황금빛 뱀이 떠올랐다. 도로도 두 다리와 함께 새로 뚫린 것이라 했다. 대단한 공사였다고, 삼촌은 말했다. 천지를 갈아엎는 줄 알았지. 천지를 다 갈아엎었으니, 어떻게 보면, 이제 섬이 아니지. 섬이라고 할 수 없지. 그러므로 어떻게 보면, 너는 섬 아이가 아니다. 삼촌은 내 머리를 쓰다듬으며 말했다. 너는 도시 아이야. 나무 저택의 아이도 마찬가지였다. 하지만 아이의 집은 아직 이곳이 (어떻게 보든) 섬이던 시절의 모양을 유지하고 있었다. 적어도 외형은 그렇다고, 아이는 부끄러운 듯 고개를 숙이며, 그러나 자부심에 찬 두 눈을 하고 말했다. 어떻게 보면, 나무 저택은 섬에 다리가 생기기 한참 전에 전소했다. 전소. 멋진 말이다. 정확히 무슨 일이 있었고, 또 어떻게 원래랑 똑같은 모양으로 다시 지었는지는 자기도 정확히 알지 못한다고 아이는 말했다. 아무튼 문제가 있었다는 것 같다. 삼촌이 말해주길, 저택을 다시 짓기 위해 도면을 보니 이러저러한 이유가 있어 2층짜리 본채의 내부 구조가 하중을 견디기 어렵고 불에 취약해 현재의 관점에선 안전을 보장할 수 없다는 식, 어쨌든 현재의 관점에선 다시 지어서는 안 될 건물이었다고 했다. 잘 모르겠지만 그런 얘기가 나왔다고. 하지만 아이의 선조—선조! 아이에겐 멋진 말이 많다—는 아이처럼 고집이 셌다. 선조와 후손이라는 것은 다 그런 법이라고 했다. 허물 수 없는 연결이 그들 사이 몸부림치는 황금빛 뱀 모양으로 흐르고 있다고. 어떻게 보면, 선조와 후손은 같은 사람이라 할 수 있지. 삼촌은 이상하고 멋진 말을 많이 할 줄 아는 사람이었다. 나무 저택은 완전히 타버렸지, 전소한 거야. 하지만 다시 지어졌지. 늙은이가 보통 고집이 아니었다고 해. 당시엔 늙은이가 아니었을지도 모르겠구나. 아무려나, 죽은 놈들은 다 늙은이야. 아이든 늙은이든 죽으면 다 같은 늙은이가 된단다. 나무 저택도 그렇게 될 운명이었지. 하지만 늙은이 고집이 보통이 아니었다는구나. 일본 놈 조선 놈 가릴 것 없이 내가 이 지역 관리입네 하고 찾아와서 이러쿵저러쿵 한참 화를 내고 꼬드기고 조롱해도 물러설 기미가 없어서 나중에는 네가 죽네 내가 죽네 내가 죽더라도 나무 저택은 다시 짓고 죽네 멀쩡히 선 나무 저택 못 보고는 나는 못 죽네 하다가 결국 다시 지었다는 거야. 대신 완전 그대로는 아니었어. 그게 나무 저택의 비밀이란다. 지금은 겉만 나무 저택이야. 진짜가 아니지. 안을 다 공구리 친 거지. 본채건 별채건 전부 공구리랑 철근으로 한 번 짓고 그 위에 목재를 화장실 타일처럼 갖다 붙이기만 한 거지. 저택이 워낙 커서 기별도 안 갈지 모르지만, 그래서 안이 예전보다 좁아졌다지. 그래봤자 지금 사는 치들은 어디가 얼마나 좁아졌는지도 모를 거야. 다 옛날 일이니까. 그냥 좁아졌구나, 하는 거지. 좁아졌구나, 예전에는 훨씬 컸는데, 하고 아쉬워하고 마는 거지.

아이는 응접실에 걸린 「그랑드 자트 섬의 일요일 오후」에 대해 얘기하길 좋아했다. 처음은 미술 시간이었다. 조르주 피에르 쇠라. 시험 범위에 포함되지 않는 이름이었다. 미술 선생은 간단명료한 사람이었다. 그는 인상주의 화가들에 대해 얘기하고 있었고, 중요한 건 에두아르 마네, 클로드 모네, 빈센트 반 고흐 같은 이름이었다. 그러나 아이가 중얼거렸다. 나는 알았다. 그건 중얼거림이었으나, 절대 작은 목소리는 아니었다. 미술 선생도 그걸 알았을 것이다.

이거, 우리 집에 있는데……

미술 선생은 간단명료하고, 오만한 사람이었다. 처음에는 미술 선생이 건방지다 생각했는데, 아니 아니, 그게 아니지, 삼촌이 고개를 저었다. 건방진 건 너지, 그 선생 놈은 오만한 거고. 건방지다는 게 건방진 자신을 견디지 못하는 것이라면, 오만한 것은 자기보다 오만한 타인을 견디지 못하는 거라고, 삼촌은 설명했다. 미술 선생은 고개를 들었다.

이게 있다고? 이 그림이, 네 집에 있다고?

나무 저택의 아이는 고개를 들었다. 마치 의도치 않게 지목을 받아 발표하는 아이처럼.

네, 있어요. 할아버지는 나무 저택의 응접실 가장 잘 보이는 곳에 이 그림을 걸어두었어요. 응접실은 별채에 있는

데, 나는 매일 아침 마당을 가로질러서 이 그림을 보고 학교에 와요.

위작이겠구나. 이 그림은 시카고에 있단다. 미국 말이다. 원본은 거기 있어. 위작일 거란다. 잘해봐야 모작이겠지. 하지만 그런 건 어디에나 있어. 작품이라고 할 수도 없지.

미술 선생은 다시 교탁 위로 고개를 숙였다. 무성의하게. 그러나 그가 교탁 위의 교재를 봤는지, 다른 어디를 봤는지는 모른다. 아이는 맑게 웃었다.

선생님, 나는 어려운 말을 몰라요. 위작이나 모작이 무슨 말인지 알지 못해요. 시카고나 미국은 알지만요. 선생님, 하지만 우리 집 응접실엔 이 그림이 걸려 있어요. 본채에서 나와서 마당을 가로지르면 있는 별채예요. 응접실은 별채에 있죠. 나는 아침마다 마당을 가로질러 가서 이 그림을 봐요. 오늘도 이 그림을 보고 학교에 왔어요. 정말 아름다운 그림이에요. 정말요.

나는 왜 미술 선생이 내내 분을 참지 못했는지, 왜 수업이 끝나도록 자신에게 온갖 모욕을 쏟는 미술 선생 앞에서 아이가 한 번도 울음을 터뜨리거나 표정을 구기지 않았는지 알았다.

아이는 오만했다. 오만한 것은 멋진 일이다. 진짜 오만한 것은 말이다. 진짜 오만한 것은 자기밖에 다른 오만한 사람이 없다는 뜻이다. 진짜 오만한 것은 유일하게 오만하다는 뜻이다. 나는 아이의 오만함을 사랑했다. 나무 저택은 섬이 완전히 섬일 때의 모습을 하고 있다고, 적어도 외형은 그렇다고 부끄러운 듯 고개를 숙일 때 아이의 눈빛에 떠올랐던 그 오만한 자부심을 사랑했다. 사랑이란 이상한 말이다. 멋지지는 않았지만 이상했다. 그 말을 곱씹다 보면 어쩐지 목울대가 뜨뜻해지고, 금방 침을 뱉고 싶어졌다. 처음엔 아이에게 그러고 싶은 거로 생각했다. 아이를 밀어 넘어뜨리고 그 맑은 눈빛에 침을 뱉고 싶다고. 그러나 아니었다. 그런 것이 아니었다. 아이는 별채의 응접실 가장 잘 보이는 자리에 걸린 조르주 피에르 쇠라의 「그랑드 자트 섬의 일요일 오후」에 대해 얘기하길 좋아했지만, 지금껏 누구에게도 그걸 보여주지 않았다. 아이는 그것이 아름답다고, 지금껏 보아온 어떤 것보다 아름답다고 말하길 좋아했지만, 그것이 정말 아름다운지, 어떻게 아름다운지 누구도 데려가 보여준 적이 없었다. 아이는 지금껏 누구에게도 나무 저택 응접실에 있는 「그랑드 자트 섬의 일요일 오후」를 같이 보러 가자고 얘기하지 않았다. 어제, 아이는 내게 그것을 말했다. 내가 유일했다. 그래서 나는 알았다. 그것이 아니었다. 사랑은 그런 게 아니었다. 나는 아이에게 침을 뱉고 싶은 게 아니었다. 그러나 이상하게도 가래가 멈추지 않는다. 집을 나서고 나무 저택으로 가는 동안 몇 번이나 목을 긁어 가래침을 뱉었지만 영 시원찮았다. 이상하다. 사랑은 이상한 일이다. 하지만 그런 것은 정말 중요하지 않았다. 나는 오늘 나무 저택에 간다. 내가 유일했다.

아이를 초대한 것은 충동적인 행동이었다. 실수라 생각하는 것은 아니다. 그건 실례였다. 충동적이었지만 실수는 아니었다. 아이에게 실례이기 때문은 아니다. 그냥 그건, 실수까지는 아니었다. 아닌 건 아닌 거다. 할아버지는 자주 말했다. 아닌 건 아닌 거다! 정확히는 그런 식으로. 정확히 생각해야 한다. 아빠랑 얘기할 때면 할아버지는 금방 흥분했다. 매번 화를 내지는 않았다. 하지만 매번 금방 흥분했다. 두 눈알은 금방이라도 튀어나와 바닥 위를 또르르 굴러다닐 것 같았다. 구슬처럼. 그래, 구슬같이. 할아버지의 눈알은 구슬 같았다. 나는 할아버지의 눈알만큼 완벽히 구슬 같은 눈알을 본 적이 없다. 물론 사람의 눈알은 모두 구 모양이다. 정확히는, 동물의 눈알은 거의 다 구 모양이라고 했다. 나는 학교에서 그것을 배워 알고 있었다. 거의 다라는 것은, 내가 아직 많은 동물을 모른다는 의미다. 나는 멍청이가 아니다. 학교랑 집안 어른들이 알려주는 세상이 전부라 믿는 같은 반 멍청이들과는 달랐다. 정확하게 판단해

야 했다. 판단. 그것은 엄마가 좋아하는 단어다. 나는 할아
버지의 눈알처럼 완전히 구 모양을 한 다른 눈알을 본 적이
없다. 하지만 할아버지의 경우도, 뒤쪽은 본 적 없으니 정
확한 것은 아니다. 정확한 판단은 아니었다. (반구. 마찬가
지로 학교에서 배운 단어다. 쪼개진 구슬, 끓는 물의 기포들,
뚜껑이 닫힌 올림픽경기장. 나는 올림픽경기장을 직접 본 적
이 없다. 언젠가는 볼 것이다. 섬을 나가서). 하지만 흥분한
할아버지의 두 눈알이 튀어나올 때면(흥분한 할아버지의,
두 눈알. 아니면 흥분한, 할아버지의 두 눈알. 둘 다 맞다. 둘
다 정확한 판단이다), 나는 뒷면을 상상할 수 있었다. 뒷면
은 보는 것이 아니라고, 할아버지는 말했다. 아니지, 아니
란다, 아가야. 액자를 들추는 건 화가에게 실례를 범하는
거란다. 그림을 부정하는 일이지. 몹쓸 짓이야. 아가야. 그
림은 뒷면을 보는 게 아니라, 그 너머를 상상하는 거지. 자,
이리 와 보렴. 이리 와서 쇠라가 그린 오후의 강변을 봐보
거라. 처음엔 잘 보이지 않을지도 모른단다. 아무렴, 점묘
화의 오묘한 매력이란 그런 거지. 처음 봤을 땐 어딘지 이
상하고, 영 마음에 들지 않아. 촘촘히 찍힌 점들이 우글거
리는 벌레처럼 하나하나 제 존재를 드러내려는 것 같지. 하
지만 조금만 참아보렴. 그러다 보면 그 벌레들이 실은 거대
한 하나의 유기체라는 사실을 알게 되지. 학교에서 개미에

대해 배웠니? 물론 개미는 벌레가 아니지. 곤충이라고 부르지. 하지만 다를 게 없단다. 저기 우아한 곡선을 그리고 있는 점의 연속이 금세 하나의 양산으로 보이게 될 거란다. 양산을 든 여인이지. 그게 너머야. 그게 진짜 그림이지. 자, 어서 봐보렴. 할아버지가 자주 그렇게, 시체 같은 손으로 내 겨드랑이를 끌어다 응접실 그림에 대해 말했고, 그럴 때면 어느새 잔뜩 심통 난 표정을 한 아빠가 뒤로 다가왔다. 일을 나가고 없을 때도 그랬다. 일을 나가서 없다가도 아빠는 귀신같이—아니면 귀신 같이? 정확히 해야 한다— 나타나 심통 난 표정으로 내 겨드랑이를 끌어당기는 할아버지의 뒤통수를 말없이 노려보았다. 할아버지는 모른 척했다. 귀신이라도 되는 것처럼 아빠를 피했다. 하지만 매번 피할 수는 없었다. 아빠가 그렇게 되도록 놔두지 않았다. 나무 저택은 들판처럼 넓었는데, 숨바꼭질을 하면 아빠는 항상 나를 찾아냈다. 귀신같이. 귀신 같이.

아닌 건 아닌 거다! 더 말하게 하지 마라.

할아버지는 두 눈알이 튀어나올 것 같이 벌겋게 부푼 얼굴로 픽 몸을 돌렸다. 픽. 흥분한 할아버지의 몸에선 다양한 소리가 났다. 오랫동안 창고에 처박혀 있었던 구체관절 인형에서 날 것 같은 소리였다. 그럴 땐 기름칠을 해줘야 한다고 엄마가 말했다. 기름이 다 말라버리면 맞붙은 나무

들이 서로 갉아 먹는다. 결국 나무가 나무를 잡아먹고 해치
다가, 금이 가고 아주 못 쓰게 되는 거야. 그러기 전에, 정확
히 판단해야 한단다. 아주 못 쓰게 되기 전에, 사태를 정확
히 판단해서 제때제때 기름칠을 해줘야 해. 제때제때 손을
보지 않으면 다 쓸모없어지니까. 인형만 그런 것도 아니지.
그래, 어디 인형뿐이겠니. 엄마는 자주 혼잣말했다. 혼자
서 하는 것은 아니었다. 나랑 같이했다. 나랑 있을 때면 엄
마는 말을 하다 말고 혼잣말했고, 아니 정확히 판단해야 한
다, 말하는 척했지만 알고 보면 또 혼잣말하고 있었고, 다
른 사람이랑 있을 때는 그러지 않았다. 예를 들어 아빠랑
내가 같이 엄마랑 있을 때면 엄마는 혼잣말하지 않았다. 쉴
새 없이 종달새처럼 재잘거렸지만(아주 어릴 적의 기억: 저
기 봐, 들어보렴, 종달새가 재잘거리고 있구나, 종달새 소리
야, 참 지랄맞기도 하지. 엄마는 말했고, 나는 종달새를 보지
못했지만 재잘거린다는 것이 무슨 의미인지 이해하게 되었
다) 혼잣말은 아니었다. 엄마랑 아빠가 단둘이 있을 때는
어떤지 모르지만, 내가 잠든 줄 알고 내 침대 옆에서 서로
를 만지작거리며 이상한 말을 주고받는 중에도 엄마는 혼
잣말하지 않았다. 아마도 나랑 같이 있을 때만 하는 것 같
았다. 무서운 얼굴로 혼잣말하며 내가 절대 먼저 자리를 뜨
지 못하게 했다. 엄마는 혼잣말을 좋아했기 때문이다. 좋아

하는 것이 아니고서는 말이 안 될 정도로 자주 했다. 내 머리를 빗겨주며, 붓으로 인형 구석구석 기름을 바르며 그랬다. 하지만 몇 년이 지나고, 나는 창고에서 윤기가 전혀 없이 먼지를 뒤집어쓴 인형을 발견했다. 인형의 팔다리는 잘 구부러지지 않았고, 억지로 굽힐 때마다 기분 나쁜 소리가 났다. 얼굴이 터질 것 같은 할아버지에게서 나는 것과 비슷한 소리였다(정확히는, 똑같은 느낌을 주는 소리였다. 두 소리는 완전히 달랐다. 그런데 완전히 똑같게 느껴졌다. 그게 그거였다). 자, 한번 저 시커먼 개를 보자꾸나. 저 우울한 개를 한번 봐보렴. 아주 자세히 봐야 한단다. 조금 더 가까이 가도 좋단다. 언뜻언뜻 보이는 개의 속살 같은 것이, 털 위로 지저분하게 내려앉은 먼지 같은 것이 실은 완전히 빈 자리라는 것을 알아차릴 정도로 자세히, 우선은 그렇게 봐야 한단다. 저 시커먼 개처럼 보이는 건 그저 검거나 그 비슷한 색깔의 점들의 무더기에 불과하고, 그나마도 점만큼이나 균질한 빈 자리가 속속히 자리 잡은 엉성하기 짝이 없는 무더기고, 고개 숙인 우울한 등 같은 것은 사실 어디에도 없었다는 걸 알아차려야 한단다. 거기서, 그때부터 시작이야. 암, 고작 시작일 뿐이지. 많이들 착각한단다. 그게 끝이라고. 저 적요한 오후의 강변이 실은 존재하지 않고, 있는 것이라곤 색색 점들의 무더기뿐이라는 사실을 알아채면 마법이 끝난다고 생각한단다. 그래서 그들은 가까이 보려고 하지도 않아. 마법을 깨지 않으려고. 되도록 멀찍이 서서는, 우스꽝스러운 포즈를 잡지. 팔짱을 끼고 턱을 괸다는 얘기야. 너도 본 적이 있지? 멍청한 놈들! 하지만 아가야, 알겠니? 그건 멍청한 짓거리란다. 오히려 그림은 그 너머에서 시작되는 거지. 무례할 정도로, 아마 강변의 누군가 정말 저 안쪽에 살아 있었다면 불쾌해했을 정도로 얼굴을 가까이 들이미는 순간 마법이 시작되는 거란다. 그 불쾌함 다음에, 색색 점들이, 우글거리는 그 무미건조한 좌표들이 불쑥 다시 오후의 강변으로 변신하는 순간. 아가야, 보이니? 점들이. 그리고 한낱 점 무더기이면서 여전히 숯처럼 시커멓고 우울한 개이기도 한 녀석이? 그 너머가?

아이를 초대한 것은 충동적인 행동이었다. 아이의 얼룩말 얘기 때문이었다. 아이는 얼룩말의 얼룩무늬가 피를 빨아 먹는 파리에게서 몸을 숨기기 위한 것이라 말했다. 모르는 얘기는 아니었다. 나는 바보가 아니다. 나는 얼룩무늬가 체온 조절에 도움을 준다는 사실도 알고 있었다. 아빠가 알려줬다. 그런 연구가 있었다고 했다. 하지만 아이는 내게 다가와 얼룩말의 무늬가 피를 빨아 먹히지 않기 위해 초원에 제 몸을 숨겨주는 역할이라 말했다. 초원에선 오히려 시커먼 털보단 그렇게 흰색과 검은색이 괴상한 모양으로 섞여 있는 것이 더 숨기 적당하다는 얘기였다. 바보가 아닌 이상 모를 수 없는 얘기였다. 하지만 아이는 이렇게 덧붙였다. 그러니까 초원에서는 얼룩말이 검은 말보다 더 검은 말인 거야. 그렇다고 할 수 있지. 이상한 말이었다. 앞뒤가 맞지 않는 판단, 우스꽝스러운 얘기였다. 그래서 나는 충동적으로 말했다.

너 내일 우리 집에 와서 응접실 그림 보고 갈래?

실수였다고 얘기하려는 것은 아니다. 하지만 곧 있으면 아이가 온다. 아이는 응접실 그림을 보여달라 할 거고, 그럼 할아버지가 구슬 같은 두 눈알을 굴리며 나타날 것이다. 귀신같이. 귀신 같이. 우리 뒤쪽에서 아빠가 노려보고 있을 것이다. 엄마는? 엄마는 아빠가 잠들면 내 방에 찾아와 혼잣말할 것이다. 제때제때 기름칠을 해주지 않으면 안 된단다. 나무의 윤기가 완전히 사라지면 너무 늦어. 그럼 벌써 관절에 무리가 가기 시작하지. 알겠지? 나무는 허약하단다. 기름칠을 제때제때 해주어야 해. 그런 운명인 거지. 잠시만 정신을 팔고 있다 보면 윤기가 죽어선 겉이 상하고 안쪽에 금이 간단다. 이상하지 않니? 겨우 반나절, 하루였던 것 같은데, 시간이 영겁처럼 흘렀구나. 불행한 삶이지. 참으로 불쌍하지 않니? 그래, 지옥 같은 삶이란다.

도무지 현대적인 구석이 없다고나 할까, 그러나 처음엔 그게 아름다워 보였다. 고전미. 중고등학교 미술 선생은 전통적인 미술을 폄훼하는 부류였다. 이상한 일이다. 어떻게 그런 인간들이 선생이 될 수 있었을까? 그것도 이 저주받은 섬의 마력일까? 그러나 나는 폴 세잔 따위의 그림을 도무지 이해할 수 없었다. 아니, 이건 너무 후한 평가다. 사실 나는 세잔의 그림이 엉터리라 생각했다. 과일 특유의 빛깔이라곤 없는 사과 따위를 점토 덩어리처럼 툭툭 테이블 위로 던져둔 그림이 엉터리가 아니라면 무엇일까? 그런 의미에서 이 저택에는 납득할 수 있는 우아함이 있었다. 응접실에 걸려 있는 그림도 나쁘지 않았다. 쇠라는 세잔에 비해 단순하고 직관적이었다. 나는 그가 이 그림 하나를 완성하기 위해 얼마나 많은 습작을 그렸는지 알고 있다. 단순하고 직관적인 노력. 단순하고 직관적인 결과물. 남편은 그것이 지루하다고 생각했다. 황당한 생각이다. 사람들은 단순하고 직관적인 것을 쉽게 폄훼하는 경향이 있다. 빌어먹을 세탁기 버튼을 누르는 법 같은 것. 손잡이를 어느 방향으로 돌려야 냉수가 나오는지 아는 일. 그런 일들은, 그런 일들이 발생시키는 사건들은 조금도 지루하지 않다. 빌어먹을 놀라움의 연속이었다. 그렇다고 저택 안에 있는 모든 것에 한마디 참견을 덧붙이지 않고는 견디질 못하는 두 족속, 남편과 노인네가 틈만 나면 그 그림에 대해 왈가왈부하는 것에 끼어들 생각은 없었다. 나는 의식적으로 그들의 다툼(그들은 그것을 논쟁이라 부르고 싶은 모양이지만, 택도 없다)에 신경을 기울이지 않았다. 그들의 다툼은 뭐랄까, 치졸했다. 너무 치졸해 해결 방안이 없는 다툼이었다. 해결 불가능하고, 그래서 더없이 신랄한 감정들이 그들 가운데 빛깔 죽은 사과들처럼 쌓여 썩어가고 있었다. 어쩌면 썩어 문드러진 과육들이 입을 벌리고, 그 안에서 굴러 나온 씨앗들은 이미 거대한 숲으로 자라났는지도. 닿는 모든 빛을 삼켜버리는 점토의 숲. 생기 없는 숲. 하늘을 쪼개기 위한 도끼날처럼 위압적인 성벽을 이루고 있는 이 숲을 사이에 두고 남편과 노인네가 서로에게 닿을 리 없는 '논리'들을 입이 마르도록 재잘거리는 모습을 상상하면 비실비실 웃음이 새어 나왔다. 정말이지 놀라움의 연속이었다! 고전적인, 너무나도 고전적인 풍속도. 남편은 인정하지 않겠지만, 노인네와 다투고 있을 때면 그는 쇠라의 그림처럼 단순하고 직관적인 사람이 되었다. 아니, 이것은 너무 후한 평가다. 실상 그는 거의 언제나 쇠라의 그림 같은 사람이었다. 노인네와 남편은 이 저택을 장식하기 위해 정교하게 깎아놓은 한 쌍의 목각 인형 같았다. 그들은 저택의 풍경을 완성 짓는 존재였다. 그들을 보고 있다 보면 왜 남편의 동생이 서둘러 저택과 저주받은 섬을 떠났는지 이해할 수 있었다. 그러니까 남편은 단단히 착각하고 있는 것이다. 내가 이제 그를 사랑하지 않는 건, 우리 사이의 사랑(어쩌면 남편은 믿지 않겠지만, 정말 그런 것이 있긴 있었다)이 종말에 다다른 것은 저택과 쇠라의 그림이 단순하고 직관적이어서가 아니었다. 이 단순하고 직관적인 고전미의 세계에는 아무 문제가 없었다. 그것이 아름답다 여긴 적도 있었다. 이제 그렇지 않을 뿐이다. 지루했던 것이 아니라 지겨워진 것이다.

빌어먹을 늙은이가 이 집을 백 년 전으로 되돌리지 못해 안달이더군. 과자를 처먹다가 체한 애새끼처럼 난리를 피웠어, 알아? 하, 백 년 전! 늙은이는 왜놈들이 이 섬 곳곳을 들쑤시고 다니던 시절로 돌아가고 싶은 거야! 정말 대단해!

늙은이와 한바탕 푸닥거리를 하고 난 후면 남편은 안방을 종일 들쑤시고 다녔다. 무언가 찾으려는 것은 아니었고, 그냥 의미 없이 서랍과 문을 열었다 닫고, 물건의 위치를 아무렇게나 바꿀 뿐이었다. 자 보라고! 나는 이 서랍을 열 수 있지, 내 마음대로! 닫을 수도 있어, 이 향수병을 땅바닥에 놓는 것도 가능해! 내 물건이니까! 모두 내 주머니에서 나온 돈으로 산 것들이니까, 마땅히 내가 원하는 대로 움직일 수 있지, 내겐 그럴 권리가 있어! 하고 주장하듯. 그러나 실상 그런 남편의 모습이야말로 서랍장에서 몰래 접객용

고급 과자를 훔쳐 먹다 체해 한 번도 제 손으로 꺼내본 적 없는 약통을 찾아 온 집 안을 들쑤시는 게으른 악동을 닮아 있었다.

웃긴 게 뭔지 아나? 그 늙은이도 아직 백 년을 못 살았다는 거야! 한참 못 살았지! 늙은이는 백 년 전 여기가 어땠는지 알지도 못해! 누구도 알지 못하지. 사실 허허벌판뿐이었는지 누가 아나? 홀라당 태워먹은 똑같은 모양의 집이 있었다고? 철근도 콘크리트도 쓰지 않고 나무로만 세운 웅장한 저택이? 하! 실은 섬 같은 건 없고 온통 뻘밭이었는지 누가 알지? 암! 충분히 그럴 수 있지. 그렇지 않나? 백 년이란 시간은 그런 거야. 시간은 그런 거지. 망령 같은 거야! 늙은이가 망령에 사로잡힌 거라고! 아니면 그 늙은 놈이 망령 그 자체인지도 모르지. 저택의 망령! 이미 한 번 뒈져서 재가 된 옛 저택의 망령 말이야! 자네, 그런데 정말 웃긴 게 뭔지 아나? 빌어먹을 그 망령에게 아직 권리가 있다는 사실이야. 빌어먹을 이 집의 운명이 망령의 손아귀에 쥐어져 있다고! 그 좆같은 망령이 우리 목구멍을 틀어막고 있어!

남편은 나와 대화를 하고 싶은 게 아니었으므로, 나도 구태여 대꾸하지 않았다. 고개를 끄덕이는 시늉을 할 필요도 없었다. 남편의 말마따나 우리는 참으로 망령 같은 시간을 지나왔고, 이제 나나 남편이나 그런 애들 장난 같은 시

늪에 의미를 부여하지 않았다. 대신 나는 옛 아이를 떠올렸다. 망령 들린 집에 홀려 고전적인 연극의 두 배역이 되어버린 제 어미와 형에게서 도망쳐 일찍이 섬을 떠난 아이였다. 나는 아이에게 처음 이 저택에 초대받았던 날을 기억한다. 응접실에 걸린 쇠라의 「그랑드 자트 섬의 일요일 오후」를 같이 보자는 것이었다. 당시에는 더더욱 응접실이 딸린 집이나 거기 걸린 그림 같은 것이 흔하지 않았기에, 관련된 사건이 몇 번 있고부터 학교에 그에 대한 호기심과 시기심이 섞인 소문이 널리 퍼져 있었다. 그러나 재밌는 건, 항상 제집 응접실에 걸린 그림, 센강의 우아한 휴가 풍경을 그린 그림에 대해 은근히 입을 열고 싶어 안달이 나 있었던 아이였는데도, 그것을 직접 보여주기 위해 집에 누군가를 초대하는 일이 없었다는 점이다. 아이는 그것이 마치 바깥 공기에 닿기만 해도 부식되는 옛 왕릉의 보물이라도 되는 양 굴었다. 응접실은 응접실이었으므로 일주일에도 몇 번씩 손님이 드나들며 그 그림에 대해 이런저런 품평을 늘어놓을 것을 생각하면 우스운 일이었다. 따라서 너무 오래 해소되지 못한 호기심에 지치거나, 어떻게든 제 시기심을 표출하기만 하면 그만이었던 대다수 아이가 그림 얘기가 나오기만 하면 아이를 거짓말쟁이로 몰아가곤 했던 것은 마땅했다. 되짚어보면 아이는 정말 제집 응접실에 걸린 「그랑드 자트 섬의 일요일 오후」가 진짜라 믿었던 것 같다. 비난과 조롱에 열정적인 몇몇이 제 부모에게 진상을 묻고 와선 그 그림이 가짜라는 사실을 알려주었지만(개중엔 정말 그 사실을 아이에게 '친절히 알려주려는' 부류도 있었다), 아이는 아랑곳하지 않았다. 그런데 그런 아이가 같이 응접실의 그림을 보자며 나를 초대한 것이었다. 당시엔 그런 일에 대해 미숙했으나, 그것이 일종의 고백이란 것 정도는 이해했다. 그러나 이상한 일이다. 아이가 처음 내게 그림을 같이 보자고 초대했던 날의 감각들, 이를테면 해변 가장자리로 제멋대로 솟은 바위, 높은 파도가 친 뒤였는지 한낮의 열기에 달아오른 맨들맨들한 표면과 엉덩이 사이 희미하게 퍼졌던 축축함, 우리의 등장에 놀란 것인지 아니면 그저 긴 꿈을 꾸는 중인지 두어 뺨 옆에 납작이 엎드려 있었던 갯벌레, 바다를 건너야만 갈 수 있는 먼 나라의 적요한 강변 풍경과는 도무지 연결 지을 수 없는 짜고 세찬 바람 따위를 기억하는 것은 조금도 어렵지 않았으나, 이 저택 앞까지 걸어와 아이의 안내를 따라 대문과 마당을 통과해 응접실에 걸린 쇠라의 「그랑드 자트 섬의 일요일 오후」를 본 일에 대해선 전혀 기억할 수 없었다. 약속이 파기되었던가? 아무려나 많은 시간이 지나 나는 이 낯선 강변을 그린 그림을 지겹도록 마주쳐야만 하는 삶을 살게 되었다. 이제는 눈을 감은 채로도 그림의 세부를 떠올릴 수 있다. 이를테면 검은 개가 어떤 자세로 어느 위치에 있는지 따위를. 검은 개는 나무 그늘이 넓게 펼쳐진 전경 쪽에 그려져 있다. 허리를 세우고 강 쪽으로 비스듬히 누운 민소매 남자 뒤, 무엇을 찾는지 풀밭에 코를 들이밀고 있는 검은 개. 남자 옆에는 단정하게 차려입은 남녀가 앉아 있는데, 남자와 이들은 어울리지 않는 일행 같기도, 그저 평면적인 구도 탓에 의도치 않게 엮인 완전한 타인들처럼도 보인다.

자세히 봐야 돼. 아주 가까이. 개들이 밥을 먹을 때처럼. 코가 닿을지도 모를 정도로 가까이 가서 봐야 돼. 그때부터가 시작이야. 거기부터 시작되는 거야.

아이는 종종 다른 아이들을 모아놓고 말했다. 그러나 그것은 황당하고 무리한 요구였다. 아이의 요구를 따라, 요컨대 아이의 두 눈이 응접실 문이라도 되는 듯 열어젖히고 거기 서서 우리를 기다리고 있는 낯선 아이, 우리 모두 알고는 있었지만 누구도 진심으로 믿고 상상하지 않았던 모습의 아이, 거대한 저택에 딸린 응접실에서 편하고 자연스럽게 걷고 움직이는 아이, 자신에게 주어진 부유함에 단 한번도 이상함을 느껴본 적 없는 그 우아하고 무지한 아이와함께 「그랑드 자트 섬의 일요일 오후」를 가까이 들여다보기엔 우리에게 주어진 재료가 너무 빈약했기 때문이다. 아무리 좋게 봐줘도 아이의 묘사는 형편없었다. 알겠어? 이게 그려져? 아이는 중간중간 조바심에 찬 얼굴로 묻곤 했고, 그것은 차라리 무능의 실토였다. 아이가 아무리 열띤 어조로 그림을 묘사해도 우리에게 보이는 것은 아이의 크게 뜬 두 눈뿐이었다. 하지만 아이는 달랐다. 아이는 마치 정말 거기 그림이 걸려 있기라도 한 것처럼 고개를 쭉, 가까이 내밀었다. 먹이를 탐하는 개처럼. 제 앞에서 얘기를 듣고 있는 다른 아이들, 이를테면 내 얼굴을 향해. 아이는 우리가 그의 두 눈을 통해 보지 못하는 것을 우리의 두 눈을 통해 보는 것 같았다. 우리의 두 눈을 열어젖히면 거기 그림이 걸린 응접실이 나타나기라도 한다는 듯. 유쾌한 경험은 아니었다. 아이가 당장이라도 내 두 눈을 열고 들어설 것처럼 얼굴을 가까이 들이밀고 그림 얘기를 할 때면, 나는 가져보지도 못한 것을 약탈당한 기분이 되었다. 당시엔 '약탈'이라는 단어를 정확하게 이해하지 못했으나, 내가 잘못 느꼈다 생각하지는 않는다. 아이는 분명 내 두 눈을 문처럼 이용해 한 번도 존재한 적 없었던 나의 응접실에서 무언가 약탈해갔다. 그러니까 나는 아이에게 시기심을 느끼는 쪽이었다. 그러나 어느 날 아이는 내게 제 응접실의 그림을 같이 보자고 얘기했고, 모든 것이 바뀌었다. 그것은 일종의 고백이었고, 아이는 어땠을지 모르나, 나는 사랑에 빠졌다. 한없이 우습고도 정열적인 사랑이었다. 남편이 제 동생과 나의 관계에 대해 얼마나 많은 것을 아는지, 혹은 전혀 모르는지 나는 알지 못한다. 결혼하고 얼마까지는 남편이 모든 것을 알고 있다 믿었다. 모든 것을 알고 있어 남편은 더더욱 내게 집착할 수밖에 없는 거로 생각했다. 그러나 이제 모르겠다. 중요한 일은 아니다. 시간은 저주받은 망령 같고, 망령은 우리의 육체와 영혼을 공평하게 앗아갔다. 많은 일이 사사롭게 여겨진다는 것은 두려운 일이다. 죽음만이 모든 일을 사사롭게 여기기 때문이다. 영겁만이 모든 일을 사사롭게 만들기 때문이다. 재질과 염료를 고려해 빨래할 옷가지를 나누는 일, 일주일에 두어 번 정도 모든 창을 열고 집을 떠도는 먼지를 빼내고 햇볕을 들이는 일. 영겁을 사는 일이란, 영겁을 살며 영겁에 패배하지 않는 일이란 그런 단순하고 직관적인 행위의 반복이었다. 지옥을 지옥답게 단정히 유지하는 일.

증조부는 치명적인 실수를 했다. 이미 한 번 날린 집을 다시 지어버린 것이다. 멍청한 짓이었다. 저택을 다시 짓고 유지하는 데에 증조부는 남은 생을 모조리 쏟았다고 했다. 대대로 물려받은 재산에도 적잖은 타격을 입었다고 했다. 그만한 대공사였다고, 증조부의 이야기는 전설처럼 내려왔다. 그러나 이야기를 부풀리기 좋아하는 치들과 다르게 나는 이 집을 짓기 전까지만 해도 증조부가 섬에서 손에 꼽히는 대부호였다는 얘기는 믿지 않는다. 물론 증조부에겐 넉넉하고도 남을 재산이 있었으리라. 그러나 증조부는 진짜 부자가 아니었다. 애당초 아무리 수완이 좋기로서니 조선인 따위가 어떤 종류든 진짜가 될 수 있는 시대도 아니었다. 만약 증조부가 진짜였다면, 고작 콘크리트 건물에 목재를 안팎으로 덧댄 집 따위를 짓고 유지하는 데에 남은 생을 전부 토해내야 하지는 않았으리라. 충분한, 더 충분한 재산만 있었다면 시간 따위 얼마든지 사들일 수 있었으리라. 크기야 어쨌건 고작 건물 따위에 휘청거릴 만한 생과 재산, 그것이 전설이 된 증조부의 진짜 현실이었다. 진짜, 진짜는 차라리 이 집이었다. 한옥의 구조상 본채도 2층에 불과했으나, 섬의 양쪽으로 다리가 놓이고 호텔이며 펜션이며 해안을 따라 온갖 그럴듯한 모양의 건물들이 마구잡이로 들어선 뒤에도 단연 눈에 띌 정도의 압도적인 풍채였다. 섬의 작은 궁궐. 사람들은 그렇게 불렀고, 그것은 헛된 망상을 불어넣기 적당한 이름이었다. 그러나 전설은 전설, 이름은 이름일 뿐이었다. 무지막지한 몸집은 이제 그 모습 그대로 역한 냄새를 풍기며 썩어가고 있었다. 미심쩍은 전설의 증거물이 된 집, 이 괴물은 더는 본래의 기능을 수행하지 않왔다. 이것은 차라리 족쇄, 작은 섬에서 아득바득 긁어모은 소박한 부로 영원을 건축할 수 있으리라 믿었던 가문에 내려진 천형이었다.

집안 꼴이 말이 아니구나. 차라리 저기 널리고 널린 집들처럼 방문마다 도어록을 달고 세라도 내지 그러냐? 요샌 게스트 하우스라는 게 유행이라더구나. 제 근본도 모르는 놈들이 함부로 궁둥이를 들이밀고 앉아 있는 게 이 집이 딱 제격일 듯한데, 네 생각은 어떠냐.

일을 그만두고 집에 틀어박힌 후로 늙은이는 기회만 되면 나를 붙잡고 온갖 트집을 잡아대며 투덜거렸다. 내가 집 관리를 엉망으로 해 가문의 유산을 망쳐먹고 있다는 거였다. 황당한 얘기였다. 하숙집이라니! 게스트 하우스라니! 어디 한번 해볼 수 있다면 해보라지! 도대체 누가 이런 쇠락한 저택에 밤을 보내러 오겠는가? 늙은이는 모르겠지만 이미 몇 번 그가 친구를 만나겠다며 집을 비운 사이 예의 하숙집이며 게스트 하우스를 하고 싶다고 관심을 보이는 이들을 데려온 일이 있었다. 그러나 누가 이런 집에 손님을 들이려 하겠는가? 나는 본채와 별채를 한번 스윽 둘러보더니 금세 흥미를 잃은 표정으로 대문을 나섰던 이들을 기억한다. 간혹 내게 안쓰러운 미소를 지어 보이거나, 얘기로 들은 것과 너무 다르다며 대놓고 성을 내는 이들도 있었다.

요컨대 애당초 글러먹은 집이었다는 얘기다. 온통 갈라지고 비틀어진 나무판자에선 종일 퀴퀴한 냄새가 새어 나왔고, 비가 쏟아지는 날이면 바닥은 금세 물먹은 스펀지처럼 변해 차마 맨발로 걸어 다닐 수 없을 지경이었다. 더 큰 문제는, 안을 철근과 콘크리트로 채운 이상 이 괴물이 전처럼 쉽사리 무너지지도 않으리란 강렬한 예감이었다. 이놈은 우리보다 먼저 고꾸라지지 않으리라. 속이 온통 썩어 문드러진 채로 생보다 더 긴 죽음을 사는 고목의 둥치처럼. 전설처럼. 어쩌면 전설 그 자체가 되어 전승되리라.

자, 가까이 오렴. 그렇게 멀리 떨어져선 안 돼. 그림 안으로 들어가려면 우선 가까이 봐야 한단다. 시체의 눈알을 뒤집고 내장을 파헤치는 검시관처럼. 그들처럼 봐야 해. 자, 어서.

제 방에 있는 둘째를 응접실로 끌고 나와 예의 빌어먹을 레플리카 앞에 세워두고 한바탕 장광설을 늘어놓는 것은 늙은이의 마지막 남은 취미였다. 가까이. 더 가까이. 어릴 적 수도 없이 들었던 이야기, 지겨울 만큼 보았던 그림이고, 어쩌면 늙은이 역시 조부에게서, 혹은 증조부에게서 같은 추억을 전승받았으리라. 늙은이는 정말 자기가 하는 이야기를 믿을까? 나는 종종 궁금했다. 나나 둘째에게 시켰듯, 스스로 그 조악한 가짜를 가까이 들여다본 적이 있을까? 몇 번 사진으로만 본 적 있는 아이 적의 그가, 나나 둘째가 그랬듯, 불시에 양 겨드랑이로 기어들어 오는 단단하고 메마른 두 손에 자유를 빼앗기는 순간을 상상하는 것은 어렵지 않았다. 반항이 용납되지 않는 무력한 자세로 매달려 두드러기 핀 피부처럼 역겨운 반점들로 가득한 화폭 가까이 들이밀어지는 아이들. 얼굴들. 모욕이라는 단어를 아직 배우지 못해 내장 위를 기어오르는 감정을 다만 어리둥절하게 느낄 뿐인 어떤 닮음들. 끔찍하고 끔찍한.

    ……아니, 틀렸어. 이 그림은 진품이네. 내가 보증하지. 왜, 믿기지 않나? 진품은 저 바다 건너 아메리카에 있지 않냐고? 아무리 한평생 부족함 없이 살아왔기로서니 그런 고가의 그림을 어떻게 사랑채에 가져다 놓을 수 있었느냐고? 그래그래, 이해하네. 그렇게 생각할 수 있어. 이 그림이 가품이라고. 허접스러운 흉내쟁이라고. 하지만 말이야……
아니, 틀렸다네. 이 그림이야말로 진품이지.
    이해가 가지 않는 모양이군. 그렇지? 하고 싶은 말들이 간질간질 목구멍 가득 찼는데 차마 입 밖으로 꺼내지는 못하고 있군. 아무래도 자네는 아쉬울 게 많은 입장이니, 저 놈팡이가 웬 헛소리를 하는가 싶으면서도, 변변한 반론도 내놓기 힘들 게야. 그렇지? 이해하네. 나로서도 구태여 자

108

네와 말다툼을 벌일 이유는 없어. 이 나이 먹고, 아쉬운 소리 하려 찾아온 손님을 붙들고 내 그림이 진품이네 가품이네 말다툼을 하는 것이 얼마나 우스꽝스럽겠나? 그러니 이렇게 하지. 자넨 가만있게. 내가 얘기하겠단 얘기야. 자네는 대답하지 않아도 좋네. 고개를 끄덕이고 싶지 않다면 그렇게 해. 내 말이 맞다느니 맞장구를 칠 필요 없다는 얘기야. 그냥 가만히 듣기만 하면 되네. 헛소리라 생각되면 그런 대로, 저택 밖에서 얼마든지 떠들어대게나. 자네가 바깥에 나가서 옛 저택에 망상병 든 늙은이가 산다며 뒷담화를 지껄일지언정 그것이 내 귀에 들려올 가능성이 얼마나 되겠나? 이제 와서 내가 이 저택을 나갈 일이 관짝에 실려 나가는 일 외에 몇 번이나 더 있겠냐 이 말이야. 아들놈이나 며느리가 혹여 불쾌한 얘기를 전해 듣는다 해도 내게는 들려오지 않을 테니 걱정 말게나. 그 놈년이 더하면 더했지 덜하진 않을 테니. 그런 기대일랑 진즉에 끊어버렸다네. 듣자 하니 이따가 애들을 데리고 마실을 다녀올 모양이라던데, 인제 나한텐 같이 가겠느냐고 한마디 질문도 않더군. 묻는다고 나갈 생각이었겠느냐마는…… 요컨대 자네가 저택을 나가서 무슨 해괴망측한 얘기를 떠들어대든 그것이 얼마 남지 않은 내 생과 눈곱만큼이나 연관이 있겠느냐는 얘기일세. 그렇지?

우선 다른 얘기를 하는 게 좋겠네. 모든 일엔 순서가 있는 법이니까. 요새 젊은것들은 다들 이 순서라는 것을 무시하는 것 같아. 순서라든지 순리 같은 말을 꺼내기만 해도 질색팔색을 하며 구린내라도 맡은 듯 눈살을 찌푸리지. 하지만 세상엔 변하지 않는 이치가 있는 법이라네. 아무리 아닌 척, 우리 젊은이들은 다릅네 해도 순리라는 게 그리 만만치가 않아. 순서가 갖춰지지 않고서는 아무것도 제대로 돌아가지 않는 법이지. 특히나 이야기란 게 그래. 그렇지? 이 저택이 다시 지어지고서야 지금의 나도 있을 수 있는 법이야. 내가 여기 있어야 자네가 나를 찾아올 수 있는 것처럼 말일세. 거기다 한번 저택이 홀라당 불타 없어지지 않고서야 이 저택이 다시 지어질 수 있었겠나. 요컨대 이런 말이네. 결국 자네가 거기 안달 난 개처럼 앉아 그래서 먹이는 언제 떨어지나 기다리며 내 얘기를 듣고 있는 것은 다 당초의 저택이 불타버린 탓이야. 그렇지? 그러니 우선 저택이 불타기 전부터 시작하는 게 좋겠어. 기억하나? 아니, 그럴 리가 없지. 자네가 아직 태어나기도 전이니까 말이야. 하지만, 하지만 어쩌면 기억하는지도 모르지. 기억이란 건 실타래 같은 거니까 말이야. 척 보면 어떻게 꼬여 있는지 알 것 같다가도 막상 삐죽 튀어나온 것을 당겨보면 전혀 생뚱맞은 방향으로 빙그르르 돌아간다는 얘길세. 있을 리 없는 기억이 하나둘쯤 떠오른대도 이상할 것이 없지.

어릴 적에 말이네, 동생 놈이 키우는 개가 하나 있었다네. 귀여운 구석이 없진 않았으나 도무지 정이 들지 않아서, 무슨 종이라느니 그런 것은 기억나진 않지만, 털이 새카맸다는 건 기억하네. 달이 뜨지 않아 온통 먹칠을 해놓은 것 같은 밤에 세워놓아도 한눈에 알아볼 수 있을 정도로 새카만 녀석이었어. 제아무리 밤이 깊어도, 먹을 되는대로 다 풀어놓은 듯한 풍경이래도, 그놈을 세워놓으면 아직 세상에 먹을 풀어놓을 빈틈이 남아 있다는 걸 알 수 있었다네. 그놈이야말로 먹 그 자체요, 참으로 어둠이었던 게지. 그러고 보면 동생 놈은 그런 것을 왜 그리 좋아했는지 알다가도 모를 일이야. 그렇지? 하지만 어쨌든 동생은 다른 무엇보다 그놈을 아꼈어. 그거 하나만큼은 확실했다네. 그 시커먼 것을 제 몸뚱이보다 소중히 여겼지. 정이 들지야 않았지만, 동생 놈이 그렇다는데 나라고 그놈을 소중히 대하지 않을 까닭이 있었겠느냐는 얘기야. 이미 식구인 동생이 그놈을 식구로 여기니 나도 자연히 그놈이 식구겠거니 하고 여겨야지. 그것이 순리니까. 그러나 자네라면 잘 알 것 아닌가? 같은 식구라도 정말로 다 같은 식구는 아닌 법이라는 걸. 소중히 여긴다고 정말 다 같이 소중히 여기는 것은 아니지. 요컨대 내가 그놈을 소중히 여기는 방식이란 것은 좀 유별

났다는 얘기야. 아마 자네는 이해할 걸세.

한번은 그놈 등짝에 팔뚝만 한 상처를 냈다네. 두 부모가 모두 집을 비우고 동생도 놀러 나갔는지 보이지 않는 날이었어. 변명처럼 들리겠네만, 적잖이 심심했다는 얘길세. 뭐라도 가지고 놀지 않고서는 견딜 수가 없겠더군. 그래서…… 그래서 부러진 나뭇가지를 가지고 그랬던가? 아니면 어머니 서랍장에서 훔친 은단도를 가지고 그랬는지도 모르겠네. 그 나이대 애들이 다 그렇지 않나? 나뭇가지든 은단도든 손에 쥐여주면 다 장난감이 되지. 나뭇가지였든 은단도였든, 중요한 일이 아니었다는 얘기야. 날카롭고, 휘두를 수 있었으면 뭐든 마찬가지지 않았겠나? 아무튼…… 문제는 그다음에 일어난 일이었다네. 황당하게 들릴지 모르지만, 정말 그다음 일만 없었다면 문제가 그리 커지지 않았을 게야. 하지만 무의미한 소리지. 세상엔 순서가 있는 법이고, 그것은 그리 만만한 게 아니라네. 요컨대 항상 동생 놈이랑 신이 나서 뒹구는 꼴만 봐온 덕에 잊고 있었네만, 그놈도 개는 개였다는 얘기야. 갑작스럽게 등짝이 찢긴 놈이 놀라서 내 왼손을 물었던 게지. 비명을 질렀던가. 잘 기억이 나지 않는구먼. 어쨌든 그리 큰 상처는 아니었어. 만약 그놈이 진심이었다면, 조막만 한 내 왼손은 비명을 지르고 말고 할 것도 없이 진즉에 작살이 났을 거라네. 하지만 그런 일은 일어나지 않았어. 그저 작은 구멍이 몇 개 희미하게 생겼을 뿐이지. 사실을 말하자면, 나는 조금도 심각함을 느끼지 못했다네. 별로 아프지도 않았어. 하지만 어떻게 아이 생각이랑 부모 생각이 같을 수 있겠나. 장에 다녀온 어머니는 우선 그놈의 등짝에 난 상처를 발견하곤 비명을 질렀다네. 그럴 만도 해. 팔뚝만 한 상처였으니까. 상처 주변부터 시작해 오른쪽 허리와 배까지 온통 검붉은 피가 굳어 있었지. 어쩌면 강도가 들었다고 생각했는지도 모르네. 어머니는 서둘러 나랑 동생을 찾았거든. 아버지가 늦는 건 알고 있었으니까. 하지만 다행인지 아닌지 강도 같은 건 들지 않았고 나는 부름을 듣고 바로 어머니께 달려갔지. 어머니는 자초지종을 물었다네. 무슨 일이 있었던 거냐고. 왜 개의 등짝이 엉망이 된 거냐고. 생각해보면 신기한 일이네만, 그 순간 이전에, 요컨대 그놈 등짝에 팔뚝만 한 상처를 냈을 때나 그놈이 내 왼손에 이빨 자국을 남겼을 때 느끼지 못했던 어떤 예감이 느껴지더군. 본능적인 감이라고 하는 게 맞겠군. 그러고 보면 역시 순리에 맞는 일이었어. 나는 다른 설명을 하는 대신 내 왼손을 보여줬으니까. 나는 알았던 게지, 다른 설명을 하지 않는 게 낫다는 걸. 그러고 보면 그 순간 나는 등짝이 찢어지고도 내 왼손을 작살내지 않았던 그놈보다 더 개같았지. 개 같은 게 아니라 개같았다는 얘기네. 그렇지?

젊었을 적엔 그런 생각을 하곤 했다네. 만약 그때 어머니가 다시 한번 자초지종을 물었다면 어찌 됐을까. 희미한 구멍이 몇 개 생긴 내 왼손을 보고도 어머니가 자초지종을 이해했다 생각하지 않았다면 말일세. 아마 그랬다면 나는 솔직하게 얘기했을 걸세. 그저 장난감을 가지고 놀았을 뿐이라고. 아이니 아이답게, 천진한 행동을 벌인 거라고. 왜 그랬을 것 같나? 어렵게 생각할 것 없네. 그저 거짓말에 서툴렀을 뿐이야. 아이라는 것이 다 그렇지 않나? 자기는 요령 좋게 어른들을 속여먹는다고 믿지만, 실은 전혀 그렇지 못하거든. 다른 아이들과 나 사이에 차이점이 있었다면 나는 내가 어른들을 능숙히 속여먹지 못하리란 걸 잘 알았다는 정도일 게야. 그러고 보면, 나는 그때도 거짓을 행한다는 생각이 전혀 없었네. 사실을 보여줬을 뿐이지. 내 나름대로, 또 하나의 설명이 필요한 자초지종을 보여주었을 뿐이라네.

어머니가, 그리고 이후에 돌아온 아버지가 정확히 어떤 상상을 그렸는지는 알지 못한다네. 달리 얘기해준 게 없었거든. 하지만 예상해볼 수는 있지. 내 부모의 당혹스러움을 그려볼 수는 있다네. 멀쩡히 잘 지내던 첫째와 개가 갑자기 서로를 물고 뻤으니, 오죽 당황하지 않았겠나. 그들이 어떤 상상을 했을지 쉽게 상상할 수 있어. 멀쩡히 잘 지내던 것들이 그런 것을 보니, 실은 멀쩡히 잘 지내던 게 아니었구나! 저 검은 개 놈이 둘째에게 원체 사랑을 받다 보니 이제 첫째에게 기어오르기 시작했구나! 예나 지금이나 부모란 족속들은 참 상상력이 빈곤하기 짝이 없지 않나? 그렇지?

그다음으로는 어떤 일이 일어났을까. 어떤 순서가 이어졌는가 하면, 내 부모는 그놈을 영영 치워버렸고 동생 놈은 식음을 전폐했다네. 모든 게 순리대로 흘러갔지. 말했잖나. 식구로 여기는 게 다 같은 식구로 여기는 게 아니라고. 또 동생은 그놈을 제 몸보다 아꼈다고. 더 아끼는 것을 위해 덜 아끼는 것을 희생하는 것은 전혀 이상한 일이 아니지. 요컨대 내 부모나 동생이나 똑같았다는 얘길세. 동생한테 말라 죽어가는 제 몸뚱이는 하나도 중요하지 않았을 게지. 동생 놈한테 진짜 몸뚱이란 도리어 하루아침에 증발해버린 그놈이었을 테니. 나는 그것을 알고 있었지. 내 부모는 그것을 좀처럼 이해하지 못하는 것 같았지만 말일세. 하지만 나는 부모에게 찾아가 그것을 말하진 않았어. 왜 그랬냐고? 글쎄…… 왜 그랬을 것 같나?

나는 그저 순리대로 행동했을 뿐이네. 그러고 보면 나도 내 부모와, 또 동생과 같았지.

얘길 하다 보니 부모가 치워버리기 전에 마지막으로 보

왔던 그놈의 등짝이 생각나는구면. 뱀 몇 마리가 뒤엉켜 꿈틀대는 것처럼 징그러운 피딱지가 앉아 있었던 등짝 말일세. 그땐 그게 참 이상해 보였거든. 동생이 정성스럽게 피를 다 닦아준 덕에 피딱지 주변의 털은 이전처럼 깨끗하고 막막한 검은색을 되찾았지. 이상했던 것은 털 안쪽이었어. 전에는 수북한 털에 가려져서 보이지 않았는데, 상처가 난 부위 주변에 털이 빠져나간 덕에 피딱지 주변의 맨살이 보였던 걸세. 글쎄, 그것은 전혀 검정이 아니었지. 이제 와 생각해보면 참 별것도 아닌 거에 일일이 놀랐는지 우스울 뿐이지만 말일세. 그 나이대 아이란 것이 다 그렇지. 그 밤보다 시커먼 것 안에 다른 색깔이 있을지 어찌 상상이나 했겠나? 그것이 온통 검정이 아니라고는……

왜, 그놈이 없어진 것이랑 저택에 불이 난 것 사이에 모종의 연관이 있을 것 같나? 그렇다면 그런대로, 자네가 원하는 대로 생각하게나. 이를테면 이런 생각이 들지도 모르네. 어쩌면 동생 놈은 그놈의 등짝을 찢은 형과 그런 형을 벌하는 대신 그놈을 없애버린 두 부모에게 앙심을 품었을 거라고. 그것은 순리에 맞는 일이지. 하지만 말이네, 아무도 그런 앙심만으로 제 몸과 집에 불을 붙이지는 않는다네. 그렇지? 자네라면 잘 알겠지. 그런 것만으로는 부족하다는 걸…… 아니면 자네도 그런 전설을 믿나? 왜놈에게 제 동

포를 팔아다 넘긴 부모의 악덕을 견디지 못해 집과 함께 분
신해버린 어린 혁명 투사의 전설 같은 것 말이야. 아니, 아
니지. 그건 아니야. 혹시라도 누가 자네한테 그런 전설에
대해 진지하게 떠들걸랑 곧바로 집에 들어가 두 귀를 씻어
내게나. 실제로 내 부모는 몹쓸 놈들이었지. 민족반역자였
다네. 동포를 팔아넘기는 것은 물론 왜놈에게 잡혀 여기로
유배당한 조선인과는 그림자도 엮이려 하지 않았다네. 하
지만 아니야. 그렇다고 그렇게 지나친 이야기를 해대서는
안 되는 게야. 동생 놈 나이가 고작 열 살이 못 되었을 때였
다네. 제 몸뚱이 같은 개를 못 보게 되어 반항심으로 금식
을 할 줄은 알았지만, 애국심에 제 분신을 할 수 있는 나이
는 아니었다는 얘길세. 그런 순서는 불가능하지. 그러니 차
라리 이런 이야기는 어떤가? 동생 놈은 그냥 놀고 있었을
뿐인 게야. 나처럼 말일세. 그 나이대 애들이 다 그렇지 않
나. 손에 쥐고만 있으면 불도 그저 신비로운 장난감이지.
옛 저택은 여러모로 문제가 많았으니까 말일세. 삽시간에
불타 사라진 그것을 다시 짓겠다고 난리를 피웠을 때, 관
료 놈들이라고 아무 생각 없이 그리 반대했겠나? 그놈들이
허투루 일하는 것처럼 보여도 다 나름의 원칙이 있는 법이
지. 물론 추측이네. 다른 사람이 모두 자리를 비운 사이 동
생 놈은 그만 저택과 함께 숯덩이가 되어버렸으니 진상이

야 알 길이 없지. 다만 순서가 있었을 게야. 나나 자네는 영원히 알지 못할 그런 순서 말일세. 그렇지?

아무려나 한순간에 저택과 막내를 잃어버린 부모는 제정신이 아니었어. 특히 어머니 쪽이 난리였지. 어머니는 가히 미친년 같았다네. 잿더미를 파헤쳐 찾아냈는지 저 혼자 지옥에 다녀왔는지, 어디서 구했는지도 알 수 없는 저택의 옛 설계도를 들고 왔을 때만 해도 아버지는 저택을 다시 짓는다는 어머니의 계획에 열렬히 찬동했지만, 막상 온갖 문제가 터져 나오자 금방 마음을 돌렸거든. 하지만 어머니는 달랐지. 어머니는 무슨 일이 있더라도 저택을 되살려내고자 했다네. 거기다 이전보다 더 크고 웅대하게 말이야. 왜, 몰랐나? 그럴 수도 있지. 다른 사람들에 비해서야 자네가 이 저택 사정에 대해 밝겠지만, 그래도 옛일이니까, 자네 역시 뭣도 모르고 떠드는 이들 얘기를 듣고 그러려니 했을 게야. 안에 공구리를 부은 바람에 모양만 똑같지 예전만한 크기가 안 나왔다고 하던가? 아니, 틀렸다네. 저택은 오히려 더 커졌지. 원래 저택은 이렇게까지 웅대하지 않았다네. 생각해보게. 그 옛날에 이 섬에 누가 이런 휘황한 저택을 지으려고 했겠나. 지금만 한 기술도 없던 시절에 바다나가 물고기 잡아다 먹고 사는 이들한테 2층짜리 저택이다 무슨 소용이었겠어. 유배 온 양반 놈 작품이었지. 유배

온 주제에 그래도 잘 숨겨놓은 것이 있어서, 아니지, 그렇게 한번 된통 털어낸 뒤에도 남은 게 있어서 유배됐는지도 모르겠구먼, 하여튼 그런 양반 놈이 체통 한번 세워보겠다고 지은 저택이었다네. 제대로 된 놈은 아니었겠지. 아무튼 뭘 얼마나 대단한 걸 지을 수 있었겠느냔 말이야. 아예 크지 않았느냐 하면 그건 아니었지만, 지금만큼은 아니었지. 하지만 내 부모 때는 달랐다네. 말했잖는가. 민족반역자였다고. 작지만 당시에도 양놈들 왜놈들이 자주 드나드는 항구가 있었고 거닐기 좋게 꾸려놓은 해변도 있었지. 양식이며 뭐며 바닷속을 긁어모으는 솜씨들도 전과 달라졌지만, 바다로 긁어모을 것들이 그 속에만 있지 않다는 걸 서서히 깨달아가던 시절이었다는 얘기네. 내 몹쓸 부모는 그렇게 긁어모은 것이 여기저기 잘 유통되도록 도우며 거기서 떨어지는 떡고물을 받아먹어 사업을 키웠지. 조금의 과장을 보태지 않고 말하네만, 대단한 수완이었다네. 물론 그 수완을 기꺼워하며 떡고물을 던져주는 것이 주로 토박이들을 밀고 들어온 왜놈들이었음은 마땅하지. 이 떡고물이 얼마나 다디달았는지 나중에는 내 부모가 떡고물을 던져주는 역할까지 하고 있더군. 왜놈들에게 밀려나 근근이 입에 풀칠하던 토박이들을 상대로 말일세. 덕분에 어머니는 유배온 양반 놈이 꼬불친 것을 긁어모아 했던 옹색한 상상과는 비견도 되지 않을 만한 구상을 했다네. 그러니 어디 난리가 안 났으려고. 한 번 불타버리기까지 한 것을 다시 짓는 걸로도 모자라 그 몸집을 더 키우겠다고 나섰으니 말이네. 모르긴 몰라도 관료들만 말리지는 않았을 걸세. 저택이 저 혼자만 덩그러니 불탔을 리는 없지 않나. 당시만 해도 이 섬에 빈 땅이 꽤 많았던 덕에 태워먹을 옆집이 없어 망정이었지. 그러니 마땅히 더 큰 화재, 어쩌면 이번엔 섬 전체를 잿더미로 만들어버릴 업화를 상상하지 않을 수 없었을 게야. 사람들은 쉽게 그런 망상에 휘둘리는 법이니 말일세. 하지만 어머니는 끈질겼지. 회까닥 돌지 않고서는 보여줄 수 없는 끈질김이었어. 돈이고 연줄이고 자기가 끌어다 쓸 수 있는 것은 다 끌어다 쓴 모양이더군. 그리고 결국 어머니가 이겼지. 안에 공구리를 치는 조건으로 말이야. (그러고 보면 사실 그 공구리 덕분에, 그 타협 덕분에 이 저택이 어머니의 구상대로 지어질 수 있었던 것이지. 원체 제대로 생겨먹은 것도 아닌 2층짜리 저택을 풍선처럼 몸집을 늘려서 짓는 건 욕심만으로 어쩔 수 없는 문제였으니 말이네. 그러고 보면 광기와 집착에 진력이 다한 관료들이 어머니에게 해답을 찾아준 것이나 진배없지) 크기에 맞춰 설계도를 조금 손보고 머릿돌을 막 올렸을 무렵, 어디서 사 왔는지 어머니가 큼지막한 그림 한 폭을 가져왔다네. 어떤가, 듣던 중 반가운 얘기지? 그래, 바로 이 그림이었다네.

어머니는 이 그림을 처음부터 사랑채에 걸 생각을 하고 있었어. 그리고 그 얘기를 들었을 때 내 눈에 들어온 것이 바로 저 숯덩이처럼 시커먼 개였다네. 그림 아래 덩그러니, 자신의 존재를 전혀 신경 쓰지 않는 세 사람 뒤에서 뭐라도 찾는지 고개를 수그리고 있는 저 개 말일세. 나는 어머니가 그 개 때문에 그림을 사 왔다는 것을 알 수 있었다네. 그 개 때문에 사랑채에 그림을 걸려 한다는 것을 알았지. 하지만 도무지 이해가 되지 않는 것도 있었어. 어머니는 왜 동생이 아니라 개의 그림을 찾은 걸까? 많은 시간이 지나고, 나는 그 그림 안에 혹시나 내가 발견하지 못한 동생의 그림자가 숨어 있지 않나 한참 뒤져보았다네. 물론 못 찾았지. 아이 라면 있었네만, 아무리 들여다보아도 동생은 없었어.

역시 잘 이해가 안 되나? 도대체 이 이야기가 이 그림이 진품인 것과 무슨 연관이 있나 답답한 얼굴이군. 하고 싶은 말이 목구멍을 미친 듯이 긁어대는 통에 피가래가 끓는 것 같은 표정이야. 이해할 수 있다네. 걱정 말게. 말했잖는가. 모든 것엔 순서가 있다고. 이야기는 순리대로 흐르기 마련 이야. 자네는 그저 모든 이야기를 순서대로 톺아보기만 하 면 되는 게야……

아이는 허리를 꼿꼿이 펴고 앉아 있었다. 이 반에서 수업할 때면 나는 줄곧 아이가 보여주는 그 기이할 정도로 모범적인 자세가 신경 쓰였다. 누군가 내게 찾아와 '참된 공부의 자세' 따위 사진을 찍고 싶다 얘기한다면 마땅히 아이를 소개해주어야 하리라. 필기할 때를 제외하면 아이는 수업을 하는 내내 책을 펼쳐 쥐고 있었다. 어깨 밑으로 내려온 두 팔은 책상의 거친 판때기 위로 부드럽게 꺾여 책의 펼쳐진 양 끝으로 향했다. 아이의 두 손 사이에서, 책은 등의 밑변만이 책상 위에 살포시 내려앉은 모양이었다. 책등의 밑변에 구김이 생기지 않을 딱 그 정도의 가벼움. 그 활짝 펼쳐진 책을 보고 있으면 활공을 준비하는, 혹은 막 비행을 마치고 땅에 내려앉는 작은 새의 자세가 떠올랐고…… 요컨대 도무지 상종하고 싶지 않은 견고한 인내심이 느껴지는 자세였다. 그러나 불쾌함을 불러일으키는 것들이 대개 그렇듯 아이의 자세에는 사람의 시선을 휘어잡는 마력이 있었다. 물론 그날 내가 아이에게 미끄러지는 시선을 제대로 간수하지 못한 것에는 다른 이유가 더 있었지만. 나는 아이가 페이지를 제때 넘기지 않았음을 눈치채고 있었다. 넘겼어야 할 페이지 위로 한참 시선을 두고 있었던 아이는 이내 조심스럽게, 그러나 단호한 목소리로 말했다.

나 이거, 집에 있는데……

나는 아이가 쇠라의 「그랑드 자트 섬의 일요일 오후」를 보고 있음을 알았다. 아이가 제때 페이지를 넘기지 않았다는 사실을 눈치챘을 때부터. 반의 다른 아이들도 마찬가지였으리라. 저택의 막내 아이. 아직 고학년이 되기까지는 한 해가 남아 있었지만, 아이들은 이미 성인이나 다름없었다. 진도를 좀처럼 따라오지 못하고, 아직 기본적인 단어도 외우지 못해 종종 조악하고 우스꽝스러운 문장을 구사하는 아이들조차 그 본질은 성인과 다르지 않았다. 나는 머리를 박박 밀거나 어깨선 위로 쳐 우스꽝스러운 버섯 모양을 하고 담임선생의 구호에 병아리 짹짹 노래하는 그들을 보며, 오래전 추위를 막아주려 덮어둔 이불 속에서 숨을 쉬지 못해 죽어버린 병아리들을 떠올리곤 했다. 미약하고 미약한, 그러나 죽기 직전까지 이불 위에 날카로운 발톱 자국을 새겨 넣는 것을 멈추지 않았던 노랗고 어린 닭들. 아이가 불쑥 큰 소리로 혼잣말했을 때 그들, 반의 다른 아이들은 저택의 막내 아이가 무슨 얘기를 하고 있는지 정확히 이해했으리라. 어쩌면 그들은 아이가 제때 페이지를 넘기지 않았다는 사실을 전혀 알지 못했을 테지만, 그럼에도 조금의 거리낌도 없이 아이가 보고 있는 그림을 머릿속에 떠올릴 수 있었으리라. 키득거리는 소리가 교실에 낮게 깔렸다. 한 번은 혹시 아이가 따돌림을 당하고 있느냐고 그의 담임선생에게 물어본 적이 있었다.

아니요. 담임선생은 금방 대답했고, 곧 정정했다. 잘 모르겠네요.

그게? 그 그림이, 네 집에 있다고?

그러므로 내가 그렇게 반문했을 때 누구도 '그 그림'이 무엇인지 궁금해하지 않았다. 아이는 우아하고, 또 오만하게 고개를 쳐들었다. 목젖이 나지 않은 목선은 벼랑처럼 가팔랐다.

네, 맞아요. 응접실 가장 잘 보이는 곳에 이 그림이 걸려 있어요. 할아버지가 참 좋아하시는 그림이에요. 저도 그렇고요. 나는 매일 아침 마당을 가로질러서 이 그림을 보고 학교에 와요.

응접실. 아아, 응접실! 나는 목을 힘주어 세웠다. 붙들었다 표현해야 할지도 모른다. 갑작스러운 현기증이 내 머리통을 금방이라도 바닥에 내동댕이칠 것 같았기 때문이다.

예의 응접실에서 아이의 할아버지를 만난 것은 나흘 전이었다. 오래전, 저택을 떠나며 다시는 만나지 않기로 다짐한 인간이었다. 그러나 희망 부임지의 마지막 줄에 잊고 지내려 했던 이름, 섬의 거주민이 아니고서야 누구도 적지 않을 이 학교의 이름을 적어 넣으며 나는 일이 이렇게 되리란 것을 예감했는지 모른다. 내심 희망을 가졌으리라. 그렇다면 그, 아이의 할아버지도 그랬을까? 내가 저택의 초인종을 누르기 전, 그는 이미 내가 형의 막내 아이를 가르치고 있다는 사실을 알고 있었을까? 내 소식을 전해 들었을까? 아무려나, 내가 그를 다시는 만나지 않기로 결심했듯, 그도 나를 다시는 받아들이지 않기로 결심했을 것이고, 예나 지금이나 자신의 결심에 더 헌신적인 쪽은 그였다. 그는 나를 타인처럼, 전혀 모르는 타인이 아니기에 오히려 영영 가까워지지 않을 데면데면한 손님처럼 대했다. 놀랍도록 일관된 태도. 어떤 면에서, 그는 분명히 올곧은 인간이었고, 나는 종종 그가 살아 있지 않은 존재처럼 여겨졌다. 지나친 올곧음은 그것이 영영 변치 않으리라는 점에서 죽음과 다르지 않았기 때문이다. 나 역시 한때 그를 닮고 싶었으나, 그것은 불가능한 일이었다. 죽음은 닮을 수 있는 것이 아니었다. 오로지 조금씩 가까워지다가, 끝내 겹쳐질 뿐이었다. 응접실 안쪽에 꼿꼿한 자세로 앉은 그 앞에서 저택을 떠나고 얼마 지나지 않아 발견한 폐병, 요컨대 꾸준히 약을 먹는 것 외에는 달리 방도가 없을 만큼 망가져 있었던 내 폐에 대해, 그리고 한없이 늘어나는 약의 양을 감당하기엔 너무 부족한 평교사의 월급에 대해 한동안 구차한 하소연을 늘어놓은 뒤 나는 내 몸과 함께 불태워버리려 했던 방, 그러나 실제로는 바닥에 작은 그을음을 남겼을 뿐인 오래전의 방을 보고 싶다고 얘기했고(어쩌면 나는 옛정에 기대고 싶었는지도 모른다), 아니, 그건 어렵네, 그는 웃으며, 이를 테면 동화 속의 온화한 할아버지처럼 웃으며 대답했다. 거 긴 막내 손주 방이어서 말이야. 자네도 선생 짓을 하고 사 니 이해할 테지. 요새는 옛날 같지가 않다네. 아무리 어린 아이라 해도 함부로 제 방을 남에게 보여주길 원하지 않아. 또 그런 사사로운 마음이 존중받길 바라지.

내가 더 무슨 말을 할 수 있었을까?

그 후로 나는 마치 옛 고향에 우연히 방문했다가 어찌어 찌 서로의 얼굴을 기억할 만큼만 알고 지냈던 어른을 만난 사람처럼, 그래서 이전이라면 느낄 리 없었을 모종의 격정 적인 반가움을 느낀 사람처럼, 그와 여러 자질구레한, 정말 이지 자질구레하다고밖에 말할 수 없는 이야기를 나눴다. 조금 수다스럽지 않았나 생각이 들 정도였다. 물론 끝에 그 는 내게 충분한 액수의 돈을 건네주었다. 정말 감사합니다. 나는 지나간 시간에 대한 애환도, 그렇다고 방과 함께 불타 죽으리라는 마음이 머릿속을 충동질할 지경까지 내 삶을 쥐어짰던 과거의 그와 형에 대한 모종의 원한도 느끼지 못 한 채, 다만 그렇게 대답했다.

저택을 나오려던 차에 마당에서 일을 하고 있던 가정부 와 마주쳤다. 구태여 인사를 나누진 않았으나 익숙한 얼굴이었다. 그러고 보면 가정부가 집에 있었는데도 그가 직접 나를 맞이했다는 것이 이상했다. 내가 기억하기로, 집을 관리하는 사람이 따로 있음에도 손님을 직접 맞이하고 자신과 손님을 위한 차를 주방에서 직접 들고 오는 일을 할 만한 인간이 아니었다. 나는 어쩌면 막내 손주 얘기가 단지 나를 방으로 안내하지 않으려는 핑계가 아니었을지 모른다고 생각했다. 어쩌면 시간 속에서 그 역시 변했으리라.

아무려나, 변했든 변하지 않았든 나는 그가 나를 그 오래된 방에 안내해주는 일은 일어나지 않으리라는 것을 알았다. 어떤 태도는 끝끝내 변하지 않으므로.

위작이야. 이 그림은 시카고에 있단다. 미국 알지? 원본은 거기 있단다. 위작이겠지. 잘해봐야 레플리카거나. 그러나 그런 건 어디에나 있지. 작품이라고 할 수도 없어.

나는 아이의 두 눈을 똑바로 내려다보며 말했다. 구차한 짓거리였다. 하지만 나는 거짓을 말하진 않았다. 아이가 매일 아침 저택을 나서기 전에, 어쩌면 그에게 두 겨드랑이가 붙들려 들린 모양으로 가까이 들여다보고 또 떨어져서 보았을 그 그림은 위작, 적어도 레플리카였다.

아이의 다문 입술이 부드럽게 늘어나며 온화한 미소를 그렸다. 나는 목을 힘주어 세웠다.

조르주 피에르 쇠라의 저 유명한 그림은 처음부터 하나의 거대한 콜라주로 기획되었다. 촘촘한 빛의 붓질로 그려낸 그림의 모든 세부는 이미 시간에 밀려 풍경 바깥으로 사라진 것들로부터 차용된 것들이었다. 요컨대 쇠라는 그랑드 자트 섬을 배경으로 한 하나의 그림, 장엄한 시간의 파노라마를 완성하기 위해 섬의 해변에 이젤과 캔버스를 세우고 서서 긴 시간 동물과 사람 들, 그리고 반사되는 빛의 파편들을 수집했다. 그리고 이 각기 다른 대상을 그린, 각기 다른 날짜의 무수한 습작을 하나의 화폭에 엮어낸 것이 바로 「그랑드 자트 섬의 일요일 오후」였다. 이 같은 과정은 쇠라가 그린 일요일 오후가 영원이란 긴 선분 위에 찍힌 하나의 점이 아니라는 사실을 알려주었다. 일요일 오후란 무수한 일요일 오후의 교접이었고, 차라리 일요일 오후란 이름의 영원이었다.

내가 저택에 고용되기 한참 전에 이곳을 떠났다는 아들을 응접실에 앉혀놓고 되지도 않는 장광설을 늘어놓는 노인의 쇠한 목소리를 들으며 나는 잠시 우울한 찰나들을 보듬어 안는 영원의 자애로운 자세를 이해했다. 노인 뒤편에서 노인과 그의 돌아온 탕아를 굽어살피고 있을 영원의 시선. 그림은 응접실 어디서나 볼 수 있도록 벽 높이 걸려 있었고, 그 때문에 살짝 기울어져 있었다. 마치 십자가에 양

팔이 매달려 자연스럽게 아래로 등이 굽은 예수처럼. 창 안으로 드는 순간엔 언제나 조금쯤 비스듬히 기울어 있기 마련인 햇볕처럼. 나는 당장에라도 응접실 문을 열고 들어가 두 사람의 죄를 사하여주고 싶었다. 자, 이리 와보렴. 여기 가까이. 나는 노인이 둘째 손주를 응접실 그림 앞으로 데려와 그렇게 운을 뗄 때면 가소로움을 감추기 힘들어 곧바로 자리를 피하곤 했다. 이 집의 식구라면 누구나(심지어 예의 둘째 손주까지도!) 그 그림에 대해 얘기하고 싶어 했다. 그들은 주인의 칭찬이 고파 안달이 난 똥개 같았고, 누가 자신에게 그 그림에 대해 묻기만 한다면 언제라도 침을 튀기며 장광설을 늘어놓을 준비가 되어 있었다. 그러나 그들은 몰랐다. 이 집에서 나만큼 쇠라의 그림과 가까이 지내는 사람은 없었다. 이 집 식구 중 누구도 벽에서 비스듬히 떨어진 액자 뒤편에 수시로 곰팡이가 피어난다는 사실을, 그것을 내가 매일 사다리를 타고 올라가 확인하고 닦는다는 사실을 알지 못했다. 감춰지지 않는 흥분에 사로잡혀 그림에 대해 온갖 얘기를 늘어놓을 때면 그들의 입에선 항상 같은 냄새가 났고, 그럴 때면 나는 아무리 습기 제거기를 돌리고 청소해도 뒤틀리고 갈라지며 시커먼 속을 드러내 보이는 곰팡내 나는 저택의 벽들을, 그 시커먼 틈들을 떠올렸다. 아마 얘기가 끝나면 노인은 이미 한 번 자신을 떠났고 다시 떠날 아들에게 무심한 척 필요한 돈을 내어주리라. 어쩌면 다음번에도 돈이 급하면 얼마든지 찾아와도 좋다 얘기할지도 모른다. 그러나 다음번에도, 그다음 번에도 노인은 제 아들에게 응접실의 그림 바로 밑 서랍장 둘째 칸에 넣어둔 오래된 사진을 꺼내 보여주지는 않으리라. 민망스럽다거나 자존심을 굽히지 못한다거나 하는 문제가 아니었다—어쩌면 노인 자신은 그렇게 믿을지도 모르지만. 다만 그런 식으로는 메울 수 없는 틈이 있을 따름이다. 하나의 풍경 안에 퍼즐처럼 빈틈없이 끼워 맞춰진 완벽히 무관한 시간의 존재들. 나는 그들의 교차되지 않는 시선들을 떠올렸다. 노인이 왜 그토록 데릴사위에 집착했는지 짐작할 수 있었다. 적잖은 마찰이 있었다 했다. 사위 쪽에서도, 또 딸 쪽에서도 그리 내켜 하지 않았다고 했다.

어머니가 좀 이상한 고집이 있으세요. 선생님도 일할 때 참고해주세요.

여자 사장은 누구에게나 격식을 차릴 줄 아는 사람이었다. 이따금 발작하듯 짜증 내는 것을 보면 남자 사장은 자신의 둘째 아이가 종일 같이 지내는 제 할머니를 닮아 이상하리만치 예스럽게 행동한다 생각하는 것 같았지만, 이는 오해였다. 아무리 봐도 둘째 아이는 제 할머니를 닮고 싶어 하지 않았기 때문이다. 아이가 닮고 싶어 하는 것은 어머니

쪽이었다. 요컨대 종종 아이가 제 나이대의 아이들처럼 느껴지지 않는 것은 예스러움이 아니라 다소 과장되고 우스꽝스러운 격식, 미숙한 우아함 때문이었다. 그렇기에 나는 어젯밤 아이가 내게 조심스럽게 다가와 다음 날 반 친구가 찾아오기로 했다는 사실을 말하기까지 얼마나 많은 혼란과 수치에 시달렸을지 상상할 수 있었다. 입을 떼기 전부터 아이의 얼굴은 벌겋게 달아올라 있었고, 얘기를 들은 후 나는 그것이 부끄러움 때문이 아님을 알아차릴 수 있었다. 아이는 제 얼굴을 달구는 열기가 부끄러움이라 믿는 것 같았고, 그 사실에 또 부끄러움을 느끼는 것 같았지만, 내가 보기에 그것은 부끄러움이 아니었다. 아이는 다만 잠시 우아함을 포기해야 했던 것뿐이다. 우아함의 핵심은 상대를 가리지 않는 한결같은 격식에 있었다. 어떤 타인을 향해서건, 또 어떤 자신을 향해서건 격식을 무너뜨려선 안 됐다. 그러나 식구들과 함께 오후에 해변 소풍을 가기로 한 일요일 오후, 부모와 미리 상의 없이 반 친구를 집에 초대한 자신은, 자신이 지금껏 꽤 성공적으로 우아했다고 믿는 아이에게 있어 격식을 차리기 난처한 상대였을 것이다. 그것은 이전에 겪어본 적 없는 충동, 또한 아직 이해하지 못할 천박함을 품은 얼굴이었으리라.

그 아일 사랑하니?

농담이었다. 어째서 아이를 놀리고픈 마음이 들었는지는 모르겠다. 아마, 그저 충동적인 행동이었다. 그러나 아이와 달리 나는 이제 그런 사사로운 충동에 일일이 혼란스러워하며 수치심을 느끼기엔 너무 긴 시간을 통과한 상태였다. 영원은 투명한 물 위에 떨어진 한 방울 검정 물감 같은 것이었다. 시간은 절대 한 가닥으로 풀어지지 않았다. 우아할 수 있기 위해 필요한 것은 무엇보다도 무심함이었다. 자신의 벌린 입 밖으로 어떤 낯선 이의 혓바닥이, 이를테면 뱀의 갈라진 혓바닥 같은 것이 튀어나온대도 흔들리지 않을 수 있는 견고한 무심함.

아니요, 아니에요.

아이는 싸늘하게 식어버린 얼굴로 부정했고, 훗날 아이는 이때 자신의 대답을 후회하게 될까? 그렇더라도 나는 그것을 보진 못하리라. 아이가 이 사사로운 질의응답 사이제 내장 깊숙이 뿌리내린 모종의 감정을 되돌아볼 즈음, 또 그리하여 어쩌면 내게 때늦은 원망을 품게 될 즈음, 나는 이미 이 저택을 떠났을 것이기 때문이다. 여자 사장과는 한 달 전 얘기를 끝내두었다. 한 달 사이 후임자를 구할 수 있다면 인수인계 후 먼저 떠나기로 했으나, 나는 내가 한 달을 모두 채워 일하게 되리란 것을 알고 있었다.

그래도 많이 섭섭하네요. 나는 당신이 오랫동안 우리를

돌봐줄 거라고 생각했어요. 그런 예감이 있었죠. 실은 지금
도 그래요.

여자 사장이 느끼는 섭섭함은, 아마 그 자신도 알고 있겠
지만, 나에 대한 섭섭함보다는 나의 조건에 대한 섭섭함이
었다. 당장 묵을 곳도 없는 상황이었던지라 주거와 음식을
제공한다는 조건에 혹해 서둘러 이 일을 시작한 후로 어찌
어찌 지금까지 떠나지 않았으나 어느 모로 보나 좋은 조건
의 일자리는 아니었다. 저택은 지나치게 컸고, 저택의 식구
들은 하나같이 태만했으며, 업무량에 비하면 급여도 변변
찮았다. 거기다 저택에서 지낸다는 것은 사실상 잠을 자는
동안에도 일에서 완전히 해방되지 못한다는 얘기였다. 여
자 사장의 진짜 의중이야 모를 일이었으나, 나는 이번의 소
풍이 그가 고생한 내게 주는 선물이라 내 맘대로 여기고 있
었다.

응접실에서 나온 노인의 아들이 마당을 둘러보는 척하
며 나를 힐끔거리는 것이 보였다. 아마 자신의 누나가 아
닐지 가늠해보는 것이리라. 나는 신경 쓰지 않고 하던 일
을 계속했다. 저녁 늦게야 돌아올 예정이었으므로 외출 전
에 해두어야 할 일이 많았다. 아직 응접실을 나오지 않은
노인이 여운을 떨쳐내기 전에 미리 창고에서 사다리를 가
져오는 것이 좋으리라. 여름이 다가오고 있었다. 내가 떠나

고 얼마큼의 시간이 지나야 저들은 자신들의 그림 뒤편에
서 고요히 세력을 넓히고 있는 그 검은 균들을 발견하게 될
까? 어쩌면 저들은 그것들과 잘 어울려 지낼지도 모른다.
문득 오랫동안, 아득히 오랫동안 오늘과 같은 오전을 보냈
다는 기분이 든다. 그것이 또 오랫동안 지속되리라는 모종
의 예감처럼. 여자 사장이 내게 건넨 저주처럼. 아니, 그건
사실이 아니다. 내겐 다른 할 일이 있다. 나는 내일 이 저택
을 떠날 것이다. 영원히.

현재에서 지속되는 과거(들)[i]

i   Dan Graham, 「Present Continuous Past(s)」, 1974.

"뒤통수 없는 삶을 살아왔습니다, 나 역시. 죽음권에 대해 깨닫기 전까진 그랬죠. 여기에도 분명 병원 이전의 시대를 기억하는 분이 있을 겁니다. 병원은 불가피하게 도래했고, 그들은 19세기 말 과학 문명의 광신도들이 의사 흉내를 내며 사람들의 두개골을 열고 전두엽을 절제했듯 인류에게서 삶의 뒤통수를 앗아 갔습니다. 기어코 우리의 삶에서 죽음을 절제한 것입니다![ii] 그것이 마치 번뇌의 실체라도 된

[ii] 알려진 바에 의하면 병원은 모든 종류의 질병과 상처, 심지어 죽음마저 복원할 수 있다. 물론 이들의 혁명적인 복원 수술에 제약이 아예 없는 것은 아니었다. 병원이 대중에게 공개한 주의 사항은 세 가지였다. 1) 주기적으로 피부이식 칩의 '신체 기록 상시 스캔 및 전송' 설정이 '활성화'되어 있는지 확인할 것. 2) 모든 치료는 상황이 발생한 후 24시간의 골든 타임 안에 치를 것. 3) 불의의 사고를 당해 자의적으로 2번을 행하지 못할 경우를 대비해 병원에 '비상시 신체 복원 권리'를 미리 양도할 것.

다는 양 말입니다. 유일하고 진정한 혁명! 인류가 가장 오랫동안 투쟁해왔고 언제나 지극히 소박하고 지엽적인 승리만을 간신히 얻어냈을 뿐인 위대한 적들에게서 얻은 결정적이며 최종적인 승리! 병원은 자긍심에 차 선언했어요. 그러나 현실은 어떤가요? 절제된 것은 번뇌가 아니라 뒤통수였습니다. 부피감의 부재라는 만성 현기증에 시달린 사람들은 기어코 입체이기를 포기했습니다. 지금도 거리로 나서기만 하면 좀비들이 제 몸을 언제라도 복원할 수 있는 하찮은 데이터 쪼가리처럼 굴리고 다니는 풍경을 볼 수 있습니다. 좀비! 죽음으로 모자라 통각까지 절제해버린 이들을 우리는 그렇게 부르죠. 하지만 이제 그런 건 사건조차 아닙니다. 누구에게도 말입니다." 너는 기억했다. 풍경을 동반한 기억이었다. 두 면이 강화유리로 된 카페였다. 나머지 두 면 중 하나는 음료를 만들고 제공하는 카운터가 차지하고 있었고, 다른 하나는 건물 복도로 통하는 문이 딸린 흰 벽이었다. 이드의 영상이 재생되는 홀로그램 수상기는 흰 벽과 가까이 있었다. 이드는 수상기 위에서 다리를 꼬고 앉은 채 두 팔을 활짝 벌리고 깊은 우울감에 녹아내린 듯한 얼굴로 숨도 쉬지 않는 듯 막힘없이 예의 그 긴 연설을 늘어놓는 중이었다(요컨대 이드의 얼굴은 반이 녹아내린 형상이었다. 이는 당연히 우울감과는 관계없었고, 본인에 의하면 죽음권 운동 활동을 하던 중 '애정이 지나친 팬'에게 받은 '깜찍한 선물'로 인한 것이었는데, 너는 제때 도움을 받지 않아 본래 모습으로 복원될 가능성을 잃은 그 지나친 비대칭이 이드 자신에게 정말 조금의 우울감도 불러일으키지 않는지 늘 궁금했다). 이때 너는 무엇을 하고 있었나? 이 점에 대해 너는 기억하지 못했다. 이드의 얼굴과 연설을 기억할 수 있었으므로, 이드 쪽을 보고 있었다 생각하는 편이 적절했지만, 너는 이드의 얼굴과 연설을 기억하는 것과 정확히 같은 방식으로, 그날 강화유리 바깥에서 한쪽 팔이 날아가거나 얼굴 가죽이 다 뜯겨 나간 채, 혹은 언제 그렇게 되더라도 이상하지 않은 상태로 전쟁놀이를 벌이고 있던 좀비들을 기억할 수 있었다. 추론은 무의미했다. 도시 어딜 가나 언제든 이드의 연설이 틀어진 홀로그램 수상기와 강화 통유리 너머에서 전쟁놀이를 벌이는 좀비들을 볼 수 있었다. 너의 기억은 '그날'의 일이라 특정할 수 없는 풍경들로 가득했다. 그렇기에 싱글거리는 표정으로 검정 권총을 겨누고 선 그(들)을 보며 네가 떠올린 것이 어떤 날이었는지는 중요하지 않다. 너에게 기억은 수차례 서가에 꽂고 뽑고 펼치고 덮는 과정에서 표지와 내지가 돌이킬 수 없이 손상된 책과 같았다. 너는 때때로 낙엽처럼 떨어져 나온 페이지들을 순서와 상관없이 펼치듯, 기억을 구성하는 크고 작은 이미지들을 감상했다. 오랜 취미였다. 종종 하릴없이, 그럴듯한 단어를 찾지 못해 삶이나 시간이라 지칭했을 모종의 관성을 너는 그런 방식으로 견뎠다. 모씨와의 수다도 마찬가지였다. 모씨는 병원이 도래하기 이전의 시기를 살았던 이들이 대체로 그렇듯 노화로 인한 자연사만을 받아들이기로 결정한 부류였다.[iii] 이목구비를 구성하는 구획들이 허물어지고 녹아내리기 시작해 보는 이로 하여금 중력의 존재를 새삼 깨닫게 했던 얼굴. 너는 모씨의 그 단단하고 식물적인 인상의 얼굴이 수다를 위해 열렬히 움직이는 모습을 볼 때마다 네가 경험해본 적 없는 세계가 정말로 있었고, 또한 멀리, 그러나 예상보다는 멀지 않게 있었음을 적잖이 놀라운 심정으로 깨달았다. 네게 모씨는 고목, 집에서 얼마 떨

---

iii   노화로 인한 죽음이, 요컨대 완벽히 '노화'만이 원인인 죽음이 가능한가에 대해서는 여전히 많은 의문이 남아 있다. 신체적 쇠퇴로서의 노화, 정상 작동하던 여러 신체 기관이 점차 제 기능을 상실한다는 의미에서의 노화가 과연 질병이나 물리적 상처 따위와 완전히 분리될 수 있는 개념인지 의문을 품은 이들이 적지 않다. 그러나 병원은 그런 예외를 용인해주었다. 필요로 하는 이들이 있었기 때문이다. 어떤 이들은 조금씩 기울어가던 나무가 어느 순간 밑동이 두 동강 나며 죽음을 맞이하듯, 그렇게 고통을 느낄 새 없이 찾아오는 죽음에 낭만을 품고 있었다. 그러나 냉소적인 이들은 병원이 그들에게 예외적으로 허용한 '노화로 인한 자연사'란 실상 애니메이션 속 히어로를 만나고 싶다는 아이의 투정에 부모가 대형 마트에서 사 온 히어로 피규어와 다르지 않다며 그들의 낭만을 조롱했다.

어지지 않아 자주 산책을 다니는 공원에 있는, 누구도 그것에 이름을 붙여야 할 당위를 찾지 못한 진부한 고목이었다. 둘이 함께 수다를 떠는 동안에도 너는 모씨와 말을 나눈다기보다는 말하는 모씨를 관람하는 기분이었고, 모씨 역시 인지하고 있었으나, 개의치 않는 듯했다. 모씨는 신에게 무엇이 중요하고 중요하지 않은지를 정확히 구분할 줄 아는 사람이었다. 이미 기억할 수 없게 된 첫 만남부터 모씨는 함께 수다를 떨 상대가 필요했을 뿐이며, 이를 위해 자신이 흔해빠진 유물처럼 이용되는 정도는 합리적인 거래 조건 정도로 여겼으리라 너는 짐작했다. "자네는 어떻게 생각하나? 시간이 연속적이라는 말 말이야." 모씨는 말했다. "예전에는 다들 그랬지. 세계는 유기적이고, 시간은 연속적이므로, 역사는 전이 후를 촉발하고 후가 전을 규정하는 굴레와 같다고 생각했다네. 촉발하는 쪽에 관심을 두든 규정하는 쪽에 관심을 두든 큰 차이는 없었어. 그놈이 그놈이었다는 얘기야. 하지만 병원이 새로운 질서를 세운 뒤엔 말이네, 요컨대 '스캔'이란 것을 미리 해놓기만 하면 언제든 백업 데이터를 가져오듯 손쉽게 죽음을 취소할 수 있게 된 후론 다들 이렇게 말하는 거야. 시간의 연속성이 끊겼다! 특이점을 지난 거야! 종의 유지를 위해 번식할 필요가 없어진 인류의 시간은 무수한 갱신과 축적의 산물이었던 옛 시대와 완전한 결별을 고했노라! 인간은 위대하고 강력했으나 죽을 수 있었던 전근대적 신들과 달리 왜 죽지 않게 된 신들이 점차 단독자에 가까워졌는지 진정 이해했다는 듯 굴고 있어. 자신들의 시간이 이제야 신의 시간과 완전히 겹쳐졌다 믿는 거야. 우습지 않나? 하지만 말일세, 정말 시간이 한 번이라도 연속적이었던 적이 있을까? 자네는 그 시절을 경험하지 못했다지. 그럼 한번 상상해보게나. 그 시절엔 시간이 강물처럼 하나의 긴 끈을 이루고 있었을까? 아니. 아니, 그렇지 않았지. 시간은 처음부터 그런 게 아니었어. 단순한 말장난이지. 연속성. 이 말부터 그렇지. 만약 시간이 정말 한 줄기 강물이었다면 그런 말은 필요치 않아. 이렇게 말해볼 수도 있겠군. 세상에 강물은 있되 물방울이 존재하지 않았다면 강물이란 말은 필요치 않았을 걸세. 시간이 연속적이란 것은 시간이 단속적이란 얘기지. 세계가 유기적이라는 것은, 세계에게 열 발가락이 달려 있다는 얘기야. 다 말장난이지. 인간은 언제라도 그 시대의 신이 되길 바랐다네. 기계를 만들었을 땐 기계를 만들었으므로, 그보다 더 이전엔 신을 만들었으므로, 인간은 언제나 신과 가장 가까웠고, 누구보다 신을 이해했고, 신의 시간을 살았지. 마찬가지라네. 이제야 시간의 단속적인 지점을 발견했다는 믿음은 진부한 농담일 뿐이야. 시간은 언제나 단속적이었고,

그래서 지금 역시 연속적이지. 자네가 지금 여기서 내 얘기를 듣고 있다는 사실이 그 증거가 아닌가?" 너는 모씨의 말에 동의하지 않았다. 모씨는 죽음을 완전히 포기하지 않았고, 그것은 그처럼 병원이 도래하기 이전을 살았던 세대의 일반적인 특징이었다. 모씨와 같은 세대 중에도 '비상시 신체 복원 권리'를 병원에 양도해 죽음에서 벗어난 이들이 있었지만, 아주 적은 수였다. 시간이 흐를수록 모씨와 같은 이들은 사라질 것이고, 병원은 언제든지―요컨대 당사자가 아직 살아 있다면― 사람들이 되찾아간 죽음을 도로 돌려줄 수 있게 해주었으므로, 영원은 그 비율을 한없이 영에 가깝게 할 것이었다. 또 모씨와 같은 세대가 완전히는 아니더라도, 나날이 더 사라질수록 그들과 대화를 나눠볼 수 없는 이들은 많아질 것이므로, (더불어 당연하게도 종족의 유지와 무관하게 아이들은 조금씩 꾸준히 태어났으므로) 죽음이 필연적인 시대와 무관한 삶을 사는 이들이 대다수가 되는 미래는 확정적이었다. 그러나 너의 이런 의견에 모씨는 동의하지 않았다. 그러니까 네가 하나의 긴 독백으로 기억해내는 모씨의 말은 사실 너와 모씨가 함께 수다를 떠는 와중에 파편적으로 발설되었던 것을 적당히 그러모은 모양이었다. 너와 모씨의 수다는 항상 평행선을 이뤘다. 수다는 한 글의 신발 끈 같았다. 신발 끈은 평행하는 구멍들을 오가며 이들을 서로 근접하게 하고 또 그런 상태를 단단히 유지하지만 거기까지다. 구멍들은 완전히 겹쳐지지 않고, 어쩌면 그것이 신발 끈이 존재하는 이유일지 모른다. 너는 모씨 역시 너와 말을 나누고 있다기보다는 말하는 너를 관람하고 있을 것으로 생각했고, 이따금 네가 모씨를 관람하며 고목이나 유물을 상상하듯 모씨가 너를 관람하며 모종의 이미지를 상상할지 궁금해했다. 어제에게 오늘이란 어떤 모양일까? 이드는 줄곧 뒤통수가 없는 삶에 대해 얘기했다. 죽음권이란 이드가 만든 단어였고, 이드만이 진지하게 사용하는 단어였다. 예외적인 소수는 있었으나, 그들조차 차마 조롱과 자조의 뉘앙스 없이는 그것을 발음하지 못했다. 대다수는 이러다가 똥의 권리도 생기는 거 아니냐며 조롱했다. 이드 본인도 지적했듯, 죽음의 위기를 감지한다는 본래의 목적을 잃은 통각을 과감히(?) 절개한 이들, 요컨대 좀비들이 전쟁놀이를 벌이며 마구잡이로 생산해낸 시체가 제때 치워지지 않아 낙엽처럼 쌓여 있는 거리에선, 죽음은 확실히 함부로 싸질러진 똥과 다름없거나 그만도 못한 무언가였으므로, 언제 누군가 나타나 똥권 운동가를 자칭한다 해도 이상하지 않았다. 이드는 말했다. "혐오당하는 존재의 권리를 주장하는 이들은 항상 비슷한 오해에 부딪혀왔습니다. 사람들은 여성의 권리를 주장하는 이들에게서 노동자의 권리를 주장하는 이들의 얼굴을 보았고, 동물의 권리를 주장하는 이들에게서 여성의 권리를 주장하는 이들의 얼굴을 보았죠. 사람들은 간단히 묶어 말하고 싶어 합니다. 눈에 거슬리는 자잘한 쓰레기들을 어디 먼 땅에 한데 모아두기만 하면 불쾌한 냄새는 영영 없어진 것이나 다름없다는 식이죠. 그러고 보면 안타까우면서도 다행인 건, 아직 자신을 죽음권 운동가라 칭하는 이가 나 하나라, 생판 처음 보는 사람이 나타나 대뜸 당신네 죽음권 운동가는 이러쿵저러쿵하고 따져 오는 것에 어떻게 대꾸할지 고민할 필요가 없다는 점이랄까요? 물론 지금의 상황이 보여주는 대로, 오해는 미로 속의 막다른 길 같죠. 그것을 맞닥뜨리지 않는 방법은 언제나 단 두 가지, 들어왔던 길로 되돌아나가거나, 올바른 출구를 찾는 것뿐이지만, 되돌아갈 마음이 없는 이에게 하나 남은 길을 찾는 일은 참 지난하게 여겨진답니다. 종종 이 미로는 출구 없이 설계된 게 아닐까 두려운 마음도 들어요. 요컨대 앞서 말했듯, 사람들은 뭐든 묶고 분류해두길 참 좋아한다는 겁니다. 하지만 여성에게 동물적인 면이 있다는 사실이, 여성의 권리를 되찾음으로써 동물의 권리를 되찾을 수 있음을 증명하지는 않습니다. 모든 삶은 결과적으로 죽음에 속해 있지만, 삶의 권리를 공고히 하는 일이 죽음의 권리를 되찾아주지는 않지요. 다만

한 가지, 동물의 권리를 되찾는 일이 결과적으로 여성의 권리를 되찾는 것에 중대한 역할을 하듯, 죽음의 권리를 되찾는 것이 삶의 권리를 되찾는 데에 중대한 역할을 하리라는 점만은 확실히 해두죠. 죽음이 제자리를 찾는다면 삶은 빼앗긴 뒤통수를 돌려받게 될 것입니다. 상처에 온전한 새살이 돋으려면 속이 근질거리는 딱지가 지고 떨어지는 일련의 과정이 필요하겠지만, 우리가 되찾을 것에 비하면 그건 아주 사소한 일 아니겠습니까?" 너도 한때 이드에게 흥미를 느낀 적이 있었다. 이는 너의 세대가 가진 일반적인 특징이었다. 이드의 주장은, 그것이 실제로 얼마나 의미 있는가와는 별개로 분명 혁명적이고, 지나치리만큼 극단적이어서 모종의 최후를 가늠케 하는 면이 있었다. 이를테면 혁명의 최후 따위. 병원이 내세운 캐치프레이즈이기도 한 유일하고 진정한 혁명,이라는 표현에 대놓고 비아냥거렸던 이드는 동시에 유일하고 진정해야만 하는 혁명을 하릴없이 꿈꾸고 있는 것 같았다. 죽음권에 흥미를 느꼈다 금세 발을 돌리는 이들이 주로 의혹을 제기하는 지점도 여기에 있었다. 이 회의주의자들은 권태로움을 견디지 못한 웬 놈팽이가 단지 앞서 시도된 적 없다는 이유 하나에 끌려 멍청이 매스컴을 상대로 벌이는 혁명놀이에 관심을 주는 것은, 그 자체만으로도 거대한 사회적 손실을 야기한다 주장했다. 이들은 대체로 이드와 죽음권을 긍정하는지 부정하는 지 여부와 상관없이 그것에 대해 얘기하고 보도하고 연구 하는 모든 행위에 거부감을 드러냈다. 더불어 이들 자신도 이드와 죽음권에 대해 발언하는 것을 자제했는데, 당연하 게도, 이드와 죽음권이 이미 최고의 화젯거리가 되어버린 상황에서 이런 보이콧에 진지한 효과를 기대하는 것은 우 스운 일이었다. 또한 너는 이드의 주장이 그렇듯, 이들이 이드에게 드러내는 적의와 평가도 과장된 면이 있다 생각 했다. 이드가 이전까지의 권리 운동에서 형식만 취해 거기 에 어쩐지 새롭고 또 시의적절해 보이는 죽음이란 개념을 아무렇게나 쑤셔 넣은 것 같지는 않았다. 오히려 이드의 불 평처럼, 이 기계적인 회의주의자들이야말로 이전까지의 권리 운동에 접근하던 형식적인 방법론을 죽음권 운동에 적용하는 것 같았다. 그들의 걱정도, 그것이 단순히 체질적 인 거부감에 불과함을 은연중에 드러내듯, 다소 터무니없 었다. 카페테라스에 앉아 멀뚱히 흘려보내는 시간과 전쟁 광 좀비들이 거리에 무차별 테러를 벌이는 시간이 분리되 지 않는 세계, 두 시간이 투명하고 견고한 막을 사이에 둔 채 병렬하고, 또 내일 아침이 되면 그 모든 것이 하나의 해 프닝이 되어버리는 세계에서 누군가 혁명 비슷한 것을 벌 인다고 해서 무언가 진짜로 '손실'되리라 믿을 수 있다는 것이 황당할 따름이었다. "하지만 이제 그런 건 사건조차 아 닙니다. 누구에게도 말입니다." 이드의 다른 모든 주장이 심심풀이 농담이었다 하더라도 그 주장만큼은 명백한 진 실을 가리키고 있다고 너는 생각했다. 어쩌면 심심풀이 농 담이기 때문에 그랬으리라. 오래전 너는 카페테라스에 앉 아, 구식 소총을 두 손에 쥔 채 발각되지 않으려 무너진 콘 크리트 기둥 뒤에 숨어 숨을 죽이고 있던 한 좀비의 얼굴을 가만히 관찰한 적이 있었다. 웃음기 없는 활기에 사로잡힌 그의 표정은 이상하리만치 진지했다. 강화유리 너머로 새 어 들어오는 작고 무의미한 몇몇 소음, 네 시각에선 전쟁놀 이와 무관하다는 것을 곧바로 알 수 있었던 발소리 하나하 나 예민하게 반응하며 소총을 고쳐 잡고 눈알을 굴리는 모 습을 보고 있자면, 그가 정말 곧 죽을지도 모르겠다는 생각 이 들었다. 잠시 후 그는 어디선가 날아든 총알에 머리를 관통당해 죽었다. 배에 구멍이 뚫려 내장이 흘러내리고, 팔 한쪽이 날아가도 아무렇지 않다는 듯 거리를 뛰어다니는 좀비들이었지만, 머리를 관통당하고 멀쩡히 걸어 다니지 는 못했다. 당연했다. 그것이 죽음이었다. 내일 아침이면 깨끗이 복원된다 하더라도, 어쨌든 그 순간 그는 죽은 것이 었다. 신체 기능의 완전한 상실. 머리가 터진 좀비가 다시 아무렇지 않게 일어나 자신을 쏜 적을 찾아 고개를 두리번거리지 않는다는 사실은 그가 진짜 좀비가 아님을 증명했다. 진짜 같은 것은 존재하지 않았다. 훗날 너는 말끔해진 머리통으로 전과 같은 소총을 든 그 좀비를 거리 어디선가 다시 보았는데, 그것이 정말 그였는지는 확실치 않았다. 이러나저러나 상관없는 일이었다. "지루하지 않나요?" 그 대화는 아주 오래된 것 같기도 하고, 얼마 되지 않은 과거의 것 같기도 하다. 어쨌든 그것이 그(들)(너는 항상 그(들)을 지칭하는 일이 영 어색했다. 그(들), 그 애매모호한 대명사는 네가 그(들)의 방식을 최대한 존중하는 방식이자, 동시에 너의 혼란과 번거로움을 솔직하게 드러내는 한 방식이었다)과의 대화였다는 점을 생각하면, 모씨가 죽은 이후였음은 확실했다. "전 가끔 좀비들을 이해할 것 같아요. 지루한 거예요! 좀비를 혐오하는 이들은 그들이 고통이 두려워 좀비가 되었다고 말하지만 제 생각은 다릅니다. 그들은 오히려 누구보다 고통을 사랑하고 갈구하는 사람들입니다. 너무 지루했던 거죠! 어떤 고통도 결과적으로 죽음을 상상케 하지 못한다는 사실이 말입니다. 지독한 허무죠. 어쩌면 좀비가 되어 거리를 뛰어다니며 총질을 해대는 이들과 강화유리 너머로 그들을 관찰하고 혀를 차며 무료한 하루를 보내는 이들 사이엔 큰 차이가 없습니다. 저는 그렇게 생각해요. 그들은 모두 지루한 겁니다. 좀비도, 또 당신도요. 한

쪽이 지루함에 장악당해 한발 앞서 모든 일을 무의미하게 받아들이기로 작정했다면, 다른 한쪽은 사사로운 제약을 치워버리고 할 수 있는 한 최대의 고통 속으로 몸을 던진 것뿐입니다. 하루 중 일부를 손해 보기만 하면 언제든 죽음을 취소할 수 있는 현대의 인류에게 육체란 게임 속 아바타와 다르지 않습니다. 좀비들은 누구보다 빨리 그 명백한 진실을 받아들인 거죠. 플레이 방법을 알고 있달까요? 보신 적 있을 겁니다. 총을 들고 혹시 누가 제 뒤통수를 노리지 않을까 바짝 긴장하고 선 좀비들만큼 제 육체를 날카롭게 자각하는 이들은 없습니다. 강화유리 건너편의 우리에게 없고 좀비들에게 있는 것, 그것은 어쩌면 육체입니다! 실존의 감각이죠. 게임 속 아바타의 죽음이 나를 파괴하지 않는다고 해서, 내 아바타가 죽는 것이 분하지 않은 것은 아니니까요." 그(들)에 대해 어떻게 말해야 할까. 비교적 간단하고 일반적인 방식이 있긴 했다. 그(들)은 아나키스트였다. 당연히 그(들)의 이름이 아나키스트였다는 얘기는 아닌데, 난처하게도, 또 완전히 그런 것만은 아니다. 요컨대, 조금 더 그(들)의 관점에서 얘기해보자면, 그(들) 중 하나의 이름은 아나키스트였다. 과거에 그랬다는 얘기다. 자아에 대한 육체의 무정부화. 너는 지금껏 만나왔던 대부분에게 그랬듯 그(들)의 방식을 최대한 존중하려, 아니 조금 더 솔직한 심정으로, 이해할 수 없는 것을 구구절절 따지고 들어가는 피곤한 짓거리는 가능한 한 피하려 했지만, 좀처럼 그(들)의 언어에는 익숙해지지 않았다. "물론 아나키스트들의 주장은 죽음권과 연결되는 지점이 많습니다." 이드는 말했다. "무엇보다 '나'라는 자아, 그 가상의 정부를 선험적이고 절대적인 것으로 여기지 않는다는 면에서 그렇죠. 그들은 육체를 독점하지 않습니다. 언제든 다른 '나'에게 육체의 권리를 넘길 준비가 되어 있어요. 단일한 자아란 가장 긴 세월 동안 세습되어온 국가다! 그들이 사용하는 언어는 그들 자신의 기원을 고전적인 아나키즘에서 찾고 있음을 알려주지만, 실상 그들의 기원은 아나키즘보다는 불교적 세계관에 가까워 보입니다. 그들이 '단일한 나'라는 자아를 억압의 주체, 해체되어야 할 하나의 국가로 선언한 이상, 그들의 혁명은 '나의 자유'를 위한 것이 아니게 됩니다. 아나키즘이 구원해내는 것은 '육체의 자유'입니다. 이때 육체란 불교에서 말하는 공空과 같아지죠. 비어 있음. 그런 의미에서 아나키스트들은 살아서 윤회하는 존재입니다. 하나의 육체, 하나의 세계. 요컨대 허공이 유령처럼 무수한 이름들을 입었다 벗는 것입니다. 흥미로운 일이죠. 정말입니다. 나는 그들에게 관심이 많아요. 하지만 아쉬움도 많죠. 그들은 자신들이 불교적 진리를 추구하고 있다는 사실을 망각하고 있어요. 공은 비어 있음, 육체나 물리적 세계를 넘어서는 개념입니다. 윤회는 하나의 천형일 뿐, 그 핵심은 해탈에 있죠. 해탈은 죽음과 겹쳐 있습니다. 그에 비해 아나키스트들의 이름 붙이기 놀이는, 어디까지나 흥미로운 지적 유희에 불과해요. 미안한 얘기지만, 점심을 먹을 때까진 케이였다가, 저녁 생각이 들 즈음 엘리자베스 코스텔로가 되는 것에 어떤 혁명적 의의가 있는지 모르겠습니다. 확실히 말씀드리죠. 아나키즘과 죽음권은 전혀 다릅니다. 닮아 있을 뿐, 죽음권이 그들의 반복이라고 보는 것은 너무 단순한 시각이에요. 그들은 삶을 공정하게 배분하려 노력하지만, 삶에 배분되는 몫만큼 죽음의 몫은 한없이 밀려나죠. 삶과 이름이 무한할수록 해탈은 요원해지기 마련입니다." 한 명(?)의 아나키스트. 그(들)을 처음 만났을 때, 너는 지하 바bar에 앉아 있었다. 당연하게도, 홀 중앙에 놓인 홀로그램 수상기 위로는 이드의 영상이 재생되고 있었다. 토크쇼의 게스트로 출현한 이드는 수시로 업데이트되는 시청자들의 질문과 진행자의 질문에 번갈아 대답하는 중이었다. 이후 그(들)과 나눴던 대화를 고려하면 당시 이드가 아나키스트에 대해 얘기하고 있었던 것은 비교적 확실해 보이나, 마찬가지로 너는 그것을 전부 듣고 있지는 않았으므로 알 수 없는 일이다. 이드와 죽음권 운동은 자극적인 뉴스였다. 좀비들이 도심과 자신들의 육체에 가하는 테러, 그리고 어디선가 조용히 존엄사를 통해 죽음으로 걸어 들어간 이들에 대해 기계적인 보도로 꾸려진 뉴스에서 진짜 뉴스를 기대하는 이는 남아 있지 않았다. 뉴스란 역사가 세계에 흘리고 간 우스꽝스러운 허물 같은 것이었다. 너는 뉴스와 모씨가 본질적으로 같다고 생각했다. 둘 다 병원 이전에 태어났고, 병원 이후에 의미를 상실했으나, 여전히 존재하며, 병원 이전을 의심스러운 전설처럼 떠올리게 했다. 그런 의미에서 이드는 현대의 전설이었다. 이드와 죽음권 운동은 진짜 뉴스 같았다. 사람들은 진짜 뉴스에, 이드와 죽음권 운동에 열광했다. 그러나 네가 그랬듯, 대부분 그리 열정적인 열광은 아니었다. 전설은 그것이 진짜 같은 가짜일 때 흥미로웠다. 사람들은 이드에게 조롱과 의심을 쏟아낼 때만 열광적이었다. 죽음권 운동이란 것도 결국 아나키즘의 진부한 반복이 아니냐는 따위의 질문이 숱하게 쏟아졌다. 이드는 하루에도 수 번씩 아나키즘과 죽음권 운동의 차이를 얘기했으나, 그런 것은 별로 중요하지 않았다. 아나키즘과 죽음권 운동 사이의 연관성과 차이 따위에 진지한 의심을 품는 사람은 처음부터 이드뿐이었다. 그(들)은 말했다. "재밌지 않나요? 저는 아나키스트지만, 이드만큼 아나키즘에 대해 긴 얘기를 할 수 있는 사람을 아직 보지 못했어요. 아마 이드가 방송에 나와 지껄인 얘기만 모아도 우리가 지금껏 우리 자신에 대해 말한 내용을 다 합친 것보다 많을걸요? 뭐 대개 비슷비슷한 얘기여서 특별할 건 없지만, 양만 치더라도 저 정도면 가히 혁명적이죠." 아나키스트라는 단어에 흥미가 생겨 시선을 돌리지 않았다면 너는 그(들)이 네게 말을 걸고 있다는 사실을 눈치채지 못했을 것이다. 그(들)은 옆자리에 앉아 네 쪽으로 비스듬히 고개를 돌리고 있었다. 오랜 세월을 함께한 친구처럼 자연스럽고, 조금은 흐트러진 모습이었다. 얼마 안 가 익숙해질 예의 싱글거리는 웃음을 입에 문 얼굴이었다. 그러나 그때만 해도, 완전히 처음 보는 얼굴이었다. 바나 카페에서 만나 가볍게 잠자리를 같이했던 이들의 얼굴을 떠올려봤으나 겹치는 얼굴은 없었다. 기억나지 않는 얼굴이 있을 수도 있지만, 그것은 그 기억나지 않는 얼굴의 주인이 갑작스럽게 다가와 인사도 없이 말을 건넬 만큼 친근한 사이가 아님을 의미했다. 애당초 모씨 이후 그런 관계를 만든 적도 없었다. 기억하기로 이전에도 마찬가지였다. 죽은 줄 알았던 모씨가 성형을 하고 나타나 너를 놀리고 있을 가능성을 잠시 떠올렸지만, 금세 황당한 가설이라는 사실을 인정했다. 애당초 모씨는 아나키스트가 아니었다. 너는 모씨가 무슨무슨주의에 경도되는 상황을 상상할 수 없었다. 또 엉망으로 무너져 내린 자신의 이목구비에 조금의 관심도 없었던 모씨가 새삼 성형을 했다는 것도 이상했다. 물론 확신할 수는 없었다. 어쩌면 모씨는 너와 만나기 전부터 아나키스트였고, 병원 이전 세대인(혹은 그렇게 주장하는) 모씨라는 이름도 그(들)이 통과해온 여러 자아 중 하나였는지 모른다. 요컨대 지금은 아닐지언정, 과거 어느 시점의 그(들)은 모씨였을지도 모른다는 얘기다. 그렇다면 이후 모씨가 아니게 된 그(들)의 어떤 자아가 성형에 관심이 생겼을 수도 있다. 그(들)은 모씨보다 확연히 젊은 인상이었으므로, 그만큼 노화를 가릴 수 있는 성형이 가능한지는 확실치 않았으나, 확실치 않다는 것은 확실히 불가능하지도 않다는 얘기였다.[iv] 너는 그렇게 생각했다. 아나키스트들이 성형 중독자라는 주장, 요컨대 새로운 자아로 다시 태어날 때마다 새로운 '자아의 생김'—"이런 황당한 조어를 만드는 인간들은 도대체가 자기가 무슨 헛소리를 하고 있는지 알고 있기는 할까요?" 그(들)은 자주 투덜거렸다—에 맞춰 성형을 한다는 주장은 황당한 음해라고 나중에 그(들)은 정정했지만, 그

---

iv   이에 대해선 확실히 짚고 넘어갈 필요가 있다. 골든 타임을 넘긴 노화 작용은 병원의 관할 밖이었고, 죽음의 극복 이후 절망적으로 수효가 줄어든 성형 기술은 뒤늦게 병원의 가호로 돌아온 탕아들을 상대로 사사로운 흉터 자국을 없애주는 식으로 간신히 명맥만 유지하고 있을 뿐이었다.

렇다고 성형으로 완전히 새로운 얼굴을 갖고 싶어 하는 자아가 없으리란 법도 없었다. 이에 대해서는 그(들)도 인정했다. 그것은 그(들) 나름이라고, 모든 이는 제 얼굴을 바꾸고 싶거나 그렇지 않은 욕망을 가질 권리가 있다고 그(들)은 얘기했다.^v 머지않아 너는 그(들)을 이해하려는 시도 자체가 멍청한 짓임을 깨달았다. 연극의 본질은 그것이 연극임을 끊임없이 상기시키는 무대라는 장소에 있다. 무대 위의 연기자가 플라스틱 막대기를 들고 그것이 전설 속의 검이라 외친다 해서, 그의 진정성을 의심하는 이는 없다. 그런 당연한 의심은, 다만 그것을 함부로 내비친 자를 눈치 없는 얼간이로 만들 뿐이다. 이를테면 이드나 모씨처럼. 병원 이후 세대가 배운 것은 어떤 상황에도 얼간이가 되지 않는 방식이었다. "바로 그거예요. 바로 그게 우리가 원하는 일이죠." 그(들)은 환하게 웃으며 말했다. 너는 이제껏 그(들) 외에 아나키스트를 만나본 적이 없으므로, 그(들)이 얼마나 제대로 된 아나키스트인지, 애당초 그(들)이 진짜

---

v   '그(들)'이라는 어정쩡한 대명사를 사용하는 것은 너뿐이 아니었다. 정확히 말해, 네가 그(들)의 용어를 빌린 것이었다. 네가 기억하기로, 자신 앞에서 그(들)이 지나간 시절의 이름을 입에 올린 것은 두 번이 전부였다. 둘 다 네가 먼저 그 이름을 꺼내 어쩔 수 없다는 듯, 짜증스럽게 사용한 경우였다. "에, 어, 그, 다무라는 분은……" 같은 식이었다.

아나키스트이기는 한지, 아니면 그(들)을 만나기 전만 해도 너에게 아나키스트란 모씨가 살았다는 병원 이전의 시대처럼 이드가 죽음권 운동가를 자처하며 나타난 갑작스럽게 유명세를 타게 된 도시 전설에 불과했으므로, 아나키스트란 처음부터 단 한 명, 그(들)뿐이었고, 이드에게 언급되고 또 여러 사람의 입을 통해 전해져왔던 아나키스트란 모두 그(들)의 다른 이름이었거나, 그(들)에 대한 소문을 듣고 누군가 지어낸 이차 창작물이었던 것인지 알 수 없었다. 그러나 한 가지 확실한 건 갑작스럽게 네게 말을 걸어온 그(들)이 너의 무료함을 달래주었다는 사실이다. 모씨가 갑작스럽게 사라진 후 너는 겪어본 적 없는 무료함에 사로잡혀 있었다. 물론 이전에도 네겐 아득한 무료함이 있었다. 그러나 모씨와 수다를 떠는 시간이 있었다가 사라지자 너의 무료함은 전혀 다른 형태로 변해버렸다. 겪어본 적 없는 무료함이었다. 달리 표현할 말은 떠오르지 않았다. 아니, 비교적 간단하고 일반적인 표현이 있긴 했다. 죽음이었다. 부고를 전해 들은 건 모씨가 사라진 지 얼마 되지 않은 무렵이었다. 노화로 인한 자연사라 했다. 물론 만약 모씨가 그(들)의 일부였다면, 그것은 자연사라는 표현으로 위장된 다른 무엇이었으리라. 그러나 그런 것이 가능한가? 그것은 아나키스트의, 그(들)의 룰이 허용하는 범위일까? 어쨌거

나 그렇더라도 모씨가 죽었다는 사실은 변하지 않았다. 그
(들)에 의하면, 다소 적의가 섞인 데다가 제 편의대로 끼워
맞춘 것이나 다름없는 이드의 해석과는 다르게 아나키스
트에겐 죽음이 존재했기 때문이다. 그(들)의 육체에 다른
이름의 자아가 태어나는 것은 일상적인 일이지만, 이미 한
번 육체를 떠난 자아가 다시 돌아오는 일은 없었다. 육체는
자아에게서 자유로우나, 자아는 육체 없이 자신을 자각할
수 없으므로, 다른 자아에게 육체를 내준 자아는 '사실상'
죽는 것이라고 했다. 그렇다면 한 번도 존재했던 적 없는,
태어나기 이전의 자아가 어떤 계기로 갑작스럽게 기존의
자아를 밀어내고 육체 안으로 '태어나는지' 너는 이해할 수
없었으나 묻지 않았다. 어차피 이해할 수 없을 것이기 때문
이다. 다만 너는 그 설명을 들으며 모씨가 완벽히 죽었음을
이해했다. 그(들)의 말이 사실이라면 그(들)이 과거에 모
씨였다 하더라도 그(들)이 아나키스트인 이상 모씨는 되살
아나지 않을 것이었다. 만약 그(들)이 과거에 모씨였고, 또
그(들)이 어느 날인가 그 우스꽝스러운 역할놀이에 질려
아나키스트를 그만둔다 하더라도, 더는 그(들)이 아니게
된 그가 시효가 끝난 역할놀이용 가면을 다시 쓸 이유는 없
었다. 그(들)은 모씨였던 적이 없거나, 적어도 다시는, 모씨
일 리 없었다. 그(들)이 모씨였을 가능성(그런데 너는 자신

이 왜 그런 이상한 가능성에 그토록 골몰하는지, 종종 그 사실에 대해 골몰했고, 때로는 골몰하기를 그칠 수 없었다)과 무관하게 모씨의 죽음은 완결된 것이었다. 우스운 표현이나 사실이었다. 모씨의 삶과 함께 모씨의 죽음도 완결되었다. 이드는 반대로 표현했다. "우리의 삶은 죽음을 빼앗김으로써 완결성을 잃었습니다. 그것이 우리가 구태여 죽음을 되찾아야 하는 이유입니다. 죽음이 없는 한 삶은 유예됩니다. 마침표가 찍히지 않는 문장은 언뜻 무한한 의미를 생산하는 것처럼 보이나 실은 한 줌의 의미도 만들어내지 못합니다. 믿지 못하시는 분들도 있겠지만, 이전에도 나와 같이 얘기하는 자들은 있었습니다. 병원 이전의, 죽음권이 필요치 않았던 시대에 말입니다. 그러나 당시에도 그들은 비웃음당했죠. 당시 사람들의 삶은 너무나도 위험천만했으므로, 죽음이 삶에 완결성을 만들어준다 말하는 이들은 죽음을 극복하지 못하는 무력함을 거창한 말로 변명한다며 비판받아야 했습니다. 단순한 필연성, 무의미한 생물의 특징을 두고 대단한 축복이라도 되는 양 허풍을 떤다는 거였습니다. 그들의 불만을, 소중한 이의 상실을 번지르르한 운명의 논리로 환원시키지 않고자 했던 이들의 분노를 이해하지 못하는 것은 아닙니다. 하지만 자신들의 숭고한 분노마저 눈앞의 죽음으로 인해 의미를 얻었다는 사실을 그들이 애써 외면했음은 지적해야만 합니다. 잔인하지만 그것이 진실이죠." 이드가 결과적으로 의미를 되찾아야 한다는 주장을 하고 있음을 깨달은 후 너는 죽음권에 관심을 끊었다. 네가 생각하기에 이드 역시 병원 이전 세대의 일반적인 특징을 가진 사람이었다. 병원 이전 세대, 그들은 병원 이후를 좀처럼 상상하지 못했다. 병원 이전에 대해 치료할 수 없는 향수를 겪고 있었다는 얘기는 아니다. 네가 보기에 모씨나 이드는 향수병을 앓는 부류가 아니었다. 다만 현재를 상상하지 못할 뿐이었다. 이드는 병원 이후의 세계에서 의미란 시간만큼이나 부질없는 단어임을 결코 상상하지 못했다. 네가 결코 병원 이전의 죽음을 상상할 수 없듯이. 그(들)의 주장처럼 육체와 무관하게 존재하는 자아가 있다면, 네 생각에 그것은 상상력에 가까웠다. 너는 그(들) 안에서 다른 자아가 '태어나며' 원래의 자아가 '죽는 것'을 직접 목격한 적이 있었다. 그러나 막 태어난 그(들)의 새로운 자아가 마치 처음 보는 사람인듯 네 이름을 물어 오기 전까지, 그리고 실은 그 후에도 눈앞에서 벌어진 일이 무엇인지 이해할 수 없었다. 정확히는 무언가 일어났다는 자각조차 없었다. 이전에 너는 그(들) 안에서 자아가 갈아 끼워지는 순간을 몇 차례 상상해본 적 있었다. 진부한 상상이었다. 상상 속에서 그(들)은 갑작스럽게 몸을 비틀며 기괴한 소리를 흘리거나, 스위치가 온 오프 되듯 표정이 사라졌다가 돌아왔다. 하지만 실제는 달랐다. 실제는 네가 목격할 수 있는 종류의 일이 아니었다. 평소와 다름없이 너와 그(들)은 바에 나란히 앉아 있었고, 잠시 끊긴 대화 사이로 자연스러운 침묵이 흐르고 있었다. 너는 정말이지 아무것도 목격하지 못했다. 침묵은 길지 않았지만 짧지도 않았고, 너는 그 침묵 사이 '정확히 어느 순간'에 그(들)의 자아가 바뀌었는지조차 짐작할 수 없었다. 그(들)이 네 이름을 물었을 때도, 그것은 놀이에 참여하지 않은 이들의 시선에선 언제나 조금 기괴하고 우스운 면이 있는 역할극의 한 장면일 따름이었다. 너는 단번에 그 행동의 의미를 이해하지도 못했다. 그것은 이후로도 마찬가지였다. 너는 너의 이름을 말했고, 그(들)은 대답했다. "아, 감사해요. 친절한 분이시네요. 저는 다무예요. 풀 네임은 다자이 오사무. 줄여서 다무, 그렇게 부르시면 돼요." 그(들)을 이해하는 것을 완전히 포기하고부터 너는 그(들)의 이름을 외우지 않았다. 이제 기억할 수 있는 것은 몇 가지, 개중엔 그(들)이 네게 한 가지 게임을 제안했을 때 썼던 것도 있었다. 다무. 자신의 이름을 그렇게 밝힌 그(들)은 가죽 가방에서 권총을 꺼냈다. 마치 암거래하기로 예정되어 있던 물건을 꺼내듯 조심스럽고 어딘지 유머러스한 태도였다. 권총은 좀비들이 전쟁놀이를 조금 더 실감 나게 오랫동안 즐기기 위해, 요컨대 의도적으로 살상력을 낮추기 위해 사용하는 여타 총기들처럼 구시대적인 디자인이었다. "룰은 간단합니다. 저는 하루 동안 총 세 발의 총알을 쏠 거예요. 하실 수 있다면 피하셔도 좋습니다. 하지만 쉽진 않을 거예요. 구식이긴 해도 꽤 잘 관리된 녀석이니까요. 물론 여기서 세 발이란 성부와 성자와 성령을 암시하며, 체호프의 엽총을 의미합니다. 한 번 총알이 발사되면 세번째 발사되었을 때 역할을 해야 한다! 무대 위에서 의미 없이 발사되는 총알은 없어야 하고, 두번째는 첫번째와 너무 가까워 예측당하기 때문이죠. 복잡한가요? 사실 그렇게 어렵지 않아요. 어느 날이든, 제가 원하는 날 저는 당신에게 세 발의 총알을 쏠 거예요. 그게 전부죠. 언제든, 몇 번이든, 제가 당신에게 총을 쏜 순간부터 게임은 시작되고, 그때부터 당신은 그냥 가만히 기다리기만 하면 돼요. 하루가 끝나거나, 당신의 숨통이 완전히 끊겨서 다음 날 아침 병원에서 눈을 뜨기만을요. 물론 제가 세 발을 다 발사하지 못해도, 룰 위반이니 제 패배입니다. 그럼 이제 당신의 차례, 제게서 승리의 대가로 돈을 뜯어 가는 겁니다. 하지만 패배 조건이 없는 게임은 재미가 없죠. 제겐 승리 조건이 없는 게임이겠고요. 그러니까 당신이 패배하는 방법도 있습니다. 이것 역시 간단해요. 고통을 참지 못한 당신이 통각 제거 수술을 받는 겁니다. 좀비가 되는 거예요! 물론 복원은 용납되지 않습니다." 그날 너는 바 한쪽에서 익숙한 얼굴을 보았다. 아니, 익숙한 머리통이라 해야할지 모른다. 좀비는 이미 오래전 카페테라스에 앉아 있는 네 앞에서 한번 산산조각 난 적 있는 머리통을 이끌고 홀의 구석에서 좀비들로 보이는 다른 이들과 내기 다트를 하고 있었다. 모양이 제각각인 구식 소총을 등에 멘 모습이었고, 탄창은 보이지 않았다. 너는 네 앞에서 벌어지고 있는 일을 이해할 수 있었다. 죽은 육체는 다음 날 아침 병원이 되돌려주었지만 한번 발사된 총알은 되돌아오지 않았으므로, 무한정 필요한 총알과 때로 돌이킬 수 없이 총신이 휘곤 하는 구식 총기들을 구매하느라 전 재산을 탕진한 좀비들은 금세 일종의 중증 도박 중독 환자가 된다는 사실을 익히 알고 있었기 때문이다. 보아하니, 한 명만 딸 수 있는 구조의 내기 다트였다. 그들의 테이블엔 소박한 양의 돈이 가지런히 놓여 있었다. 그들은 한 줌 남은 마지막 돈을 단 한 명의 승자만이 삶으로 복귀할 수 있는 게임에 투자한 것이었다. 좀비들의 전쟁놀이는 거대한 약탈극으로 변한 지 오래였다. 전쟁놀이 따위로 탕진하지 못할 만큼 충분한 재력을 가지고 있어 좀비가 된 이들도 있었으나, 그렇지 못한 이들이 더 많았다. 그들이 전쟁놀이를 계속하기 위해서는 단지 상대 좀비를 죽이는 것만으로는 부족했다. 약탈극은 그렇게 완성되었다. 얼마 안 가 충분한 재력이 있었던 이들도 다른 이들의 대열에 합류하게 했다. 자칫 방심했다간 단 한 번의 죽음으로 모든 재산을 빼앗길 수도 있었다. 몸이 언제 작살 날지 몰랐으므로 피부이식 칩으로 접속 가능한 은행 계좌는 불안정했다. 비밀번호와 음성인식 따위의 수단으로만 들어갈 수 있는 벙커에 실물화해둔 재산을 숨겨두었다가 미행을 당해 하루아침에 빈털터리가 된 좀비 이야기는 남아도는 뉴스 시간을 채우는 단골 소재 중 하나였다. 어쩌면 그(들)의 주장대로 좀비들은 통각이라는 사사로운 제약을 제거함으로써, 더 거대한 고통의 향락으로 뛰어든 것인지도 모른다고 너는 생각했다. 좀비들은 가장 단순하고 원초적인 승자 독식의 사회를 구성하고 있었다. 병원이 그들의 영원을 보장하는 한 승자는 약탈한 자본을 다음 약탈을 위해 온전히 투자할 수 있었다. 좀비들이 활개 치기 시작한 후 시장은 이례적인 호황을 맞이했다. 병원이 죽음과 함께 소비라는 개념의 근간을 뒤집어버리기 전과 같은 수준이라고 했다. 뉴스는 좀비들이 폐허로 만든 도심의 풍경과 함께 관련 연구 결과들을 소개했다. 너는 왜 좀비가 되지 않은 대다수가 매일 도시의 일부를 폐허로 만드는—이도 얼마 가지 않아 복원되긴 했으나— 그 끝나지 않는 소동을 문제 삼지 않는지 이해하고 있었다. 어쩌면 반대로 말해야 할지도 모른다. 허무주의에 사로잡혀 자기를 비롯한 모든 것을 파괴하겠다는 듯 날뛰는 좀비들이 어째서 선별적인 폐허만을 생산하는지, 그들의 총구가 어째서 훈련된 사냥개처럼 집요하게 같은 좀비의 머리통만을 쫓는지 너는 이해했다. 좀비들은 무차별 테러리스트라기보다는 철거 용역이었다. 구식 화기를 주로 취급하는 군수 공장들과 대형 건설사가 여러 좀비 무리와 모종의 유착을 형성하고 있다는 것은 오래된 도시 전설이었다. 그러나 네 생각에 이는 기만적인 몽상이다. 유착이 진짜로 존재하고 하지 않고는 중요한 문제가 아니었다. 유착이라 말할 때, 사람들은 거기 유착이 존재하지 않을 수도 있다고 믿었다. 내기라고 말할때, 그들은 거기 승자가 존재할 것이라 믿었다. 운이든 실력이든 누군가 내기 다트의 승자가 된다 해도, 요컨대 다음 삶을 위한 탄창을 마련한다고 해도 그 역시 끝내 내기에 남은 돈을 모두 탕진한 다른 패자들과 같은 결말을 맞이하리란 사실에 저들 좀비는 관심이 없었다. 누구도 그런 것에 진심으로 관심을 가지지 않았다. 그러나 병원이 하는 일이다 그렇듯 제거한 통각 역시 골든 타임이 지나면 복원이 불가능했으므로, 저들은 결국 모두 나무 막대기나 나이프, 그도 아니면 손톱이나 치아로 좀비란 이름에 더 어울리는 좀비, 놀이의 스케일을 유지하기 위해 도용되는 무력한 엑스트라가 되어 우연이 그에게 또 한 번의 밑천을 마련해주길 기원하거나, 하릴없이 사물과 같은 삶을 살게 될 것이었다.[vi] 영원히. 거기엔 아무 의미도 없었다. 그것은 그냥 사실이었다. 너는 그것을 이해했다. 다무는 싱글거리는 얼굴로 너의 대답을 기다리고 있었다. 다무는 이미 네가 어떤 대답을 내놓을지 알고 있는 것처럼 보였다. 네가 저기 모여 내기 다트를 하고 있는 좀비들의 미래를 알고 있다고 상상하는 것처럼. "페이는 충분하지?" "물론이죠, 저를 끔찍하게 했던 건 언제나 제가 너무 많은 것을 처음부터 갖고 있었다는 사실이었거든요." 너는 방금 태어난 (것으로 되어 있는) 다무의 입에서 '언제나'라는 표현이 나왔다는 사실에 의문을 제기하지 않았다. 그 사실이 무엇을 의미하든 그것을 결코 상상할 수 없을 것이기 때문이었다. 다만 네가 상상할 수 있는 일을 했다. 다무가 제시한 페이는 상당한 액수였고, 너는 게임에 참가했다. 다무는 곧바로 네 오른 허벅지에 첫번째 총알을 쐈다. 이어 고통이 네 전신을 휘어잡았다. 반사적으로 허리가 수그러지며 두 손이 오른 허벅지를

---

vi   확인된 바로, 통각 제거 수술을 받은 이가 병원에게서 죽음을 되찾은 경우는
      아직 없었다.

부여잡았다. 순식간에 일어난 일이었다. 이때 너는 잠시 역류하는 하수구처럼 피를 토해내는 오른 허벅지의 그 흉측한 구멍에 육체의 통제권을 완전히 빼앗긴 것처럼 보인다. 사고의 흐름이 끊겼고, 자신에게 일어난 일을 곧바로 이해할 수 없었다. 곧 서늘한 감각과 함께 통제되지 않는 분노가 오른 허벅지의 구멍에서부터 육체 곳곳으로 번졌다. 그리고 두번째 총성이 터져 나왔다. "아아, 그런 질문 정말 자주 받습니다." 언제였던가, 언제여도 상관없고, 또 언제일 수도 있었던 때, 이드는 두 팔을 벌린 채 말했다. "이해해요. 만약 나였더라도, 이런 일들에 전혀 관심을 두지 않다가 갑작스럽게 누군가 나타나서 죽음권 같은 소리를 한다면 똑같이 반응할 거라고 생각합니다. 아, 그래? 그럼 지금 가서 죽지그래? 존엄사 하면 되잖아. 그게 죽음권을 되찾기 위해 당신이 할 수 있는 가장 빠르고 확실한 방법 아냐? 실제로 내 얼굴을 이렇게 만들었던 분은 나중에 직접 찾아와 묻더군요. 왜 그때 죽지 않았어요? 내가 죽을 기회를 주었는데, 왜 그걸 피했죠? 사실 당신도 죽기 싫은 거 아니에요? 아아, 무지가 만드는 질문은 이따금 중요한 진실을 흘리는 법입니다. 왜 스스로 죽지 않는가? 죽음권을 되찾아야 한다 주장하는 당신, 나 이드도 결국 죽음을 두려워하며 피하고 있는 게 아닌가? 좋은 질문입니다. 그리고 좋은 질문은 언제나 그 안에 답을 품고 있기 마련이지요. 네, 맞습니다. 나는 죽음이 두려워요. 일반적인 수술(이 '일반적인 수술'이 해낼 수 있는 범주가 병원 도래 이후 얼마나 협소해졌는지 아시는 분이 얼마나 될까요?)이 필요할 때를 제외하곤 병원의 도움을 받지 않겠다고 결정한 것이 벌써 10년 전입니다. 요컨대 병원과의 긴 상담 끝에 양도했던 '비상시 신체 복원 권리'를 돌려받고 이 결정으로 발생할 모든 문제에 대해 스스로 책임지겠다는 서약서를 제출하고 피부이식 칩의 '신체 기록 상시 스캔 및 전송' 설정을 '비활성화'하고 마지막으로 병원이 보관 중이던 '스캔본'의 기록까지 지우는, 그 지난한 과정을 겪은 지 벌써 10년이 지났다는 얘깁니다. 두려운 게 당연합니다. 지금의 얼굴처럼, 나는 이미 닥친 것을 취소할 수 없는 삶을 살고 있으니까요. 나 이드는 취소할 수 없는 삶으로서의 이드입니다. 병원 이전에는 모두가 그랬죠. 하지만 살아 있으므로, 취소할 수 없으므로 가능한 한 죽음을 피하려는 욕망 자체에는 아무 문제가 없습니다. 그것은 삶의 자연스러운 형태예요. 숲에 총성이 울리면 새는 날아가야 마땅합니다. 문제는 총성보다 빠르게 제 목을 뚫은 총알을 무시하고 다른 새들과 함께 아무렇지 않게 날아오르는 새에게 있습니다. 이 새는 제 목을 뚫은 총알을 없었던 것으로 만듭니다. 총알이 발사된 총구와 총구를 조준한 사냥꾼을 없었던 것으로 만들죠. 사람들은 병원이 자신들의 삶을 복원해준다 말합니다. 하지만 내 생각에 이는 기만적인 표현이에요. 병원은 취소합니다. 존재를 유지하는 것이 아니라 존재를 없었던 것으로 만듭니다. 존재를 취소당한 죽음에겐 권리를 주장할 입이 없죠. 그리고 새의 죽음이 취소된 곳엔 사냥꾼도, 숲도 없었습니다. 먹먹하고 텅빈 총성만 메아리칠 뿐입니다." 다무는 약속을 지켰다. 다음 날 아침 너는 다무가 마지막 총알로 네 머리통을 날려버리기 전까지 느꼈던 서늘함과 분노를 깨끗이 잊은 채 병원 복원실에서 깨어났다. 서늘함과 분노를 느꼈음 자체를 망각한 것은 아니었다. 하려고만 한다면, 너는 어느 정도 그격렬한 감정을 되찾을 수 있었다. 너는 때때로 손상된 책에서 낙엽처럼 떨어져 나온 페이지들을 순서와 상관없이 펼치듯 기억을 구성하는 크고 작은 이미지들을 감상했고, 네게 기억할 수 있는 감정은 이미지와 다르지 않았다. 형태를띤 것이었고, 형태 그 자체였다. 너는 언제든 그것을 꺼낼수 있듯이, 또 언제든 꺼내지 않을 수 있었다. 그날 밤 너는 평소처럼 바에 갔고, 먼저 앉아 있던 다무는 네게 약속한만큼의 페이를 주었다. 다무, 그(들)은 곧 다무가 아니게 되었으나 이후의 그(들)과도 다무였을 때의 게임은 지속되었다. 때로 너를 쏜 다음 날 그(들)의 이름이 바뀌는 경우도 있었다. 운이 나빠 이름이 바뀌기 전에 찾아가지 못하면 잠시 실랑이가 벌어졌다. "에, 어, 그, 다무라는 분은……" 그(들)은 투덜거렸지만 결과적으로 약속은 지켜졌다. 그(들)은 언제나 약속된 페이를 지불했다. "그런데 말이네." 모씨는 말했다. "자네는 정말 자네가 맞나? 어려운 질문은 아니야. 아주 단순한 얘기지. 그러니까 자네 말대로라면, 자네 머리통은 이미 완전히 날아갔다는 거잖나? 그렇다면 지금 내 눈앞에 있는 자네의 머리통은 메이드 인 병원이겠지. 그러니까 내 말은, 지금 자네 목 위에 달려 있는 게 정말 자네 머리통이냔 말이야. 병원이 무슨 마술을 부리는지야 모를 일이지만, 어차피 되살릴 거 머리통만 다시 만들지는 않았을 테니까, 지금 자네 몸뚱이는, 그건 자네가 맞나?" 질문이 많은 것은 병원 이전 세대의 일반적인 특징이었다. 너는 종종 그(들)이 너의 머리통을 날린 날의 기억 중 일부를 기억해낼 수 없었으나, 그런 망각이 항상 머리통이 날아간 날에만 일어나는 것은 아니었다. 회상은 너의 오랜 취미였다. 하나의 회상은 그 자체로 하나의 이야기였다. 이야기의 흐름에 맞춰 여러 차례 낱장의 기억을 이리저리 끼워 맞추다 보면 종종 페이지가 유실됐고, 본래 자리를 찾을 수 없는 페이지들도 나타났다. 기억해낸 어느 하루의 순서가 며칠 전에 떠올렸던 것과 다른 경우도 있었지만, 개의치 않았다.

며칠 전에 떠올렸던 것이 본래의 순서인지, 혹은 애당초 그것들이 모두 하루에 속한 페이지이기는 한지 어느 것도 확실하지 않았다. "재밌지 않나요?" 너는 그(들)이 갑작스럽게 네게 말을 걸어왔을 때, 그(들)이 말한 아나키스트라는 단어에 흥미가 생겨 시선을 돌렸다고 기억했다. 그것은 확신할 수 없는 기억이었으나 너는 다른 가능성을 상상할 수 없었다. 너는 네가 상상할 수 있는 삶만을 살았다. 결심이나 태도 따위와는 달랐다. 네 생각에, 그것 역시 상상력에 가까웠다. 싱글거리는 표정으로 권총을 들고 선 그(들)을 보며 관성적으로 이드의 연설을 기억해냈던 다음 날, 너는 복원실에서 이드가 죽었다는 소식을 들었다. 자동주행 인공지능이 오류를 일으켜 발생한 교통사고라 했다. 흔히 있는 일은 아니었지만, 그렇다고 전례가 없는 사고도 아니었다. 사고란 대체로 그런 것이었다. 뉴스는 이드를 추모하는 행렬과 이드의 죽음을 조롱하는 반응을 교차하며 보여주었다. 다들 격정에 찬 얼굴이었다. 그것은 어디서 많이 본 이미지였고 너는 예기치 못하게 타인의 늘어진 하품을 정면으로 목격한 사람처럼, 타인의 목구멍을 통해 제 내장을 상상해버린 사람처럼 반사적으로 눈살을 찌푸렸다. 불쾌함은 없었다. 곧 복원 수술[vii]이 문제없이 이뤄졌음을 확인하는 절차가 약식으로 진행되었다. 복원실은 두 면이 강화

유리로 된 작은 육면체의 공간이었다. 천장과 바닥을 제외한 나머지 두 면 중 하나에는 네가 누운 침대와 너의 신체 신호를 확인하고 약물을 투여하는 여러 장비가 번잡스럽게 놓여 있었고, 나머지 하나는 가장자리에 병원 내부 통로로 통하는 문이 딸린 흰 벽이었다(뉴스는 이 벽 가까이에 있는 홀로그램 수상기에서 재생되고 있었다). 너는 강화유리 한쪽에 곤죽이 되어 들러붙은 누군가의 내장이 세정제를 묻힌 와이퍼에 쓸려 내려가는 모습을 보았다. 아마 내장의 주인도 오늘 너와 함께 복원실에서 깨어나 약식으로 확인 절차를 끝냈으리라. 어쩌면 이 이름 모를 병원 동기는 한 사람이 아닐지도 모른다. 너는 잠시 모씨가 이 이야기를 흥미로워할 것 같다 생각했지만, 곧 모씨가 이미 죽었음을 기억해냈다. 이때 기억은 어딘지 감정 같은 면이 있다. 밤이 되자 평소처럼 바에 갔다. 홀로그램 수상기 위로 토크쇼에서 질의응답을 하는 이드의 모습이 재생되고 있었다. 그(들)은 바 테이블에 혼자 앉아 술을 마시고 있었다. "누구시죠?" 네가 알은체하자 그(들)은 싱글거리는 얼굴로 물었

---

vii 명목상 모두가 그것을 복원 수술이라 지칭했지만, 병원 관계자가 아닌 누구도 그것이 정말 수술인지, 애당초 의학이기는 한지 알지 못했다. 어쩌면 관계자들도 알지 못하리라. 사람들이 알고 있는 것은 명확했다. 약속이 지켜지리라는 것. 결과적으로, 더할 나위 없이 합리적인 믿음이었다.

172

다. 너는 종종 그 싱글거림을 잊지만 않는다면, 설령 어떤 이유로 그(들)이 진짜로 죽어 윤회를 통해 전혀 다른 사람으로 다시 태어난다 할지라도 상금을 떼어먹힐 일은 없을 거라고 생각했다. 진지한 믿음은 아니었다. 너는 믿음이 진지해질 수 있음을 믿지 않았다. 너는 너의 이름을 말했고, 그(들)이 대답했다. "아, 좋은 이름이네요. 반가워요. 내 이름은 이드, 이드예요. 성은 없습니다." 이드는 반가움의 표시인 듯 네 쪽으로 두 팔을 벌렸다.[viii]

viii   그(들)은 총 49일 동안 '이드'로 살았다. 그러나 그것이 네가 기억하는 시기가 맞는지는 확실치 않다. 네가 그것을 정확히 구분하지 못했고, 또 구분 지으려고도 하지 않았기 때문이다. 그러므로 나는 다만 이렇게 기록해놓기로 한다. 49일 동안 그(들)은 '이드'였다. 그것이 무슨 의미든 간에.

용빌, 혹은 가로놓인 꿈들

부인은 내외를 하느라고 벽 쪽을 향해 등을 돌리고 돌아누워 있었다.[i] 샤를르 보바리 씨는 봉투의 날개 부분을 단단히 봉하고 있는 푸른 밀랍을 조심스레 떼어냈다. 넣을 때 꽤 서둘렀는지 깔끔하게 접히지 않은 편지지가 날개 부분을 슬쩍 밀어내며 봉투 위로 삐져나와 있었다. 갈겨쓰는 와중에도 혹여나 내용이 전달되지 않을까 중간중간 눌러쓴 흔적, 그 필체만으로도 편지에 적힌 사안이 시급하다는 것을 느낄 수 있었다. 의료 도구와 의사 면허증을 넣은 가방을 챙겨 들고 서둘러 집을 나서다 보바리 씨는 습관적으로 등을 돌려 침실을 보았다. 부인은 이미 죽음처럼 곤한 잠에

i   귀스타브 플로베르, 『마담 보바리』, 김화영 옮김, 민음사, 2000, p. 25. 일부 변용.

든 것 같았다. 보바리 씨는 안심하고 모자걸이에서 항상 쓰던 검정 모자를 집어 들어 머리 위에 얹었다. 그의 어머니 보바리 부인이 선물한 모자였다. 부모 집을 떠나기 전, 어머니를 통해 먼 시골 동네에 자그마한 병원을 낼 만한 자리가 있다는 소식을 듣고 며칠 만에 떠날 채비를 끝낸 보바리 씨가 마지막 짐을 이제 막 마차에 실었을 때였다. 보바리 씨는 등 뒤에서 어머니가 자신을 부르는 소리를 들었다. 흥분과 우울이 구분할 수 없이 섞여 한껏 상기된 얼굴. 보바리 씨는 어머니의 그 달뜬 얼굴을 가만히 돌아보았고, 보바리 부인은 품속에서 예의 모자를 꺼내 자신의 아들에게 씌워주었다. 보바리 부인은 보바리 씨가 어린 시절 술집에 드나드느라 첫번째 의사 면허 시험에 낙방했을 때, 그가 한심스러운 낙방 사유를 순순히 실토해 아버지에게 맞아 죽는 일이 벌어지지 않도록 도와주었던, 혹은 그렇게 하도록 지시했던 공모자였다. 5년이 지나 보바리 씨가 가족이 모여 앉은 식사 자리에서 합격 소식을 밝혔을 때, 보바리 부인은 하찮은 우스개라는 듯 넌지시 보바리 씨가 어린 시절 벌였던 일탈에 대해 얘기했고, 당장에 제 뺨에 두껍고 단단한 손바닥이 날아들까 사색이 된 얼굴을 감추지 못한 보바리 씨 앞에서 그의 아버지, 또 다른 보바리 씨는 그저 멍청해 보이는 얼굴로 아아, 그런 일이 있었군 하고 말

따름이었다. 보바리 부인이 제 머리 위에 그 촌스러운 모자를 씌워주었을 때 보바리 씨의 반응도 비슷했다. 아아, 이런 걸 다 사두셨군요. 아직 길이 다 들지 않았을 무렵 제 두개골을 쪼갤 듯 조여오는 모자를 쓸 때면 그는 종종 중학생 시절을 회상했다. 지옥 같은 시절이었다. 모자! 그 시기에도 역시나 어머니의 모자가 보바리 씨의 머리 위에 놓여 있었다. 전혀 다른 모양의, 어머니의 모자가! 왕관과 가시면류관을 제외한 상상할 수 있는 모든 종류의 모자를 되는대로 잘라 기워놓은 듯한 우스꽝스러운 모자를 쓰고 처음 동기들 앞에 섰던 제 모습은 마치 그 자리에 있었던 다른 누군가의 기억을 훔치기라도 한 것처럼, 낯선 타인의 모습으로 지나치게 선명하게 그의 머릿속에 남아 있었다. 아버지의 고집 때문에 이래저래 늦은 입학이었고, 어린 보바리 씨는 집을 나서는 제 머리 위에 어머니가 올려놓은 그 요란스러운 물건이야말로, 다 쓸데없는 짓이라며 학교에 보내려 하지 않았던 아버지의 고집을 악착같이 꺾어낸 그, 보바리 부인이 기어코 열세 살 늦은 나이에나마 자신을 중학교에 입학시켰던 이유를 상징하는 하나의 은유이자, 욕망 그 자체임을 어렴풋이 짐작했다. 어린 보바리 씨는 학교 친구들의 노골적인 비웃음에도 여차여차 중학교를 중퇴하기까지 그 모자를 꿋꿋이 쓰고 다녔다. 어머니의 욕망은 언제든 기회만 되면 벗어던지고 싶을 만큼 무겁고 부담스러웠으나 그것을 함부로 대할 만큼 반항적이지 못했기 때문이다. 나이가 들어서도 마찬가지였다. 두번째 모자, 장식이라곤 하나 없이 상상할 수 있는 모든 빛깔의 염료를 진탕으로 섞어놓은 듯 탁한 검은빛을 띤 모자가 만성 두통처럼 제 머리통을 꽉 붙들고 있는 모양을 거울에 이리저리 비춰 보다 보면, 보바리 씨는 그래도 그것이 옛 모자, 어마어마한 무게로 늘 고개를 기우뚱거리게 했던 걸로도 모자라 현란하고 규칙성 없는 모양 탓에 언제나 보는 이의 머리를 지끈거리게 했던—요컨대 이 지끈거림을 참지 못한 몇 급우가 그의 면전에 침과 주먹을 날리게 했던— 과거의 흉물보다는 낫다는 위안을 어렵지 않게 만들어내곤 했던 것이다. 실제로 몇 해 가지 않아 모자가 완전히 길이 든 후로 보바리 씨는 한때 그것이 자신의 머리를 쪼개버릴지 모른다는 두려움에 시달렸다는 사실을 완전히 잊고 지냈다. 보바리 씨는 모자가 거북의 등딱지처럼 알맞은 크기로 머리를 감싼 모양을 현관 거울로 바라보았다. 문득, 달리 표현이 없어 오랫동안 과거라 지칭했을 뿐인 자신의 한 부분이 이제 정말 진정한 과거로 변해버렸음을, 눈치채지 못한 사이 자신의 한 시절이, 이를테면 오늘 아침 변소에 다녀온 사이 내장 밖으로 영영 배출되어버렸음을 보바리 씨는 깨달았다. 갑작스러운 허기가 찾아들었다. 그리 격렬하지는 않은, 일상적인 허기였다. 보바리 씨는 허기를 무시하고 집을 나섰다. 허기는 금세, 유령처럼 사라졌다.

마차를 끌 말을 꺼내기 위해 마구간에 들어선 보바리 씨는 도움이 필요한 것이 먼 마을의 이름 모를 아이만이 아님을 알아차렸다. 처음 이 마을로 마차를 끌고 올 때부터 함께였던 그의 말들이 간밤 사이 무슨 악마의 농간인지, 줄끊긴 꼭두각시처럼 건초 더미 위에 기괴한 자세로 머리를 처박고 죽어 있었기 때문이다. 보바리 씨는 소리쳐 하녀를 불렀다. 당장 마을로 가서 누구든 잠들지 않은 사람을 붙잡아 말을 빌려 오라 시킬 생각이었다. 그러나 성급한 부름은 수신자를 찾지 못해 마구간 속을 한 바퀴 허망하게 맴돌고는 이내 흩어졌다. 이상한 일이었다. 분명 편지를 건네받은 후 줄곧 동행했다 생각했던 하녀의 모습이 온데간데없었던 것이다. 대신, 마치 보바리 씨가 하녀를 찾아 주위를 두리번거리기만을 기다렸다는 듯 저만치에서 건들거리는 걸음걸이의 웬 낯선 남자 하나가 그쪽으로 다가오고 있었다. "말이 필요하죠?" 허풍이 잔뜩 든 걸음걸이와는 다르게 잘 벼린 칼날처럼 날카로운 비열함이 느껴지는 목소리였다. 보바리 씨는 금세 상황을 파악한 듯, 혹은 그렇게 보이고

싶은 요량으로 인상을 찌푸렸다. "당신 짓이오? 당신이 내
말들에 손을 댔소?" 남자는 입술을 비트며 웃었다. "형씨,
나는 말을 파는 사람이지 도축업자가 아닙니다. 하지만 원
한다면 형씨 말들이 왜 그리 비참하게 죽었는지 가르쳐줄
순 있습니다. 자 보세요. 저놈 때문이죠." 보바리 씨는 남자
의 손가락이 가리킨 방향으로 시선을 옮겼고, 이어 그의 시
야에 들어온 것은 쥐 새끼의 뒤꽁무니를 노리는 들고양이
처럼 활짝 열린 문 안으로 사정없이 발톱 세운 앞발을 휘두
르는 거센 눈보라였다. 무슨 놈의 조화인지 눈은 벌써 문을
도로 닫기 곤란할 정도로 마구간 안까지 들어차 있었고, 보
바리 씨는 그제야 제 머리와 어깨에 눈이 수북이 쌓여 있음
을 날카로운 냉기와 함께 깨달았다. "추위 하나 제때 막아
주지 않는 주인 곁에 있느니, 그놈들 입장에선 차라리 때마
침 좋은 꿈자리에 들었다고 생각하시죠." 남자는 다시 입술
을 비틀었고, 보바리 씨는 그 흉측한 입술에서 새는 소리를
끌끌이라 들어야 할지 낄낄이라 들어야 할지 분간할 수 없
었다. "그나저나 나도 바쁜 몸입니다. 그러니까 다시 묻죠,
형씨." 남자가 말했다. "말이 필요하죠?" 보바리 씨는 어쩐
지 속는 기분이었으나, 지금 이 순간에도 조금씩 문 안으로
제 영토를 넓히고 있는 눈앞의 폭설이 남자의 수작질이라
고는 도무지 생각할 수 없었다. 편지의 다급한 필체가 머릿

속에 어른거렸다. "좋소. 말이 필요하오. 지금 당장, 튼튼한 놈일수록 좋소." 남자는 기다렸다는 듯이 휘파람을 불었다. 이어 군마 떼가 몰려드는 것 같은 거대한 소란과 함께 이미 충분히 벌어져 있는 문과 문틀을 구태여 우지끈 부수며 두 마리 우람한 말이 마구간으로 들이닥쳤다. 놈들은 부름을 받을 거란 사실을 진즉에 알고 있었다는 듯, 개선 행렬의 맨 앞에나 어울릴 법한 화려하고 위용 넘치는 마구를 뽐내며 연신 거친 콧김을 뿜어댔고, 위대한 신화를 재현하는 대가들의 그림에서나 보았던 그 완벽한 형상들, '말'이라 말할 때 누구라도 한 번쯤 머릿속에 떠올릴 수밖에 없는 그런 절대적인 인상의 현현에 보바리 씨는 홀린 듯 입을 벌렸다 ─ 그러나 당연하게도, 어쨌든 구분되는 어떤 특징들이랄 게 없지 않았던, 그 완벽하고 절대적인 두 형상 중 무엇이 '진짜배기 현현'이었는지 보바리 씨는 의심하려 들지 않았다. "아름답군요. 정말 아름다운 말들이오." 보바리 씨는 침을 흘리듯 중얼거렸다. 하지만 딱히 말을 불러들인 남자를 향한 것은 아니었다. 구태여 짚어보자면 그의 중얼거림은 자신을 홀린 두 마리 위대한 말이 이 세상에 존재토록 했던 위대한 질서, 요컨대 늦은 밤 자신을 예정 없던 왕진길로 이끌었으며 동시에 생각할수록 기이할 뿐인 폭설을 불러들여 본래라면 자신의 마차를 끌어야 했을 정든 말들을 하룻밤 사이 비명횡사케 했던 어떤 고고한 존재를 향해 있었다. "멋진 놈들이죠." 남자는 마치 자신이 말의 조물주라도 되는 양 자부심에 찬 목소리로 말했다. "하지만 형씨, 놈들의 진가는 주인이 탄 마차를 끌 때 나오죠. 형씨는 아직 놈들을 보지 못한 것이나 진배없습니다." 그러나 보바리 씨는 남자의 말은 귓등으로도 듣지 않은 채 이미 말들 앞에 다가서 있었다. "대가는……" 낯설고 놀라운 장난감 앞에 선 아이처럼 설명을 듣는 시간조차 아깝다는 듯 안달 난 목소리로 입을 열었던 보바리 씨는 이내 예상외의 사실에 화들짝 놀라 다시 남자 쪽으로 고개를 돌려야 했다. "이건 내 마차요. 맞죠?" 보바리 씨는 두 말이 뒤에 달고 들어온 익숙한 형상, 마구간에 들어오기 전 하녀와 함께(그런데 이놈의 하녀는 도대체 어디로 갔을까?) 마구간 입구 옆에 세워두었던 게 분명한 자신의 마차를 가리키며 말했지만, 이번엔 남자쪽에서 그의 말을 무시했다. 어느새 보바리 씨 바로 옆에 붙은 남자는 보바리 씨가 무슨 말을 하건 말건 그를 부축해 마부석에 올려 태우는 일에만 열중하고 있었던 것이다. 보바리 씨는 나무 관절 인형처럼 뻣뻣하게 행동했지만 남자의 몸짓은 거리낌 없이 능숙했다. "대가는 걱정 마시죠, 형씨. 그건 내가 알아서 할 테니. 이랴!" 남자의 손길을 따라 얼렁뚱땅 마부석에 올라 손에 고삐까지 쥐게 된 보바리 씨

는, 남자가 힘찬 소리와 함께 말의 엉덩이를 내리치는 순간
에야 번뜩, 마치 남자의 두껍고 단단한 손바닥이 말의 엉덩
이와 함께 제 뒤통수를 후려치기라도 한 것처럼 집에서 죽
은 듯 잠들어 있을 부인을 떠올렸다. 내가 문을 제대로 잠
갔던가? 급격히 앞으로 빨려 드는 몸을 애써 곧추세우며
보바리 씨는 재빨리 기억을 더듬었다. 분명 모자를 쓰고 집
을 나온 후 나는 곧바로 마차를 꺼내러 갔다, 그리고 그 전
에 하녀에게 열쇠를 건넸지…… 아, 하녀! 그는 도대체 어
디로 갔단 말인가! 게다가 하녀, 그가 열쇠를 받지 않았다
면 나는 누구에게 열쇠를 건넸지? 등 뒤로 성급하게 뻗은
내 손에서 제때에 맞춰 열쇠를 낚아챈 그 손은…… "아차!"
사태를 깨달은 보바리 씨는 곧바로 고삐를 바투 잡아 마차
의 방향을 돌리려 했으나, 말들은 그의 명령에도 아랑곳 않
고 마구간 뒤쪽 벽을 또 한 번 우지끈 부수며 맹렬히 돌진
했다. 모든 일이 너무 빠르게 벌어지고 있었다. 제길, 이건
아니야. 이건 내가 원하던 거래가 아니야! 보바리 씨는 어
떻게든 말들에게서 주도권을 빼앗으려 이리저리 고삐를
비틀었지만 역부족이었다. 고삐는 우람한 말 두 마리를 제
어하기엔 너무나도 빈약했던 것이다. 거기다 실상 이들의
돌진이란 것도 아주 잠시간에 끝나버려서, 보바리 씨는 제
대로 된 반항을 시도해볼 기회도 가져 보지 못했다. 박살

난 벽의 판자들이 성난 짐승의 발톱처럼 어깨와 볼로 달려드는 것을 헤치려 몸을 한껏 크게 비틀려는 차, 그는 자신이 이미 환자의 집에 도착했음을 깨달았던 것이다. 마치 거기 **곧바로 환자 집의 마당이 열리기라도 한 듯.**[ii] 잠시 멍청한 얼굴로 주위를 둘러보던 보바리 씨가 눈앞에 벌어진 일을 마침내 이해했을 땐 폭설은 이미 그친 뒤였고, 말들은 시침을 떼는 모양으로 고개를 수그린 채 마당의 잡초를 장난삼아 뜯어보고 있었다. 그들이 도착한 소리를 들었는지 불 켜진 현관문 너머로 부산스러운 발소리가 들려왔다. 보바리 씨는 어쩐지 그 발소리가 예정에 없던 편지를 뜯은 후 집요하게 자신을 괴롭히는 사악한 계략의 일부처럼 여겨졌으나 달리 방법이 없었다. 보바리 씨는 가방을 들고 마차에서 내렸다. 급한 환자가 있다고 했다. 보바리 씨는 자신의 역할을 할 차례가 찾아왔음을 깨달았다.

"부모님은 안 계세요." "자리를 비우셨어요." "의사 선생님을 부른 건 우리예요." 현관문 너머에서 나타난 세 명의 여자아이는 합창단원처럼 돌아가며 말했다. 보바리 씨는

---

ii   프란츠 카프카, 「시골의사」, 『변신·시골의사』, 전영애 옮김, 민음사, 1998, p. 98.

186

그 아이들의 말을 곧바로 알아듣지 못했다. 물론 잠시였다. 보바리 씨는 번뜩 그의 마음을 재촉했던 편지의 필체를 떠올렸다. 중간중간 눌러쓴, 그러나 흐트러짐을 완전히 숨기지는 못했던, 요컨대 서투른 필체! 아아, 왜 하나의 사실은 매번 이토록 다른 진실을 가리키는지! 보바리 씨는 열린 현관문의 좁은 틈으로 서로 머리를 들이민 세 명의 여자아이가 마치 지옥의 문을 지킨다고 전해 내려오는 옛 그리스의 머리 셋 달린 짐승처럼 끔찍하게 여겨졌으나, 애써 티를 내지 않았다. 여러 불명확한 단서로 자신에게 오해를 불러일으켰다는 사실(그러나 그것을 어떻게 그 죄 없는 여자아이들이 '불러일으켰다' 말할 수 있을까, 그것은 단지 오해, 다름 아닌 보바리 씨 본인이 자초한 어이없는 실책이었다)을 빼고 본다면, 그 아이들은 칭찬받아 마땅했다. 얼마나 기특한 일인가! 여자아이들은 동생이 크게 병들었다고 말했다. 부모님이 자리를 비운 사이 동생이 죽을 것처럼 아파하다 그만 정신을 잃었다는 얘기였다. 아아, 얼마나 기특한 일인가! '의사 선생님이 오셔야 합니다. 서둘러주세요. 급한 환자가 있습니다.' 서투른 필체는 썼다. 여자아이들에 따르면, 그것은 어쨌든 거짓이 아니었다. 눈처럼 하얗고 서늘한 진실이었다. 보바리 씨는 여자아이들에게 서둘러 동생이 있는 방으로 안내해달라 얘기했다. 그것은 잘한 일이다. 여자아이들은 보바리 씨를 제 일에 의욕이 넘치는 의사라 여길 것이었다.

그러나 문제가 있었다. 여자아이들은 보바리 씨의 말을 따라 곧장 현관문 안으로 그를 안내하는 듯했지만, 그 안내란 것이 종잡을 수 없이 정신 사나웠던 것이다. 여자아이들은 어떤 춤을, 마치 본래의 바탕이 되는 음악이 소실되어 누구나 그때그때 제멋대로 리듬과 멜로디를 붙이는 바람에 아무도 그것의 진짜 형태를 알지 못하는 비밀스러운 민속춤을 추는 엉터리 전승자처럼, 말하자면 제멋대로 집 안을 뛰어다녔다. "이쪽으로 오세요." 하고 말한 여자아이가 두 팔을 날개처럼 펼친 채 복도 왼편의 계단을 두어 칸 올라갔다 싶으면 얼마 안 가 "네, 이쪽이에요." 하고 복도 오른편 두번째 닫힌 문의 문고리를 잡은 다른 여자아이가 말하는 식이었다. 처음만 해도 보바리 씨는 의심 없이 여자아이들을 따라 낡은 요람 같은 다락방의 문 앞까지 올랐다가 계단을 내려와, 무슨 사정이 있어 세간을 몇 차례 드러냈는지, 군데군데 무거운 것에 긁힌 자국이 난 마룻바닥을 희멀건 전등 빛 아래 내장 발린 갈비뼈처럼 휑뎅그렁하게 내어 보인 오른쪽 안방에 들어섰다 했지만, 이내 그것이 안내라기보다는 교란이라는 사실을, 환영이라기보다는 조롱에 가깝다는 사실을 깨달았다. 여자아이들은 처음부터 그를 놀리고 있었던 것이다. 부모님의 서랍을 뒤져 편지지와 인장을 꺼낸 그 순간부터 여자아이들은 줄곧 낄낄거림을 주고받으며 그를 어떻게 놀려먹을까 하는 생각에 잔뜩 들떠 있었는지도 모른다. 어쩌면 지금도 제집 바닥을 굴러다닐 푸른 밀랍에는, 그것을 편지봉투 위로 녹이는 동안에도 여자아이들이 쉴 새 없이 주고받았을 조롱의 말들이 섞여 들어 있는지도! 끔찍하고 아득한 일이다. 그는 이미 언제 들이닥쳤는지도 모를 폭설에 말을 잃고, 웬 시정잡배 같은 놈에게 휘둘려 부인의 안위조차 알 수 없이 어딘지 모를 곳에 내던져진 신세가 아니던가! 하지만 아직 확신하긴 일렀다. 여자아이들은 그저 자신의 역할에 충실할 뿐인지도 몰랐다. 소중한 동생이 아프다는 사실을 서둘러 의사에게 알리는 역할만큼이나, 그 아이들에겐 아이다운 천진함을 만끽하는 역할 역시 중요했으리라. 이제 보바리 씨에게 어린 시절이란 높다란 폭포 위의 땅처럼 혼란스러운 추락의 기억과 함께 사정없이 뜯겨 나간 되돌아갈 수 없는 장소였고, 이 같은 선명한 단절감은 오히려 눈앞의 아이들이, 그 폭포 위의 작은 유령들이 어떤 기행을 보이더라도 거부감 없이 받아들일 수 있는 기묘한 관대함을 그의 내면에 마련해주었다. "혹시 이름이 무엇이니?" 그는 영원히 끝나지 않을 것 같은 원무를 도는 여자아이들에게 진실을 확인코자, 요컨대 자신이 완전히 망해버린 것이 아님을 확인받고자 물었다. 여자아이들은 동시에 고개를 돌렸다.

"우루. 우루예요."

세 개의 입 중 어디에서 그 대답이 튀어나왔는지 그는 보지 못했다. 다만 어느새 원무는 끝났고, 한데 모인 여자아이들은 복도 가장 끝 방의 열린 문 주위로 서서 방 안을, 이불을 턱까지 올려 덮은 아이가 누워 있는 침대를 눈짓으로 ─ 쓸데없는 질문은 말고 어서 제 할 일을 하라는 듯 냉담한 ─ 가리키고 있었다. 무덤처럼 뚱뚱한 아이였다. 아니면 이불을 한껏 말아 덮은 것일까? 그는 혼란스러웠다. 저 여자아이들은 나의 질문을 제대로 이해했을까? 혹시 질문이 너무 모호했던 것은 아닐까? 그는 자신을 바라보는 세 얼굴, 마치 비스듬히 마주 세운 세 장의 먼지 않은 거울처럼 서로의 흐릿한 얼굴을 또 한 번 흐릿하게 재현하고 있는 그 얼굴 중 하나가 속삭인 이름이 자신이 이제부터 치료해야 하는 아이의 것인지, 아니면 속삭인 당사자, 요컨대 세명의 여자아이 중 하나의 것인지 분간할 수 없었다. 그러나 중대한 문제는 아니다. 그는 병을 치료하러 온 것이지 이름을 알고자 온 것이 아니었다. 혹시 치료하던 중 그가 그들의 이름을 잘못 부른다 하더라도 그런 기억 따위 금방 잊힐게 분명했다. 어쩌다 한 번 낯선 남자에게, 다시는 마주칠

일 없는 시골 의사에게 이름을 잘못 불린 기억 따위 병과 함께 깨끗이 절개되어 봉합되리라. 하찮고, 하찮게. 그, 시골 의사는 그것을 알고 있었다.

따라서 문제는 우루가 누구인지 알 수 없다는 것이 아니라, 턱까지 이불을 올려 덮은 채 지그시 눈을 감고 있는 아이, 그 네번째 여자아이가 전혀 병들지 않았다는 사실이다. 여자아이는 죽음을 연기할 생각인지 애써 숨을 참고 있었지만, 시골 의사는 코 밑에 걸친 천 이불의 끄트머리가 일정한 간격으로 희미하게 파르르 떨리는 것을 어렵지 않게 발견할 수 있었다. 따라서 눈 감은 여자아이를 이리저리 뒤집으며 의미를 잃은 진찰을 끝낸 시골 의사는 자신의 불길한 예감이 기어코 맞아떨어졌음을(양 눈꺼풀을 들추는 과정에서 시골 의사는 영양실조로 누렇게 변색된 두 눈알을 발견했으나, 그것은 아주 오래되고, 따라서 회복될 가망을 완전히 상실한 일종의 흉터였으므로, 그의 역할과 무관했다), 다른 세 명의 여자아이가 거짓말을 하지는 않았을지언정, 네번째 여자아이는 그렇지 않았고, 어쩌면 단지 자매들을 놀리려 했던 네번째 여자아이의 황당한 수작질에 영문도 모른 채 같이 발목 잡히고 말았음을 깨달았다. 제길, 어처구니없는 함정에 걸려버렸구나! 시골 의사는 억울함과 짜증이 끓어오르는 것을 억누르며 머리맡으로 다가가 아이에게 속삭였다. "아이야, 너는 조금도 병들지 않았구나. 그리고 너는 누구보다 그 사실을 잘 알고 있지." 그러나 아이의 눈꺼풀은 전혀 반응하지 않았다. 대신 다시 세 명의 여자아이가 나타났다. 그들은 여전히 두 팔을 날개처럼 벌린 채로 어설픈 천사 흉내를 내며 제 동생이 눈을 감고 있는 침대와 시골 의사 주위를 돌았다. 이미 짜증을 날 대로 난 시골 의사는 그들이 파리라도 되는 양 팔을 휘저어 쫓아내려 했지만, 세 명의 여자아이는 요령껏 폴짝폴짝 뛰어가며 그의 손길을 피했다. 그중 하나가 침대 밑으로 다가가 이불에 감춰져 있던 네번째 여자아이의 오른 다리를 들춰 올렸다. 어설픈 무당처럼.

"아아, 너무 뚱보라서 날 수가 없구나![iii] 노랑눈이, 새벽만 되면 쥐새끼처럼 부엌에 숨어들어 가 솥뚜껑에 붙은 밥알을 훔쳐 먹었지!"

이어 다른 여자아이가 침대 왼편으로 다가가 네번째 여자아이의 왼팔을 들춰 올렸다.

"아아, 너무 뚱보라서 날 수가 없구나! 노랑눈이, 솥뚜껑한가득 누런 밥알이 딱딱하게 들러붙은 날에는 목구멍이 가득 차도록 쑤셔 넣고 또 쑤셔 넣었더랬지!"

iii   오정희, 「幼年의 뜰」, 『幼年의 뜰』, 문학과지성사, 1981.

마지막 여자아이는 네번째 여자아이의 머리통을 들춰 올렸다. 시골 의사는 천 이불이 자연스레 여자아이의 턱 아래로 흘러내리는 것을, 그리고 드러난 여자아이의 입이 조심성 없는 광부들에 의해 함부로 파헤쳐진 광산의 굴처럼 검게 벌어져 있음을 발견했다. 이럴 수가, 네번째 여자아이는 죽어 있었던 것이다!

"아아, 너무 뚱보라서 날 수가 없구나! 노랑눈이, 다 찬 목구멍이 밥알을 토해내면 다시 먹어 채우고, 토해내고 다시 먹어 채우더니, 기어코!"

세 명의 여자아이는 다시 원무를 출 모양으로 각각 들춰 낸 시체의 부위를 높이 들어 올리려 했으나 벌써 하얗게 질려가고 있는 시체는 바위처럼 꼼짝하지 않았다. "아아." "아아." "아아." 여자아이들의 입에선 낑낑거리는 소리 대신 흐느낌인지 악인지 분간되지 않는 한숨만이 연신 흘러나왔다. 언제인가 부모를 따라 함께 보았을 연극의 여배우를 흉내 내는 듯했다. 시골 의사 역시 호흡이 긴 대사 사이사이 목과 입을 호른처럼 세운 채 그로서는 흉내 낼 엄두조차 낼 수 없는 가느다란 음색을 길고 우아한 한숨처럼 토해내는 여배우들을 본 적이 있었다. "아아." "아아." "아아." 그러나 여자아이들의 입에서 흘러나온 것은 허술한 흉내에 불과했다. 형편없는 음색이었다. 그것은 차라리 줄이 잘못 씹

힌 카세트테이프에서 반복되어 흘러나오는 끔찍한 소음에
가까웠다. 시골 의사는 그제야 그들이 죽은 이를 하늘까지
환송하는 천사 역할을 맡았음을, 요컨대 그들의 덜 자란 여
섯 팔로는 절대 완수할 수 없는 천명을 저주처럼 내려받았
음을—그러나 누구에게? 아마도 그들 자신에게!—알아차
릴 수 있었다. 실제로 여자아이들은 자신들이 죽은 아이를
들어 올릴 수 없으리란 사실을 벌써 알아차린 듯 보였는데,
이는 그들이 중간중간 그 지지부진한 연극의 경계를 은근
슬쩍 들춰내고서는 왜 어서 남은 팔이나 다리를 잡고 자신
들을 돕지 않느냐는 듯 시골 의사를 향해 원망 섞인 눈초리
를 보냈기 때문이다. 그러나 시골 의사는 그들을 도울 처지
가 아니었다. 그에겐 벌써 제 몫의 절망과 한탄이 마련되어
있었기 때문이다. 시골 의사는 완전히 지쳐버린 사람처럼
시체 곁에 몸을 엎어놓고 있었고, 보기에 따라 그것은 시체
를 밀어내고 침대에 자리를 차지하기 위한 수작질처럼 보
였다. 머리와 어깨에 쌓였던 눈은 그새 녹아 열병을 앓는
이의 땀처럼, 전사자의 피처럼 그의 주변을 물들이고 있었
다. 인제 정말이지 끝장이구나. 오늘 밤은 도무지 엉터리
야! 도대체 내가 그들에게 뭘 요구한 적이나 있단 말인가?
나는 그저 잠들기만을 기다리는 중이었다. 그런데 다 엉망
이 되어버렸어. 편지! 빌어먹을 편지 탓이다! 처음엔 폭설

에 말을 잃더니 이제는 부인의 안위를 확인하기는커녕 시체를 떠맡게 되다니. 장의사를 불러야 할까? 하지만 어떻게? 말들은 아직 제자리를 지키고 있을까? 아까부터 줄곧 창밖을 살펴보았지만 온통 검고 희끄무레한 안개뿐이었지. 폭설 다음에는 검은 안개라! 어쩌면 말들은 이미 제 주인에게 돌아갔는지도 모른다. 애당초 놈들은 내 고삐를 듣지 않았지. 나는 한 번도 놈들의 주인이 되겠다 승인한 적도 없었다! 그런데도 나는 놈들에게 끌려 이 낯선 땅에 버려졌구나. 빌어먹을, 이렇게나 춥다니! 구멍 난 옷처럼 죽음 옆에 구겨진 신세가 되었어. 장의사를 불러야 해. 하지만 어떻게? 되는 일이라곤 없는 밤이다. 죽은 아이의 부모가 들이닥치면 어떻게 변명해야 하나. 아이들이 나를 변호해줄까? 저 한심한 시골 의사에겐 아무 잘못이 없다고? 그가 도착했을 땐 일어날 예정이었던 모든 사건이 이미 일어난 후였다고? 그는 무능한 제 손을 놀릴 기회조차 얻어보지 못했다고? 세 명의 여자아이가 다시 합창을 시작했다.

"아아, 아빠가 돌아오려면 몇 밤을 세야 해요?" "아아, 엄마는 오빠가 장차 의사가 될 거라고 했는데." "아아, 의사는 개뿔, 오빠는 의사놀이나 하고 앉았네."

들으면 들을수록 형편없는 합창이었다. 일부로 목을 죄어 얇게 낸 목소리는 쇳소리 같았고, 비음을 하도 섞은 탓에 간단한 노랫말조차 제대로 알아먹지 못할 지경이었다. 언제 거기 넣어두었는지, 시골 의사는 웃옷의 왼쪽 포켓에서 푸른 밀랍 두 덩어리를 꺼내 귀를 틀어막고 이불 안으로 머리통을 집어넣었다. 그러나 합창 소리는 단잠을 방해하는 파리의 앵앵거림처럼 집요하게 무덤 같은 어둠을 파헤쳐 들어와 그의 귀를 간지럽혔다. 어떤 순간엔 이 소음이 너무 적나라해 시골 의사는 그것이 이불 밖에서 들려오는 것인지, 아니면 밤이 부린 마술로 제 귀에 박힌 푸른 밀랍 덩어리들이 입 없이 재잘거리고 있는 것인지 도무지 분간할 수 없었다.

"아아, 오빠는 몇 밤을 세도 돌아오지 않을 거야.""아아, 엄마는 아빠가 의사놀이를 좋아하니 우리 보고 알아서 몸단속하랬지.""아아, 의사는 개뿔, 침대나 뺏지 마요, 아빠!"

이윽고 예고 없이, 불길한 말 울음소리가 집과 마당을 둘러싼 안개를 뚫고 가느다랗고 높게 뻗어 올랐다. 이 울음소리란 것이 아주 기괴하여, 말이 아니라 악몽에게 삶을 송두리째 뜯긴 어느 미치광이의 것이라 해도 이상하지 않았다. 내겐 손쓸 틈도 주어지지 않았다! 제길, 나는 오늘 밤 어떤 거래도 원한 적이 없었어! 실수다, 누군가의 실수인 게 분명해! 시골 의사는 고통스럽게 낑낑거리며 무덤 깊숙이 더 깊숙이로 머리통을 쑤셔 넣었다. "아아.""아아.""아아."

그리고 이내 미끄러지듯, 누군가의 손이 죽은 아이를 놓쳐버렸을 때 우루는 번뜩 자신이 오래되고 익숙한 교실 한가운데 홀로 서 있음을 깨달았다. 우루는 막 꿈에서 깬 얼굴로 주위를 둘러보았다. 좀 전에 스며든 땅거미인지, 얼마 있지 않아 높게 솟은 마천루 사이로 섬뜩한 송곳처럼 파고들어 온 일출에게 사정없이 꿰어져 납치되어버릴 밤의 끝자락인지 구분할 수 없는 푸른 어둠, 그 같은 오리무중의 시간이 교실의 사물들을 공평하게 덮고 있었다. 우루는 이 교실을 기억하고 있었다. 오래전에 우루, 그리고 우루의 급우들과 선생이 함께 존재했으나 이미 그렇지 않게 된 교실이었다. 「시골 의사」. 누가 자신들의 연극에 그런 제목을 붙여주었던가? 하지만 이 교실에서의 마지막 날 우루가 벌인 것은 즉흥 연극이었다. 정확히는 우루는 그날 즉흥 연극에 주저 없이 나섰던 네 명의 여자아이이자, 아직 글을 읽을 줄도 쓸 줄도 모르면서 극본 없는 연극에 뛰어든 무모하고 즉흥적인 여자아이들, 그들 중 하나였다. 그러나 정작 우루가 그 네 명 중 정확히 누구였는지는 전혀 기억나지 않았다. 내 자매들이며 메두사의 다른 머리를 이루었던 그리운 그 여자아이들은 모두 어디에 있는 것일까? 그들은 각기 다른 방향으로 가버리지도 않았고, 어느 날 홀연히 사라지지도 않

았다. 그들은 다만 춤을 멈추었다.[iv] 급우들과 선생은 춤을 멈
춘, 멈추었기에 끝나지 않은 춤으로 남은 여자아이들을 두
고 쥐 새끼들처럼 교실을 떠났다. 그렇다면 그 종잡을 수
없는 소란 속에서 우루는 어디에 있었나? 우루는 마지막
날, 자신이 도망치는 쥐 새끼들과 끝나지 않은 춤으로 남
은 여자아이들 중 어느 편에 속해 있었는지 기억하지 못했
다. 자신이 이 교실로 돌아오기까지 어떤 역사를 건넜는지
기억하지 못했다. 다만 우루는 눈을 감고 급작스럽게 멈춰
버린 꿈속으로 다시 정신을 밀어 넣었다. 꿈을, 춤을 이어
나갈 요량이었다. 처음부터 단지 춤을 추기 위해 이 오래된
장소를 방문한 것이었다. 우루는 이 교실만이 자신이 추고
자 하는 춤에 가장 적합한 장소라는 것을 알고 있었다. 우
루는 눈을 감은 채 춤을 추기 시작했고, 그것은 파트너 없
이 추는 왈츠, 쉴 새 없이 가상의 원점을 되상상하며 헝클
어진 머리카락 같은 곡선을 그리는, 비틀거리는 원무였다.
음악은 없었다. 우루는 이따금 두 다리를 모아 제자리에서
턴했는데, 이 턴이란 것이 너무 미숙하고 허술해 금세 왼발
이 회전 바깥으로 튕겨 나가곤 했다. 그러나 계속되는 비틀
거림에도 우루는 춤을 멈추지 않았다. 바깥으로 내던져진

왼발이 땅을 짚고 다시 중심을 잡으면 우루는 이 왼발을 축 삼아 이전과 미세하게 달라진 리듬을 타고 스텝을 이어나 갔고, 또 다시 턴했다. 보기에 따라서, 그것은 치밀하게 계산된 변주 같았다. 따라서 우루는 그것을 왈츠라 불렀지만, 그것이 정말 왈츠라 생각했던 것은 아니다. 왈츠를 배워본 적도, 실제로 왈츠를 추는 사람을 본 적도 없었으므로, 그 것이 왈츠인지 아닌지 판단할 능력이 우루에겐 없었다. 다 만 왈츠라는 이상야릇한 발음과 치맛자락을 넓게 펼치며 제멋대로 리듬을 바꿔버리는, 반복되는 턴들을 사랑해 그 것을 왈츠라 부를 따름이었다. 턴을 돌 때면 우루는 제 머 리 위로 모종의 장력이 발생함을 느꼈다. 마치 팽팽히 당겨 진 실처럼 자신을 하늘로 끌어 올리려는 힘이 있었고, 우루 는 이를 따라 날아오르는 대신 회전을 지속했다. 존재가 아 래로 활짝 펼쳐지는 것처럼 아득한 환희를 느꼈다. 환희는 죽음을 상상케 했다. 우루는 환희가 상상케 하는 죽음 안에 서 영원과 포옹한 적이 있다고 믿었다.

그러나 이번에도 춤은 영원히 지속되지 않았다. 꼼짝도 하지 않는 바위를 들어 올리려던 두 손이 예기치 못한 순

---

iv   배수아, 『멀리 있다 우루는 늦을 것이다』, 워크룸프레스, 2019, p. 95. 일부 변용.

간, 동시에 누구나 예측할 수 있는 방식으로 미끄러져 바위를 놓쳐버리듯 우루는 어떤 강렬한 존재감이 자신의 한쪽 소매를 잡아끄는 것을 느꼈다. 이윽고 현기증 같은 비틀거림과 함께 춤이 멈췄다. 때마침 시야 한가운데 자리 잡은 교실 창 너머로 검정 펠트 모자를 쓴 남자의 실루엣이 보였다. 키가 훤칠하고, 멀리서도 알아볼 수 있을 정도로 말처럼 긴 머리통을 가진 남자였다. 우루는 그가 바로 예의 팽팽한 실을 당기고 있던 자임을, 한쪽 발끝으로 서서 영원히 넘어지지 않는 꿈속의 팽이처럼 턴할 때 자신의 머리 위로 손을 내밀어 손가락을 맞대고 있었던 그 신비로운 존재임을 단박에 알아보았다. 남자 옆에는 한 마리 커다란 개가 서 있었다. 마찬가지로 말처럼 긴 머리통을 가진 개였다. 어둠과 거리 탓에 목줄을 채웠는지는 보이지 않았으나, 우루는 그 개가 어릴 적부터 기르고 싶어 했던 그레이하운드임을 알아보았다. 처음 그레이하운드를 본 것은 어느 병원이었다. 어머니의 손을 잡고 방문한 병원이었는데, 작고 단정한 분위기였다는 것 외엔 무엇을 진료 보는 곳이었는지, 자신에게 어떤 문제가 있어 방문했는지도 기억나지 않았다. 다만 거기 그레이하운드가 있었다. 카운터 옆 구석에, 드러누운 채로도 카운터의 반만큼 올라올 정도로 커다란 녀석이었다. 어린 우루는 녀석이 자신보다 나이가 많다

는 것을 알 수 있었다. 당시 우루에게 겉모습만 보고 개의
나이를 판단할 만한 지식이 있을 리 없었지만, 어린 우루는
꿈의 주인처럼 그것을 알 수 있었다. 그날 이후 우루는 틈
만 나면 어머니에게 그레이하운드를 기르게 해달라고 졸
랐다(그런데 그레이하운드라는 이름은 또 어디서 날아들었
을까, 어쨌든 그레이하운드라는 이름은 너무 어린아이가 알
고 있기에도, 알고 있지 못하기에도 적합한 그 어떤 이름 같
다). 따라서 우루가 교실 창 너머의 그레이하운드를 곧바
로 알아본 것은 자연스러웠다. 녀석은 우루가 어릴 적부터
기르고 싶었던 그레이하운드, 바로 그날의 그레이하운드
였기 때문이다. 우루는 개에게 있어 죽음이 있기 충분하고
도 남았던 시간을 건너온 그레이하운드 옆에 서서 창 너머
로 자신을 올려다보고 있는 검정 펠트 모자를 쓴 남자가 자
신을 찾아온 의사임을 알아보았다. 그것은 자신이 병들었
음을 의미했다. 섬뜩한 쾌감에 잠기듯, 우루는 의사가 잘
벼린 메스로 제 피부를 갈라 심장처럼 팔딱거리는 푸른 종
양을 훔쳐 가는 장면을 상상했다. 우루는 눈을 감았고, 다
시 춤을 췄다. 두려워서가 아니었다. 두려움으로는 춤을 출
수 없음을 알고 있었다. 춤을 추게 하는 것은 언제나 한 줌
의 환희, 춤을 멈추는 순간 가라앉은 치맛자락 아래로 순식
간에 빠져나가버리는 희박한 환희였다. 그러므로 춤을 추

기 위해선 춤을 멈추어선 안 되었다. 우루는 치맛자락을 넓게 펼치며 우아하게 턴했다. 그러자 교실이 돌고, 창과 창 너머의 운동장이 돌고, 검정 펠트 모자를 쓴 의사와 그레이 하운드도 과묵한 행성들처럼 우루를 중심으로 원무를 췄다. 우루는 그것을 왈츠라 불렀지만 정말 그것을 왈츠라 여겼던 것은 아니다. 우루는 그 춤의 진짜 이름이 무엇인지는 커녕 이름이 있는 춤인지도 알지 못했다. 사실 그것은 오랜 역사를 가진 춤이었다. 우루는 한 번도 들어본 적 없는 아주 기나긴 이야기가 있었다. 그러나 우루의 무지는 춤을 방해하지 않았다. 우루의 춤이 무지의 손을 채 가지 않았듯이. 그저 우루의 세계는 빠르게 회전했고, 검정 펠트 모자를 쓴 의사와 그레이하운드는 꼿꼿이 서 창 너머의 꿈을 오랫동안 지켜보았다. 영문을 알 수 없이. 누군가 죽음 같은 잠에서 깨려 하고 있었다.

***

뜻하지 않은 말썽이 생겨 일정이 지체되었다. 부인의 개가 들판으로 도망을 쳐버린 것이었다.[v] 순식간에 벌어진 일이

---

v   귀스타브 플로베르, 같은 책, p. 118. 일부 변용.

었다. 부인은 남편 보바리 씨와 마주 보는 모양으로 마차에
앉아 있었고, 개는 두 사람 사이를 가로지르며 우아한 물결
을 이루는 강물처럼 길게 누워 있었다. 셋 모두 긴 여정에
지쳐 죽은 듯 잠들어 있었다. 적어도 부인은 그렇게 기억했
다. 그러나 아니었다. 돌부리에 걸려 마차가 한 차례 크게
덜컹거린 순간, 덜컹거림에 헐겁게 걸려 있었던 왼쪽 문의
잠금쇠(아아, 남편이 걸었던! 부인은 그 잠금쇠를 건 것이
다름 아닌 보바리 씨라는 사실을 똑똑히 기억했다)가 풀린
순간, 때를 기다렸다는 듯 개가 마차 바깥으로 튀어 나갔던
것이다. 부인은 잠결이었음에도 제 발등 위로 이전에는 느
껴본 적 없는 어떤 사나운 꿈틀거림을, 근육의 적나라한 움
직임을 느꼈다. 개는 숙련된 선수가 던진 원반처럼 순식간
에 사라져버렸다. 뒤늦게 상황을 파악한 부인은 서둘러 마
차를 세우고 보바리 씨를 깨웠다. 그러나 보바리 씨는 잠에
서 깨고도 한참 동안 상황을 전혀 파악하지 못한 얼굴을 하
고 있었다. 마차 안에서 꼰 다리를 달싹거리며, 몽유병 환
자처럼 얼빠진 얼굴을 하고 성의 없게 수풀을 뒤적거리는
보바리 씨를 가만히 지켜보던 보바리 부인은 이내 안 되겠
다는 듯 치마를 두 손으로 들춰 들곤 두 발을 마차 밖으로
내밀었다. 수풀 안에서 그 모습을 본 보바리 씨는 깜짝 놀
라 한 손을 앞으로 내밀며 곧바로 마차 문 앞까지 뛰어왔지

만, 부인은 본 채도 하지 않고 혼자서 풀쩍 마차 밑으로 뛰어내렸다. 보바리 씨는 잠시 멋쩍게 서 있다가 손을 거뒀다. 부인은 두 손으로 치마를 들춰 든 자세로 수풀 속을 이리저리 뛰어다니며 애타게 개의 이름을 불렀다. 이때 부인은 개가 마차를 뛰쳐나가기 전 발등으로 느낀 그 적나라하고 불온한 꿈틀거림을 잊은 듯이, 아직 잠결에서 벗어나지 못한 채, 다만 반사적으로 그를 쫓아 마차 바깥으로 고개를 내밀었을 때 보았던 개의 뒷모습을, 뒤를 돌아본다거나 망설이는 기색이라곤 없이 힘차게 뜀박질하던 그 야속한 뒷모습을 완전히 잊은 듯 보인다. 그러나 멀리까지 가진 못했다. 마차 옆에 서서 부인이 사라진 수풀 쪽을 애타게 바라보고 있었던 보바리 씨는, 부인이 완전히 탈진한 모습으로 돌아오자 호들갑을 떨며 달려가 그를 부축하고선 쓰고 있던 모자를 벗어 풀과 흙으로 더러워진 부인의 맨다리를 털어주었다. "그만둬요!" 부인은 남편의 모자를 짜증스럽게 쳐냈다. "더럽지 않겠어?" 보바리 씨는 멀뚱한 얼굴로, 요컨대 아직도 잠결에 잠긴 듯 얼빠진 얼굴로 물었고, "아아," 부인은 한숨을 내쉬었다. 흐느낌인지 악인지 분간되지 않는 한숨이었다. "빨리 가기나 해요. 아아, 인제 다 틀렸어!"

뜻하지 않은 말썽이 생겨 일정이 지체되었다. 목적지에 도착했을 즈음엔 이미 해가 저물어 있었다. 그들은 또 누구하나가 바깥으로 튕겨 나가더라도 이상하지 않을 정도로 쉴 새 없이 덜컹거리는 마차에 앉아, 유속이 느린 강의 가장 깊숙한 곳을 상상케 하는 푸른 어둠, 그 같은 밤에 잠긴 마을의 실루엣이 저들 쪽으로 다가오는 모습을 바라보았다. "용빌입니다!" 마부가 채찍을 휘두르며 소리쳤다. 용빌. 음미하듯, 부인은 그들이 새롭게 정착할 마을의 이름을 중얼거려 보았으나, 그 낯선 어감에선 어떤 종류의 예감도 느껴지지 않았다. 마땅했다. 그럴 만한 이유라곤 조금도 없었다. 그것은 그의 남편, 샤를르 보바리 씨도 마찬가지였다.

* 이 글에는 각기 다른 시기에 다른 작가가 꾼 네 가지 꿈(귀스타브 플로베르의 『마담 보바리』, 프란츠 카프카의 「시골의사」, 오정희의 「幼年의 뜰」, 배수아의 『멀리 있다 우루는 늦을 것이다』)의 내용과 설정이 차용 및 혼용되어 있다. 주석으로 기재된 인용 및 변용의 표지들은 각 꿈과 이 글 사이에 가로놓인 가교이거나, 그 흉내이다. 그러나 어떤 꿈은 가교(혹은 그 흉내)가 놓이기에 앞서 미리 도착해 있었다. 따라서 또 어떤 꿈이 가교(혹은 그 흉내)와 무관하게 이미 글 안에 도착해 있을지도 모를 일이다. 우리는 모두 용빌에서 만나기로 했다.

두 가지 「프란츠 카프카」에 붙이는 한 가지 주석[i]

k가 언제 처음 바스코 포파를 읽었는지는 명확하지 않다. 다만 그와 같이 학부를 지낸 이들은 대체로 그가 대학에 입학하기 전 포파를 접했고, 또 적잖은 영향을 받았다고 기억했다. 중역이나 최초의 시집 단위 번역본이었던 포파의 시선집 『절름발이 늑대에게 경의를』의 출간 시기와 이후 언급될 에피소드를 고려하면 이들의 기억은 꽤 그럴듯해 보인다. 실제로 학부 시절 k의 소설과 시에는 「흰 조약돌」 연작시와 연관될 만한 이미지가 적잖이 나타났다. 아래는 k가 1학년 1학기 학부 수업에서 발표한 단편소설의 일부이다.

　　눈썹보다 조금 높이, 한쪽 벽면의 반을 가로지르는 흰색 선반 끄트머리에는 유리병이 놓여 있었다. 본래 토마

토소스 따위가 담겨 있었을 것처럼 생긴 유리병의 입구는, 그러나 일반적인 플라스틱 뚜껑 대신 천이 감싸여 있었다. 흰색과 검은색이 어지럽게 섞인 에스허르 무늬가 그려진 천이었고, 이 천으로 유리병 입구 부분을 감싼 후 얇은 밧줄을 둘러 봉해놓은 모습이었다. 나는 홀린 듯, 방 주인에게 허락을 구해야겠다는 생각도 없이 유리병을 집어 들었다. 안쪽 가득 구슬이 담긴 유리병이었다. 어릴 적 자주 갖고 놀았던 종류의 구슬들임을 어렵지 않게 기억해낼 수 있었다. 투명하고, 안에 작은 이파리 같은 것이 들어 있었다. 예나 지금이나 정확한 명칭을 알지 못하는 이 정체불명의 이파리는, 구슬의 가운데를 에둘러 가로지르는 유려한 곡선의 도형이었다. 구슬 내부가 빛의 어떤 작용을 만드는지 보는 위치에 따라 이 도형은 크기와 형태를 달리했고, 따라서 내가 유리병을 집어 들어 눈앞으로 가져오는 동안 이 안의 구슬들이 허공에 휘몰아치는 한 떼의 이파리들처럼 휘황한 장관을 펼쳐 보였음은 자연스럽다. 찰나, 격렬한 현기증이 찾아왔다. 근원을 짐작할 수 없는 환각이 펼쳐졌다. 환각 속에서 나는 지평선 너머까지 장엄한 공동묘지를 이루는 낙엽의 대지에서, 갑작스럽게 솟아오른 회오리의 중심부에 서 있었다. 그러나 막상 회오리를 타고 떠오른 것은 낙엽이 아니었다. 그것은 구球. 푸르고 완벽한 형

태의 구슬들이었고, 다시 보니 안구 같았다. 깨끗이, 홍채
가 제거된 죽은 안구들. 거기 내 것도 있었다.

— k, 「그리하여 잠든 이가」

그러나 당시만 해도, k의 동기들은 위 문장들에서 포파
와의 연관성을 찾지 못했다. 포파를 읽어본 사람이 많지 않
았거니와, 수업 중 누군가 이를 두고 보르헤스를 언급했기
때문이었다. 단편소설 「파란 호랑이들」이 인용되었다. 어
떤 방식의 호명도 진부하게 여겨질 만큼 막대한 명성을 누
린 작가의, 그러나 그 같은 명성을 함께 누리지 못한 많은
그렇고 그런 작품 중 하나인 「파란 호랑이들」이 언급된 데
에는 k 자신의 영향이 컸다. 1학년 첫 학기, 한 수업에서였
다. 특정 주제(이 수업의 경우 작가)에 대해 학생들이 먼저
발제를 하고 강사가 부족한 부분을 채우는 전형적인 방식
의 수업이었으나, 조금 특별하게도 발제자가 발제할 구체
적인 작품을 고르는 데 어느 정도 자율권이(요컨대 발제자
가 우선 작품을 정하면 강사가 이를 검토해주는 방식으로)
보장되어 있었고, k가 고른 작품 목록에 「파란 호랑이들」
이 포함돼 있었다. 당연하게도, 예의 작품 외에도 작가의
대표작, 요컨대 '마땅히 언급되어야 할 작품들'이 목록에 포
함되어 있었으므로, 그 이질적인 항목은 강사의 이목을 끌

지 못했으리라. 따라서 발표 당일, 실상 「파란 호랑이들」을 제외한 다른 작품들은 명목상의 끼워 넣기였음이 밝혀졌을 때 강사가 느꼈을 당혹감은 충분히 짐작할 만하다. 처음만 해도 강사가 지난 5년간 보았던 숱한 보르헤스 발제와 조금도 다르지 않았다. 그러나 k는 금세 본색을 드러냈다. 파워포인트 화면 네번째 페이지엔 「파란 호랑이들」에서 발췌한 문장만 덩그러니, 행갈이가 다소 성의 없이 들어간 모양으로 적혀 있었다.

만일 3 더하기 1이 2이거나 14라면 이성理性은
정신이상이지 다른 무엇이라고 할 수 있겠는가.

k는 열렬히 주장했다. 진정한 보르헤스적인 세계관은 바로 이 문장에 담겨 있다, 이성은 다만 정신이상이다, 「파란 호랑이들」의 주인공이 힌두교도의 마을 주변을 탐색하다 발견한 파란 호랑이란 이름의 돌들, 마법을 부리듯 덧셈과 뺄셈의 원칙을 배반하고 조롱하며 주머니에서 돌을 하나 꺼내면 도리어 주머니가 묵직해지고 꺼낸 돌을 도로 주머니에 집어넣으면 처음보다 더 가벼워지는 식으로, "기이하게" "증식되거나 감소되는"(「파란 호랑이들」) 그 파악할 수 없는 질서들이야말로 보르헤스가 발견한 세계의 유일무이

한 진실이다, 그보다 앞서고 그보다 유명한 작품들이 보여주는, 요컨대 픽셀의 차원에서는 각기 별다른 유기성을 찾을 수 없는 색색의 사각형이 무작위로 늘어선 풍경에 불과하지만, 충분한 거리를 두고 관찰하면 무한히 뻗어 나가는 사방연속무늬임이 드러나는 도트 그림처럼 ─ 이 지점에서 k는 페이지를 넘겨 보르헤스의 사진을 보여주고 이 사진의 눈 부분을 수차례 확대해 화면 전체를 정사각형의 검은 사각형으로 채우는 식의 퍼포먼스를 선보였다 ─, 개별 인간의 시각으로는 무질서로밖에 보이지 않는 질서를 가진 신화적인 도서관의 이미지, 이것이 암시하는 초월적이며 절대적인 규범-신의 존재는 보르헤스의 사유가 아직 충분히 무르익지 않아 도출된 성급하고 미흡한 결론이다, 뭐 그런. 그러므로 이때 가만히 입을 다물고 있던 강사의 고민 역시 쉽게 상상할 수 있다. 성급하고 미흡한 결론에 도취되어, 흥분으로 약간 돌아버린 것 같은 두 눈을 한 채 당당한 걸음걸이로 오독의 막막한 벌판을 가로지르는 이 학생을 어떻게 해야 할까, 뭐 그런. 학생이 자유롭게 감상할 권리를 침범하고 싶지 않았던 선생의 윤리적인 망설임이 결과적으로 수업을 듣는 학생들과, 또 그들이 만들어낸 소문을 전해 들은 학생들이 k와 보르헤스, 그리고 「파란 호랑이들」에 등장한다는 그 신비로운 파란 돌들에 대해 선명한 이미지를 갖는 데 얼마나 영향을 끼쳤는지는 명확히 가려내긴 힘들다. 다만 이전까진 평범한 동기 중 하나였던 k의 이 저돌적인, 그러니까 '약간 돌아버린 것 같은' 발표가 그들 학생에게 적잖은 인상을 남겼던 것만은 확실하다. 그의 태도에 열광하는 이들이건, 경멸을 드러내는 이들이건. 이 열렬한 관심은 자연스럽게 같은 수업을 듣지 않는 학생들까지 'k가 사랑하는「파란 호랑이들」'을 찾아 읽게 했다. 몇몇은 중고 서점이나 인터넷 서점을 통해 책을 사거나 학교 도서관의 하나뿐인 책을 순서대로 빌려 읽었고, 대다수는 수업을 듣는 이들을 대상으로 배포된 복사본을 공공연히 나눠 읽었다. 그러므로 이후 합평 수업 시간에 k의「그리하여 잠든 이가」와「파란 호랑이들」사이 공통점을 지적하게 되는 예의 학생이 정식 출간 과정을 거친 책의 형태로 그것을 읽었는지, 아니면 복사본의 형태로 읽었는지는(혹은 아주 희박한 가능성이지만, k의 유명한 발표 전에 먼저 읽었는지는) 알 수 없다. 그러나 그가 소소한 호기심에「파란 호랑이들」을 잠시 들춰 보았던 것은 아닌 듯하다. 그의 지적이 꽤 그럴듯했기 때문이다. 서술자의 시선을 통과하며, '빛의 어떤 작용'으로 현란하게 형태를 변모하는 '푸른' 구슬의 이미지가 나아가 서술자의 주변을 휘감는 (아마도 수를 가늠할 수 없을) '한 무리의 이파리'로 이행되는 것은「파란 호랑이들」에 등장하는 덧셈과 뺄셈의 원칙을 배반하며 제멋대로 수를 부풀리거나 줄이는 신비로운 파란 돌에 '현대적인 시선 윤리'를 적용한 결과로 보이나, 이 이미지가 정작 소설 전반과 어떤 연관성을 띠는지 파악하기 어렵다고 그는 지적했다(과연 그가 이와 동일한 단어와 문장을 구사했느냐고 묻는다면, 그도 k와 다름없는 평범한 1학년 학부생에 불과했다 말해두고 싶다. 그 이후 같은 수업을 들었던 대다수 학생이 그에게 수전증이 있다는 사실을 알게 되었음도). 물론 이 논리에는 한 가지 애매한 점이 있었다. 논리가 '푸르다'와 '파랗다'를 구분하지 않고 경유하기 때문이었다. 실제로 그의 발언이 끝난 후 어떤 학생은 '푸르고 완벽한 형태의 구슬'이 의미하는 것은 '파란 구슬'이 아니라 '초록 구슬'이 아니냐, 이파리와의 연관성을 생각해 자신은 그렇게 읽었다, 그런데 말을 하다 보니 '죽은 안구들'이라는 이미지를 보면 시퍼렇게 질려 죽은 얼굴이 떠오르긴 하니까 '파란 구슬'처럼 읽을 수도 있을 것 같다는 뭐 그런, 지적인지 혼잣말인지를 덧붙였다. 이러나저러나 주목할 만한 발언은 아니었다. 합평 중에 언급되지는 않았으나, 보르헤스(정확히는 번역가 황병하)는 「파란 호랑이들」 내에서 신비한 돌을 '푸른 빛깔' 따위로 표현하기도 했고, 무엇보다 파란 돌에 의미를 빚진 이미지라 해서 반드시 파란색일 필요도 없었기 때문이다. k가 소설 속에 묘사한 구슬이 (혹은 그 모델이) 실제로는 묘사된 것처럼 드라마틱한 빛의 굴절을 보여주지 않는다는 점이 그다지 중요한 문제점이 아니듯. 다만 그로부터 시간이 많이 흐르고 k가 첫번째 작품집을 출간하고 얼마 지나지 않아 한 인터뷰에서 자신의 작품에서 보르헤스적인 특징을 찾아내는 독서법에 대해 강한 거부감을 표했다는 사실은 짚고 넘어갈 필요가 있다. k는 "등단을 하기 전부터 자주" 그러한 평가를 받아왔다며, "애당초 보르헤스 이후, 어쩌면 이전에도 보르헤스에게 영향을 받지 않은 작가가 보르헤스 외에 있는가 싶"다 말하면서도, "이따금 짜증이 솟"는다 밝혔다. 그러므로 학기가 몇 차례 지나, 한 강의 커리큘럼에 『절름발이 늑대에게 경의를』이 포함되면서 학생들 사이에서 k의 작품을 보는 새로운 관점이 나타났음은 주지할 만하다. k가 예의 시집을 발제한 것은 아니었으나 이전의 사건과 비슷하다면 비슷하고, 또 예상할 수 있었다면 예상할 수 있었을 사건이 터졌기 때문이다. 『절름발이 늑대에게 경의를』의, 요컨대 다른 학생의 발제 자체는 평범하고 지루하게, 요컨대 수업에 좋은 영향만큼이나 나쁜 영향도 주지 않을 방식으로 진행되었다. 그러나 문제는 이 발제의 후반부, 대개의 발제에 형식상 끼워져 있기 마련인 Q&A에서 벌어졌다. 발제 내내 감정이 드러나지 않는 얼굴로 강의실 뒤편에 조용히 앉아 있었던 k가 기다렸다는 듯이 온갖 장황하고 엉뚱한 질문을 쏟아냈던 것이다. 보다 못한 강사가 k에게 더는 질문하지 말란 얘기를 꺼내기까지 다른 학생들 — 먼저 낌새를 채고 화장실에 가는 척 자리를 피한 두 학생을 제외하곤 — 은 이미 그들 사이 적잖은 인기(?)를 누리고 있던 k가 또 한 번 깽판 아닌 깽판을 치는 모습을 하릴없이 지켜보고 있을 수밖에 없었다. 이 사건은 k가 학교 근처의 카페에서 같은 시집의 발제를 맡은 다른 반 학생에게 바스코 포파에 대한 자신의 감상과 이해를 말하는 장면을 목격했다는 몇 증언과 엮여 k의 외연을 이루는 또 하나의 전설을 형성했다. k의 작품들에 애정 내지는 흥미를 느끼고 있던 몇 학생이 그것들에서 이전에는 상상하지 못했던 포파적인 특징들, 특히 「흰 조약돌」 연작시와 짙은 연관성을 보이는 이미지들을 발굴해낸 것은, 마땅히, 이 전설 이후였다. 이를테면 k와 2년 가까이 창작 스터디를 했던 동기 모씨의 경우 연작 중 네번째 시 「조약돌의 사랑」의 처음 두 연 "그것은/아름답고 둥근 푸른 눈의/바보 같은 영원을 들여다본다//그것은 스스로를/영원의 하얀 눈[目]으로 바꾸어버렸다"를 읽으며 "푸르고 완벽한 형태의 구슬들이었고, 다시 보니 안구 같았다. 깨끗이, 홍채가 제거된 죽은 안구들. 거기 내 것도 있었다"라는 문장을 떠올렸다.

아마 어떤 이는, 다소 비약해 "대지에서 손 하나가 튀어올라/공중에 조약돌을 던진다//조약돌은 어디로 간 걸까/그것은 대지로 돌아오지도 않았고/하늘로 기어오르지도 않았다 [……] 그것은 자신의 목소리를 듣고 있다/세계 속에 있는 한 세계의 소리를"(「조약돌의 꿈」)이나 "정열적으로 모든 것을 껴안아/움켜쥔다"(「흰 조약돌들」) 따위의 시구들을 k의 작품들과 연결해보았을지도 모른다. 따라서 이러한 연관성을 k의 첫번째 소설집에 자주 등장하는 '젖어 창백한 빛깔로 번들거리는 돌무더기' 이미지로까지 확장해보는 것은 충분히 가능한 일로 보인다. 그렇다 하더라도—차차 밝혀나가겠지만— 이후 소소한 논쟁에 휘말리게 될 k의 인기 많은(?) 단편소설 「작은 상자」를 포파의 「작은 상자」 연작시(마찬가지로 『절름발이 늑대에게 경의를』에 수록된)의 연장선으로 파악하는 문제에 대해서는 여전히 논란의 여지가 있다. 자세한 논의에 앞서 우선 「작은 상자」 연작의 첫번째 시 도입부를 살펴보자.

　　작은 상자는 젖니를 갖고 있다
　　그리고 짧은 길이와
　　좁은 넓이와 작은 공허
　　그 밖에 모든 것을 갖고 있다

218

— 바스코 포파, 「작은 상자」

그리고 아래는 논란이 된 k가 쓴 단편소설 도입부이다.

> 누구든 보려고만 한다면 보게 될 것이다, 작고 각진 공허, 여느 버스의 출입문 안쪽에서, 당신이 입장을 위해 짧은 계단을 올라야 했든 그러지 않았든, 광택이 바랜 철제의 그것은 거기 조용히 웅숭그리고 있고, 이제 당신은 마치 자신의 범행 현장이 발각되기만을 기다리는 때 이른 혁명가, 혹은 비틀린 자의식의 테러리스트처럼 슬며시 입을 벌린 채 자신과 별다르지 않은 넓고 각진 허공, 열린 출입문 너머로 찌 없는 낚싯줄처럼 시선을 던져놓고 있는 작은 상자의 창백하고 건조한 얼굴을 아연한 표정으로 마주하게 된다.
>
> — k, 「작은 상자」

두 인용문을 비교해보면, 포파의 시와 k의 단편소설을 연결 지어 읽는 것에는 그다지 무리가 따르지 않는 것 같다. 아마 이때 포파의 자장 안에서, 초현실주의적인 상상력의 인도에 따라 「작은 상자」의 도입부를 해독한 이들에게 '작고 각진 공허'란, 말이 가리키는 바 그대로 사물화된 하나의 공허, 잠시 뜬눈의 세계로 발설된 낯선 이의 꿈이리라. 이들은 한 손에 팸플릿을 들고 오래된 초현실주의 미술 작품이 가득 전시된 거대한 미술관에 막 들어선 관람객과 같다. 언제라도 쉽게 경이할 수 있는 마음가짐으로, 그러나 너무 많이 반복된 경이에의 노출이 그들의 삶 뒤편으로 그림자처럼 늘여놓은 권태와 자연스럽게 발맞춰 걷는 이들. 이 경건한 신도들에게 「작은 상자」가 보여주는 인상, '슬며시 벌'어진 입 안으로 스스로 걸어 들어간 이들이 마주치게 될 복도와 계단 들, 연회장처럼 넓게 펼쳐진 전시장들과 그 사이사이 비밀스럽게 입구를 내놓은 조잡한 창고들 따위를 상상하는 것은 그리 어렵지 않다. 이를테면

    당신이 곧바로 고개를 돌린다 해도, 작은 상자는 이미 당신에게 도래해 있다. 작은 상자는 당신도 모르는 새 당신의 왼쪽 새끼손가락에 묶인 붉은 실을 따라 덜그럭덜그럭 온갖 소란과 난리를 피워대며 당신을 쫓는 한 마리 작은 개,

혹은

    어쩌면 당신은 한 번도 작은 상자가 있는 버스에 올라

탄 적이 없는지도. [……] 따라서 당신이 아는 것이라고
는, 원인을 짐작할 수 없는 권태에 점령당한 어느 휴일, 생
활을 지탱하기 위해 언제나 지나쳐야 했던 길들이 아닌
쪽으로만 걷기로 마음먹은 뒤 익숙하지 않은 모퉁이를 돌
다가 듣게 되는 예기치 못한 소음, 이를테면 행인들의 잡
담이거나 겁도 없이 거실 창을 활짝 열어둔 채 이른 술자
리를 벌이고 있는 어느 1층 집 주민들의 수다, 그 속에서
훔쳐 들은 출처 불명의 소문인지도. 그러나 이때의 산책,
이때의 휴일은 원인을 짐작할 수 없는 망각과 충동으로
이루어진 하루가 대개 그렇듯 한바탕 꿈인 게 마땅했으므
로, 당신이 방금 처음 들었다 믿은 소문이란 사실 이미 오
래전 그 자세한 내막과 진실을 함께 전해 들었다 잊어버
린 철 지난 도시 전설인지도. 요컨대 매일 규칙적이거나
꼭 그렇지만은 않은 시간에 정해진 노선을 따라 도시를
분할하며 내달리는 무수한 버스 중에는 이제 그것을 모는
기사들조차 정확한 용도를 기억하지 못하는 오래된 기관
을 달고 있는 것들이 있고, 적절한 퇴화의 때를 놓친 철제
의 작은 기관들은 그러나 아무도 기억하려 하지 않는 본
래의 기능 역시 퇴화되지 않은 채로, 남아 있는 흔적을 탐
구함으로써 잃어버린 세계를 복원하고자 하는 진화론의
신도들이나, 태곳적에 대한 모호한 호기심을 가진 몽상가

들만이 이따금 들춰 보는 불분명한 기표-사료로밖에 기
능하지 않게 된 지금도 자신을 사용해줄 합당한 사용자를
가만히 기다리고 있다는 식의 이야기.

— k, 「작은 상자」

따위의 문장. 이때 이들 경건한 관객이 잘못된 기대를 품
지 않았음은 문제없이 증명되는 것처럼 보인다. 따라서 브
이 자로 펼쳐진 엄지와 검지가 납작 엎드린 오른쪽(혹은 왼
쪽) 페이지 뭉치에서 한 장의 페이지를 집어 들춰내고 이것
을 중지가 밀어 반대편으로 옮기는 일련의 과정, 번거롭고
(특히나 좀처럼 마침표가 등장하지 않아 하나의 문장이 한
없이 늘어지는 k의 문체를 고려할 때) 수시로 문장의 흐름
을 끊어 읽는 이에게 무가치한 혼란만을 야기하는 찰나들
이 흘리는 미미한 소음, 늘어진 천막이 갑작스러운 바람에
힘차게 부푸는 듯한 소리나 잘 벼린 칼날이 고목의 옆면을
깊숙이 에는 듯한 소리 따위로 표현될 수 있는 소음의 순간
이들이 짧은 소설의 뒤편에서 어떤 신성한 총체의 일부를,
영광된 빛줄기 사이에서 펄럭이던 옷자락의 실루엣 따위
를 목격했다 믿는 것은 이상하지 않아 보인다. 한 차례 완
독을 한 후 다시 첫 페이지로 돌아온 이들이 보게 되는 풍
경이란 요컨대 아래와 같은 모습이리라.

누구든 보려고만 한다면 보게 될 것이다. 작고 각진 공허, **태고부터 인간에게 내려진 운명, 지표면에서 일정 거리를 유지한 채 정확히 계산된 궤도를 운행하는 눈[目]-구조물들이 지상의 모든 모험을 폐기해버린 이후에도, 여전히 저주처럼 스며들어 있는 유랑의 운명 그 자체를 은유할 뿐인 대체 가능한 기표, 실상은 자전거여도, 마차여도, 막막한 초원을 가로지르는 구부러진 오솔길이거나 굽이치는 강물이어도 상관없을** 여느 버스의 출입문 안쪽에서, 당신이 입장을 위해 짧은 계단을 올라야 했든 그러지 않았든, **아득한 세월—요컨대 영원의 가장 편리한 가면, 혹은 인간적인 명명—을 통과한 것처럼, 그것이 한 개인이 절대 가늠할 수 없는 신화적인 시간의 부산물임을 증언하듯** 광택이 바랜 철제의 그것은 거기 조용히 웅숭그리고 있고, 이제 당신은 **그러나 소설 속의 당신이 아니어도 상관없을, 우연히 책의 첫 장을 펼친 독자이거나, 이야기가 끝나갈 즈음에야 자신의 정체를 밝히는 챙이 넓은 모자를 눌러쓴 이야기꾼, 다시 말해 이야기의 비중 없는 작은 조연이었다가 이내 믿을 수 없는 백일몽이 끝남과 함께 이야기꾼으로 청자들 앞에 얼굴을 드러내어 전설의 불분명한 증거를 자처하곤 하는 그 누군가는** 마치 자신의 범행 현장이 발각되기만을 기다리는 때 이른 혁명가, 혹은 비틀린 자의식의 테러리스트처럼 **그러니까 니체의 저 유명한 선언이 주지했듯 절대적이고 불변하는 신이 지상에 드리운 제 그림자를 품 안에 말아 넣고 영원한 과거로 사라진 이후 인간성의 여러 불충분한 이명 중 하나로 변모한 악마성性, 이를 부추기는 욕망의 불온한 목소리처럼, 혹은 본디 절대적인 것이란 그런 것이므로, 자신이 부재한 시대에까지 거룩한 계획의 손길을 뻗은 단 하나뿐인 신이, 언제나 그랬듯 거룩한 아집과 음흉한 암시로 안배해놓은 시험처럼** 슬며시 입을 벌린 채 자신과 별다르지 않은 넓고 각진 허공, 열린 출입문 너머로 찌 없는 낚싯줄처럼 **우리가 심연을 들여다볼 때 심연 역시 우리를 들여다보듯! 우리가 타자를 들여다볼 때 타자는 항상 우리의 가장 안쪽에 먼저 도달해 있듯!** 시선을 던져놓고 있는 작은 상자의 창백하고 건조한 얼굴을 아연한 표정으로 마주하게 된다.

— k, 「작은 상자」(강조는 인용자)

이때 이 (상상된) 풍경 속에서 어떤 이들은 마땅히 바스코 포파의 시구들, 이를테면 "이제 그 작은 상자 안에/축소된 전 세계가 있다"(「작은 상자」)나 "그대는 왜/공허 속에서 전 세계를 품고 있는/작은 상자를 응시하는가"(「작은 상자의 판사들」) 같은 문장들을 떠올리리라. 때로 시 자체를 의미하기도 하는 '모호성'이야말로 k가 「작은 상자」를 통해 구축하려고 했던 세계의 제1원칙이라 믿어 의심치 않은 이들. 이 독자들은 마치 만화경의 구멍에 눈을 붙이고 햇빛이 산란하는 색깔을 탐구하듯, 「작은 상자」의 휘황하고 과장된 문장들을 렌즈 삼아 세계를 '다시' 보며, 이는 포파가 그리는 「작은 상자」의 세계("작은 상자 안에/돌을 던져 넣으라/그러면 새 한 마리를 꺼낼 수 있으리//그대의 그림자를 던져넣으라/그러면 행복의 셔츠를 꺼낼 수 있으리[……]" (「작은 상자를 세낸 사람들」))와 정확히 일치한다.

그리고 k의 「작은 상자」가 지루한 이유는 바로 이 '정확한 일치'에 있다. 그 안에서 바스코 포파의 흔적을 찾을 수 있다는 이유만으로 첫번째 소설집과 이 소설을 같은 선상에 두는 이가 적잖은데(애석하게도 이들은 하나같이 자신에게 주어진 '젊은 평론가'라는 헤게모니를 가장 열성적으로 누리는 이들인데), 오마주hommage와 카피조차 구분해내지 못하는 이 나태한 감식안을 보며, 나는 차라리 문학비평장이 왜 작금과 같은 불능의 상태에 빠졌는지에 대한 모종의 이해를 얻게 되었다. '감사'나 '존경'을 의미하는 오마주의 기원은 중세 프랑스에서 왕이 기사에게 작위를 내리는 문화에서 찾을 수 있다. 기사는 왕 앞에 무릎 꿇고 맹세를 함으로써, 자신이 왕에게 '소속된 존재'임을 확인 받음과 동시에 '분리 받은 권력'의 증거로서 작위를 얻는다(그렇기에 작위를 얻은 기사, 귀족이 다스리는 영지는 국가에 종속되면서도 자치권을 갖는다). 요컨대 오마주는 그 기원에서부터 소속과 분리라는 양가성을 특징 삼고 있는 것이다. 다시 k의 소설로 돌아오자. k의 「작은 상자」는 그 제목에서 바스코 포파를 열렬히 호명한다. 살펴보았듯이 내용 역시 제 근원이 포파의 유명한 연작시에 있음을, 요컨대 자신이 포파의 세계에 '소속된 존재'임을 여과 없이 드러내고 있음은 여실해 보인다. 그렇다면 문제는 무엇인가? 문제는 역시 '분리'의 부재다. 처음부터 끝까지 그 모든 세목을 포파적으로 구성하고 있는 k의 「작은 상자」에는 필연적으로 그 자신만의, 자치권을 행사할 영지가 부재할 수밖에 없다. 말하자면 이 소설에선 작위를 받은 뒤 당당하게 말을 타고 제 영지로 떠나는 기사의 면모를 찾아볼 수 없다. 보이는 것이라곤 오로지 거대한 황궁 한편에 다소곳이 두 손을 모으고 서서 종일 제 자리에서 밀려나지 않기만을 궁리하는 무능한 신하의 모습뿐이다. 지나친가? 그러나 사실이다. 나의 평가가 전혀 지나치지 않다는 사실은, 아이러니하게도, k의 「작은 상자」와 달리 그의 첫번째 소설집이 어떻게 바스코 포파의「흰 조약돌」연작시를 성공적으로 오마주하는지와 비교할 때 선명해진다. k와 대학 시절을 보냈다 알려진 문학평론가 겸 시인인 모 씨가 해설에서 상세히 밝혔듯, 재작년 출간된 k의 실험적인 첫번째 소설집『계절-감』에는 "젖어 창백한 빛깔로 번들거리는 돌무더기"의 이미지가 여러 차례 변주되어 등장한다.『계절-감』의 마지막 단편소설「자정-착시」에 등장하는 "불그스름한 햇빛에 물든 눈더미"라는 이미지를 보자[원주: 이 글은『계절-감』의 해설이나 비평이 아니므로 자세히 다루지는 않겠지만,『계절-감』에서 '계절'은 일상 언어에서 네 분류의 계절을 지칭하지 않는다. 소설은 우리에게 풍경을 환기하고, "영원을 쪼개 시간을 감각화하는 모든 것"을 '계절'이라는 표현에 아우르며 소설집 내내 이 모든 "환각을 점층적으로 제거"(모씨,「볼 수 없는 것을 볼 수 없는 것으로, 만질 수 없는 것을 만질 수 없는 것으로 하고」. 이하「볼 수 없는 것」)하는 작업을 수행한다]. 최초엔 '젖음'이나 '돌무더기'와 연관성 없었던 이 이미지는, "눈삽으로 과격하게 긁어 담아 빌라 외벽 구석으로 내던져지"(「자정-착시」)며 군데군데 덩어리지게 형성된 눈더미가, 처마의 독특한 구조 탓에 해가 기우는 시간에 잠시간만 햇볕을 받았다가 다시 어는 일련의 과정을 거치면서 "한바탕 폭우에 시달린 돌무더기처럼 번들거"(「자정-착시」)리는 이미지를 획득한다. 요컨대 소설은 이 다소 번거로운 과정을 통해 '눈더미'를 '돌무더기'로, 외부로부터 들이닥친 것들(비)의 흔적이었던 '번들거림'을 이제 '언젠가 반드시 닥쳐올 소멸에 대한 암시'나 '나무처럼 한없이 외연을 깎아나가며 유지되는 어떤 핵'(「볼 수 없는 것」)으로 변모시키는 것이다. 따라서 바스코 포파의 자장 안에서, 돌무더기를 어떤 해석에도 감히 침범받지 않는 '세계-영원'으로, 그 위로 쏟아졌다가 이내 옆으로 밑으로 흘러내리는 빗물을 이 "'세계-영원'의 주변부를 이루고 있는 무모한 도전자들이나 무구한 신도들로 환원하는 것은 너무 단순한 접근법이"(「볼 수 없는 것」)라는 모씨의 지적은 타당하다. (이 소박한 비약이 얼마나 의미 있는가에 대해선 조금 불만이 있긴 하나 어쨌든) 『계절-감』은 포파의 세계 안에, 자신만의 영지를 구획해내고 있기 때문이다. 그러나 「작은 상자」의 경우는 어떤가? 이런저런 이미지의 편린으로 모자이크화를 짜듯 '작은 상자'를 둘러싼 일련의 세계를 구축해낸 집요한 노력만큼은 칭찬할 만하나, 이렇게 만들어진 세계에서 포파적인 색채를 지웠을 때 남는 것이 무엇인지, 마땅히, 우리는 질문해야 한다. 자신이 오마주나 패러디 따위의 엄밀성이 와해된 어휘들을 참호 삼

고 있는 것은 아닌지, 겉으로는 영광된 맹세를 한 기사 흉
내를 내지만 실제론 저기 몰락이 눈앞에 다가오고 있음에
도 황궁 한편에 제 궁둥이를 놓을 자리를 꿰차려는 데 한
눈이 팔린 아둔한 신하에 불과한 것은 아닌지.

　　　　　　　—홍승국,「지금-여기, 혹은 그때-거기의 실험들」

　소위 '실험적인 작품'이라 일컬어지는 신인 작가의 소설
들을 분석하고 그 한계점을 짚어나간 이 도발적인 비평문
은 제도권 문학에 관심이 있는 이들이라면 누구라도 이름
을 들어봤을 법한 유명 계간 문예지 겨울호에 수록되어 작
은 파란을 불러왔다. 홍승국 문학평론가가 지적하는 핵심
은 '반복되고 고착화되는 미학-실험'이었다. 적잖은 소설이
언급되었으므로 제도권의 지면을 통해서건 트위터나 개인
블로그 따위를 통해서건 다양한 반론이 뒤따랐고, 이들이
각기 대상으로 삼는 소설 역시 다양했다. 그리고 아래는 개
중 k의 「작은 상자」에 대한 비판에 전면적으로 반기를 세우
며 나타났던 모씨의 글 중 일부이다.

　　결말에 이르러 소설이 진술하듯 "어떤 꿈은 충분한 망
　　각을 통과해야지만 현실과 같은 구체적인 실감을 획득하
　　는 법이다." 학습된 이론들에 의지해 패턴적으로 소설을

분류하는 것이 비평의 전부라 믿는 제도권 중년 문학평론
가에게 k의 「작은 상자」는 바스코 포파의 지루한 반복에
불과할지 모른다. 그러나 k는 소설을 썼고 포파는 시를 썼
다는 아주 단순한 사실이 암시하듯, k의 소설이 가장 기능
하는 지점은, 혹은 기능하고자 했을 지점은 '작은 상자'라
는 이름의 '모호성', 요컨대 '꿈'이 아니다. 언뜻 '작은 상자'
그 자체에만 집중하는 듯 보이는 소설은, 그러나 '작은 상
자'를 서술하는 데 큰 노력을 기울이지 않는다(그리고 바
로 이런 사실이 왜 k의 「작은 상자」가 포파의 반복처럼 읽혔
는지를 알려준다. 홍승국 씨가 지적하듯, '작은 상자'만을 보
자면, 소설은 구태여 바스코 포파의 연작시까지 가지 않더
라도, 이미 많은 소설과 시 속에서 사용되었을 보편적인 시
적 오브제 그 이상을 보여주지 않기 때문이다). 대신 소설
이 주로 묘사하는 것은 (상술했듯) 과정이다. 정확히는 현
실 속에 스민 신화적인 오브제란 점에서 세계의 빈틈이
라 불러도 좋을 '작은 상자'를 세계가 점유하는 방식, 벌어
진 빈틈을 빈틈인 채로 다시 끌어안아, 이전의 '빈틈없(어
보이)는 세계'로 회귀하는, 세계의 불온한 변증법적 과정
을 탐구한다. 즉 이 소설은 모호성이 아닌, 그것이 작동하
는 불온한 구조, 다름 아닌 오마주의 분리성을 강조하고
'반복되고 고착화되는 미학-실험'을 지적하면서도 본인은

'작은 상자'를 곧바로 기존의 시-모호성의 원리로 환원해 버리는 그 견고하고 낡은 '환각', 그때-거기의 관점을 해체하고 있다.

　　　　　　── 모씨, 「지금-여기의 소설, 그때-거기의 비평」

　개인 블로그에 기록되고 트위터와 페이스북 등을 통해 퍼진 이 메타비평은 그 도발성에도 처음엔 그저 잔잔한 호응을 얻었을 뿐이었다. 여러 이유가 있었겠으나, k의 「작은 상자」가 소위 '읽기 어려운 소설'에 속한다는 점이 크게 작용했다. 따라서 앞선 두 비평을 한꺼번에 비판함으로써 논쟁을 본격화하며 등장했던 또 하나의 메타비평은 외려 모씨가 쓴 글의 위상을 높이는 데 중요한 역할을 했다고 말해야 한다. 모씨의 입장에선 다소 당혹스러웠을지 모르나, 다소 편리한 구분법에 의해, 이후 논쟁을 따라 읽는 이들은 자연스럽게 그의 글이 k의 「작은 상자」를 해석하는 특정 관점을, 요컨대 '바스코 포파식의 초현실주의적 상상력으로 단편소설 「작은 상자」를 전유하는 관점'을 대표하는 것처럼 받아들였기 때문이다. 문제의 메타비평을 작성한 사람은 '원한깊은나무'라는 닉네임을 사용했다. 모씨가 블로그에 글을 게시하고 한 달이 채 지나기 전이었다. 원한깊은나무의 글은 각기 짧지 않은 세 개의 부로 나뉘어 있었고, 에

버노트에 작성되어 트위터를 통해 공개되었다. 아래는 1부의 도입부이다:

나는 한 노땅 평론가가 문예지에 싸지른 광역 어그로를 우연히 읽고 처음 이 글을 구상하기 시작했다. 홍승국. 이 노땅 평론가의 글을 이전에 읽어본 적이 없으므로 과거에는 어땠을지 모르겠는데, 소위 '실험성'이란 것에 대해 이러쿵저러쿵 논할 예민한 감각의 소유자는 아닌 듯싶었다. 그러나 나이가 좀 차다 보니 자기도 '이런 소설들'에 대해 한마디 얹어보고 싶었는지, 아니면 나로서는 그다지 큰 기대가 생기지 않지만 젊을 적의 그는 조금 달랐고 그래서 어쨌든 지금보다는 예민했을 젊을 적의 감각이 아직 제게 남아 있다 믿었는지, 이 늙은 양반은 회초리를 든 지루한 선생처럼 굴며 얼토당토않은 헛소리를 이른바 제도권의 장 안에 질펀하게도 싸질러놓았다. '실험성'이라든가 '미학'이라든가 하는 것을 정의하는 방식이나, 이를 실제 작품에 적용해 '특정한 해석'을 이끌어내는 방식이나 고루한 것은 매한가지였지만, 특히 끔찍한 것은 후자였다. 제도권에 궁둥이를 들이밀고 앉아 문학에 대해 지껄이는 치들은 도대체가 먹고 싸는 간격을 조율할 줄 모르는 설사병 환자라도 되는지 '카피'와 '적용' 외에 할 줄 아는 게 없어 보인다. 그런 의미에서 나이는 젊어 보이나 어울리는 무리에게서 옮겨붙은 퀴퀴한 노땅 냄새를 지우지 못했던 모씨가 개인 블로그에 게시한 메타비평도 한심하긴 매한가지였다. 요컨대 내가 이 글을 구상하게 만든 것이 노땅 평론가의 광역 어그로였다면, 실질적으로 궁둥이를 타자기 앞까지 옮기게 만든 것은 제법 치기를 뽐내려 안간힘을 쓰지만 사실 별 볼 일 없다는 점에서는 선배 평론가 못지않은 모씨의 메타비평이었다.

— 원한깊은나무,
「지금-거기의 우울한 연산 기계들에게 부치는 편지」

구체적인 신상을 밝히지 않은 덕인지 특유의 도발성만큼은 앞선 모든 논의를 가뿐히 압도하는 이 글은, 글쓴이의 닉네임이 드라마화되기도 한 이정명의 장편소설 『뿌리 깊은 나무』를 패러디한 듯싶지만 이것이 지나치게 성의 없고 가볍다는 점에서 글쓴이가 한때 제도권을 꿈꿨지만 결과적으로 고급 독자가 된 젊고 속이 꼬인 국문학도나 문창학도의 소행일 것이란 추측, 또 '노땅'이라는 표현에서 '역한 틀 냄새가 난다'는 식의 추측 등 다소 논지에서 벗어난 관심을 얻는 것을 시작으로 점차 논란인지 논쟁인지 모를 것을 형성해갔다. 글에서 원한깊은나무는 k의 「작은 상자」에 바스코 포파의 연작시를 대입하는 독법 자체를 문제 삼고 있었다. 앞선 해석자들이 "조금이라도 익숙하고, 특히나 기존의 관점에서 '문학적'이라 여겨지는 참조점이 등장하면, 하나같이 눈깔이 뒤집혀선 작품에 내포된 다른 무수한 참조점을 무시한 채 그 '익숙한 참조점'이야말로 작품의 본질인 양 게걸스럽게 핥아대"느라 각기 작품이 "실제로 무엇을 그리는지" 파악하는 독해의 가장 기초적인 절차조차 무시하고 있다는 얘기였다.

이런 점에서 모씨의 메타비평은 어쨌든 앞선 늙은이의 질 떨어지는 어그로보다는 '비평적'이다. '작은 상자'에 눈이 팔려 이 단순한 오브제에 모든 것을 환원하는 대신, '정말 이것인 전부인가?' 하는 의심을 품었기 때문이다. 이도 결과적으로 '바스코 포파'로까지 의심을 확장하지 못했다는 점에서 도토리 키 재기였지만, [······] 따라서 우리는 우선 의심해야 한다. 논란의 소설에 등장하는 '작은 상자'는 정말 메타포인가? 질문에 답하기 위해 우선 소설이 '작은 상자'를 어떻게 묘사하는지 살펴보자. 이를테면 앞선 멍청이들이 사랑해마지않던 "작고 각진 공허" 같은 묘사를 말이다. 언뜻 닳고 닳은 시적 표현으로 읽히는 묘사다. 요컨대 앞선 멍청이들처럼 '공허'라는 시적 대상을 '작고 각진'이라는 물리적 감각을 통해 형상화하는 이미지로 환원해 읽기 쉽다는 얘기다. 조금 더 깊이 생각하는, 혹은 그럴 줄 아는 멋쟁이처럼 보이고 싶은 멍청이들이라면 '작고 각진'이라는 형용구가 단순히 '공허'를 구체화하는 역할 외에도, 소설 속 '공허'에 '의미론적인 공허'와 변별되는 몇 가지 실체적인 특징을 입히는 역할을 한다고 (한껏 뿌듯한 얼굴로) 주장할지도 모른다. 이를테면 소설에서의 '공허'는 우리가 '공허'라고 읽을 때 떠올릴 수 있는 그 무수하고 파악되지 않는 '총체적인 공허'가 아니라, '작다'는 특징과 '각지다'는 특징을 가진 '변별적인 공허'임을 알려주는 역할을 한다는 식. 그러나 그래도 조금은 머리를 굴린 듯한 이런 해석 역시 형용구 '작고 각진'을 명사 '공허'의 귀속된 개념으로, 형용구와 명사를 수직적 관계로 파악한다는 점에서 다르지 않다. 그러나 〈보기〉의 ㉠과 ㉡이 가리키는 대상을 올바로 짝지은 것은?'의 방식으로 문학을 학습한 문학 연산 기계들이 가진, 이미 80년도 전에 보르헤스가 「틀린, 우크바르, 오르비스 떼르띠우스」를 통해 '명사 없는 세계'를 보여주었음에도, 영원히 갱신되지 않을 이 낡아빠진 알고리즘적 사고로는 상상할 수 없겠지만, 대상과 수식의 관계는 이렇게 수직적으로만 형성되지 않는다. 쉽게 말해, '작고 각진'이 '공허'를 수식하듯, 동시에 '공허'도

'작고 각진'을 수식한다는 얘기다. 수평적이고 양방향적인 수식 관계. 따라서 사려 깊은 독자라면 우선 '작고 각진'과 '공허' 중 무엇이 수식이고, 무엇이 수식을 받는 대상인지를 파악해야 한다.

— 원한깊은나무,
「지금-거기의 우울한 연산 기계들에게 부치는 편지」

이후 원한깊은나무는 k가 '작고 각진 공허'를 그리기 위해 사용했던 문장들, "여느 버스의 출입문 안쪽"이나 "광택이 바랜 철제의 그것" 따위의 문장들을 인용하며 한 가지 독특한 가정을 세우는 것으로 1부를 마무리한다.

이즈음 되면 대부분 이 소설이 '작고 각진 공허'라는 표현을 통해 묘사하고자 했던 '대상'이 무엇인지, 바스코 포파에 눈이 팔린 멍청이들이 '공허'라는 문학적 환상을 덕지덕지 입혀놓는 바람에 보이지 않았던 '실체'가 무엇인지 알 수 있을 것이다. 짜잔, 그것은 다름 아닌 '돈통'이다!

— 원한깊은나무,
「지금-거기의 우울한 연산 기계들에게 부치는 편지」

2부는 인터넷 기사들을 인용하며 시작된다. 서울시와 인

천시를 필두로 시범 운행을 시작한 '현금 없는 클린 버스'
에 대한 기사들로, 모두 k가 「작은 상자」를 발표하기 적어
도 1년 전에 게시된 것이라 원한깊은나무는 밝혔다. 이어
'현금 없는 클린 버스'가 카드나 전산화된 결제 수단을 사
용하지 않거나 못하는 노인과 아동을 대중교통에서 배제
한다 지적하는데, 이런 시스템이 고착화되고 자연스러워
질수록, 세대가 지남에 따라 비교적 자연히 비현금 결제 방
식에 익숙한 이들로 채워질 대다수 아동과 달리 극빈층 아
동과 노년층(이들도 극빈층에 속할수록 그 정도가 심해지는
건 마찬가지겠으나, 신체적인 노화 등의 문제를 고려하면 그
범주가 극빈층에 한정되지는 않을 것이므로)이 겪는 구조적
소외는 그만큼 더 강화될 것이며 최악의 경우 이들이 특정
사회적 인프라에서 완전히 배제될 수도 있다는 논리였다.

이제 작은 상자의 실체가 다만 '돈통'이었음을 알아차
린 독자라면 다음 문장들에서,

요컨대 매일 규칙적이거나 꼭 그렇지만은 않은 시간
에 정해진 노선을 따라 도시를 분할하며 내달리는 무
수한 버스 중에는 이제 그것을 모는 기사들조차 정확한
용도를 기억하지 못하는 오래된 기관을 달고 있는 것들

이 있고, 적절한 퇴화의 때를 놓친 철제의 작은 기관들은 [……] 지금도 자신을 사용해줄 합당한 사용자를 가만히 기다리고 있다는 식의 이야기.

— k, 「작은 상자」

이 교묘한 암시 속에서 소설이 하나의 가정된 미래, 가속화된 세계가 성급하게 폐기한 과거의 잔재가 완전히 청산되지 않은 모종의 불온하고 불완전한 미래를 그리고 있다는 사실을 포착해낼 수 있으리라. 그러므로 독자들은 이제 마땅히 "요컨대 매일 규칙적이거나 꼭 그렇지만은 않은 시간에 정해진 노선을 따라 도시를 분할하며 내달리는 무수한 버스"와 같은 묘사에 대해서도, 먼지 앉은 상상력에 의존하는 문학 연산 기계들과는 다른 해석을 시도할 수 있게 된다. 편의를 위하는 척하지만 실제로는 '정해진' 규격에 맞춰 도시를 파편화하는 데 이용되는 대중교통 시스템과, 그럼에도 언제나 '규칙적'으로만 작동하지는 않는 불완전한 시스템의 복무자들 따위를.

— 원한깊은나무,
「지금-거기의 우울한 연산 기계들에게 부치는 편지」

이때 "문득 당신은 아득히 오래전 이미 그 작은 상자를 본 적이 있음을 기억한다"나 "그러나 이번에 당신은 버스의 출입문 너머에서 무엇도 발견할 수 없고, 마치 긴 백일몽에서 막 깬 기분" 따위의 문장은 원한깊은나무에 의해 직접 언급되지 않았음에도 그의 주장을 설득력 있게 만드는 중요한 단서들처럼 발견된다. 원한깊은나무는 2부의 마지막을 이렇게 쓴다.

이즈음에서 앞서 던진 질문에 대해 자답해보자면, '작은 상자'는 역시 메타포가 맞다. k는 어쨌든 소설을 이 오브제 중심으로 짜고 있으므로. 그러나 동시에 이것이 나사 빠진 연산 기계들이 가정한 것처럼 바스코 포파적 메타포인 것은 아니다. 그것은 어디까지나 실체를 가진 메타포이다. 시적 망상이 아닌 현실 세계를, 모종의 가정을 경유하며 작동하는 메타포. 이때 가정이란 전자식 결제 방식이 완전히 일반화되어 누구도 '현금 없는 클린 버스'를 구태여 '현금 없는 클린 버스'라 지칭하지 않게 된 미래, '돈통'이란 버스 기사들에게조차 동료들과 교체 시기를 한참 넘긴 낡은 버스에 대해 이야기 나누다 이따금 괴담처럼 듣게 되는 "정확한 용도를 기억하지 못하는 오래된 기관"일 뿐인 어떤 내일이다. 지금껏 그래왔던 것들이 또 오래도록 참담히 반복된 세계. 따라서 이 세계 속에서 '작은 상자'가 은유하는 것은 이런 것들이다. 폐기되었고 또 끊임없이 폐기될 과거들, 과거가 될 과거들, 매 순간 지워지는 소수적인 존재들과 또 그들이 완전히 세계 바깥으로 밀려나지 않기 위해 디뎌야 하는 어떤 땅들. 공허일 따름일 작은 상자에 구체적인 외연(작고 각진, 광택이 바랜 철제의, 창백하고 건조한)이 있음은 그렇기에 자연스럽다. 이들은 결코 시스템-문학이 직조한 알고리즘 기계들이 상상하는 것 같은 시적 망상을 실현하기 위한 적당한 수식, 언제든 입고 버릴 수 있는 포장지 따위가 아니므로.

— 원한깊은나무,

「지금-거기의 우울한 연산 기계들에게 부치는 편지」

앞선 두 글에 비해 길이가 길지 않은 3부에서 원한깊은나무는 모씨의 메타비평을 다시 간략하게 논평하며 단편소설 「작은 상자」의 마지막 문장을 해석하는 방식에 문제를 제기한다.

모씨는 소설의 마지막 문장 "어떤 꿈은 충분한 망각을 통과해야지만 현실과 같은 구체적인 실감을 획득하는 법이다"를 변증법적 세계에 대한 비관적 전망으로 독해한다. 이는 '작은 상자'를 시적 대상으로 삼고, 또한 이를 낭만화하는 관점에는 아무 문제가 없어 보인다. 그러나 상술했듯 고루한 평론가식 환각을 벗겨놓고 보자면, 모씨의 독해가 무쓸모한 주제에 겉멋만 잔뜩 든 패배주의, 자포자기식의 망상에 너무 깊이 현혹되어 있음이 드러난다. 모씨가 '어떤 꿈-시적 오브제로서의 작은 상자'가 '현실과 같은 구체적인 실감-빈틈없(어 보이)는 세계'로 환원되는 지점에 대해서는 나름대로 진지하게 서술하지만, 그 과정에서 '충분한 망각'이 무엇을 의미하는가에 대해서는 에둘러 넘어간다는 점은 그렇기에 흥미롭다. 하나의 시적 오브제가 기존의 관점으로 환원되는 과정은 왜 '충분한 망각'으로 표현되는가? 모씨의 주장대로라면 k의 소설이 바스코 포파와 변별되는 지점이란 곧 소설적 특징, 나열되는 과정의 구체성이지 않나? 본디 알고리즘이란 지침 밖의 잉여 정보에 대해선 한없이 무력하므로. 아무래도 모씨는 이 과정이 어째서 '충분한 망각'으로 표현되는가에 대해 설명하길 포기한 듯 보인다. 젊은 척하는 많고 많은 평론가가, 시스템의 신상 문학 톱니바퀴들이 그렇듯 "다름 아닌 오마주의 분리성을 강조하고 '반복되고 고착화되는 미학-실험'을 지적하면서도 본인은 '작은 상자'를 곧바로 기존의 시-모호성의 원리로 환원해버"린다며 노땅 평론가를 거침없이 공격하면서도, 자신 역시 고착화된 알고리즘-환각 속에 잠겨 한심한 물장구나 치고 있는 것이다.

― 원한깊은나무,

「지금-거기의 우울한 연산 기계들에게 부치는 편지」

이어 원한깊은나무는 앞선 두 비평 뿐 아니라, 최근 제도
권에서 발표된 몇 비평을 언급하며 그들이 작품을 해석하
고 전유하는 방식을 문제 삼고는 이렇게 결론짓는다.

마지막으로 한 가지 짚고 넘어가야 할 것이 있다. 앞서
문학 연산 기계들이 수식과 수식받는 대상을 도식적이고
수직적으로 이해하는 태도를 지적했으나, 실은 그들도 이
같은 도식을 경유하지 않을 때가 있다는 것. 이를테면 "현
실과 같은 구체적인 실감" 같은 문장을 대할 때가 그렇다.
예를 들어보자. 상술했듯 모씨는 ('충분한 망각'은 우선 차
치하자면) 예의 마지막 문장이 '어떤 꿈-시적 오브제로서
의 작은 상자'가 '현실과 같은 구체적인 실감-빈틈없(어
보이)는 세계'로 환원되는 구조에 대한 진술이라 해석한
다. 따라서 문제는 이것이다. "빈틈없(어 보이)는 세계"가
어째서 "현실과 같은 구체적인 실감"으로 표현될 수 있는
가? 변증법적으로 유지되어 모든 반反-시적 오브제를 기
존으로 끌어들이는 세계 자체를 지적하고 싶었다면 '현실'

이라는 표현으로 충분하지 않나? 그러니까 나는 이 (이미 한번 문장의 일부를 제멋대로 배제해버리기까지 한) 황당한 평론가 놈이 "현실과 같은 구체적인 실감"이라 분명히 두 의미를 분리하여 명시한 문장을 읽는 과정에서 기존의 수식-수식 대상의 구조를 뒤집는 것을 넘어, 임의로 '현실=구체적인 실감'식의 단순한 논리를 적용해 의도적으로 소설 내용을 왜곡해서 독해했음을 지적하고 있다. 그러나 소설이 "현실과 같은 구체적인 실감"이라 서술했다면 '현실과 같은 구체적인 실감'이라 읽어야 마땅하다. 그러므로 나는 이제 편견과 도식에 의존한 오해와 다분히 자의적이고 폭력적인 왜곡을 통해 곡해된 예의 마지막 문장이, 모 씨가 주장한 것 같은 패배주의적인 한탄이 아닌, 미래지향적인 실천, 의도적으로 철저한 비관을 풍경 삼은 작은 낙관적 전망임을 밝히며 이렇게 다시 읽고자 한다.

가속화된 세계가 끊임없이 폐기하려는 것들, 언제나 지나치게 이상적이어서 실용적 가치가 없다 판명되기 일쑤인 어떤 꿈들은 충분한 망각 **혹은 하나의 배제가 완전히 고착화되어 도리어 그것이 실제로는 이미 누구에게도 작동하지 않게 되었다는 믿음이 만연해졌을 만큼 아득한 시간을 통**과해야지만 **허황된 낭만이 아닌, 분명한 실체로서의** 현실과 같은 구체적인 실감을 **요컨대 가치를** 획득하는 법이다.

— k, 「작은 상자」(강조는 인용자)

마땅히.

— 원한깊은나무,

「지금-거기의 우울한 연산 기계들에게 부치는 편지」

　그러나 그의 비판과 해석이 일면 타당한 것과 무관하게, 원한깊은나무의 주장에도 몇 가지 허점이 있었다. 특히나 논의의 출발점인 "작고 각진 공허"가 "수평적이고 양방향적인 수식 관계"를 갖고 있다는 주장은, 반대로 그가 비판하는 '작고 각진'이 '공허'의 종속된 수식구라는 주장 역시 '가능한 해석'임을 증명하기 때문이다. 마찬가지로, 이미 상술된 것과 같은 문장들을 근거 삼아 '작고 각진 공허'가 시적인 상상을 형상화한 오브제로 읽는 것엔 아무 문제가 없었다. 또한 원한깊은나무의 주장대로 글 자체에 표현되어 있지 않기는 하나, 그것만으로 모씨가 "충분한 망각"이나 "현실과 같은 구체적인 실감" 같은 표현을 배제-왜곡하고 있다 주장하기는 어렵다 비판하는 이들도 있었다. 이들은 "충분한 망각"이란 결국 갑작스럽게 도래한 시적 오브제가 다시 봉합되는 과정이며, "현실과 같은 구체적인 실감"

은 모씨가 구태여 "빈틈없(어 보이)는 세계"라 쓴 것을 보면 해당 글이 지적하는 세계가 언뜻 완전하고 견고한 것처럼 보이나 언제 어디서 "작고 각진 공허"로 표상되는 시적 상상이 출몰하여 빈틈을 만들어낼지 모르는 허약한 세계라 이해할 수 있으므로, 현실 그 자체가 아닌 '현실과 같은 구체적인 실감의 세계'를 가리킨다 주장했다. 원한깊은나무가 문제의 단편소설 「작은 상자」를 쓴 k 본인일지 모른다는 추측이 나타난 것은 이런 반론들과 함께였다. 자신의 의도가 제대로 전달되지 않는 것이 마음에 들지 않았든 '어그로'를 끌어 인지도를 얻고 싶은 욕심이었든, 아무려나 작가 자신이 나서는 건 모양이 빠지니 음흉하게 닉네임 뒤로 숨은 것이라는 추측이었는데, 이는 원한깊은나무가 실제로 문제의 글을 쓴 이후 전혀 활동하지 않아 많은 이에게 그럴듯한 상상(혹은 농담)으로 받아들여진 탓에, 이후 따로 트위터 계정을 판 k가 원한깊은나무에 대해 알게 된 것은 트위터를 하는 동료 작가를 통해서였고, 어떤 독자가 제 소설을 어떻게 읽든 그것에 대해 일일이 왈가왈부하는 번거로운 짓을 자신이 구태여 할 이유가 없다는 식의 글을 남기는 우스꽝스러운 촌극이 벌어지기도 했다. 그러나 k의 계정은 또 얼마 안 가 활동을 멈추었고, 그가 애당초 음흉한 목적으로 닉네임 뒤에 숨었다면 정말 자신이 한 일이라 밝힐 리도 없었으므로 제 작품을 스스로 해설하려 일부러 신상을 가린 계정까지 만들어 소설만큼이나 긴 메타비평(혹은 그것을 가장한 변명)을 남긴 트위터계의 뒤틀린 밀란 쿤데라가 아니냐는 식의 조롱은 이후에도, 그의 단편소설을 대상으로 삼으나 어느 즈음부터는 그런 게 별로 중요하지 않아진 지난한 논쟁을 타고 잔잔히 트위터를 떠돌았다. 물론 많은 비슷한 예시처럼 이 논쟁도 1년을 채 넘기지 못했다. 그러므로 모씨가 이따금 근처를 지날 때면 들르곤 하는 헌책방에서 이경림의 시집『상자들』을 구매하며 이 조롱과 논쟁에 대해 떠올린 것은, 논쟁의 여파로 잠시 쏟아졌던 관심이 금세 시들해져 k가 이미 이전과 같은 고요한 세계, 트위터의 누구도 구태여 그 이름을 꺼내가며 조롱할 이유를 찾지 못하는 세계로 돌아간 뒤였다. 처음부터 그것을 k의「작은 상자」와 연관 지어 읽어보려 했던 것은 아니다. 물론 모씨는 어릴 적 친구에게든 도서관에서든 그것을 빌려본 기억이 있었지만, 그 내용을 까맣게 잊었으므로, 다만 오랫동안 소설이든지 시 따위를 공부한 이들이 흔히 겪는 향수, 한때 즐겁게 읽었음에도 어느샌가 절판되어 우연한 계기로 누군가가 상기하지 않는다면 영원히 그런 책이 존재했고 그것을 자신이 읽었다는 사실을 잊은 채로 지냈을 어떤 책을 마주했을 때 느끼는 야릇하면서도 처연한 충동에 이끌려 서가 가장

높은 줄에 다른 시집과 함께 꽂혀 있던 『상자들』을 힘겹게
뽑아 펼쳤을 따름이다.

이렇게 흐물흐물한

쾨쾨한

진물 질질 흐르는

다 떨어진 상자를 뒤집어쓰고

이 캄캄한 상자 속을

언제까지 헤매야 합니까

아버지!

— 이경림, 「시인의 말」

　이때 모씨가 오랜 친구에게 따라붙었던 저열한 조롱에
이어 k의 「작은 상자」와 이를 둘러싼 철 지난 논쟁을 떠올
린 것이, 이후 스스로 짐작했듯 별생각 없이 창고 이곳저곳
에 들이밀어진 손전등 빛에 억지로 깊은 잠에서 끌려 나온
오래된 짐짝, 혹은 그 같은 몰골의 사람처럼 두 눈을 크게
뜬 송연한 기억들, 요컨대 『상자들』에서 읽은 시편들과 그
것들이 제게 남긴 모종의 인상들에서 예의 단편소설과의
아리송한 공통점을 발견했기 때문인지는 확실치 않다. 어
쩌면 모씨는 그저 '상자'라는 단어가 제목에 씌어졌다는 단

순한 공통점에서 짧은 자유연상을 펼쳤는지도 모른다. 다만 계산을 마치고 헌책방을 나서며 모씨는 어쩐지 석연찮게 흘러가다 이내 유야무야된 예의 논쟁에서 뒤늦게나마 의외의 방향을 되살릴 수 있으리란 기대가 제 뱃속을 뜨뜻미지근하게 데움을 느꼈다. 이상야릇한 고양감이었다. 버스를 타고 집으로 돌아가고도 한참 후에야 기억해낸 사실이지만, 처음 헌책방에 들어가 서가를 하나씩 훑어볼 즈음만 해도 모씨는 슬슬 허기가 져 근처 식당에 들어가 끼니를 해결할 생각을 하고 있었다. 그러나 고양감이 허기를 잠재웠는지 헌책방을 나설 때 모씨는 그런 기억을 까맣게 잊은 상태였다. 집에 돌아온 모씨는 곧바로 책상에 앉아 시집을 펼쳤다. 가물가물하기는 해도 완전히 지워진 것은 아닌 과거의 감상이 길의 한쪽에 선 난간처럼 독해의 흐름이 지나치게 난잡해지지 않도록 도와주었으므로 다 읽는 데에는 한 시간이 채 걸리지 않았다. 이때 모씨가 기록용 노트에 발췌한 문장의 양은 상당한데, 그 일부만 보자면 아래와 같다.

어느 날 나는 팔려간 수천 명의 아버지들이 책상머리에 앉아 빈 원고지 칸에다 진짜 아버지를 써놓는 것을 보았다
——「작가」

멀리서 보면 그것은 그저 하나의 긴 그림자를 가진 거
대한 상자였다

　　　　　　　　　　　　　　　　—「상자와 상자 사이」

한 소녀가 뛰어간다
두 팔을 연신 노 젓듯 저으며 묵 같은 허공을 밀고 간다
뒤에는 머리카락이 아우성처럼 따라간다

　　　　　　　　　　　　　　　　—「머리카락 이야기」

애야, 정말 어리석구나 저 복도를 지나 저 회색 문을 열
고 나가면 더 큰 부엌이! 정말 큰 부엌이 있단다 저기 봐
라 엄청나게 큰 밥솥을 걸고 여자들이 밥하는 것이 보이
잖니? 된장 끓이는 냄새가 천장 가득하구나

　　　　　　　　　　　　　　　　　　　　　—「부엌」

아아, 이 짧은 잠 속의
기이인………………………하루

　　　　　　　　　　　　　　—「나는 오늘 종일 잤다」

박물관이 된 막장을 보았어

　　　　　　　　　　　　　　　　—「석탄박물관」

　시詩에는 아무것도 없다. 시詩라는 그림자에 기대 무엇
을 어떻게 해보려는 망량魍魎들은 다 가라.

　　　　　　　　　　—「아홉 개의 상자가 있는 에필로그」

　시집을 다 읽은 후 모씨의 감상은 단순했다. 때로는 k의
단편소설이 그리는 세계를 지극히 떠올리게 하고, 또 때로
는 그 세계를 격렬히 공격하고 있다 여겨지는 이 문장들이
어쨌든 한 가지 공통된 사실, k의「작은 상자」와 이경림의
『상자들』사이 명확한 연결 고리가 있다는 결론을 가리킨
다는 것이었다. 모씨는 시집을 덮은 채로 발췌한 문장을 잠
시 곱씹다 이내 서가로 가 어떤 책을 찾았다. 헌책방의『상
자들』과 다르게 비교적 눈에 금방 들어오는 가운뎃줄에 있
어 오히려 모씨를 헤매게 했던 이 책은 같은 시인의 시집
『내 몸속에 푸른 호랑이가 있다』였다. 이때 모씨가 떠올린
것은 조금은 부끄러운 기억, 학부 시절 자신이 했던, 그 무
렵이면 누구나 한 번쯤 하곤 하는 요점을 조금 벗어난 지
적, 혹은 틀렸다 말하긴 난처하나 그렇다고 유의미하다 말
하기도 애매한 딴죽, 그러니까 이런 발언이다.

"앞에서 해주신 해석이 참 좋아서, 그게 틀렸다고 말씀드리려는 건 아닌데요. 말씀하신 '푸르고 완벽한 형태의 구슬'은 그러니까······ '초록 구슬' 아닌가요? '파란 구슬'이 아니라요. 소설을 보면 구슬을 이파리랑 연결 짓잖아요. 그래서 전 그렇게 읽었거든요. '푸른'은 '파란'일 수도 '초록'일 수도 있으니까······."

물론 이후 어린 모씨는 곧바로 자신의 의견을 정정했지만, 지금의 그는 그런 사실을 구태여 떠올리지 않았거나 떠올렸더라도 신경 쓰지 않았다. 모씨는 어쩌면, 본래 많은 발명이 실수나 착각에서 출발했다는 식의 편리한 아포리즘을 제 발상이 원치 않는 포격에 거꾸러지는 것을 막기 위한 든든한 참호처럼 이용하고자 했는지도 모른다. 어쨌거나 모씨의 발상은, 과거 k가 행갈이도 제대로 하지 않은 보르헤스의 문장 앞에서 보여줬던 것 같은 막무가내의 질주로 이어지진 못했지만 말이다. k와 보르헤스 사이 연결점을 찾아낸 학생도 지적했듯, "푸르고 완벽한 형태의 구슬"이 처음 등장하는 지점이 보르헤스의 「파란 호랑이들」을 연상케 하는 것과 별개로, 작품 전반의 내용은 이런 이미지들과 다소 무관했으므로, k의 소설에서 오랫동안 잠들어 있던 이경림적인 면모를 더듬어 따라가던 발상의 소매를 갈고리처럼, 혹은 마감이 엉망으로 된 벽 한 귀퉁이에 불쑥 튀어나와 있는 못처럼 낚아챈 것은 이런 시구였다.

반원을 그리며 느리게 불어가는 바람 사이에는, 그래!

미친 듯 포효하는

푸른 호랑이 한 마리가 산다

—「푸른 호랑이」

모씨를 거슬리게 했던 것은 '미친 듯 포효하는'이라는 형용구였다. 단순한 형용구. 그는 왜 자신이 이것에 붙들렸는지 이해할 수 없었다. '설렁탕과 곰탕 사이'에도, '어떤 생의 무릎과 혓바닥 사이'에도 사는 '푸른 호랑이', 물질적인 실체가 부재한 이 시적 상상력에 다만 보고 듣고 만질 수 있는 몸을 입혀주기 위한 특별할 것 없는 시구. 감각적이지만, 동시에 얼마든지 다른 것으로 대체될 수 있는 빳빳한 외투 같은 비유. 그러나 푸른 호랑이가 푸른 호랑이가 아닌 푸른 돌이었다면 씌어질 수 없었을 문장이었다. 그제야 모씨는 찝찝함의 실체를 알아차렸다. 요컨대 푸른 호랑이, 그 이름이 문제였다. 「시인의 말」에서 "생이, 보르헤스의 소설 '푸른 호랑이'처럼, 건너편 산에 산다는 아무도 본 적 없는 '푸른 호랑이'의 눈빛 같은 거라는 걸 받아들이는데

600년도 더 걸린 것 같다"라고 쓰며 스스로 『내 몸속에 푸른 호랑이가 있다』와 보르헤스의 「파란 호랑이들」(그는 '푸른 호랑이'라 썼지만)과의 연관점을 시사했으나, 이는 어디까지나 개인적 술회였다. 따라서 이 같은 편견, 혹은 시인이 안배해둔 색안경을 옆으로 치워둔 채 보자면, 시집 속에는 힌두의 신 비슈누처럼 온갖 비루하고 사사로운 것의 이름을 뒤집어쓰며 가면 놀이를 하는 한 마리 푸른 호랑이가 있을 뿐이었다. 다시 말해, k가 대학 시절 쓴 단편소설 「그리하여 잠든 이가」가 시집 『내 몸속에 푸른 호랑이가 있다』에 지극한 영향을 받았다 말하기 위해선 k가 우선 예의 시집을 읽고, (아마도 「시인의 말」에서 시인이 그것을 언급했고 해설에서 황현산 문학평론가도 이를 주지했기 때문에) 보르헤스의 「파란 호랑이들」을 찾아 읽은 후(혹은 이미 읽은 그것을 기억해낸 후), 다시 「파란 호랑이들」에서 묘사되는 '파란 호랑이(란 이름의 돌멩이)들'에서 빌려온 이미지 '푸르고 완벽한 형태의 구슬'에 『내 몸속에 푸른 호랑이가 있다』가 형상화하는 '푸른 호랑이'의 의미를 덧입혔다는 억지를 부려야 했다. 물론 이런 엄밀한 연관성이 없더라도 이경림의 '푸른 호랑이'와 k의 '푸르고 완벽한 형태의 구슬' 사이에는 비슷한 면면(이를테면 「琉璃—푸른 호랑이 22」는 이런 시구로 끝났다. "그때 나는/琉璃 안에서 손톱을 깎고 있었다/손톱이 사방으로 튀었다")이 있었다. 따라서 모씨는 파란 돌에 빚진 이미지라 해서 반드시 파란 돌일 필요가 없듯 푸른 호랑이에게 빚진 이미지가 푸른 구슬일 수 있다 결론지으며 찝찝함을 성급히 갈무리할 수도 있었다. 그러나 예기치 못한 폭격에 한번 참호 바깥으로 내던져진 발상은 금세 기세를 잃고 휘청거리기 시작했다. 조금 전만 해도 명명백백해 보였던 두 작품 사이의 연결 고리도 허황한 착시처럼 느껴졌다. 모씨는 『상자들』의 주된 테마를 구성하는 '여성-어머니'와 대칭될 만한 지점이 「작은 상자」에서 짚이지 않는다는 점을 뒤늦게 떠올렸다. "된장 끓이는 냄새" "짧은 잠 속의/기이인……………………하루" 같은 것들. 물론 원한깊은나무가 지적했듯 극빈층 아동 청소년과 노년층이 배제된 미래-삶을 상상케 하는 내용이 있긴 했다. 그러나 누군가는 '소수성의 재현'이라 단조롭게 통칭할지도 모를 이 세 가지 집합(여성, 극빈층 아동 청소년, 노인)은, 사실 모래알처럼 손가락 사이로 무수히 갈라져 새어 나가는 페이지들로 구성된 신비로운 성서, 요컨대 한번 닫은 페이지는 다시 찾을 수 없는 책의 페이지들처럼 언뜻 하나처럼 보이나 책장을 넘기는 손길을 따라 언제든지 둘로 셋으로 갈라져버릴 다른 세계들이라 말해야 했다. 포파의 「작은 상자」 연작시가 아닌 이경림의 『상자들』

이어야 할 이유가 되기엔 어중간했다는 얘기다. "애당초 보르헤스 이후, 어쩌면 이전에도 보르헤스에게 영향을 받지 않은 작가가 보르헤스 외에 있는가 싶"다는 k의 말이 시사하듯, 그런 사사로운 공통점을 일일이 짚다 보면 결국 세계란 무한히 긴 하나의 털실─상호 텍스트성으로 얽히고설킨 실타래라는 식의 하나 마나 한 환원 논리에 다다를 뿐이었다. 퍼즐의 해법을 알아냈다는 확신에 망설임 없이 조각을 이리저리 맞추다 마지막에서야 제 자리가 없는 한 조각을 조립하기 위해선 다른 조각을 모두 해체해야 한다는 사실을 알아차린 아이처럼 모씨는 허탈함에 휩싸였다. 잊고 있었던 허기가 몰려든 것은 이때다. 그것을 완전히 달래준 듯했던 고양감은 실상 잠시 진통제 역할을 했을 뿐인지, 헌책방에서와는 비교되지 않는 격렬한 허기였다. 온몸에 힘이 빠져나가며 이윽고 아득한 현기증이 뒤따랐다. 모씨는 서둘러 침대에 누우려 했지만, 침대 위에 아무렇게나 던져져 있는 옷가지와 옷걸이들, 구겨진 모양대로 바짝 마른 싸구려 줄무늬 천 수건, 주인의 독서 습관을 증언하듯 규칙 없이 난잡하게 흩어져 있는 책들, 안쪽에 부스러기만 남은 과자 봉지, 유독한 물질을 삼켜 죽은 사람의 얼굴처럼, 혹은 그런 얼굴을 흉내 내는 스탠드업 코미디언의 익살스러운 연기처럼 서류 파일을 입 밖으로 빼문 가죽 가방 따위가 그가 누울 자리를 빼앗고 있었으므로, 어찌어찌 자리만 내기 위해 그것들을 집어 침대 밑으로 치우는 과정에서 목도하게 되는 것은 마땅히, 침대와 별반 다르지 않게, 혹은 더 참담하게 온갖 잡동사니로 진창이 된 방이었다. 그러므로 이제 모씨는 현기증으로 몽롱해진 정신 탓에 한 사람이 벌여놓았다기엔 너무 거창한 이 잡동사니에서 자신이 한 번도 가져본 적 없는 물건들을 발견하리라. 이때 모씨는 마땅히, 한 사람의 기억으로 구현할 수 없는 것만은 분명한 이 모든 이야기가, 원인을 짐작할 수 없는 망각과 충동으로 이루어진 오늘 하루가 역시 한바탕의 꿈이었음을 깨닫게 될 테지만, 그렇다고 위장을 쥐어짜는 허기가 사라지는 것은 아니었으므로, 우선 이를 달래기 위해 낯선 이들의 삶, 낯선 이들의 게으름 따위를 상상케 하는 잡동사니 사이로 간신히 다리를 놀려 도착한 냉장고 앞에서 일회용 플라스틱 반찬 통을 꺼내 열고 그 안에 꾹꾹 눌러 담긴 나물, 된장에 무친 봄동 따위를 세 손가락으로—요컨대 엄지와 검지와 중지로— 크게 한 줌 집어 입안에 욱여넣는 일은 퍽 자연스러워 보인다. 언제 이런 나물을 사두었는지, 또 잡동사니를 뚫고 이 앞까지 걸어왔던 것은 기억나나 냉장고 문을 열었던 기억은 도무지 떠오르지 않았으므로, 자신의 손에 들린 이 반찬 통이 정말 냉장고 안에서 나온 것인지 전혀 기억나지 않지만 위장을 쥐어짜는 허기, 혹은 이해를 거부하는 꿈의 논리 앞에서 이런 지적은 부질없고, 그는 이제 입천장을 타고 목구멍 깊숙이 퍼지는 구수하고 달큰한 향에 점차 허기가 잦아듦을 느끼며 다시, 이 모든 깨달음을 잊는 것이다. 감은 눈 안으로 은은하게 스며드는 햇볕이 짧고도 기이인⋯⋯⋯⋯⋯⋯⋯⋯⋯⋯ 잠의 여운을 점차 밀어내듯이. 그러므로 이때 '다시'가 암시하는 모종의 망각이 언제 또 일어났는지에 대한 추궁은 다시, 유보될 것이다. 어떤 꿈은 충분한 망각을 통과해야지만 현실과 같은 구체적인 실감을 획득하는 법이니까, 아무려나.

* 작품 속에서 언급한 이경림의 시는 시집 『상자들』(랜덤하우스코리아, 2005)과 『내 몸속에 푸른 호랑이가 있다』(문예중앙, 2011)에서 가져온 것이다.

늦잠

어릴 적 너는 날 수 있는 존재들에게 현혹되었다. 먹이를 내놓으라는 듯 시도 때도 없이 위협적으로 발등을 쫓는 살찐 비둘기조차 네겐 낭만의 대상이었다. 그러나 개중에도 제일은 더 고차원적인 존재, 너무 높아 마주칠 일이 없는 것들이었다. 천사와 마녀. 불을 뿜는 괴물의 목에 최후의 일격을 쑤셔 박은 영웅 주변으로 영광스러운 천을 휘감고 내려오는 천사와, 모욕적인 죽음을 당한 이들의 두개골이 치렁치렁 장식된 크고 우람한 빗자루를 타고 날아다니며 지상의 이들에게 비웃음을 흘리는 마녀의 이미지는 어린 너의 낭만을 이끌던 두 목줄이었다. 매일 잠들기 전이면 너는 커다란 창문을 가린 꽃무늬 커튼 위로 낯선 실루엣이 불쑥 끼어드는 순간을 흥분과 두려움 속에서 기다렸다. "이놈이나 저놈이나 귀신은 다 마찬가지야. 이 세상 것 아니고, 사람 홀리는 것들은 다 귀신이다." 너의 어머니 이명숙은 말했다. 아직 이사를 온 지 얼마 지나지 않았을 무렵, 같이 외식을 하러 시내에 나갔다가 분위기를 따라 카페와 노래방에 들르고 마지막엔 동네 커튼 가게에서 예의 꽃무늬 커튼까지 산 날이었다. 양념갈비구잇집에서 이명숙이 구워 잘라준 작은 갈비 조각들을 하나하나 집어 먹을 때만 해도 오랜만에 포식에 들떠 있던 너의 기분은, 자리를 카페로 옮긴 이후 급속히 가라앉았다. 너에게 고기를 잘라주는 사이사이 꾸준히 소주잔을 비운 이명숙은 카페에 도착했을 즈음 얼굴이 불콰해져 있었고, 종종 너의 머리칼을 거칠게 흐트러뜨리거나 볼에 입술을 들이댔다. 정말이지 오랜만의 포식이었으므로, 어쩌면 이명숙 역시 다만 들떠 있었는지도 모른다. 그러나 한껏 벌게진 얼굴로 이명숙이 스킨십을 걸어올 때면 너는 근원을 알 수 없는 불쾌감에 혼란스러움을 감출 수 없었다. 거기다 카페나 노래방은 지루했다. 너는 아직 카페에서 어떻게 시간을 보내야 하는지 이해하지 못한 나이였고, 노래를 부르는 것도 좋아하지 않았다. 화면 앞에서 몸을 이리저리 흔들고 비틀며 네가 한 번도 들어본 적 없는 괴성 섞인 노래를 부르는 이명숙에게 네가 느낄 수 있는 감정은 난처함 외에 없었다. 노래방을 나설 즈음 이명숙은 취기가 얼마간 날아간 듯, 조금 졸린 얼굴을 하고 있었다. 너의 한 손을 헐겁게 쥐고 있는 이명숙은 걷는 중간중간 발을 헛디뎠으므로, 한 커튼집 앞에서 갑자기 그가 걸음을 멈춰 섰을 때, 너는 이번에도 발을 잠시 헛디딘 것이라 짐작했다. 그러나 이명숙은 잠시 후 걸음을 돌려 커튼집으로 다가갔다. 이전에 동네를 돌아다니며 숱하게 봐왔지만 실제로 들어가 본 적은 없는 가게였다. 이명숙은 창 너머로 불 켜진 내부가 보이는 문을 가만히 바라보다가 그 옆에 전시되어 있는 빨강 파랑 노랑의 꽃무늬 커튼을 조심스럽게 쓸어내렸다. 이때 네가 떠올린 것은 처음 이사를 온 날, 침대에 걸터앉아 홀린 듯 환한 햇빛이 쏟아지는 창 쪽으로 내밀고 있었던 제 오른팔, 그리고 어느 순간 그것을 거칠게 끌어당겼던 악력이다. "적당히 보고 짐 푸는 거나 좀 도우렴." 이명숙은 분노인지 공포인지 알 수 없는 감정으로 일그러진 얼굴로 너를 내려다보며 말했고, "이 놈이나 저놈이나 귀신은 다 마찬가지야. 이 세상 것 아니고, 사람 홀리는 것들은 다 귀신이다."— 너는 커튼집 앞에서 이명숙이 아무 맥락도 전조도 없이 내뱉은 그 말의 의미를 어째선지 알아들은 것 같았다. 그러나 너는 그맘때의 아이들이 으레 그렇듯 어머니의 감각이 시대에 뒤처지고 촌스럽다고 생각했다. 네가 그날 환한 빛 속에서 보았다고 믿은 존재는 귀신 따위가 아니었다. 또한 너는 상상과 현실을 구분할 줄 알았다. 다만 늦은 밤 저 커튼을 열어젖히고 높고 자유로운 존재들이 들이닥치는 상상을, 괴물의 피가 묻은 너의 칼을 성스러운 칼로 신전에 모시고 영광된 업적을 멀리 나팔 소리로 알리는 천사들과, 너의 머리 살갗을 벗겨 그 안에서 수정구처럼 깨끗하고 둥그런 두개골을 발라내는 마녀의 음험한 미소를 상상하는 일을 멈출 수 없었을 따름이다. 그것이 영광에 대한 것이든 억울함에 대한 것이든, 그들은 너의 이름이 노래가 되어 퍼지게 할 것이었다. 언제라도, 빨강 파랑 노랑의 선명한 대비로 이루어진 저 남사스러운 꽃무늬 커튼 너머, 오래된 예언의 시행자처럼 낯선 실루엣이 끼어들기만 한다면.

아무려나 너는 최후까지 자신이 날 수 있다는 사실을 몰랐음이 분명하다. 인터넷 기사에는 산불을 피해 달아나다가 그만 실족사한 서른 중반의 한 남성이 짧게 언급되었다. 사체가 신원을 확인할 수 없을 정도로 타버렸지만, 파열된 두개골이 당시의 상황을 알려주고 있다고 기자들은 적었다. 그러나 이는 사실이 아니다. 너는 발을 헛디디지 않았다. 네가 추락을 시작했을 때, 너의 두 발은 저들을 방해할 만한 장애물들로부터 족히 1미터는 떨어져 있었다.

*

이명숙은 대체로, 적당히 자애롭고 예민한 또 적당히 이해할 수 없는 면을 가지고 있는, 그런 평범한 어머니처럼 보였다. 그러나 네가 잠결에 오줌을 싼 날이면 달라졌다. 남편과 일찍 이혼해 남자아이인 너의 중심을 잡아줄 존재가 없다는 두려움이었을까? 그러나 그렇다기엔 네 한쪽 팔이나 발을 집어 들고 얼굴이나 복부, 엉덩이를 사정없이 후려 패는 이명숙은 그저 광기에 사로잡힌 사람 같았다. 악귀 같았다. 한번 악귀로 변한 이명숙은 두어 번 '푸닥거리'를 벌이는 것으로 만족하지 않았다. 일부러 네가 역겨워하는 재료로 국을 끓여 그것을 다 먹을 때까지 헛구역질과 구토를 참지 못하는 너의 입에 직접 숟가락을 쑤셔 넣거나 낮잠을 잔다며 두꺼비집을 내린 채 안방 문을 잠갔고, 가본 적 없는 먼 동네로 심부름을 보냈다. 다 먹지 못할 거라며 냉장고에 있는 음식물을 모조리 버리고 나가 다음 날 저녁이 되어서야 돌아온 적도 있었다. 너는 이명숙이 자신을 죽이려 한다 생각했다. 직접 죽이지는 않더라도 죽었으면 좋겠어서 저주를 걸고 있다고. 어쩌면 네가 마녀에게 목숨을 빼앗겨 세상에 널리 퍼뜨리고 싶었던 억울함의 노래는, 간밤에 오줌을 싼 자신과 광기에 사로잡힌 이명숙에 대한 것이었는지도 모른다. 빗자루에 주렁주렁 매달린 두개골들이 달그락거리며 저마다의 노래를 합창처럼 쏟아내는 풍경을 너는 종종 상상했다.

따지고 보면 네게 처음 신기가 발현된 계기도 이명숙의 광기와 무관하지 않았다. 새벽 기운이 커튼 밑으로 막 밀려들 무렵이었고, 잠에서 깨기 직전의 상태로, 꿈과 현실의 경계를 나무토막처럼 떠다니던 너는 문득 자신이 오줌을 쌌음을 깨달았다. 아직 감각적인 차원의 깨달음이었다. 아니, 차라리 본능적인 위기감에 가까웠다 말해야 할까. 따라서 이어진 반응도 지극히 본능적인 것이었다 말해야 한다. 눈을 감은 채, 무엇을 한다는 자각도 없이, 너는 몸을 위로 띄웠기 때문이다. 최초의 비행이었다. 우선 오줌 번진 요에서 제 몸을 떼어내고자 했던 순진무구한 시도는 (마찬가지로 오줌이 번진 이불이 네 위에 덮여 있어 애당초 효과적인 방법은 아니긴 했으나) 금세 좌절되었다. 자유롭게 걷기 위해 장기간 걸음마가 필요하듯 날기 위해서도 또 그만한 숙달의 시간이 필요한 모양이었다. 짧은 추락이었으나 비행이 그랬듯 불안정한 착지였다. 큰 소란은 없었으나, 사고를 상상할 수 있을 만큼의 불길한 소음이 뒤따랐다. 다른 어머니들처럼 이명숙도 그런 종류의 불길함에 예민했다. 얼마 지나지 않아 다급하게 문을 열고 나타난 이명숙의 시야에

266

가장 먼저 들어온 것은 이불에 퍼진 무정형의 도형이었다.

　너는 제 왼쪽 발목을 잡아채는 거친 손길에 눈을 떴다. 푸닥거리의 시작이었다. 비슷한 일이 몇 번이고 있었으므로, 상황 파악은 빠르게 이뤄졌다. 아이가 가질 수 있는 가장 오랜 지혜의 힘으로 너는 곧바로 울음을 짜냈다. 그러나 동시에 바로 그 지혜의 힘이, 그런 수작은 이명숙의 광기를 조금도 제어할 수 없음을 예지하고 있었다. 너는 억울했다. 다소 새삼스럽고 난데없는 감정의 돌출이었다. 모종의 탈선이 일어난 듯했다. 우연한 사고인지, 너무 긴 시간 적재량을 초과한 폭력의 유통이 마침내 철로를 절단 낸 것인지는 알 수 없었다. 다만 이번만큼은 억울함을 참을 수 없었다. 분노에 사로잡힐 만큼의 억울함. 차라리 분노 그 자체인 억울함. 너는 악을 질렀다. 이명숙의 광기를 잠시 주춤거리게 할 만한 악이었다. 발목을 붙든 손아귀에 잠시 힘이 풀리자 너는 재빨리 손톱을 세워 이명숙의 손아귀를 잡아 뜯어 풀었다. 찰나, 이명숙은 제 오른 손등을 할퀸 네가 짐승처럼 매끄러운 움직임으로 자세를 고쳐 잡고 창 쪽으로 달려가는 모습을 속수무책으로 바라보았다. 네가 무슨 생각으로 그런 행동을 했는지는 모른다. 훗날 너는 자신이 당시 사로잡혀 있었던 두 높은 존재에 대한 환상 때문이라 생각했으나, 어디까지나 사후적인 판단이었다. 아직 잠결

이었음을 고려하면, 자신이 낳았다는 사실을 무의식중에
기억해내 탈출을 감행했던 것일지도. 어쩌면 그저 억울함
을 참지 못해 충동적으로 자살하려던 것이었는지도 모른
다. 적어도 이명숙에게는 그렇게 보였다. 달리 해석의 여지
가 없었다. 이명숙이 허겁지겁 오른 손목과 허리를 붙들었
을 때, 너는 이미 커튼을 모두 열어젖힌 상태였다. 너의 오
른손은 걸쇠 걸린 창문 손잡이에 걸려 멈춰 있었다. 이명숙
은 아이처럼 울었다. "미안해. 미안해." 자신이 하려던 일
이, 그리고 결과적으로 취소된 일이 무엇인지 이해할 수 없
었던 너는 울지 않았다. 다만 멀뚱히 눈이 아플 정도로 쏟
아지는 햇볕이 거리의 외연을 적나라하게 해체하는 풍경
을 바라보았다. 그것은 어떤 종말을, 폭우처럼 쏟아진 신화
적인 불꽃에 세계의 등줄기와 모든 존재의 그림자가 말끔
히 불태워져 지워지는 순간 따위를 상상케 했다. 너는 이날
이후 이명숙의 광기가 완전히 사그라들었다 기억했다.

*

조금 더 나이가 들고, 밤사이 미지의 존재가 나타나 자신
을 다른 세계로 납치해 가는 꿈을 꾸지 않게 되었을 무렵,
너는 k를 알게 되었다. 반 친구였다. 남들과는 전혀 다른 성

장 과정을 거친 듯한 거대한 몸집 때문에 누구도 함부로 대하진 않았지만, 그렇다고 누군가와 특별히 친하게 지내지도 않는 남자아이였다. 체육 시간이면 남자아이들은 남다른 그의 활약에 환호를 질렀지만 수업이 끝난 후엔 누구도 먼저 다가가 오늘 있었던 경기에 대해 이야기하지 않았다. 아이들은 k를 보며 신화 속에 나오는 멍청하고 위협적인 거인을 떠올렸다. 발을 들여선 안 된다 전해 내려오는 전설 속의 동굴에 당당히 고개를 들이민 오만한 영웅만 없었더라면 영원히 세상 밖에 알려질 일 없었을 이름 없는 거인.

"깜짝이야."

k는 어스름이 막 기어들기 시작한 교실에 혼자 있었다. 창가에 선 k의 실루엣은 네가 다니는 교실의 것이라기엔 지나치게 커 빛에 늘어난 그림자처럼 보였다. 아래에서 위로. 그렇다면 광원은 밑에, 바닥보다 깊은 곳에 파묻혀 있으리라. 잊고 온 공책을 챙기려 5층을 뛰어오느라 정신없는 상태인 데다, 어스름이 이상하리만치 k를 깊숙이 집어삼키고 있어 그가 창 쪽을 보고 있는지 이쪽을 보고 있는지 잘 구분되지 않았다. 얼핏, k의 실루엣 안쪽에서 검은 손이 이쪽으로, 혹은 창 쪽으로 뻗어 나와 있는 것을 본 것 같았다.

"뭐 해?"

그건 어떤 관계를 시작하기에 가장 적절한 질문 중 하나였다.

k와의 관계는 대학 무렵까지 이어지다 자연스럽게 끊어
졌다. 애당초 친구가 된 이후로도 루시드 드림 외에는 얘기
를 나눈 일이 없다시피 했다. 너는 종종 너희가 정말 친구
인지 고민해보았다. 그러나 달리 뭐라고 불러야 할까. 동료
나 협업 관계, 사제지간 따위로 표현하기엔 지나치게 가벼
운 사이였다. 루시드 드림을 알려준 것은 k였다. 어스름이
기어들고 있었던 교실에서 k는 마치 커튼을 걷으려는 사람
처럼 빳빳하게 세운 손날을 창 쪽으로 내밀고 있었다. 눈이
어둠에 익숙해지자 너는 그것을 알아볼 수 있었다. 커튼이
다 열려 있지만 않았더라면, 정말 단지 커튼을 걷어내려는
것으로 착각했을지도 모른다. 그러나 k의 행동에는 무언가
다른 *의미*가 있는 것 같았다. 너는 그것을 느꼈거나, *보았
다*. k의 손날은 일반적으로 커튼이 있을 법한 좌표를 지나
창까지 다가가 있었다. 마치 커튼을 걷듯, 손날로 창의 틈
을 가르려는 것처럼. 그럴 수 있고, 그게 뭐 대수냐는 듯, 나
른한 자세였다.

"뭐 해?"

두번째 질문에는 어설프게 감춘 두려움이 묻어 있었다. k
는 기묘한 행동을 하고 있었다. 기묘하고, 어쩌면 우스꽝스

러울 수 있었으나, k는 우스꽝스러워지기엔 너무 거대했다.

k는 네 쪽으로, 여전히 나른하게, 고개를 돌렸다.

"아, 미안, 꿈인 줄 알았어."

k는 네 예상보다 수다스러웠다. 자신을 루시드 드리머라 소개하고, 루시드 드리머란 꿈을 자유자재로 조종하는 루시드 드림을 하는 이들이라며 묻지도 않은 것에 대해 열렬히 설명하는 k의 모습은 마치 한 세기 동안 제 목소리를 앗아 갔던 저주가 방금 너의 질문으로 인해 풀린 지혜롭고 음침한, 신화 속의 노인 같았다. 저주를 풀어준 데에 대한 감사로 신조차 함부로 드나들지 못한다는 저승으로 통하는 길을 속닥거리는 불온한 조력자. 사실을 말하자면, 너는 그날 k의 수다를 온전히 이해하지 못했다. k가 말하길, 자신은 자연적인 루시드 드리머라 했다. 의식적인 노력 없이, 마치 어느 날 아가미와 비늘이 돋아난 것처럼 꿈속을 마음대로 휘젓고 다닐 수 있게 되었다는 얘기였다. k는 아직 인터넷이란 것을 알기 전부터, 요컨대 루시드 드림이라는 단어를 배우기 전부터 제 꿈을 마음대로 조작하며 놀았다. 그날 너는 달리 표현할 이름도 없는 신기한 능력을, 마치 구멍가게에서 훔쳐 온 검고 하얀 초콜릿들을 이불 속에서 까먹듯 은밀히 즐기는 어린 k를 떠올렸다. 녀석이 무구한 거인처럼 변하기 시작한 게 그 무렵이리라 몰래 짐작하면서.

이불 속에서 혼자만의 은밀한 낙원을 부풀리며 나날이 비
대해지는 아이.

*

"나도 알려줘, 그거."

고민 없이 꺼낸 얘기였다. 사실 k가 헛소리를 한다는 생
각도 없지 않았다. 요컨대 가르칠 수 없는 것을 가르쳐야
하는 상황으로 몰고 가, k를 수치스럽게 하고자 하는 욕망
도 없진 않았으리라. 그러나 정말 가능한 것이라면, 이건
좋은 기회였다. 주변의 다른 남자아이들처럼 네게도 k의
거대함은 두려움을 불러일으키는 것이자, 동시에 정복과
갈망의 대상이었다. 너는 잠시—그것이 네가 기억하지 못
하는 과거의 일과 얼마나 연관되어 있는지는 알 수 없었으
나—자유롭게 활공하며 내려다보는 도시의 풍경을 떠올렸
다. 짜릿한 이미지였다. k는 고요한 눈길로 너를 내려다보
았다. 교실은 이미 거대한 검은 상자로 변해 있었다. k와 너
는 어둠에 완전히 허물어진 실루엣을 눈으로 더듬듯 가늠
하며 서로의 위치를 확인하고 있었고, 어쩌면 둘 다 상대가
거기 있다는 사실을 확인하는 일을 이미 포기했는지도 모
른다. 너는 상자 속에 남은 마지막 사탕처럼 문득 쓸쓸해졌

다. 종종 그럴 만한 이유 없이, 잘 만든 모조처럼 매끈하고 선명한 감정이 내장 가장자리에 들러붙는 일이 잦은 시기였다.

"그래."

대답은 싱거웠다.

한 가지, k와의 관계가 네게 준 것이 루시드 드림뿐이 아니라는 점을 밝혀두도록 하자. 변화는 은밀하게 찾아왔다. 너는 k와 시간을 보내는 일이 많아진 이후 학급의 남자아이들이 자신을 대하는 태도가 바뀌었음을 눈치챘다. 의식적인 것은 아니었으나, 남자아이들은 처음부터 k를 미지수처럼 받아들이고 있었다. 정규교육 과정은 그들에게 미지수가 포용할 수 있는 정도의 아득한 범주를 이해하길 요구했다. 아득함을 감각할 줄 알게 했다. 요컨대 미지수 k와의 교류는 너를 증명하는 수식에 정확히 풀리지 않는, 아득한 지점을 만들었다. 그들은 스피커에서 흘러나오는 맹수의 울음소리에 본능적으로 털을 곤두세우는 고양이와 같았다.

누구도 제 목을 물어뜯을 수 있는 대상에게 쪼는 걸 진심으로 부끄러워하지 않았다.

*

   k가 알려준 첫 단계는 꿈을 자각하는 일이었다. 실상 너를 가장 애먹인 단계다. 처음부터 꿈을 자각하는 것으로 루시드 드림을 시작한 k는 그 방법을 설명하기 난감해했다. "왜 안 되지?" k는 마치 별다른 잠금장치가 없음에도 열리지 않는 문의 문고리를 흔들어보듯 단순한 의문이 담긴 얼굴로 네게 되물었다. 의도 없이 갸웃거리는 고개. 한결같이 나른한 목소리. 너는 처음으로 재능이라는 단어를 체화했다. 최초의 굴욕이었다. 광기에 사로잡힌 이명숙에게 속수무책으로 맞으면서 느꼈던 절망과 억울함, 분노와는 전혀 다른 감정이었다. 이는 차라리 이명숙이 나타나기 전 잠에서 깬 몇 안 되는 날, 사타구니를 중심으로 퍼지던 후덥지근한 습기를 감각하며 학습한 감정과 닮아 있었다. 그러므로 당시 네가 k와 그 기이한 놀이를 계속했던 힘은, 열정보다는 굴욕이었다. 굴종하는 기쁨. 언제인가 아득한 계단을 올라 저 높은 자의 머리통을 뒤에서 후려치고 말겠다는 비뚤어진 선망. 충만한 증오가 내장 안으로 불어넣는 고양감. 너는 그것이 k에게 어떤 자극도 주지 못하리라는 것을 알았으면서도, 첫번째 단계를 완수해냄으로써 k의 나른함을 깨뜨리고 싶었다.

"아아, 그래? 되네, 역시."

두어 달 만에 처음 꿈을 자각하는 데 성공했다는 소식에 심드렁하게 대답하는 k를 보았을 때, 너는 숱하게 전해 들었던 높고 두꺼운 벽의 존재를 구태여 직접 확인한 사람처럼 덤덤한 좌절이 낮은 안개처럼 발목을 덮는 것을 느꼈다.

그 무렵 네가 k에게 품고 있는 감정은 난해했다. 시간이 흐르고, 이전에는 알지 못했고 또 궁금해한 적도 없는 어떤 사실들에 대해 자연스럽게 알게 되었을 무렵, 너는 당시를 회상하며 종종 미국 유타주에 있다는 거대한 사시나무 군락을 떠올렸다(언제 어디에서 그런 군락에 대해 들었는지는 기억나지 않았다, 유튜브였을까?). 판도Pando. 판도는 군락이자 하나의 나무라고 했다. 약 4만 개의 굵은 가지를 땅 위로 뻗고 있는 뿌리 괴물. 혹은 판도라. 단 하나의 희망을 남기기 위해 세계에 절망을 뿌린 여성. k와 함께 있을 때면 수시로 내장을 파고들며 펴졌던 그 저열하고 악독한 감정들의 뿌리가 무엇이었을지, 너는 궁금하곤 했다. 진지한 궁금증은 아니었다. 판도라의 마지막은 뚜껑 아래 묻혀 있을 때만 희망이라 불릴 수 있었다.

k가 루시드 드림을 가르쳐주는 동안, 너는 그의 거대한 몸뚱이에서 눈을 떼지 않았다. 마치 거기 모든 지식이 지층처럼 겹겹이 축적되어 있다는 듯. 너는 때로 k가 일부러 거

짓말을 늘어놓는다 생각했다. 루시드 드림을 믿지 못하는 것은 아니었다. 오히려 너는 k가 네게 루시드 드림에 대해 알려준 것을 후회한다 생각했다. 닫힌 뚜껑 안쪽의 세계. 유토피아. 무한한 자유의 가능성이 하나의 군락을 이룬 거대한 나무의 뿌리처럼 한없이 뻗어 있는 세계. 너는 자신을 침입자로 여겼다. k는 제 신화적인 몸뚱이를 이불처럼 두르고 거기 숨겨놓은 루시드 드림의 모든 비밀을 검고 하얀 초콜릿 까먹듯 하나하나 천천히 맛보리라. 아침이 되면 아무도 자신의 탐식을 눈치챌 수 없도록 혀를 굴려 이와 잇몸 사이에 구석구석 낀 검고 탁한 찌꺼기들을 말끔히 녹여 먹으리라. 그렇게 k의 육체는 비밀이 파묻힌 대지로서의 살덩이, 그리고 이를 파내 삼키는 입과 내장으로 구성된 완벽히 자족적인 생태를 이루고 있으리라. 우로보로스 혹은 갈라파고스. 이미 네가 그것에 불어넣는 환상은 평범한 경이와 호기심의 범주를 넘어서고 있었다. 그것은 또 하나의 루시드 드림처럼 보였다. 너는 빅터 프랑켄슈타인처럼, 제 환상들을 기워 만들어낸 그 가상의 피조물을 혐오했고, 또한 뒤쫓았다. 아직 꿈을 완전히 컨트롤할 수 없을 무렵 k의 몸뚱이를 갈기갈기 찢어발기는 꿈을 꾸기도 했다. 갈라진 살갗 사이로 빨강 파랑 노랑 꽃봉오리들이 폭죽처럼 터져 나왔다. 한바탕 소란이 잦아들면 세계는 무한히 외연을 늘리

는 거대한 화단으로 변해 있었다. 만발한 화단 밑으로 k의 내장과 피가 비밀스러운 하수처럼 흐르고,

너는 k에게 그 모든 것을 가감 없이 전했다.

"아아."

k는 대답했다.

*

꿈을 자유롭게 다룰 수 있게 된 건 고등학교 생활의 막바지였다. 이제 너는 전지전능했다. 원한다면 만화나 영화에서 본 이미지를 이용해 한 번도 본 적 없는 생물을 창조할수도 있었다. 전원을 껐다 켜듯 꿈의 장악력을 조절하는 일도 가능했다. 꿈의 세계는 겉면에 필름을 붙인 유리 성 같았고, 너는 언제든지 밖으로 나가 필름 너머로 타인의 내장을 들여다보듯 성안을 조용히 관음하다 다시 유리문을 열고 들어와 성의 주인이 될 수 있었다. k를 객관적으로 판단할 수 있게 된 것은 이 무렵이었다. 너는 지금껏 자신이 공정하지 못했음을 인정했다. 너는 아직 k가 자신과의 관계를 끝내지 않았다는 사실에 진심으로 고마움을 느꼈다. 물론 그것이 사려 깊음이 아니라 무관심이라는 사실도 알고 있었다. 이해했다. 조금의 유감도 없이. 너는 k와의 관계가

끝나가고 있음을 느꼈다. 회전문을 통과하듯, 과정 없이 매끄러운 작별이었다.

"지점을 만들어."

그러나 이후에도 너는 k에게서 완전히 자유로워지지 못했다. 루시드 드림을 하기 위해 잠자리에 들 때면 너는 k의 나른한 목소리를 들었다. 꿈과 현실의 애매한 경계에서. k 자체가 나타날 때도 있었다. 어스름이 기어드는 어릴 적 교실의 풍경을 후광처럼 동반하고 있었다. 어스름은 점차 네 쪽으로 다가오는 듯했다. 시간에 따라 네 몸도 컸지만, k는 여전히 땅속에서 쏘아 올린 빛이 몸집을 범접할 수 없이 거대하게 부풀린 그림자로 보였다. 그것은 꿈의 모서리였다. 너는 k, 그리고 그가 동반한 풍경과 무관하게 꿈을 자유롭게 조작할 수 있었으나, 그 한편엔 언제나 희미한 얼룩처럼 그것들이 남아 있었다. 형태가 완전히 뭉개진 얼룩을 자세히 들여다보듯, 그것들에 주의를 기울이다 보면 그날의 선명한 이미지들이 되살아났다. 이쪽인지 저쪽인지 알 수 없는 방향으로 뻗어 나온 그림자. 커튼을 가르는 것처럼 꼿꼿하게 편 손날.

너는 참을 수 없는 굴욕과 증오를 느꼈다. 더없이 충만한 분노.

"지점을 만들어."

지점 만들기는 마지막 단계였다. 많은 시간이 흐르고 다른 루시드 드리머들은 그것을 심볼이라 부른다는 사실을 알게 되었으나, k는 지점이라 표현했다. 현실과 꿈의 분리 장치. k의 지점은 벽을 뚫는 것이었다. 벽이라 표현했지만, 단단하고 막힌 것이라면 무엇이든 상관없는 모양이었다. 간혹 현실과 꿈이 분간되지 않는 때가 오면 k는 어디든 근처에 있는 벽을 갈라보았다. 커튼처럼. 벽이 갈라진다면 그곳은 꿈이었다. 그리고 벽이, 요컨대 이번 경우에는 창이 갈라지지 않았던 날, 네가 나타나 물었다. "뭐 해?"

너는 종종 그날 정말 창이 갈라지지 않았는지 궁금해했다. 이상한 호기심이었다. 아직 눈이 어둠에 적응하기 전, 어스름은 교실의 대부분을 집어삼킨 상태였고, 그날 너는 k의 행동을 이해하지 못하고 있었다. 이후 이해하게 되었지만, 어디까지나 사후적인 것이었다.

"할 수 없지만, 언제든 시도할 수 있어야 돼."

언제라도, 문득 이상한 불안감이 들 때면 너는 가만히 멈춰 서서 가볍게 점프했다. 만약 두 발이 다시 바닥에 닿으면 그곳은 현실이었다.

*

　비행은 지점이자 특정 시점 이후 네가 루시드 드림을 즐기는 유일한 방식이었다. 꿈속에서 보다 복잡하고 다양한 일을 할 수 있다는 것을 직접 확인한 후로, 너는 오히려 비행에만 집중했다. 어릴 적 천사와 마녀에 대해 남다른 낭만이 있었음을 기억하지 못하는 것은 아니었으나, 구태여 과거와 연관 짓지 않아도 될 만큼 비행은 원초적인 쾌감을 주었다. 한번은 소박한 연극을 벌이기도 했다. 꿈으로 기억 속의 과거를 불러들인 너는 그 너머에 어린 네가 잠들어 있을 커튼 쳐진 커다란 창 앞을 빠르게 지나쳤다. 너는 날고 있었으나, 동시에 어린 모습으로 커튼 안에 잠들어 있었으므로, (어린) 네가 꽃무늬 커튼 위로 빠르게 스쳐 지나가는 실루엣을 눈치챘음을 알 수 있었다―혹은 어쩌면 너는, (어린) 너도, 네가 그 커다란 창 앞을 지나치기 전부터 (어린) 네가 그것을 알아차리리란 것을 알고 있었다. (어린) 너는 그것을 천사라 여겼을까, 마녀라 여겼을까. 네가 꿈이 끝날 때까지 그것을 확신하지 못했으므로, (어린) 너도 그것을 끝내 확정 짓지 못했으리라. 다만 빨강 파랑 노랑 꽃밭이 출렁이고 있었다.

　본격적으로 루시드 드림에 빠져든 것은 k와 멀어진 이후였다. 도움 없이 완벽하게 루시드 드림을 다룰 수 있게 되자 그와 완전히 멀어질 수 있었다. 자연스러운 일이었다. 우연한 기회로 한동안 루시드 드리머들이 모이는 동호회에 참가한 일도 있었다. 물론 몇 번 나가지 않았다. 이제 와 특별한 요령을 배울 수 있으리란 기대도 없었거니와, 너는 너의 루시드 드림 경험을 나누는 것에 흥미가 없었다. 경험이라 해봤자 종일 텅 빈 도시 위를 날아다니는 것이 태반이었다. 동호회 사람들도 네 단조로운 경험담에 흥미를 보이지 않았다.

"다른 건 안 해요?"

누군가 물었고, 너는 답했다.

"왜요?"

비행은 조금씩 길어졌다. 어떤 날은 현실의 시간으로 하루를 넘게 날아다녔다. 너무 긴 비행을 하고 있다 보면 어느 순간 발목 밑으로 자아가 빠져나가는 기분이었다. 바닥과 맞닿는 긴장감을 잃은 발은 용해되듯 공기로 스며들고, 발이 사라진 자리로 발목 위의 육체가 알게 모르게 흘러나와 마지막엔 발목이 있었던 흔적처럼, 두께 없는 두 원반만 떨어질 기회를 놓친 한 쌍의 낙엽 모양으로 허공을 떠다녔다.

잠에서 쫓겨나 침대 밑으로 내려오면 중력이 통증처럼 발을 옥죄었다.

"네 외할머니는 타 죽으셨다. 기억이나 할지 모르겠다. 전쟁이란 전쟁은 다 겪으신 분이셨지만 전쟁 때문은 아니었다. 전쟁이란 전쟁은 다 겪으시면서도 어디 하나 부러진 데 없으셨는데, 결국엔 타 죽으셨어. 기억이나 할지 모르겠구나. 너한테 이 얘기를 참 많이도 했다. 천사니 마녀니 귀신 씻나락 까먹는 소리를 해대고 다닐 때부터였다. 다 널 걱정해서였어. 네가 귀신에 홀려 회까닥 뒈져버릴까 봐 그랬다. 네 외할머니도 귀신 때문에 갔지. 귀신이 태워 죽였다는 얘기다. 외할머니는 평생 귀신 얘기를 입에 달고 살았지. 귀신을 조심하라고, 귀신은 어디에나 있다고, 죽은 것들은 어디에나 있으니까 귀신도 어디에나 있는 게 마땅하다고, 졸린 나를 붙잡고 귀신을 조심하라고 항상 얘기했는데, 결국 저가 귀신에 홀려 죽어버리더구나. 발 내놓고 자면 귀신이 발목 잘라 간다. 머리카락 펼치고 자면 귀신이 머리채 잡아간다. 많이 먹으면 배고픈 귀신 든다. 자꾸 앓는 소리 하면 귀신이 친군 줄 안다. 혼자 밤거리 다니면 귀신 쫓아온다. 남의 담벼락 넘보면 귀신이 눈알 뽑아간다. 팔뚝 함부로 내놓고 다니면 귀신한테 팔 채여 저승 간다. 남자랑 잘못 붙어먹으면 배에 귀신 든다. 귀신. 귀신. 귀신. 틈만 나면 산 사람을 붙들어 가려는 귀신 놈들. 그런 귀신 놈들은 몽땅 타 죽어야 해. 하나 같이 다 태워 죽여야 산 사

람 곁에 얼씬도 못 하지, 그래야 산 사람 무서운 줄 알지, 하
고 그렇게 평생 귀신 얘기를 붙들고 사니 귀신이라고 귀가
안 간지러웠을까. 그 밝은 귀가 근질거려서 참을 수나 있었
을까. 귀신이라고 무섭지 않았을까. 전쟁이란 전쟁을 다 겪
는 동안 어디 하나 부서진 적도 없는 집이었다. 이쪽에서
저쪽에서 군인이란 군인은 다 들쑤시고, 이쪽에서 올 땐 저
쪽으로 도망쳤다가, 저쪽에서 올 땐 이쪽으로 도망쳤다가
하는 중에도 돌아오면 저 혼자만 귀신같이 가만히 서 있던
집이었다. 외할머니는 평생을 그 집에서 사셨어. 남편이라
곤 능력 하나 없는 놈팡이였지. 말이 남편이지 기둥서방이
나 진배없었어. 할 줄 아는 게 아무것도 없다 보니 주먹질
도 매운맛이 없었다. 매를 때려도 무섭지 않은 사람이었지.
하지만 네 외할머니는 그런 놈을 붙들고 살았단다. 외할머
니의 아버지나 어머니는 딸년에게 쌀 한 톨 남겨주고 싶지
않았지만 어쩌겠니, 사내놈은커녕 그 흔한 여동생 하나 남
기지 못한 걸. 네 외할머니는 그 이기적인 놈년들이 죽길
기다렸다가 그걸 홀딱 가져버렸단다. 기둥서방 들여놓고
제 맘대로 살았지. 그런데 그 개뼈다귀 같은 놈은 전쟁 통
에 총을 맞아 뒈졌는지 어디 딴 구멍 찾아 도망갔는지 알게
뭐냐? 어쨌든 외할머니는 살아남았단다. 혼자서. 악착같이
살았지. 그러다 결국 불타 뒈져버린 거야. 기구한 인생이

지. 참으로 기구한 년이었다. 아무리 졸립다 졸립다 칭얼대
도 듣는 법이 없었어. 어쩌면 이미 귀가 먹었던 걸지도 모
르겠구나. 이리 치이고 저리 치이고 하는 통에도 그 신통한
몸뚱이는 어디 하나 잘못된 데가 없었는데, 알고 보면 귀가
먼저 가버렸는지도 몰라. 귀는 종일 귀신이 속삭이는 얘길
듣고 있었는지도 모르지. 남쪽에서 만난 귀신, 북쪽에서 만
난 귀신이 죄다 귀에 들러붙어 있었는지도 모르지. 종일 귀
신 얘기였으니까. 귀신. 귀신. 귀신. 귀신 놈들. 내 엄마는
종일 죽은 것들에 미쳐 사셨단다. 하루라도 죽은 것들 타령
을 하지 않으면 진정을 못 했어. 전쟁이란 전쟁은 다 겪는
동안 엄마는 종일 뒈진 것들 사이를 오락가락, 이쪽에서 뒈
지면 저쪽으로, 저쪽에서 뒈지면 이쪽으로 도망가며 살았
지. 그렇게 지켜낸 집에서 타 죽은 거야. 왜 그랬을까? 엄마
는 왜 그렇게 그 집에 집착했을까? 왜 꾸역꾸역 그 집으로
돌아와 궁둥이를 붙이고 앉았을까. 전쟁이란 전쟁은 다 겪
으면서 세간이 다 날아가고 벽지가 뜯기고, 폐가나 다름없
었지. 집이라고 부를 수도 없었단다. 그 집에선 좋았던 기
억이라곤 없었다. 그런데 왜 그랬을까, 엄마는. ……생각해
보면 이유랄 것도 없다. 그런 게 있으려고. 이유 같은 걸 차
려 먹을 수 있는 정신머리가 아니었다. 그런 시대가 아니
었어. 그냥 이쪽으로 저쪽으로, 그러다 보니 계속 돌아왔

던 거지. 또 계속 서 있었단다. 그 황량한 집이 말이다. 기구한 집이었지. 다 타버렸지만 말이다. 평생을 뒈진 것들 얘기에 미쳐 살더니 결국 자기도 뒈져버렸지. 하지만 그게 뭐 대수니. 너도 결국 뒈진단다. 봐라. 거봐라, 그게 어디 산 사람 꼴이니? 송장이나 다름없지. 가서 거울이라도 봐봐라. 어릴 적에 천사니 마녀니 귀신 씻나락 까먹는 소리를 할 때부터 나는 무서웠단다. 너를 볼 때마다 네 외할머니 생각이 났어. 그런데 거봐라, 결국 너도 송장이 됐구나. 내가 누누이 말했잖니. 이 세상 것 아니고, 사람 홀리는 것들은 다 귀신이라고."

너는 방에서 나오는 일이 거의 없었지만, 이명숙은 그 몇 안 되는 틈만 되면 너를 붙잡아 한바탕 말을 쏟아냈다. 너는 이명숙을 떨쳐낸다거나 짜증을 부리지는 않았으나, 그의 말에 귀를 기울이지도 않았다. 이 무렵 너에겐 표정이랄 게 없었다. 표정이 물질적인 차원의 영혼이라면, 너는 영혼을 잃은 듯 보였다. 이명숙은 한참 말을 쏟아내다가도 그 표정 없음, 영혼 없음을 깨달을 때면 딸꾹질을 하듯 말을 멈췄다. 그것을 오래전에 본 적이 있었다. 이불에 오줌을 싼 너의 발목을 붙들고 주먹질을 하다가, 악을 지르며 귀신같이 손아귀를 빠져나가 불나방처럼 창으로 뛰어가던 어린 너를 허겁지겁 다시 붙들었을 때, 오른손은 창문 손잡이

에 왼발은 창틀에 올려놓은 너의 얼굴에서 본 것이었다. 그
보다 더 오래전에도 본 적이 있었다. 졸리다 칭얼대는 자신
의 양어깨를 붙들고 귀신 얘기를 하는 어머니의 얼굴에서
였다. 더는 이불에 오줌을 싼 너를 팰 수 없게 된 날, 이명숙
은 처음으로 제 아이가 정말 죽을지 모른다고 느꼈다. 표정
없음. 영혼 없음. 이명숙은 알았다. 그것은 죽음의 얼굴이
었다.

*

네가 조금씩 꿈으로, 비행으로 치닫는 동안 이명숙은 조
금씩 안개와도 같은 무기력으로 가라앉고 있었다. 너의 얼
굴에서 죽음을 본 이후, 이명숙은 너를 패지 않았다. 네가
아직 k를 만나지 않은 시절, 또 루시드 드림에 깊게 빠지지
않은 시절에도 이명숙은 종종 너의 얼굴에서 죽음을 보았
고, 죽음은 이명숙의 모든 말을 앗아갔다. 그것은 너의 벌
린 입속에서 환한 빛처럼 쏟아져 나왔다. 환한 빛은 이명숙
의 이목구비를 조금씩 해체해갔다. 이명숙은 표정 없는 삶,
표정 없는 말투에 익숙해졌고, 단아하고 야윈, 참견 없는
어머니가 되었다. 어린 시절, 너는 그것이 이명숙의 광기가
끝났기 때문이라 생각했다. 그리고 시간이 흘러 그런 것에

관심을 두지 않는 사람이 되었다.

이명숙은 물론 k에 대해서도 알고 있었다. 너는 한 번도 k를 이명숙에게 소개한 적이 없었지만, 어린 너는 이해할 수 없고 가늠할 수 없는 어떤 바깥의 귀가 이명숙과 같은 어머니들에겐 하나둘쯤 있기 마련이었다. k에 대해 알게 되었을 때 이명숙은 차라리 안도했다. 웬 덩치만 산만 한 시답잖은 놈과 어울린다고는 생각했으나, 그 시기 네게서 전에 없던 활기 같은 것이 느껴졌기 때문이다. 이명숙에겐 그 활기가 불온한 것인지 그렇지 않은지 따위를 신경 쓸 겨를이 없었다. 적어도 활기는 너의 얼굴에서 죽음을 가려주었고, 종종 죽음을 완전히 집어삼킨 것처럼도 보였다. 그럴 때면 이명숙은 모든 게 끝났다는 안도감을 느꼈다. 실상 그 자신도 별로 믿지 않았던 기만적인 안도감이었다. 활기는 한 번도 죽음을 삼킨 적이 없었다. 다만 죽음의 창이 된 네 얼굴을 커튼처럼 잠시 가리고 있을 뿐이었다. 따라서 밤이 지나고 여명이 들듯 어느 예기치 못한 날 커튼이 활짝 열리자 익숙한 환함이 밀려들기 시작했다.

네가 학사 경고를 받은 것을 알게 된 날, 이명숙은 다시 너를 마주해야 할 때가 왔음을 깨달았다. 학사 경고 따위는 문제가 아니었다. 문제는 그것이 전조라는 점이었다. 죽음의 전조. 커튼이 갈라진 자리로 밀려들기 시작한 빛무리.

커튼의 도움 없이도 한없이 긴 잠을 잘 수 있게 된 너의 방에 들어설 때면 이명숙은 종종 기이할 정도로 검고 진득한 자신의 그림자를 보고 놀랐다.

"아들아."

이명숙은 너를 불러 앉혔다. 오래전부터, 너는 이명숙의 부름을 거부한 적이 없었다.

"아들아, 오늘 이런 게 왔단다. 알고 있니?"

너는 나른한 표정으로 이명숙이 내민 학사 경고장을 내려보았다. 하찮고, 하찮게.

"아아."

찰나, 이명숙은 어린 시절의 풍경을 떠올렸다. 독특한 형식의 회상이었다. 마치 꿈 같았다. 이명숙은 나른한 얼굴을 하고, 또 종종 하품을 흘리는 어린 이명숙의 양어깨를 붙들고 있었다. 그는 제 어머니가 되어 있었다. 어린 자신의 풀어지고 늘어진 이목구비. 아니. 아니다. 이명숙은 그것이 사실이 아님을 알고 있었다. 자신이 한 번도 어머니의 시선에서 어린 자신을 본 적이 없듯, 잠을 깨운 어머니 앞에서 짓고 있었던 자신의 표정과 지금 제 앞에서 네가 짓고 있는 표정이 같지 않음을 알았다. 두 표정은 똑같이 나른함이라는 뿌리에서 뻗어 나왔을지 몰라도 전혀 달랐다. 뿌리가 같다는 사실은, 대체로 아무런 진실도 알려주지 않았다. 이명

288

숙은 자신과 자신의 어머니를 보며, 자신과 자신의 아들을 보며 그 사실을 깨달았다.

"왜요?"

상념이 너무 길어졌던 것일까. 네가 불쑥 이명숙에게 물어 왔다. 다분히 공격적인 어휘였으나, 어떤 의도가 담긴 표정은 아니었다. 이명숙은 요새 부쩍 살이 오른 너의 얼굴에 자리 잡은 무구한 의문이 공포스러웠다. 이명숙은 입을 열었다. 공포 때문이었다. 이명숙은 말을 쏟아내기 시작했다. 그것은 과거와는 다른 종류의 광기였다. 공포 때문이었다.

"아아."

너는 대답했다. 반항 없음. 이 또한 죽음의 특징이었다.

*

너는 오랜 시간 비행하며 살았다. 정신을 차리고 보면 낯선 거리에 덩그러니 서 있는 경우가 잦았고, 가만히 점프했다가 통증과 함께 두 발이 바닥에 닿을 때면 상실감에 휩싸였다. 이명숙은 한 번도 가본 적 없는 동네의 관할 경찰서에서 연락을 받는 일이 잦아졌다. 식당에 있는 시간에는 따로 바깥일을 하지 않는 집주인에게 부탁했다. 그러나 집주인이라고 항상 부탁을 들어주는 것은 아니었고, 예기치 못한 순간에 경찰서에서 전화가 올 수 있다는 사실만으로도 생활에 지장이 생겼다. 잠에 조차 제대로 들 수 없었다. 네가 비행을 지속할수록 이명숙의 생활은 조금씩, 한 번도 겪어본 적 없으나 이상하리만치 익숙한 붕괴의 절차를 밟아갔다. 안쪽에서부터 솟아오른 불길에 골조가 허물어지고 해체되는 낡은 목조건물처럼. 예고 없이 전화벨이 울릴 때면 이명숙은 어디선가 낯선 거리에서 잘못 켜진 가로등처럼 덩그러니 서 있을 너보다, 주방 안쪽에서 이쪽을 건너보는 시선들이 먼저 떠올랐다. 정년을 한참 채우지 못하고 회사를 그만둔 뒤 줄곧 해온 일이었으니 요령이야 붙을 만큼 붙었지만 몸이 예전 같지 않아, 언제 잘릴지 모른다는 걱정이 상시 얹힌 음식처럼 위를 짓눌렀던 시기다. 뜬눈으로 잠들 것 같은 피로감이 며칠간 이어졌다. 아득한 시절에 대한 향수처럼, 졸음은 예고 없이 이명숙의 덜미를 채갔다. 아슬아슬한 경험이 몇 번 있었다. 혹여나 누가 볼까 서둘러 아무도 없는 쪽으로 고개를 돌리고 소리 나지 않게 뺨을 때리며 졸음을 쫓았다. 낯선 거리에서 덩그러니 눈을 뜨는 것이 언제 자신이 될지 모른다는 사실을, 이명숙은 고통스럽게 인정했다. 죽음의 환한 얼굴. 타고 오르는 불길은 밤을 환하게 지우며 목조건물을 모두 태워 거꾸러뜨린 뒤에야 사라질 것이었다. *하지만 나는 죽고 싶지 않다. 죽지 않을 것*

이다. 그것은 오랜 세월 이명숙이 자신을 지탱할 수 있게 해온 은밀한 정언명령이었다. 이명숙은 조금씩 모르는 전화번호를 피했고, 나중에는 식당에 나와 있는 동안만 알 수 없는 발신자를 차단 목록에 넣어두었다. 손님이 없을 때면 사장과 다른 직원들에게 양해를 구하고 잠시 쪽잠을 잤다. 길어도 20분 남짓으로 개운하게 깨어날 수 있는 잠이었다. 그렇게 너의 실종은 자연스럽게 성사되었다.

시간이 흐르고 너는 어디서든 깨어나고 잠들 수 있는 사람이 되었다. 의식적인 노숙은 아니었다. 나른한 얼굴로 거리를 걷다가 자연스럽게 바닥에 머리를 기대 꿈속으로 빠져들었고, 별다른 계기 없이 깨어 가만히 점프한 후, 격렬한 상실감과 함께 거리를 걸었다.

요컨대 너는 왜 네가 산을 오르고 있었는지 기억하지 못했다. 다만 한쪽 발을 들어 앞으로 내밀어 딛고 다시 다른 한쪽 발을 들어 앞으로 내밀어 딛는, 그 꾸준한 이동을, 조금씩 높은 지대로 몸뚱이를 끌고 가는 일련의 반복 행위를 너는 아득히, 지독히 오랫동안 해온 것 같다 느꼈으나, 그런 것에 깊은 의미를 두진 않았다. 종종 발목을 잘라버리고 싶은 충동을 느꼈다.

산불은 아래에서부터 번져왔다. 이후 인터넷 기사들이 밝힌 바로, 아침 일찍부터 산에 갔다가 하산하던 등산객 세

명이 사사로운 지역 전설의 증거 구설을 하는 한 바위 위에서 술판을 벌이다가 까무룩 잠이 드는 바람에 벌어진 일이라 했다. 어째서 바위에서 술판을 벌이다 잠이 들었는데 산불이 났는지 설명해주는 기사는 없었다.

돌연히 끼쳐 온 열기에 네가 등을 돌렸을 땐 이미 수풀 위로 검고 탁한 연기가 일렁이고 있었다. 연기 주변은 이상하리만치 환했다. 막 동이 튼 아침 같았다. 너는 판단보다 앞서 높은 쪽으로 달렸다. 그러나 몸뚱이는 이미 한계에 달해 있었다. 발목이 자꾸 꺾였고, 발바닥은 원치 않는 땅을 밟아 미끄러졌다. 얼마 달리지 못해 너는 그런 식으로는 죽음에게서 도망칠 수 없음을 깨달았다. 연기는 주변의 환함을 집어삼키며 빠르게 번지고 있었다. 벌써 주변 어디에도 환함의 흔적을 찾을 수 없을 지경이었다. 어쩌면 처음부터 환함 같은 것은 없었고, 다만 기이할 정도로 검은 연기가 주변을 상대적으로 밝아 보이게 했던 것인지도 몰랐다. 그러나 그런 것이 가능한가? 가능하지 않다면, 환함은 저 검은 연기의 벽 너머에 있으리라. 사위가 구분되지 않는 산속은 밤에 삼켜진 오래된 교실과 구분되지 않았다. 기원을 알 수 없는 고독감이 잘못 삼킨 사탕 알맹이처럼 목구멍을 틀어막았다. 벽을, 요컨대 저 검은 창을 커튼처럼 가르기만 하면 다시 환한 세계에 닿을지도 모른다. 너는 생각했다. 그것은 촌스러운 낭만, 이미 너 자신조차 현혹하지 못하는 잊힌 시절의 꿈이었다. 따라서 어떤 과거는 때로 어색한 반 친구, 먼 나라의 전설 같고, "깜짝이야." 이때 너는 네가 어떤 꿈을 살아왔는지 전혀 알지 못하는 낯선 남자아이의 목소리에 불쑥 덜미를 붙들리는 것이다. 아득한 현기증과 함께,

너는 종종, 그날 창을 향해 뻗어 나온 k의 손날을 멈춰 세운 것이 창의 차갑고 단단한 표면이었는지, 혹은 창에 맺힌 검은 교실 풍경 위로 예기치 않은 순간 끼어든 이목구비가 지워진 누군가의 얼굴이었는지 궁금해했다.

"지점을 만들어."

너는 걸음을 멈췄다. 발아래, 연기에 허물어진 낭떠러지의 외연이 보였다.

*

어린 이명숙은 사타구니를 중심으로 퍼지는 후덥지근한 습기에 잠에서 깼다. 그는 번뜩 눈을 떴다. 아직 깊은 밤이었고, 잠에서 덜 깬 정신은 혼몽했다. 잠들기 직전까지 어머니가 그의 귀에 속삭이던 귀신 이야기가 머릿속을 울렸다. 그것은 은밀한 충동질 같았다.

"어린것들이 밤에 오줌을 싸는 건 말이야, 다 귀신에 씌

늦잠

어서 그러는 거다. 알겠니? 어린것들은 영혼이 헐겁고 희미해서 귀신이 옳다구나 하고 섞여 드는 거야. 귀신 섞인 영혼이 자는 동안 장난을 치는 거지. 귀신이 널 갖고 노는 거지."

오랜 시간에 걸쳐 무수히 반복해온 어머니의 이야기가 기어코 이명숙의 머리통 깊숙이 쑤셔 넣은 공포의 뿌리가 얼굴의 핏기를 모두 빨아들였다. 이명숙은 제 영혼 안쪽에 서늘한 칼날처럼 스며든 죽음을 느꼈다. 공포가 그를 기민하게 했다. 이때 이명숙은 완전히 이성을 잃은 것처럼 보인다. 아직 자신이 이해하기엔 너무 거대한 광기에 휘둘리는 여자아이처럼.

이명숙은 우선 제 오줌이 중앙부터 바깥을 향해 역겨운 무정형의 도형을 퍼뜨리고 있는 이불을 두 팔로 품에 끌어모았다. 그러나 어린 이명숙이 들기엔 이불은 부피가 너무 컸으므로, 이때 이것들을 품에 안고 옆에 잠들어 있는 어머니를 깨우지 않도록 조심조심 걸으며 안방을 나서는 이명숙의 모습을 누군가 문풍지를 통해 보았다면, 저 혼자만 빨리 자란 탓에 제대로 펼쳐지지도 않는 날개를 꼬리처럼 질질 끌고 다니는 어린 천사이거나, 늙은 마녀의 위험한 마술 도구들을 커다란 보따리에 담아 훔쳐 달아나는 뭣 모르는 장난꾸러기라 여겼을지도 모른다. 갑작스레 이런 기행을 벌이는 이명숙의 의도는 단순했다. 내 영혼에 귀신이 섞였다. 귀신이 내 몸뚱이로 장난을 쳐 이불에 오줌을 싸놨다. *하지만 나는 죽고 싶지 않다.* 내일이면 엄마는 귀신과 영혼이 섞인 나를 죽이려 할지도 몰라. 엄마는 귀신을 죽도록 미워하니까. 죽도록 무서워하니까. 공포가 엄마의 두 눈을 파먹었으니까.

하지만 나는 죽고 싶지 않다. 죽지 않을 것이다. 그러니까 우선 이것들을 태우자. 귀신 섞인 오줌이 묻은 이 이불을 태우자. 내가 귀신과 섞였다는 증거를 없애자. 내가 귀신이라는 증거를 없애버리자. 하나 같이 다 태워버리자. 말끔하게. 엄마가 모르게. 아무도 모르게.

밤이면 밤마다 어머니가 그를 곧바로 재우지 않고 귀신 타령을 했던 탓에 항상 수면 부족에 시달리고, 또 잠에 든 지 얼마 되지 않아 깬 탓에 반쯤 꿈속에 잠겨 있는 것이나 다름없었던 이명숙은 자신이 무엇을 한다는 명확한 자각 없이, 본능적으로 움직였다. 마땅한 일이었다.

마당은 마른 잡초로 흐드러지게 덮여 있었다. 이명숙과 어머니는 할 일 없는 저물녘이면 종종 마당의 잡초를 뽑았지만 열정적이진 않았다. 뽑아도 뽑아도 잡초는 뿌리가 뽑힐 기미가 보이지 않았기 때문이다. 마당 자체가, 대지 자체가 한 무더기 거대한 뿌리인 것 같았다. 대지를 쳐 받든

늦잠

신화적인 크기의 뿌리가 마당 위로 4만 잡초를 피우고 있었다. 아무 데서나 솟아올랐다. 뿔처럼. 악마의 뿔처럼. 여드름이라 해도 좋았다. 짜도 짜도 뿌리가 뽑힐 기미가 보이지 않는다는 점에서. 4만 개의 역겨움이 흐드러지게 핀 남사스러운 대지. 판도. 이명숙은 한 번도 들어본 적 없는 군락의 이름을 중얼거렸다. 어쩌면 그는 어머니가 들려준 먼 나라의 이야기 속 끔찍한 상자의 이름을 부르다 만 것인지도 몰랐다. 판도라. 단 하나의 귀신을 가두어놓기 위해 세계로 무수한 귀신을 쏟아낸 상자. 하나같이 다 태워버리자. 아무도 모르게.

이명숙은 마당 가운데 귀신 섞인 이불을 모아두고 불붙인 성냥을 던졌다. 불은 웅크려 앉은 거인의 몸뚱이 같은 이불 품에 들어가 잠시 잦아드는 듯하더니, 이내 검고 탁한 연기를 피웠다. 참았던 하품이 쏟아졌다. 긴 불면 속에서 눈을 감고 누워 있던 이가 마침내 환한 잠으로 스며들듯 순식간에, 불길은 마당으로 번졌다. 마당 주변으로 길게 뻗어나온 빛과 그림자가 정신없이 엉켜들어 우울한 가면을 나눠 쓴 이교도들처럼 휘적휘적 춤을 췄다. 화재였다.

반아

환자는 체구가 약간 마른 편이었고, 긴팔 셔츠를 입고 있었음. 목소리가 작고 쑥스러워하며 웃는 등, 낯선 상황에서 수줍어하는 인상이었음. 검사는 열심히 수행하였는데, K-WAIS-Ⅵ 〈어휘〉 과제 시에는 '내가 소설 쓰는 일을 하기 때문에 부담이 된다'며 더 잘 수행하기 위해 다소 길고 어렵게 설명하는 경향이 있었음. 면담 중에는 눈맞춤을 피하는 경향이 있었고, 다소 부정확한 발음으로 중언부언 말하거나 손을 만지작거리는 등 긴장을 많이 한 듯 보였음.[i]

i   2019년 7월 15일 실시한 심리 평가(환자 인적 사항: 남성, 만 25세, 대졸) 보고서의 일부이다. 총 여섯 종류의 검사(K-WAIS-IV, BGT, Rey-Kim 기억검사-II, HTP, Rorshach test, MMPI-2, SCT)가 진행되었으며, 인용된 부분은 임상심리전문가이자 정신보건임상심리사인 상담자가 환자의 전반적인 검사 태도에 대해 개괄 묘사한 부분이다. 환자는 최초에 제공받은 기록의 원본을 분실하였다. 따라서 해당 단락은 2022년 6월 23일에 받은 사본에서 인용하

I. 벌침

k는 예상과 달리 조용했다. 처음만 해도 그랬다. 어설프게 오른 취기 덕이었는지도 모른다. 언덕과 산에 임해 외진 대학 주변 대신, 마을버스로 서너 정거장 떨어진 전철역 인근에 형성된 대학가의 이자카야였다. 퓨전 일식집이었으나 실상 메뉴의 정체성에는 신경 쓰지 않는 듯했다. 매장은 상가 건물의 2층 절반을 차지하고 있었다. 하루 동안 쌓였다고 하기에는 적잖은 양의 꽁초가 어설픈 쇠락의 풍경을 흉내 내는 계단참을 꺾어 오르면 정면으로 입구가 보였다. 손님이 적지 않았음에도 중간중간 빈자리가 보였다. 가운데서 가장자리로 한 칸씩 낮은 층계를 두고 세 개의 층으로 이루어진 홀이었으나, 해봤자 높이가 거의 차이 나지 않아 실상 넓고 야트막한 구덩이에 가까웠다. 조도를 낮춘 조명 탓에 허리까지 올라오는 난간이 없었다면 그런 층계가 있는지도 알아보기 힘들었으리라. 그러잖아도 귓속을 후벼 파는 듯한 무지막지한 음악에 시야가 종종 테두리를 잃고 비틀거렸고, 그날 나는 실제로 홀을 오가다가 층계를 보

였다. 덧붙여, 본문의 부제들은 Rorshach test에서 환자가 연상한 단어들로 구성되었다.

지 못하고 발을 헛디디는 사람을 몇 보았다. 모씨는 일행과
함께 창가 자리, 요컨대 3층에 앉아 있었다. 입구에서 먼 위
치였는데도 홀의 구조 덕에 단번에 그들을 알아보았다. 정
확히는 모씨를 알아보았다. 모씨를 제외하면 학교를 오가
며 얼핏 얼굴을 익혔을 뿐인 이들이었다. 수업을 같이 들었
는지도 가물가물했다. 종일 우울한 얼굴로 앉아 이따금 다
른 이들의 대화에 기계적으로 웃음을 흘리던 k도 매한가지
였다. 다른 점이라면, k는 학과의 유명 인사였다는 것. 완전
미친놈인 줄 알았다고, 한 강의 시간에서 단독 발제를 맡았
던 k가 보여준 '폭주'—이 우스꽝스러운 표현은 모씨의 것
이었는데, 이 '폭주'를 직접 보지 못한 나로서는 달리 어떤
표현이 적합한지 떠올리기 난처하다—에 대해 모씨는 한
껏 상기된 채 회상했다. 사랑에 빠진 얼굴. 이후로도 말한
적은 없지만, 나는 그렇게 생각했다. 만약 말했더라도 모씨
는 그것이 성애적이거나 로맨틱한 사랑을 의미하지 않음
정도는 이해했을 텐데, 오히려 그렇기에 학기 중반 k가 만
든 소설 합평 스터디에 그가 참여했다는 얘기를 들었을 때
도 나는 그 말을 꺼내지 않았다. 남성적인 사랑. 많은 이가
사용하고, 어쩌면 더 적절할지 모를 표현들이 있었으나, 나
는 그것을 그렇게 표현했다. 만약 내가 모씨 앞에서 그 문
장을 꺼낸다면, 그는 매우 불쾌해하며, 또 화를 낼 것이었

다. 마땅했다. 처음부터 그러지는 않겠지만, 모씨는 사과와 함께 방금 한 말을 철회할 것을 요구할 테고, 사과야 못 할 것도 없겠지만 이미 말을 꺼낸 이상 나도 내 생각을 구태여 철회할 이유가 없으니, 대화를 이어나가다 보면 맞을지도 모른다. 그런 예감이 있었다. 미안한 일이지만, 나는 단 한 순간도 모씨가 '때릴 수 있는 사람'이 아니라 느낀 적이 없었다. 물론 그것이 말하지 않는 이유는 아니다. 때릴 수 있는 사람 앞에서 맞을 만한 말을 꺼내는 것은 분명 두려운 일이었지만, 나는 두려움에 잘 굴복하지 않는 성격이었다. 아니, 이는 너무 비장하다. 어쩌면 나는 다만 두려움보다 더 강렬한 충동에 자주 휘둘리는 사람이었다—비장함보다는 한심함이 낫다—. 나는 굳은 심지를 가진 인간이 아니었다. 다만 그것이 나를 길들이기 이전에, 내 영혼을 더 깊숙이 흔드는 매혹적인 충동들에 먼저 무릎을 꿇고 목을 내준 순종적인 개에 가까울지도.

낯선 곳으로 잘못 날아든 작은 벌처럼 창가에 앉아 있던 k가 기억난다. 취기인지 거부감인지 알 수 없는 감정을 온몸으로 드러내며 창 쪽으로 몸을 기울이고, 묘하게 어긋난 타이밍에 웃음을 흘리는 k를 보고 있으면, 웅웅거리는 불길한 날갯짓 소리로 주변을 쓸데없이 예민하게 만들면서도 저 자신은 정말 그 어디엔가 밖으로 통하는 틈이 있다는 믿음에 통유리 여기저기 사정없이 몸을 부딪치고 있을 뿐인 한 마리 작은 벌이 떠올랐다. 그러나, 그렇다면, 이 벌은 도대체 어느 틈으로 들어왔을까? 매장의 창은 모두 통유리였다. 따라서 가능성은 출입문뿐이었다. 그래, 출입문으로, 벌은, k는 그곳으로 들어왔으리라. 따져볼 것도 없이. 마땅했다. 출입문 정도라면 모씨가 열어줬을지도 모른다. 모씨는 그 나이대 남자치고는 드물게 비굴함을 드러내는 일에 전혀 거리낌이 없는 부류였다. 예의 '폭주' 이후 모씨는 공공연하게 k와 친해지려 노력했다. 언제인지, 학과의 누군가가 자신을 은밀히 부르더니 진지한 얼굴로 혹시 게이냐 물은 적도 있다고 했다―모씨는 황당하고 웃긴 경험담을 들려주듯 상대방이 제 눈치를 보며 말을 고르던 모습까지 따라 하며 너스레를 떨었다―. 모씨는 그런 오해를 받는 상황에도 부끄러움을 느끼지 않았다. 느끼지 않으려는 것인지, 정말 느끼지 않는 것인지는 알지 못한다. 어쨌든 모씨는 그것이 지나치게 남성적인 부끄러움이라고, 힐난하듯 (그러나 누구에게?) 경멸스러운 어조로 말하곤 했다. 요컨대, 모씨는 남성 페미니스트였다.

"요새 벌이 나와요…… 집에."

k는 뜬금없이 입을 열었다. 취한 목소리였다. 거의 마시지 않은 줄 알았는데 우울의 낯빛에 숨어 꾸역꾸역 제 몫을

해치우고 있었던 걸까? 아니면 그저 취기가 충분히 오르는 동안 잠시간의 가면으로 침묵을 물고 있었던 것인지도 모른다. 어쨌든 '폭주'의 전력이 있었다니까. 이 취기가 '콘셉트'일 가능성도 있었으나, 이후를 생각해보면 그렇지는 않았으리라.

"아마, 지난번에 창이고 문이고 다 열고 종일 환기했을 때 들어온 것 같습니다. 이래서 반지하는 피하고 싶었어요. 무슨 일이 있더라도 반지하는 피해야 했습니다. 아마, 그랬더라면 집에 벌이 들어오는 일은 없었을 겁니다. 좋지 못한 기억이 너무 많습니다, 반지하에. 어릴 적에 반지하에서 산 적이 많았습니다. 반지하는 일종의 벙커였다고 해요. 아시다시피 말입니다. 휴전 국가니까, 그래도 정말 그런가 하면 모르겠지만요, 아마 휴전 국가니까, 그런 공간들이 필요했을 겁니다. 하지만 내가 살아온 반지하들이 정말 벙커였는가 하면, 그런 기능을 할 수 있는 곳이었나 하면, 실은 나는 그것에 대해 판단할 능력이 없지만, 아무려나, 비조차 막을 수 없는 곳이었습니다. 그것이 무엇을 의미하는지까지는 판단할 수 없지만요. 비가 조금만 쏟아져도, 벽지가 젖고 일어났습니다. 전쟁 같은 게 일어나지 않아도 알아서 좌초될 것 같은, 이미 몇 차례 좌초된 것 같은, 그런 곳을 많이 전전했습니다. 어릴 적에요. 그래서 피하고 싶었습니다. 반지하만큼은요. 그런데 선택지가 없었어요. 반지하가 아닌 집이 전혀 없었느냐 하면 그건 아니었지만, 그러고 보면 시간이 많이 흘러 방심했던 것일까요? 아마, 같은 반지하라도 예전에 비해선 살 만할지도 모른다, 예전에 비해선, 나의 생활 능력이란 것도 나아졌을지도 모른다. 그도 그럴 것이, 또 누군가는 여전히 반지하에 살지 않습니까? 지금의 나처럼. 누군가는 항상 반지하에 살고 있고, 그러니까 아직도 많은 반지하가 존재하는 거 아닙니까? 아마, 살 수 없는 건 아닐 거야, 하고 방심했던 겁니다. 과연, 살 수 없는 게 아니긴 했습니다. 지금의 내가 그것을 말해주지 않습니까? 아직도 반지하에 사는 많은 사람처럼. 살고 있지 않은 것은 아니지 않습니까? 그것도 삶이라면. 그것이 삶이 아니라면 또 뭐겠습니까? 그래서 반지하를 택했습니다. 방의 크기나 위치, 내부가 쇠락한 정도나 에어컨 유무 따위의 여러 좋지 못한 보기 중에서 반지하를 고른 겁니다. 아마, 장마를 잊고 지냈나 봅니다. 진짜 장마를. 반지하에서만 겪을 수 있는 진짜 장마의 시간을 완전히 잊고 지냈습니다. 그리고 기억해냈어요. 코는 기억을 가장 오래 보존하는 기관입니다. 아마, 습관적으로 확인한 일기예보에서 장마 소식을 보았을 때도 그것을 기억하지 못했던 나는, 코끝에 닿는 그 쿰쿰한 냄새, 오랫동안 막힌 채 방치된, 낡은 상가 건물의 변기에서 날 것 같은 그 냄새를 맡자마자 기억해냈습니다."

k의 이야기는 맥락을 좇을 수 없이 이어졌다. 내가 온 후 처음 입을 연 것이었기에, 예의상으로나마 모두 얘기에 귀를 기울였으나, 그가 무슨 얘기를 하고자 하는지 이해한 이는 없는 것 같았다. 그러나 모씨로 말하자면, 여전히 사랑에 빠진 얼굴이었다. 당연하게도 뭘 이해해서는 아니었다. 그는 다만 맥락을 좇을 수 없는 이야기를 저렇게 길고 장황하게, 일정한 리듬감으로 뱉어내는 k의 목소리에 사랑을 느끼는 것 같았다(요컨대 그의 사랑은 자신이 '여전히' 아무것도 이해하지 못했다는 데에 기반해 있었다. 아무것도 아닌 목소리, 오직 아무것도 아닌 목소리를 나르기 위한 소설들, 모씨가 사랑해마지않았던, 그 유구한 이름들을 구태여 나열할 필요는 없으리라. 어떤 이름은 암호 같아서 그것을 처음 듣는 이에겐 아무 의미도 주지 않고, 그것을 이미 아는 이들에겐 자주 개봉해 좋을 것이 없는 진열장의 독주처럼 여겨지기 때문이다). 박한 평가였을까? 그러나 아무리 좋게 봐줘도 k의 이야기는 '들을 수 있는 것'이 아니었다. 만약 k가 목소리 대신 활자를 사용했다면, 그가 제 반지하 자취방에 앉아 그 모든 이야기를 타자기로 친 후 몇 차례 퇴고 과정을 거쳐 두어 장의 프린트로 우리에게 나눠 주었다면, 우리는 조용히 둘러앉아 그것을 무리 없이 '읽어'냈을지도 모른다.

그랬다면 우리 중 누군가는 (어쩌면 나도) 그것이 썩 나쁘지 않은 '독백문'이었다 평가했을지도. 하지만 k는 쓰지 않고 말했다. k의 독백은 타이밍이 맞지 않는 기계적인 웃음, 대화를 주춤거리게 하고, 보고 듣는 이들에게 해명하기 힘든 불편함을 심어놓는 그 짜증 나는 콘셉트만큼이나 거슬리는 무엇이었다. 웅웅. 웅웅. 자신이 잘못 날아든 존재임을 끊임없이, 또 온몸으로 토로하는 소음. 내용 없는 토로-목소리 외에 무엇도 아닌 소음 그 자체.

"그래서 벌은 언제 등장하는데?"

누군가 물었고,

"아마, 습기를 빼기 위해 이곳이고 저곳이고 다 열어두었을 때, 그때 들어온 것 같습니다. 장판 가장자리부터 곰팡이가 기어올랐어요. 곰팡이는 잡초 같습니다. 뿌리가 깊게 박히지 않더라도, 한번 그것이 필 만한 환경이 조성되어 버리면 끝이에요. 겉을 아무리 닦아봐야 소용없습니다. 모조리 불태워야 해요. 벽지 안까지. 원흉까지 깡그리. 아마, 불가능할 것입니다. 나는 그것을 불태울 수 없습니다. 내게는 그런 권리가 주어지지 않았어요. 대신, 하는 수 없이, 창이고 문이고 다 열어두었습니다. 에어컨을 틀어둔 채로. 태울 수 없으니, 환기를 시켜야 했습니다. 그것이 최선이었습니다. 아마, 과거가 준 지혜입니다. 그러고 보니 에어컨에도 곰팡내가 나지 싫어 에어컨을 뜯어 세척액을 구석구석 뿌려두었습니다. 아주 유독한 놈을 썼습니다. 곰팡내 대신 아주 유독한 향이 두어 시간 집 안을 떠돌았죠. 그런데도 벌이 들었습니다. 아마, 그때가 분명할 겁니다. 벌은 파리하고는 달라서 아무 데나 스며들지 않습니다. 벌레와 달리 곤충은 우아하죠. 파리는 신경을 거스를 뿐이지만, 벌은 두렵게 합니다. 웅웅! 웅웅! 한 마리였을 겁니다. 한 마리뿐인데도 녀석은 금세 방을 장악했습니다. 아마, 침이 아주 독한, 말벌이었는지도 모릅니다. 검지 굵기의, 광선처럼 날카로운 침을 가진 녀석이었을 겁니다."

"보지는 못한 거야?"

"네, 녀석은, 네, 아마, 꽤 재빠른 녀석 같았습니다. 웅웅! 웅웅! 소리가 날카롭게 뒤통수의 공기를 찢었지만 고개를 돌리면 녀석은 이미 사라진 뒤였습니다. 간담이 서늘했습니다. 더 많은 녀석이 들어오기 전에 어서 창이고 문이고 닫아야 할지, 아니면 녀석이 나갈 때까지 우선 가만히 기다려야 할지 판단이 서지 않았습니다. 아마, 그때 서둘러 문을 닫았으면 이렇다 할 먹이를 구하지 못한 녀석은 금세 죽었을지도 모르겠네요. (그런데 벌은 뭘 먹죠? 말벌은 자기보다 작은 벌을 먹는다는 얘기를 들었던 것 같은데, 확신이 들지 않네요. 벌 하면 우선 침부터 떠오르고, 침만 떠오릅니

다. 하지만 녀석들도 분명 무언가 먹겠죠. 아! 꿀, 꿀을 먹는
건 꿀벌뿐인가요?) 하지만 나는 우왕좌왕했습니다. 그러다
보니 어찌어찌 하루가 지났고, 이렇게 된 이상 나갈 때까
지 기다리자는 심정이었습니다. 실제로 한 번인가 녀석은
사라졌습니다. 소리가 전혀 나지 않았으니 아마, 맞을 겁니
다. 나는 잠결에 그것을 알아챘어요. 이때다. 늦기 전에 얼
른 창이고 문이고 다 닫아야겠다, 생각했지만, 너무 피곤해
서, 아르바이트 마감조를 하고 온 뒤여서, 내일 해야겠다,
내일 닫으면 될 거야, 하고 다시 잠이 들었습니다. 마감 일
에는 아직 익숙해지기 전이라 그랬을 거예요(지금도 비슷
하긴 합니다만). 그래선 안 되었습니다. 다음 날이 되자 다
시 녀석의 소리가 들렸거든요. 아침부터 다시, 웅웅! 웅웅!
나는 집을 빼앗겼습니다. 녀석은 내 집을 아지트 삼은 모
양입니다. 아마, 내 뒤통수가 마음에 든 모양이에요. 섬뜩
한 일이죠. 오금이 빳빳이 굳는 것을 느끼며 고개를 돌려도
녀석은 보이지 않습니다. 방은 이제 녀석 소리로 가득해요.
아마, 한 마리가 아닌 것 같기도 합니다. 그런데 왜 내 눈에
는 안 보일까요? 미칠 지경입니다. 아마, 이미 미친 걸 거예
요. 웅웅! 웅웅!"

　k는 그것을 끝으로 다시 입을 다물었다. 이후로는 기계
적으로 흘리던 웃음도 사라진 얼굴로 음식물 찌꺼기만 남

은 제 그릇을 내내 내려다보았다. 벗어놓은 지 한참이 지난 허물처럼 물기 없이 딱딱하면서도 그 표면이 얇아 쉽게 바스러질 것 같은 얼굴. k는 이 낯선 장소에서 도망칠 구멍을 찾아 창에 수차례 머리를 박던 끝에 공황에 빠져 분별없이 벌침을 낭비해버린 벌처럼 보였다. 충동적으로, 벌침과 함께 제 내장을 모두 쏟아낸 채 조금 어리둥절한 심정으로 가만히 누워 죽음을 만끽하는 작고 납작한 벌. 그럼 벌침은 누구를 맞췄을까? 내내 듣고 보는 이들의 신경을 긁어댔던 소란스러운 비행에 비하면, 싱거울 정도로 짧은 고통의 시간만을 남길 k의 최후는 이 중 누구의 뒤통수로 향했나? 침묵 속에서, 누구의 뒤통수가 부풀어 오르고 있을까? "한 잔씩 더 시킬까?" 모씨는 나를 돌아보며 물었다. 나는 알아서 하라고 대답했다.

(한 가지 더, 그날 나의 흥미를 끌었던 점은 k가 놀라울 정도로 자연스럽게 괄호를 섞어 독백했다는 점이다. 소설이 아닌 현실에서 그처럼 자연스럽게 괄호를 사용해 말하는 사람을 나는 이전에도 본 적이 없었다. 부자연스러운 것이 부자연스럽게 여겨지지 않을 정도로 k의 말투는 구어로서는 완벽에 가까울 정도로 부자연스러웠다. 보기에 따라서, 그것은 의도된 '형식'처럼도 보였다. 요컨대 콘셉트라면, 성공적이었다. 우습게도, 과장 없는 진심이다)

II. 심장과 갈비뼈

내장을 모두 드러낸 갈비뼈처럼 적요한 카페였다. 수녀원의 경건함이 떠오르는 2층의 긴 홀에는 카운터를 겸하는 테이블이 놓여 있었다. 음악을 틀지 않아 띄엄띄엄 앉은 손님들은 비밀을 주고받는 어린 수녀들처럼 조용히 대화를 나눴다. 한쪽 면을 메운 통유리 아래로 분방하게 배치해놓은 정원의 수풀들은 음악의 부재를 시각적으로 채워주는 역할인 듯했다―창가 자리에 앉아 그 수풀의 (비)정연한 배치에 시선을 두고 있으면 자연스레 한 번도 연주된 적 없는 악보의 음표들이 머릿속에 떠오르곤 했다―. 그러나 정원이 상기시키는 것은 그런 아름다움만이 아니었다. 사체를 집어삼키고 자라난 음험한 초록. 어릴 적 잔 다르크의 생애를 다룬 한 영화에서 본 장면이었다. 잔 다르크를 둘러싼 신화와 불신, 악마의 속삭임과 구분되지 않는 신의 전언, 영광과 구분되지 않는 모욕을 그린 영화였다. 아마 감독은 독실한 신앙인이리라. 악마인지 신인지 끝내 밝혀지지 않는 로브를 두른 남성이 등장했고, 그는 감옥에 갇혀 모욕을 당한 잔 다르크 앞에 나타나―근엄하고 의뭉스러운 표정을 한 남성과 운명의 아가리에 갈가리 찢긴 채 그 앞에 서서 시험당하는 여성, 지극히 고전적인 구성― 죽음의 세 가지 이미지를 보여주었다. 1) 가슴에 화살을 맞은 채 수풀 위에 영문을 모르는 표정으로 누운 병사의 모습. 2) 눈밭에 누워 썩어 문드러진 피부 속으로 엿보이는 해골 의 우울한 얼굴. 3) 시체와 함께 죽음의 흔적이 깨끗이 사 라진 자리로 울창하게 돋아난 수풀. 탐욕스러운 초록들.

어릴 적, 나는 그 영화를 보고 신을 믿지 않으리라 마음 먹었다.

"믿음이 없는 사람에게 믿음을 심어주기엔 판타지가 많 이 부족한 영화죠."

k를 만난 것은 우연이었다. 근처 신경정신과에 다녀오는 길이라 했다. 뜬금없는 말이었으므로 나는 어떤 의도를 상 상하지 않을 수 없었다. 너는. 왜. 혼자. 질문하지 않는 것 에 먼저 꺼내는 대답에는 의도가 숨어 있기 마련이었다. k 는 내가 이 근처에 살지 않는다는 걸 알고 있었을까? 모씨 와 가깝게 지냈으니 가능성이 아예 없지는 않았다. 모씨는 입이 가벼운 편은 아니었지만, 우연히 그런 화제가 나온 상 황이라면 내가 사는 동네를 가르쳐주는 것 정도로 비밀을 누설했다 여기지 않으리라. 그런 것을 배신이라 여기지 않 으리라. 그렇다면 k는 상대가 거짓말한다는 것을 눈치챘을 때, 그 작은 징후에서 무엇을 상상해내는 부류일까? 고민 은 길지 않았다. 나는 솔직히 대답했다. 마찬가지로, 근처

신경정신과에 다녀오는 길이었다. 아마 k와 같은 곳인지도 몰랐다. 병원 건물을 나오는 길에 휴대폰에 정신이 팔린 모습으로 걷는 k를 봤는지도. 당시엔 다만 그런 것 같다고, 저거 k인가, 하고 말았는데, 이제 보니 맞는 듯했다. 그러나 거기까지 얘기하지는 않았다. 질문하지 않는 것에 먼저 꺼내는 대답은 숨은 의도를 상상하게 했다. 나는 k가 어떤 의도도 느끼길 원하지 않았다. 조금도.

"재밌었나 봐요."

"재미까지는, 없었습니다. 재미가 없어서 기억에 남는 영화도 있잖아요."

다시 만난 k는 평범했다. 평범한 남성 문학도 같았다. 계단을 올라와 무미건조한 눈빛으로 앉을 자리를 찾아 두리번거리는 k를 발견하고 먼저 손을 든 건 나였다. 반가워해야 할지 놀라야 할지 아직 갈피를 잡지 못한 표정은 그가 처음부터 내 존재를 눈치채고 있었음을 알려주었다. 그러나 내 자리에서 적당히 떨어진 테이블에 자리를 잡고 음료를 받은 뒤 자연스럽게 내 앞자리에 앉는 k의 태도에선 앞선 망설임이 사라져 있었다. 짧은 사이, 내가 건넨 무의미한 인사에 그가 지나친 의미를 부여했다 말하려는 것은 아니다. 다만 짧은 사이, k는 내가 자신에게 무의미한 인사를 건넨 사실에 대해 생각하는 듯했다. 나는 테이블에 앉아 음료를 기다리며 '어떤 사실'에 대해 생각하는 k의 얼굴을 떠올렸다. 이유를 짐작할 수 없고, 또 구태여 짐작해보지 않은 묘한 충동에 이끌려 잔잔한 냇물에 얼굴을 집어넣어보는 아이처럼, 거리낌 없는 무구함 따위. 오랜 버릇에 의해 손가락 마디를 꺾어보는 것과 같은, 모종의 자연스러운 이행. 연속 동작. 내 앞자리에 앉은 k는 잠시 잔잔한 냇물에 얼굴을 담갔다 뺀 아이처럼 상쾌한 표정을 하고 있었다. 아마 생각을 끝마쳤을 즈음 k는 나에 대한 '어떤 의도'를 갖게 되었으리라. 그것이 '어떤 의도'인지 알고 있다 말하려는 것은 아니다.

다시 만난 k는 여전히 수다스러웠다. 요컨대 평범한 남성 문학도처럼.

"영화를 볼 때면, 꼭 영화가 아니더라도, 소설이나 시가 아니라 다른 분야의 작품을 볼 때면 아마, 태도가 달라지는 것 같습니다. 무시하려거나 그런 건 아닌데, 그냥 태도가 달라져요. 굳이 자각하고 있지 않다가도 되짚어보면 그랬다는 느낌입니다. 뤽 베송의 영화도 만약 소설이나 시로 여기고 봤으면 재밌었을지 모릅니다. 이렇게 말하는 건 의미가 없을까요? 「잔 다르크」는 영화고, 영화가 아닌 「잔 다르크」는 이미 「잔 다르크」가 아닐 테니까요. 그래도 그랬으리라 생각합니다. 「잔 다르크」는, 말하자면 이미지를 남기는 영화잖아요. 잔 다르크의 일대기야 워낙 유명하니까, 뤽 베송도 아마, 이야기의 줄기를 선명하게 하려 노력한 것 같지는 않습니다. 그렇지 않던가요? 들에 떨어진 십자가 모양 칼과 그 옆에 또 하나의 십자가 모양 칼처럼 누운 잔, 거꾸로 세운 사다리 탑이 엎어지며 열리지 않던 성문을 부수고 길을 여는 순간, 〈반지의 제왕〉 시리즈를 보고 자란 내겐 어딘지 엉성해 보였던, 이래저래 엉망진창인, 그러나 아마, 지금에 와 생각해보면 그래서 더 그럴듯했던 혼잡한 전장에서 홀로 광기에 취한 얼굴을 하고 선 자칭 로렌의 처녀 잔 다르크, 그리고 그 위로 겹쳐지는 막대기로 갈대 베기 놀이를 하는 어린 시절 잔의 이미지(이런 걸 몽타주라 하던가요?), 또 말씀하신, 죽음에 대한 세 가지 이미지나, 신을 올려다보는지 화형의 고통에 비명을 지르는지 구분되지 않는 잔 다르크의 치켜뜬 두 눈과 벌린 입. 어릴 적이었던 영향도 적잖았겠습니다만, 아무리 좋게 봐줘도 「잔 다르크」는 졸린 영화였습니다. 재미있다고 말할 만하진 않죠. 아마, 그런 걸 재밌다고 말하긴 힘들 겁니다. 하지만 그게 소설이나 시였다면, 다르게 기억했을 것 같아요."

무슨 말을 하고 싶은지 모르는 채 되는 대로 이야기한다는 인상. 끝을 알 수 없는 독백을 줄줄이 읊어댈 때만큼은 아니었지만, k는 확실히 일관된 인상을 주는 사람이었다.

멸망한 먼 나라의 언어로 된 주기도문을 외는 늙은 신부 같았다고나 할까. 아직 자신이 신앙의 땅에서 무언가 진실된 것을 발견할 수 있으리라 믿었던 젊고 열정적이던 시절에는 분명 그 단어 하나하나의 의미를 기억하고 있었을 늙은 신부. 그러나 또한 그의 얘기를 듣고 있으면, 제 할 일을 하며 시간을 흘려보내다 때가 되면 기계적으로 레코드를 갈아 끼우는 쇠락한 레코드 바의 주인이 떠올랐다. 입술과 혀가 수없이 만들어낸 동일한 형태의 진동이 입안에 주름처럼 새겨놓은 기억 위로 축음기의 재생용 바늘을 올려놓을 뿐인 우울하고 건조한 동작. 그런 두 겹의 이미지는 신앙의 어떤 본질에 대해 상상하게 만드는 면이 있었다. 어떤 신앙의 종말에 대해.

"비가 오네요."

나와 k는 동시에 바깥으로 고개를 돌렸다. 방금 말은 누구 입에서 나왔는지 구분되지 않았다. 어떤 말은 누구의 입에서 나왔대도 이상하지 않았다.

"나는 재밌었어요, 「잔 다르크」." 반론을 제기하는 것처럼 들리지 않도록 주의했다. 귀찮은 논쟁이 벌어지는 것은 원치 않았다. "신을 믿지 않기로 했던 건 그 영화가 판타지를 보여주지 않아서가 아니에요. 뤽 베송은 여성의 독기를 그리는 데 일가견이 있죠. 그 여성들이 항상 너무 어릴 때

독주를 들이켜게 된다는 게 문제긴 해도, 당시에는 그보단, 잔의 열병이나 다름없는 독기에 더 매료되었던 것 같아요. 불탄 잔 앞에 오롯이 세워지는 십자가의 판타지보다는요. 이제 와서 무신론자로 사는 게 그런 영화 때문이라고 말하는 것도 우습지만요."

"무신론자." k는 곱씹었다. 입가로 말끔한 미소가 스몄다. 반아 씨도 무신론자군요. 반갑습니다. 정말요. 생각보다 스스로를 그렇게 말하는 사람은 많지 않거든요."

"그런가요?"

"네, 왜 그럴까 여러 번 고민해봤는데, 아마, 내 생각에 무슨무슨론자 같은 단어가 부담스러운 게 아닐까요? 무정부주의자, 뭐 그런 거 같잖아요. 너 진짜 그거야? 하고 물어볼 것 같고, 그럼 또 뭔가 대단한 걸 설명해야 할 것 같고, 대단한 걸 알고 있어야 할 것 같고, 그렇게 번거롭게 사느니 흔한 불신자가 편하지, 그런 게 아닐까요? 애초에 복잡한 생각은 없었을 가능성이 크지만, 복잡한 생각이 없다고 해서 정말 생각이 없는 것은 아니라고, 나는 생각합니다. 갈비뼈 같은 겁니다. 반아 씨는 어떤가요? 아마 일반적으로, 살아가면서 갈비뼈를 의식하는 사람은 많지 않을 겁니다. 나처럼 많이 마른 사람은 샤워를 하다 거울을 볼 때라든지, 제 갈비뼈를 마주할 일이 좀 있지만, 그것도 진짜 갈비뼈를 의식하는 일이라기보단, 아마, 잠시 자기 환멸을 곱씹는 일이라 표현해야 맞겠네요. 다른 사람들은 모르겠지만 나의 경우, 내 마른 몸을 좋아하지 않습니다. 반아 씨처럼 여성인 경우와 달리 남성의 경우, 그런 사람들이 꽤 있다고 생각합니다. (어쩌면 그래서 이런 생각을 갖게 된 걸까요? 그렇다면 역시 샤워를 하다 거울을 볼 때도, 나는 갈비뼈를 의식하고 있었는지도 모르겠네요) 하여튼 특별한 일이 없는 이상, 아마, 사람들은 갈비뼈 같은 것에 대해 별로 관심이 없다는 얘기입니다. 또 관심을 가져야 할 이유도 없죠. 일이 잘못돼서 갈빗대가 부러지지 않는 이상, 그럴 이유가 없긴 해요. 그러고 보면 갈비뼈의 경우, 몸의 주인이 자신에게 관심을 돌리지 않게 만드는 것이 주된 기능이라 해야 할지도 모르겠습니다. 하지만 그냥 넘기기엔 갈비뼈는 너무 중대한 역할을 하지 않나요? 아마, 갈비뼈가 없다면 우리의 몸은 지금의 형태를 전혀 유지하지 못할 겁니다. 내장이 모두 엉망진창으로 흘러내려 한바탕 진탕이 벌어지겠죠. 심장 같은 것도(생각해보면 사람들은 갈비뼈에 비해, 심장에 대해서는 또 너무 많은 말을 하지 않나요?), 콩팥이나 대장 따위랑 아무렇게나 섞여 인간이 하나의 덜 섞인 반죽이 되어버릴 겁니다. 요컨대 지금 내가 여기 앉아, 아마, 제 형태를 하고 반아 씨랑 이런 대화를 나눌 수 있는 건 모두 갈비뼈 덕분인 거죠. 내가 매번 갈비뼈와 그 존재가치에 대해 깊은 고민을 하지 않더라도 말입니다. 생각이란 아마 그런 거라고, 나는 생각합니다. 조금 이상한가요?"

우리는 이 모든 대화를 막 알게 된 수녀원의 추악한 비밀에 대해 쑥덕거리는 어린 수녀들처럼, 그러나 그 비밀이 결코 자신들의 삶을 바꾸지 않을 것임을 분명히 아는 조숙한 수녀들처럼 나눴다. 요컨대 외부의 시선에서 보자면, 우리는 정말 그렇게 보였으리라. 언뜻언뜻 흘러나오는 믿음이나 화형, 무신론자, 또 갈비뼈 따위의 단어에서 낯선 이가 떠올릴 대화의 맥락을 상상해보면 웃음이 나올 것 같았다. 화형이라니! 갈비뼈라니!

k의 마지막 질문에 대해서라면, 아무려나 조금만 이상한 것은 아니었으니, 나는 그렇지 않다고 대답했다. 그의 말대로라 해도, 그런 역할을 하는 것이 갈비뼈만 있는 것은 아니라고, 하나의 인체는 마땅히 수많은 뼈와 근육으로 구성되어 있으므로, k씨, 당신은 비약하고 있어요,라고 말하지 않았다. 모든 질문에는 의도가 있을 테지만, 그 의도가 항상 대답에 있지는 않았다. 나는 가볍게 웃으며, 또 적당히 고개를 끄덕이다가 다시 유리 너머 비 내리는 정원의 풍경을 내려다보았다. 윗면이 매끄러운 바위들을 심어 만든 길 가운데, 심장처럼 빨간 우산이 멈춰 서 있었다. 우산의 기

울어진 모양을 보니 우산대를 어깨에 기대 들고 입구 쪽을
바라보고 서 있는 듯했다. 접어 올린 밑단이 검게 젖은 청
바지가 우산 아래로 엿보였다.

"누굴 기다리나 봐요?"

k가 창밖을 건너보며 말했다.

"그런가요?"

갈비뼈 바깥에서 식어가는 심장은 우리의 대화에는 관
심이 없어 보였다. 마땅했다.

III. 풍뎅이 얼굴과 입, 뭔가가 중앙에서 찢어지는 모습

k의 소설 「풍뎅이의 얼굴과 입」은 이렇게 시작했다. "나
는 13시에서 14시 사이에 태어났다. 정확히 기록해두지는
않았지만 14시에 가까웠다고 어머니는 말했다. 13시 47분
이나 13시 53분 따위 시각을 떠올릴 수 있다. 나는 13시
47분에 태어났을 수도, 13시 53분에 태어났을 수도 있다.
어쩐지 거짓말을 하는 기분이다. 나는 13시에서 14시 사
이, 정확하지 않지만 14시에 가까운 시각 태어났다. 그것만
이 진실이다. 나의 탄생은 30퍼센트의 13시와 70퍼센트의
14시로 이루어져 있다. 혹은 16퍼센트의 오후 1시와 84퍼

센트의 오후 2시라 말해도 좋다. 13시에 태어난 16퍼센트의 나와 14시에 태어난 84퍼센트의 나. 인간의 몸은 70퍼센트가 물이고, 그렇다면 30퍼센트의 완전히 물이 아닌 인간도 가능한가? 마땅히. 35퍼센트의 13시. 65퍼센트의 14시. 두 개의 작대기. 나는 크게 입을 연다. 열린 어둠을 중심으로 내 입술이 갈라진다. 이때 나의 입술은 갈라진 위와 아래 중 어디 속해 있나? 열린 어둠으로 두툼한 물질이 침입한다. 햄버거다. 내가 다시 입을 다물면 윗입술과 아랫입술 사이, 잘못 박힌 못처럼 마요네즈가 묻은 양상춧잎이 한 가닥 튀어나왔다. 마땅히."

　나는 k의 소설 합평 패널이었다. 남들보다 앞서, 또 조금 더 성의 있게 k의 소설에 대해 평하고 그럴듯한 조언을 주는 과제를 받았다는 의미이다. 그의 소설에서 가장 불만스러웠던 점은 단연 그 터무니없는 제목이었지만, 이에 대해선 말하지 않았다. 내 생각에, 그런 걸 지적하는 것은 사사로운 오탈자를 일일이 찾아내는 일만큼이나 멍청한 짓거리였다. 둘 모두 작가에게 아무 영향도 주지 못한다는 점에서 같았다. 만약 내가 짐짓 눈살을 찌푸리며 제목이 너무 터무니없어요,라고 말한다면, k는 희박한 안개 같은 얼굴을 하리라. 자신이 찾아낸 오탈자를 일일이 나열하며 지적하는 목소리를 들으며 소설이 프린트된 종이 뭉치나 노트

북 따위에 그것을 멍청하게 받아 적을 때처럼, k는 자신이
화를 내야 할지 말지 아직 갈피를 잡지 못한 채 그것을 듣
고, 또 끝내 갈피를 잡지 못한 채로 잊어버릴 것이었다. 만
약 그가 내 짐작보다 소심하거나 화가 많다면 나중에 내가
없는 어느 술자리에서 자신이 합평 때 들은 모욕에 대해 투
덜거리겠지만 이도 얼마 가지 않을 것이었다. 그런 k에겐
(요컨대 내 짐작보다 소심하거나 화가 많은 k에겐) 그것 말
고도 투덜거려야 할 모욕이 숱할 테니까. 희박한 안개 깊숙
이 주름처럼 궤적을 남겼다가 이내 안개와 함께 흩어지는
빛의 송곳. 부질없고 부질없는.

"너는 그냥 합평 자체가 싫은 거잖아."

모씨는 말했다. 모씨도 k의 소설 제목을 마음에 들어 하
지 않는 사람 중 하나였고, 이미 스터디에서 이를 얘기한
뒤였다. 그러나 k는 몇 주 뒤 수업 자료용 게시판에도 「풍
뎅이의 얼굴과 입」을 올렸다. 모씨 말고도 스터디에서 제
목을 지적한 사람이 있다고 했다. 모씨는 이런 건 가능한
한 여러 사람이 말해줘야 한다고, 그래야 k가 고집을 꺾을
거라고 얘기했다.

"무슨 보모야?" 이 무렵 나는 모씨의 태도에 진저리가 난
상태였다. 그러나 만약 모씨가 자신의 어떤 태도가 문제냐
묻는다면 정확히 대답하지 못했으리라. "거기다 난 합평 자

체가 싫지 않아. 한 번도 그렇게 말한 적 없어. 이미 여러 번 말하지 않았나?"

　이 일을 전후로 해 나는 모씨와 사이가 멀어졌다. 근본적인 문제가 있긴 했으나, 따지고 보면「풍뎅이의 얼굴과 입」을 어떻게 합평할지를 다투다 그렇게 된 것이었다. 황당하다 말해야 할까, 우습다 말해야 할까. 물론 모씨의 지적이 완전히 틀린 것은 아니었다. 한쪽을 골라야 한다면, 나는 합평 자체를 싫어하는 쪽에 가까웠다. 스무 명이 넘는 사람들이 의자 일체형 책상으로 어울리지 않는 원탁을 흉내 내며 둥그렇게 둘러앉아 그들 중 한 사람의 작품에 대해 돌아가며 이러쿵저러쿵 얘기하고 조언하는 풍경에는 분명 어떤 역겨운 면이 있었다. 그러나 그런 역겨운 면이—"그래서 그건 도대체 어떤 역겨움이야? 역겨움이 맞긴 해?" 하고 모씨가 인상을 찌푸리고 고개를 숙인 채, 마치 무언가 떨어뜨린 것을 찾기라도 하듯 시선을 이리저리 틀어가며, 요컨대 고개를 저으며 묻는 장면이 떠오른다, 그러나 내가 무슨 대답을 할 수 있을까, 무슨 대답을 할 필요가 있을까—합평만의 독특한 면이었느냐고 하면 그건 아니었다. 그건 k나 k의 소설에 대해 얘기할 때면 언제나 모씨의 얼굴에 떠오르는 그 일관된 표정에서도, 독백과 대화의 구분 없이, 또한 때와 장소에 대한 구분도 없이 말의 미로 찾기를 시작하는 k

의 단조로운 리듬-말투에서도 쉽게 발견되는 것이었다. k
의 소설을 어떻게 합평할지에 대해 얘기를 나누다가 결국
사이가 멀어진 나와 모씨의 관계에서도. 마땅히.

"나는 오후 1시에서 오후 2시 사이에 태어났다. 정확히
기록해두지는 않았지만 오후 2시에 가까웠다고 어머니는
말했다. 오후 1시 56분이나 오후 1시 39분 따위 시각을 떠
올릴 수 있다. 나는 오후 1시 56분에 태어났을 수도, 오후
1시 39분에 태어났을 수도 있다. 어쩐지 거짓말을 하는 기
분이다. 나는 오후 1시에서 오후 2시 사이, 정확하지 않지
만 오후 2시에 가까운 시각 태어났다. 그것만이 진실이다."
「풍뎅이의 얼굴과 입」은 그렇게 끝났다.

"소설은 결국 13시와 오후 1시 사이의 차이, 14시와 오
후 2시 사이의 차이에 대해 말하려는 것 같습니다. 13시와
14시, 오후 1시와 오후 2시. 이 두 쌍의 단어는 같은 의미이
지만 어쨌든 다른 언어로 씌어졌으니까요. k씨는 이 다른
언어라는 차이가, 명확하게 하나의 의미인, 단 하나의 의
미여야 하는 13시와 14시, 아니면 오후 1시와 오후 2시, 하
여튼 그것들의 내부를 찢어놓는다고 말하는 것 같습니다.
13시와 오후 1시가 가리키는 동일한 하나의 의미, 그것이
이 단어들이 가진 모종의 중심, 암흑의 핵심이라면, 언어는
이를 구태여 13시와 오후 1시라 분리해 말함으로써 이를

찢어 "날카로운 빛의 송곳들 아래 넝마처럼 내팽개"친다는 거죠. 실제로 소설에 나온 문장이죠. 「풍뎅이의 얼굴과 입」의 주인공 k가 줄곧 버려졌다는 강박에 시달리는 것은 이 때문인 것 같습니다. 처음엔 어머니 얘기가 잠시 나오지만 이건 맥거핀이라 보는 게 맞겠죠. 어머니는 k를 버린 적이 없었고 k도 진심으로 어머니가 자신을 버렸다고 믿지 않았습니다. k는, 그러니까 소설 속 k는, 위장하는 인물입니다. "나는 오랫동안 그 반질거리는 마른 열매의 껍질 같은 것이 녀석의 날개인 줄 알고 있었다. 왜일까? 그렇지 않음을 알아차릴 기회는 많았다. 그것은 하나의 덮개, 진짜 날개를 보호하기 위한 하나의 위장일 뿐이었다. 자신이 곤충임을 감추기 위한 지극히 곤충적인 위장 기관. 왜일까? 나는 그것이 한낱 위장에 불과하다는 사실을 이미 오래전에 알아차릴 수 있었다. 마땅히." 후반부에 나오는 독백입니다. 그러니까 제가 마지막으로 하고 싶은 말은, 전달하려는 바가 전달되지 않지는 않았다는 얘깁니다. 나름대로 좋기도 했어요. 하지만 의문도 남습니다. 이렇게까지 길 필요가 있었을까? 소설을 읽으면서 밑줄을 친 문장들이 있습니다. 좋아서, 아니면 중요한 내용이라 여겨져서 그런 거죠. 그런데 다 읽고 합평 준비를 위해 밑줄 친 문장들을 모아놓고 보니 조금 이상하더라고요. 그것만으로 충분해 보였습니다. 처음과 마지막 문장, 제가 방금 인용한 문장들과 또 인용하지 않은 몇몇 문단. 그 이상으로 길게 쓸 이유가 있었나? 작가가 고민해보셨으면 좋겠네요. 이상입니다. 감사합니다."

나를 마지막으로 패널 차례가 끝났고 자유 합평이 이어졌다. k의 소설 대신 내 의견에 대해 얘기하거나 내게 직접 질문을 걸어오는 이도 있었지만 논쟁을 좋아하지 않는 선생은 이를 곧바로 잘라냈다. 모씨가 반길 만한 일은, 그 터무니없는 제목에 대한 지적이 거의 모든 학생의 입에서 나왔다는 점이다. 다시 선생이 나서서 제목 지적은 더 반복하지 말라고 얘기한 뒤에야 이 우스꽝스러운 지적 릴레이는 끝났다. 모든 합평 이후 선생은 k에게 발언권을 넘겼다.

"어릴 적에 풍뎅이를 자세히 관찰한 적이 있었습니다. 정확히 어떤 종이었는지는 기억 안 나요. 뿔이 하나 달린 녀석이었으니까 장수풍뎅이였을지도 모르는데, 사실 그렇게 간단하지 않잖아요, 아마, 곤충이나 동물의 종을 확인하는 건. 그러니까 정확히는 모르겠습니다. 어쨌든 그것을 어디서 잡았는지, 아니면 숲에서 우연히 발견한 걸 옆에서 관찰한 건지, 한동안 그 녀석을 뚫어져라 보고 있었어요. (물론 그전에도 아마, 이미 등 껍데기가 날개가 아니라는 것 정도는 알고 있었습니다. 지적하신 대로 주인공이 그걸 구분하지 못하는 건 좀 과한 설정 같아요) 그런데 문득 이상하더라고요. 그 풍뎅이의 얼굴 부분이요. 사람의 경우는, 생각해보면 새도 비슷하긴 한데, 사람이나 흔히 볼 수 있는 개나 고양이, 또 텔레비전에 나오는 표범이나 기린 같은 것들은 그렇잖아요. 얼굴과 입이 하나입니다. 얼굴이랑 입이 구분 없이 이어져 있는 게 일반적입니다. 그런데 풍뎅이는 그렇지 않더라고요. 생각해보면 조류도 마찬가진데, 얼굴이 있고, 거기 완전히 별개의 기관처럼 입이 튀어나와 있습니다. 움직임도, 뭐랄까, 아마, 서로 전혀 다른 전기신호를 받는 것처럼, (표현이 이상한데, 그땐 정말 그렇게 생각했습니다) 따로 움직이더라고요. 그게 신기했습니다. 이상했어요. 그래서, 그래서……"

k의 말은 이 지점에서 잠시 멈췄다. 이어질 말을 쉽게 예상할 수 있었으므로(요컨대 그렇게 믿었으므로) 사람들은 차분히 기다렸다. 누군가는 k가 울먹이고 있다 여겼는지도 모른다. 내가 보기에도 k의 얼굴은 적잖이 상기되어 있었다. 꽤 신랄한 지적들이 있었기에 나 역시, 정확히 무엇에 대해서라는 생각도 없이, 충분히 그럴 만하다고 생각하고 있었다. 그래 그럴 만하지, 괜찮아, k. 요컨대 나는, 우리는 황당한 오해를 하고 있었다. k의 침묵은 그리 길지 않았다. k는 고개를 숙이고 인상을 찌푸린 채 적절한 말을 찾는 듯하다가 다시 입을 열었다.

"그래서…… 뜯어봤어요. 아마…… 그놈의 얼굴과 입의 이음새, (그래) 이음새를요."

IV. 밑에서 올려다본 높은 탑

대학교 체육대회였다. 운동에 열정적인 편은 아니었다. 중고등학생 시절부터 그랬다. 어느 쪽이냐면, 체육대회가 벌어지는 운동장의 관중으로 앉아 있는 쪽도 좋아하지 않았다. 중고등학생 시절에도. 그보다 전에는 어땠는지 기억나지 않는다. 좋아하지 않았다뿐이지 싫어하는 것은 아니었다. 땀에 들러붙는 티셔츠와 굴곡을 노골적으로 드러낸 몸들, 달궈진 체온이 섞이며 풍기는 외설스러운 냄새는 역겨웠으나, 그만큼 매혹적인 구석도 있었다. 적어도 중고등학생 시절에는, 분명 그런 구석이 있었다. 길티 플레저. 곤충의 외골격처럼 막 딱딱하게 응고된 피딱지의 갈라진 부분을 손톱으로 누르며 핏줄을 건드리는 듯한 아릿한 감각을 즐기듯, 나는 때로 다른 이들이 공을 중심으로 뛰고 헐떡거리는 모습을 보면서 이상한 해방감을 느꼈다.

"같이 뛰자. 직접 하면 더 좋아."

아직 중학교를 졸업하기 전, 당시로는 흔치 않은 제안이었다. 제안한 것은 여자아이였다. 나도 그 아이도, 또 당시의 대다수 여자아이가 새된 야유나 눈빛의 변화, 말끝에 심어놓은 묘한 울림으로, 또 팔목을 잡아끄는 손아귀의 달뜬 악력이나 경직된 어깨, 수면제를 삼킨 듯 책상 위로 쏟아지듯 엎드리는 몸짓 따위로 공유했던 '어떤 것들'에 그리 의미를 두지 않았던 시절, 혹은 그렇게 믿었던 시절이다. 요컨대 남자아이들과 함께 자연스럽게 공을 주고받는 여자아이들은 있었으나, 옆에 앉아 그들을 가만히 지켜보는 여자아이에게 구태여 같이 공놀이를 하자고 제안하는 여자아이는 흔치 않았다. (물론 그런 여자아이에게 다가와 공놀이를 제안하는 남자아이'들'은 있었다. 그러나 그들이 정말로 제안했던 것은 공놀이가 아니었다, 모두가 그것을 알았다.) 시나였나, 선화였나. 벌써 이름을 잊는 것이 이상하지 않을 정도의 사이였다.

"아니, 나는 보는 쪽이 나아."

선화였든, 시나였든, 그 아이는 남다른 점프력을 갖고 있었다. 공놀이를 하는 여자아이들 사이에서가 아니라, 운동장의 모든 아이 사이에서 남달랐다. 어쩌면 운동장의 모든 사람 사이에서. (모든 사람이라고 해봤자 그 운동장에서 진심으로 점프를 하는 어른이라곤, 종종 시범을 보여준다며 아이들에게 둘러싸여 호들갑스러운 도움닫기와 함께 뛰어올라

농구대를 부수려는 듯 덩크슛을 꽂아 넣는 체육 선생밖에 없었지만) 특별히 큰 키는 아니었다. 어쩌면 특별히 크지 않은 키가 그 아이의 점프력을 더 돋보이게 했는지도. 그 아이의 점프는 올려다보는 맛이 있었다. 운동장을 뛰어다니는 다른 아이들처럼 그 아이도 대부분 땀에 젖어 몸의 굴곡을 드러낸 티셔츠를 입고 헐떡거렸지만, 농구공을 들고 슛을 쏘기 위해 뛰어오를 때는 달랐다. 뛰어오르기. 아래에서 위로 치닫는 에너지. 그 아이의 점프는 원초적이었다. 문명 이전의 문명이 높은 존재에게, 그러니까 한없이 높다는 사실만을 유일하고도 절대적인 종의 특징으로 가진 고고한 이에게 가닿기 위해 쌓아 올린 허황한 탑의 욕망을 떠올리게 했다. 그것은 거짓말 같았고, 그래서 상쾌했다. 위로 뻗은 두 팔의 실루엣 사이로 새어 든 아득한 빛은 송곳처럼 보는 이의 눈을 찔렀고, 질끈 눈을 감았다 뜨는 찰나이미 정점의 순간을 지나쳐버린 아이의 점프는, 이상하게도 정점의 순간을 놓칠 수밖에 없었던 그것은 어떤 비밀을 폭로하는 것 같았다. 아이가 실은 열병에 사로잡힌 듯 훈기와 습한 냄새를 풍기는 운동장이 잠시 망상한 가상의 아지랑이, 혹은 이를 알리바이 삼아 낮은 세계로 비집고 들어온 바깥의 존재라는 것을.

　상쾌한 거짓말.

덩크슛을 내리꽂은 두 손이 떼어진 뒤에도 링은 잠시 진동했다. 덩크를 막기 위해 같이 뛰어올랐던 두 남학생은 골대 밑에 반쯤 드러누운 모양으로 주저앉아 있었다. 하나는 k였다. 슛을 막으려 뛰어올랐다 튕겨 내팽개쳐진 이들은 다 그런 모양이 되는지 그들은 한동안 멍청한 얼굴로 위를 올려다보고 있었다. 한쪽, k가 아닌 쪽은 금방 정신을 차렸다. 그는 손바닥과 엉덩이를 털고 일어나 k에게 손을 내밀었다. 그러나 k는 곧바로 그의 손을 잡지 않았다. k는 홀린 사람처럼, 혹은 그런 기행에 중독된 사람처럼 위를 올려다보고 있었다. 끈질기게.

"나는 어릴 때 꽤 키가 컸습니다. 초등학생 때만 해도 출석 번호가 뒤쪽이었죠. 출석 번호를 받기 위해 반 아이들과 일렬로 서서, 앞쪽 멀찍이 선 여자 선생님이 검지와 중지를 교차하며 우리의 머리통 위로 상상의 발자국을 찍는 모습을 보았던 것이 기억납니다. 짜릿하지는 않았습니다. 아마, (당시로서는 당연한 일이었으니) 조금 지루했습니다. 이미 두 자릿수 정도는 무리 없이 셀 수 있게 되어서, 선생님이 일일이 세어본 후 알려주지 않아도 내 출석 번호 정도는 알 수 있었습니다. 하품이 나왔는지도 모릅니다. 당시나 지금이나 나는 잠이 참 많습니다. 항상 졸음이 와요. 옅은 안개처럼 졸음이 내가 걷는 거리 위로 흐른다고 해야 할까요? 내 머리쯤으로, 멀리서 송곳처럼 안개를 뚫고 들어오는 빛이 한 줄기 있고, 나는 항상 그 빛에 의지해 간신히 깨어 있는 기분입니다. 거대한 송곳, 이를테면 창 끝에 간신히 걸려 대롱거리는 무언가의 시체가 된 기분입니다. (무언가, 그래요, 누군가가 아니라 무언가입니다. 어쩌면 그래요, 죽는다는 것은 그런 것일지도 모릅니다. 누군가에서 무언가가 되는 것. 더 큰 집합으로 들어가는 것. 사물이 되는 것) 길거리라고는 했지만, 걸어 다닐 때나 앉아 있을 때나 크게 다르진 않습니다. 오히려 걸을 땐 그래도 조금이나마 광원에 다가가고 있다는 느낌이 있는데, 아마 착각일 겁니다. 빛이 지금 여기에 도달해 있다는 것은, 그 반대편이 29만 킬로미터 너머일 수도 있다는 얘기입니다. 내가 걸음이라 믿는 것이 실제로는 창끝에 매달린 시체가 앞뒤로 대롱거리는 움직임에 불과할지 모른다고, 나는 종종 생각합니다."

한결같은 주사였다. 체육대회 뒤풀이 자리에서 k는 무슨 사정이 있는 사람처럼 급하게 술을 마셨고 이어 익숙한 주사를 부리기 시작했다. 나는 조금 떨어진 자리에 앉아 있었는데, k 주변에 앉은 이들은 예상했다는 듯 k의 말에 귀를 기울이지 않았다. 보아하니 그는 술에 취해 자제력을 잃었을지언정, 자신이 독백하는 배우라는 사실만큼은 명확하게 인지하고 있는 듯했다. k의 머리 위로 흰색 핀 조명 하나가 켜져 있으면 적당할 것 같았다. 소란스럽고 정돈되지 않은 술자리 한구석에 저 혼자 환한 송곳처럼 솟아 있는 k의 취기 오른 자아.

"덩크를 한 상대편이 내려오고도 링은 오랫동안 진동했습니다. 아마, 그걸 보면서 나는 예전에 보던 만화영화들을 떠올렸던 것 같습니다. 내가 떠올린 것은 천사였습니다. 머리보다 한 뼘 위 허공에 링을 달고 백지처럼 막막한 날개를 펼친 사람들. 링은 그들이 이 세계의 사람이 아니라는 것을 보여주기 위한 장치입니다. (그런 만화영화들에는 흔히 공유되는 이미지라는 게 있기 마련이죠) 날개는 새에게도 있지만, 머리 위에 둥둥 떠다니는 링은 이 세계에 확연히 없는 것입니다. 확연히. 천사들은 다른 존재처럼 그려졌습니다. 딱히 링을 달고 있지 않을 때도, 그들은 그들이 등장하는 만화영화의 배경과 시대를 달리하는 차림새를 하고 있었거나, 일반 사람들과 전혀 다른 골격을, 혹은 전혀 다른 명암을 가진 존재로 그려졌습니다. 그렇지 않은 만화영화들을 본 적이 아마, 당연히 있겠지만 이제 기억해낼 수 있는 것들은 그런 이미지뿐입니다. (어떤 기억들은 저들끼리 공유되는 이미지라는 걸 갖기 마련입니다. 어떤 기억들은 그 자체로 하나의 완성된 내러티브를 갖죠) 머리 위로 링을 달고선 백지처럼 막막한 날개를 펄럭이며 나선으로 내려오는 천사 군단들. 나는 송곳 같은 탑을 떠올리곤 했습니다. 보통 그런 군단 가운데로는 (그러니까 만화영화에서 말입니다) 장엄한 광선이 내려오기 마련인데, 그걸 보고 탑이라 여겼는지도 모릅니다. (너무 오래전 일이라, 왜 그런 이상한 이미지를 떠올렸는지는 기억나지 않습니다. 아마, 별 이유는 없었을 거라고, 나는 생각합니다) 어쩌면 광선 같은 건 없었을 겁니다. 그런 게 보였든 보이지 않았든 나는 상상할 수 있었을 테니까요. 어린아이라는 건 아마, 대개 그런 거니까요. 그런데…… 그런데 가끔 이런 것이 궁금해집니다. 나는 왜 이제 와, 그런 이미지를 떠올렸을까? 아마, 소설 같은 걸 쓰다 보니 그런 것 같습니다. 소설을 쓰는 사람이다 보니, 그런 것이 궁금해진 겁니다. 허구의 탑 같은 것이."

시간이 지나 자리의 인원이 줄어들자 자연스럽게 k의 주변은 휑해졌다. 말이 통할 것 같은 상태도 아니었거니와, 일전에 합평 수업에서 그가 했던 말이 그렇지 않아도 평범하지 않았던 그의 인상에 불쾌함과 역겨움 따위를 덧입힌 탓이었다. k가 아직 헛소리를 지껄이기 전만 해도 옆자리에서 이런저런 얘기를 주고받는 것 같았던 모씨나 몇 학생도 독백이 시작되고 얼마 지나지 않아 자리를 떴다. 새삼 안쓰러웠다 얘기하려는 것은 아니다. 안쓰러워하기에 k의 기행은 어딘지 작위적인 면이 있었다. k는 취했으나, 인사불성으로 보이지는 않았다. 말했듯, 그는 자신이 독백하는 배우라는 사실을 누구보다 명확하게 자각하고 있는 것처럼 보였다. k는 주변 사람들이 하나둘 자리를 뜬다는 사실을 알고 있었다.

적어도 내 눈에는 그렇게 보였다.

k는 기괴해진 자신을 과시하며 핍박받고 싶거나, 그냥 기괴해지고 싶은 것 같았다.

"덩크슛을 내리꽂은 상대편이 떨어지고도 링은 한참 진동했다. 같은 과의 두 남성이 링 아래 넋이 빠진 얼굴로 주저앉아 있었다. 위로 높이 뻗은 한 손에 우악스럽게 공을 움켜쥔 채 링으로 날아드는 상대방 앞으로 뛰어오른 두 남성은, 충돌의 순간 넋의 일부를 분실한 듯했다. 넋은 아이들의 장난스러운 발 울림에 섣불리 달아나는 먼지투성이 비둘기의 날갯짓처럼 사라졌다. 링은 시합의 종료를 알리는 격투장의 공처럼 긴 여운을 남길 작정인 듯했다. 한 남성은 이내 엉덩이를 털며 일어났고, 다른 한 남성은 중요한 것을 잃어버렸다는 상실감에 사로잡혀 한동안 몸을 일으키지 못했다. 어느 쪽을 향한 것인지 모를 환호가 쏟아졌다."

VII. 껍질 벗겨진 닭

　얼마 걷지 않아 우리는 차를 렌트하지 않은 것이 잘못된 선택임을 깨달았다. 갈림길은커녕 흔한 건물의 실루엣도 없이 목적지를 향한 단방향의 길만 보여주고 있는 휴대폰 지도를 붙든 채 종종 바람을 타고 끼쳐 오는 마른 농작물 냄새를 맡으며 막막한 도로변을 걷다 보니 누구라도 제발로 처음 수녀원 바깥을 밟아보는 야반도주자 어린 수녀들의 마음을 이해하게 될 것이었다. 돌아가기엔 너무 멀리 왔고, 낙관은 벌써 바닥나 있었다. 애당초 나나 k에겐 낙관이랄 것도 없었다. 따지고 보면 우리는 재수 없게 연루된 조연들, 두 열정적인 야반도주자 친구를 제때 말리지 못했거나, 그들의 믿을 만한 친구였다는 죄로 원치 않은 모험에 나서게 된 당혹스러운 두 어린 수녀였다. 아직 공식적인 연인이 되지 않은 두 사람이 자신들의 데이트에 모종의 자연스러움을 연출하려 꿰어 온 죄 없는 두 개의 보릿자루. 그러나 정작 죄라도 지은 것처럼 사색이 된 얼굴로 꿋꿋하게 제일 앞서 걸어가고 있는 것은 k였다.

　"걸어갈 만하지 않아요?"

　운전을 제대로 할 줄 아는 사람이 없는 상황에서 차를 누가 렌트해야 하나 얘기를 나누던 중 k가 낸 의견이었다. 면

허가 없는 사람은 k뿐이었으므로, 자기 혼자만 책임에서 벗어나 대화를 듣고 있는 게 거북했는지도 모른다. 아니면 정말 단지 걸어갈 만하다 여겼는지도. 내가 걷는 걸 좋아해서, 확실하지는 않습니다. 내 감각을 믿지 말아요. 이후에 중얼거리듯 k는 말을 덧붙였으나, 그것은 덧붙인 의견이라기엔 지나치게 중얼거림에 가까웠다.

인적 없는 버스 정류장 간판 옆을 지나다 노래를 틀자 제안한 것이 우릴 꿰어 온 두 사람 중 하나였다. 누군가 그러자고 대답했고, 그는 곧바로 유튜브에서 '노동요'를 1.25배속으로 틀었다. 익명의 사용자가 단순하고 경쾌한 멜로디의 반복과 직관적인 리듬이 특징적인 케이팝 위주로 노래를 묶어둔 플레이 리스트였고, 그것은 썩 나쁘지 않은 농담 같았다. 우리는 단순하고 경쾌하게 걸었고, 잠시 노래를 따라 흥얼거리기도 했다. 음정이나 음색이나 썩 듣기좋은 흥얼거림은 아니었으나, 그것도 나쁘지 않았다. k는 줄곧 맨 앞으로 걸었다. 그가 노래를 따라 흥얼거렸는지는 모르겠다.

"나는 발음이 좋지 않은 가수를 좋아해요." 우리 앞으로 파란 조명 무더기가 조악한 아치 길을 조성하며 길게 뻗어 있었다. 그것을 바라보는 k의 얼굴은 뭐랄까, 알리바바에게 약탈당한 비밀 창고의 통로 앞에 황망히 주저앉은 마흔

번째 도둑처럼 보였다. 이제야말로 모두 때려치우고 어디 먼 곳으로 도망가고 싶은 충동과, 열기 띤 모멸감 사이에서 혼란스러워하는 얼굴. 목적지였던 별빛공원은 노래를 튼 지 얼마 되지 않아 신기루처럼 나타났다. 막상 도착하고 나니 걸어갈 만하다는 k의 말이 완전히 틀리지는 않았다. 만약 우리가 몇 안 되는 일정을 모두 끝낸 뒤 차편이 애매해 숙소까지 걸어 들어가기로 한 기분 좋은 여행객들이었다면, 그 여정이 긴 이야기의 후일담이었다면 그것은 정말 나쁘지 않은 선택이었다. 나와 k는 오자마자 입구 근방에 있는 벤치에 엉덩이를 붙였고, 나머지 두 사람은 처음부터 중요하지 않았던 우리를 내버려두고 바닥난 낙관을 어떻게든 긁어모아 땀에 전 데이트를 하러 공원 어디론가 사라졌다. "나는 발음이 좋지 않은 가수를 좋아합니다." 내내 넋을 놓고 있을 만큼 고되었던 것은 아니므로 우리 사이의 침묵은 금세 어색해졌고, k는 의무감을 느낀 사람처럼 천천히 입을 열었다. "특히 멋 부리기를 좋아해서 어떤 나라의 언어로도 느껴지지 않는 미묘한 발음을 구사하는 가수가 좋습니다. 그런 가수가 부르는 노래는 처음 들을 때는 가사를 전혀 알아들을 수 없습니다. 아마, 그저 다른 선율들과 함께 연주되는 주선율에 지나지 않게 들립니다. 하지만 그 노래를 계속해서, 여러 번 들으면 가사가 들리기 시작합니다.

하지만 발음이 영 좋지 않아서 선명하지는 않아요. 전혀 선명하지 않은 데다가 거의 들리지도 않죠. 처음엔 사막 같았다가 그다음엔 사랑 같았다고 생각합니다. 그리고 또 사색일 수도 있겠다는 식이에요. 나중엔 이 모든 단어가, 모든 단어가 한꺼번에 들립니다. 선율은 하나인데, 의미는 수없이 갈라져서 선율 위에서 왈츠를 추는 겁니다. (그런 건 아마 왈츠가 아니겠지만, 그런 이미지라는 얘깁니다. 무슨 말인지 아실 거예요) 그래서 저는 절대 가사를 찾아보지 않아요. 실수로라도 '진짜 가사'를 알게 되면 끝장입니다. 마법이 끝나는 겁니다."

촬영 내내 장면이 겹치지 않는 조연 배우와 우연히 마주친 또 하나의 조연 배우처럼 이상한 의무감에 사로잡혀 있는 k를 나는 이해할 수 없었다. 지금껏 k의 과장된 모습이 지나친 콘셉트 때문이라 여겼는데, 이제 보면 이상한 의무감 때문이었을 수도 있겠단 생각이 들었다. k는 산 채로 피부가 전부 벗겨진 우리 속 닭처럼 보였다. 처절하고, 이상한. 벌건 속살이 공기에 닿아 자신을 태우는 듯한 끔찍한 고통에 처박는 와중에도 닭은 호들갑스러운 수치심에 시달리고 있었다. 그러나 아무리 생각해도 수치심은 그의 몫이 아니었다. 그런 면에서, 그의 행동들이 콘셉트였는지 아니었는지는 별로 중요하지 않았다. k의 호들갑스러운 의무감은 여전히 작위적이며 자족적이었다. 수치심의 환희 속에서 벌건 닭은 고통을 잊은 것 같았다.

"바나나. 나는 어릴 때 바나나가 별명이었어요. 이유야 빤하죠."

구태여 하지 않아도 될 말이었다. 어쩌면 나는 조금 짜증이 나 있었는지도 모른다.

"남자애들이 내 별명으로 어떤 더러운 말장난을 하는지도 모르지 않았어요. 아니, 정확히 하자면 그 새끼들 덕분에 그런 것이 더러운 말장난이 될 수 있다는 걸 알게 되었다고 말해야겠네요. ……아니. 아니죠. 그게 아니에요. 그건 틀렸어요. 그 새끼들이 하는 얘기를 하기 전까지 내가 그런 말장난에 대해 몰랐던 것은 사실이지만, 나는 알고 있었어요. 그렇게 말하는 게 맞죠, 아무튼…… 아무튼 그랬다는 얘기에요. 좋은 설명은 아니지만, 나는 그것을 들었고, 그것이 무엇인지 알고 있었어요. 알게 되었고, 알고 있었죠. 아무튼…… 바나나라는 별명을 싫어하진 않아요. 당시에도 그랬다는 얘기는 아니고, 인제 별생각 없다는 얘기에요. 어릴 적에 별명 얘기를 꺼내면 아직도 미친년처럼 화를 내는 친구가 있는데, 그렇진 않다는 얘기예요. 그 미친년이 이상하다고 생각하진 않아요. 생각해보면 그렇게 더럽혀진 별명에 별생각이 없는 쪽이 이상하죠. 알고 있어요.

이상한 건 나죠. 완전히 걸레짝이 됐어요. 내 첫 남자친구도 친구들이랑 그 얘기를 했죠. 엿들었다면 엿들은 상황이었는데, 그 새끼가 정말 나를 눈치채지 못했을까, 모르겠네요. 하지만 이제는 별생각 없어요. 없는 건 없는 거지, 뭐 어쩌겠어요. 미친년이랑 이런 얘기를 하다 보면 싸움이 나기도 해요. 하지만 그 미친년이 이상하다고 생각하지는 않아요. 그냥 누군가는 아무렇지 않아지기도 하는 거죠."

나는 내가 페미니스트처럼 말하고 있다는 사실을 알았다. 모씨처럼. 혹은 모씨가 항상 흉내 내고파 했던 어떤 진짜처럼 말하고 있었는데, 전혀 그럴 만한 상황이 아니었다. 이것은 미친년이 주장했듯, 나 역시 실은 페미니스트였음을, 내가 이제껏 다만 자각 없는 페미니스트로서, 아직 '각성'하지 않은 채로 지내왔음을 의미하나? 아니다. 그렇게 설명할 수 있는 일이 아니다. 보다 적절한 설명이 필요하다. 보다 적절한 의문이.

"확실히 그렇죠."

k의 입가에 번지는 말끔한 미소를 보았고 나는…… 무엇에 그렇게 짜증이 났던 걸까?

"나도 좋아해요, 그런 거." 내가 얼마나 일그러진 표정을 짓고 있었는지, 혹은 얼마나 평온을 매끄럽게 연기했는지 모르겠다. 그럴 정신이 없었다. 아마 k는 알고 있으리라.

"발음이 정확하지 않은 가수, 나도 좋아한다고요. 좋아하는 이유도 비슷하네요. 하지만 요샌 뭘 알고 싶지 않다고 모르고 지내기도 힘들고, 그냥 찾아봐요, 가사. 솔직히 궁금하기도 하니까. 그렇지 않아요? 가사 좀 안다고 구린 발음이 갑자기 정확해지는 것도 아니니까요. 무엇보다……"

k가 여전히 말끔한 미소를 입에 물고 있었는지 보이지 않았다. 어둠 때문만은 아니었고, 그냥 그럴 정신이 없었다. 나는 흥분해 있었고, 자신이 조금 미친년 같다고 느꼈다.

"무엇보다…… 가수가 불쌍하잖아요? 같잖은 마법 때문에 평생 입단속을 하고 산다는 게."

돌아가는 길에 k는 카카오T로 택시를 불렀고 자기가 야식을 사겠다고 했다. 본인이 잘못 판단했고 그래서 다들 고생했으니 제 집에 가서 야식을 먹으며 맥주나 마시자고 했다. 닭껍질튀김을 정말 잘하는 집을 안다고 했다. 그러나 나는 너무 피곤했고 먼저 들어가기로 했다. 나머지 두 사람은 닭껍질튀김의 맛이 궁금한 것 같았다. 아마, 그들은 같이 닭껍질튀김을 먹었으리라. 그동안 나는 간신히 세수만 한 채 쓰러져 죽음처럼 잠을 잤다.

IX. 해파리 내장, 물감 뿌리는 장면

정신적인 액션페인팅의 현장이랄까, 요컨대 난장판이었다. 길었던 학과 행사가 끝난 뒤였다. 네다섯 시간 동안 진행된 행사는 별다른 히트곡 없이 정규 2집 앨범을 낸 인디밴드의 콘서트처럼, 혹은 누구에게도 해를 끼치지 않았으나 쉽사리 사이비로 오해받곤 하는 늙은 신도들의 조악한 예배당처럼 기이한 고양감과 원인 없는 침울함이 낮은 조도로 내려앉은 무대에서 도란도란 치러졌다. 행사의 내용만 보면 평범했다. 사회자가 무대에 올라가 되지도 않는 농담을 던지거나 뒤이을 무대와 관련된 이야기를 풀었고, 학과 안팎의 학생들이 축하 연주를 했으며, 선생들이 선정한 학생들의 작품이 낭독되었다. 어쩐지 잠시 쉬어가며 떡과 차를 나눠 주고 담소를 나눌 것 같다는 생각이 들 즈음 소박한 퀴즈 쇼도 진행되었다. 나의 경우, 퀴즈를 하나 맞혔다. 우연히 아는 문제가 나왔고 빠르달 것도 없이 손을 들었는데 손을 든 사람이 나밖에 없었다. 다들 열정적으로 손을 들어 오답을 외치던 이전의 상황을 생각하면 의아할 정도였다. 상품은 휴대용 선풍기였다. 날개 덮개 없이 버튼을 누르면 손잡이 끝에 붙어 있는 두 날개가 펼쳐지며 회전했다. 탄성이 좋고 부드러운 재질로 되어 있어 회전하는 쪽에

손가락을 넣으면 척— 척— 하는 소리를 내면서 회전을 주
춤했다. 오랜 전통의 행사였다. 그러나 그런 말을 하는 선
배나 선생 들의 눈빛은 모든 종류의 전통에 권태를 느끼기
시작한 나이 찬 아이들의 그것 같았다. 모두가 기대해마지
않은 행사는 아니었다는 얘기다. 그러나 아무도 기대하지
않았느냐 하면 또 그것은 아니었다. 한 차례의 힘없는 회전
이 탁한 물을 뒤섞은 뒤 고요히 가라앉는 앙금처럼 관객석
의 신입생들 사이로 해소되지 않은 갈증 같은 것 — 아마도
불만과는 조금 다른 — 이 내려앉음을 느낄 수 있었다. 개
중에서도 k는 거슬리는 편이었다. 딱— 딱— 멀지 않은 곳
에서 그런 소리가 일정한 간격으로 들려왔다. 행사를 방해
한다 말하기엔 난처한 정도. 무대 위에서 한창 소리가 들려
오고 있을 때는 들리지 않을 정도. 그러나 무대의 소리가
끊기는 순간, 머릿속에서 까딱거리고 있던 메트로놈의 박
자를 다시금 상기시키며 딱— 딱— k는 어두워 제목이 보
이지 않는 작은 책등 모서리로 제 무릎을 치고 있었다. 아
프지 않나? 그런 생각이 들 즈음 나는 내가 짜증이 났음을
인지할 수 있었다. 아마 다른 이들도 마찬가지였으리라. 확
실히 k는 일관된 면이 있었다. 미세한 잡음처럼 은밀히 파
고 들어와 머릿속에 제 박자를 심어놓은 그 소리는, 무대의
힘없는 회전을 방해하는 가상의 손가락이었다.

"작작해요."

대단한 소명 의식이 있었던 것은 아니다. 충동적인 행동
이었고, 요컨대 짜증을 부린 것이었는데, 나는 다시 한번,
내가 미친년 같다고 생각했다. k가, 혹은 관객석의 다른 이
들이 어떻게 생각했는지는 모르겠다. k는 처음엔 놀란 얼
굴로, 이후엔 당황한 얼굴로 제 옆에 선 나를 올려다보더니
미안하다 말하고 책을 가방에 넣었다. 끝내 어떤 책인지는
알 수 없었다. 행사는 막바지였다. 행사가 끝난 뒤엔 뒤풀
이가 예정되어 있었다. 퇴임하는 학과장과 새로 부임하는
학회장의 연설을 마지막으로 사람들은 저마다 모여 예약
된 술자리로 향했다. 예의 학교에서 버스를 타고 가야 하는
대학가였고, 걸어가는 길에 왜 학교 버스를 대절하지 않았
는지 모르겠다는 툴툴거림을 들었다. 대다수는 자비로 버
스나 택시를 타고 갔고, 나와 k를 비롯한 몇몇은 걸어갔다.
도착한 곳은 상가 건물 한 층을 차지한 고깃집이었다. 이미
술자리가 시작된 상태였고, 홀 안의 풍경은…… 정신적인
액션페인팅의 현장이랄까, 요컨대 난장판이었다.

행사에 참여했던 선생의 반 정도가 합석해 있었고, 각기
다른 테이블에 앉은 선생 한 명당 여러 학생이 배정된 모
양새였다. 뒤늦게 합류한 우리처럼 선생과 상관없이 테이
블을 차지한 학생들도 있었다. 우리를 제외하곤 대개 선배

였으나, 본래 선배들과 어울리길 좋아하는 이들, 혹은 이른 실망에 익숙한 듯 건조한 얼굴을 하고 있는 신입생들도 종종 보였다. 하나같이 제 테이블에 앉은 선생 쪽으로 앉아 질문과 말을 건네는 학생들을 보고 있으면 제 몫의 살점을 뜯어 가려 난자한 시체 속으로 거침없이 주둥이를 들이미는 하이에나들이 떠올랐다. 선생들, 그들이 학교의 선생이기 이전에 적어도 한 번 이상은 이름 있는 상을 탄 인기 작가라는 사실을 상기시키는 풍경이었다.

학생과 따로 앉은 선생, 요컨대 인기 없는 작가들도 있었다. 그들은 한 테이블에 모여 저들끼리 얘기를 주고받고 있었다. 그들에게선 행사가 있었던 무대와 비슷한 냄새가, 그러나 정확히 같지는 않은, 제 것이 아닌 고양감이 자꾸 어깨를 건드려 한껏 짜증이 오른 왜소한 우울의 냄새가 났다. 몇 학생은 일부러, 요컨대 쉬운 먹잇감이었으므로, 그들에게 다가가 부질없고 한심한 질문을 건넸지만, 그들의 성의 없는 대꾸에 금방 흥미를 잃고 돌아갔다.

학생들에게 둘러싸인 작가-선생들은 이상한 의무감에 사로잡힌 듯 보였다. 그들은 고기를 구워 가까이 앉은 학생들의 그릇에 올려주고 다른 학생들에게도 먹으라 권했지만 정작 자신들은 거의 먹지 않는 것 같았다. 하나같이 대단하고 작가다운 이야기를 꺼내야 한다는 압박에 시달리

는 사람 같은, 똥이 마려운데 도무지 똥이 마렵다는 얘기를
꺼낼 수 없는 사람 같은 얼굴을 하고 있었다. 개중에는 학
생들이 무슨 말을 하든 별것 아니라고, 그런 것에 너무 연
연하지 말라고 대답하는 이도 있었는데, 그도 마찬가지였
다. 어쩌면 그들은 하이에나처럼 제 내장을 사정없이 뜯어
가는 학생들을, 그들의 주둥이에 매달려 본래의 기능을 알
아볼 수 없는 한 줌 고깃덩이가 된 제 내장들을 보며 자신
이 이곳에 작가로 참여한 것인지 선생으로 참여한 것인지
혼란스러웠는지도 모른다. 어쨌든 그들은 혼란스러워 보
였고, 종내는 자신이 무슨 말을 했고 하지 않았는지도 혼
란스러워하는 것처럼 보였다. 자신이 무언가 끊임없이 말
을 하고 있고, 또 내내 인자하게 웃고 있고, 말 한마디 한마
디에 고개를 끄덕이는 학생이 제 옆에 앉아 있다는 사실이,
그가 지금 씹어 삼킨 고기가 자신이 구워 그릇에 올려준 고
기라는 사실이 혼란스러워 보였다. 혼란스러움 속에서, 열
병에 든 사람처럼 쉴 새 없이 말했다. 본인이 작가이며, 작
가인 탓에 또한 이들의 선생이기도 하다는 사실을, 이들의
선생이란 사실 역시 스스로 작가임을 불가피하게 지시한
다는 단순한 인과를 잠시 망각했거나, 오랫동안 잊고 살았
고 그래서 뒤늦은 혼란스러움을 감당할 수 없는 것 같았다.
그러나 그것은 오랜 전통의 행사와 뒤풀이라 했다.

반투명한 외피를 통해, 마찬가지로 반투명한 내장들을 들여다보는 기분이었다. 반투명한 내장의 외연과 내부는 구분할 수 없이 섞이고 뭉개져 하나의 털 실타래처럼 보였다. 그러나 그것은 털 실타래가 아니었다. 전혀, 하나의 덩어리가 아니었다.

상가 건물을 나오자 잠시 바람을 쐬러 나와 수다를 떨거나 담배를 피우는 학생들이 보였다. 모씨와 그의 친구들이 오늘 낭독한 작품들에 대해 얘기하고 있었다. 오늘 낭독한 작품이라 해봤자 모씨가 관심 있는 것은 k의 소설뿐이었다. "내 시선보다 조금 위, 한쪽 벽을 반만큼 가로지르는 흰색 선반에는 유리병이 놓여 있었습니다. 본래는 장아찌를 담는 용도였을 것처럼 생긴 유리병의 입구는, 그러나 일반적인 플라스틱 뚜껑 대신 천으로 감싸여 있었어요. 검은색과 흰색이 어지럽게 섞인 에스허르 무늬가 그려진 천으로 유리병 입구 부분을 감싼 후 얇은 밧줄을 둘러 봉해놓은 모습이었습니다. 귀신에 홀린 것처럼, 나는 주인에게 허락을 구해야겠다는 생각도 하지 않고 유리병을 집어 들었습니다." 시와 달리 소설은 발췌문을 낭독하게 되어 있었고, k가 낭독한 부분은 그렇게 시작되었다. 이야기의 진행은 거의 없이 구슬이 담긴 유리병에 대해 환상적인 기법으로 묘사한 부분이었다. 구슬은 이파리 모양이 안에 심긴 것이었고, 서술자는 그것들을 보며 추억에 잠겼다. 종일 습기가 빠지지 않던 쇠락한 욕실 겸 화장실 배수구에 머리카락처럼 엉겨붙은 더러운 비눗방울에 대한 추억이었다. "퐁주야!" 흥분한 목소리로 모씨는 말했다. "프랑시스 퐁주야. 『비누』, 거기서 영향을 받은 거야!"

"괜찮으세요?"

k였다. 다행히 꼴사납게 놀라지는 않았으나, 비밀스러운 얘기를 훔쳐 듣다 걸린 아이가 된 기분이었다. k가 캐묻기 전에 서둘러 죄를—그게 뭔지는 모르겠지만— 실토해야 할 것 같았다. 모씨는 아직 그를 눈치채지 못했고, k는 그들 일행을 잠시 흘끗거리곤 다시 나를 보았다. 몸을 교묘히 비틀어 건물 입구 기둥에 몸을 가리는 모양이었다.

"안색이 창백합니다."

나는 부드럽게 웃었다. 왜 그랬는지는 모르겠다.

"실은 하고 싶은 말이 있어서 따라 나왔습니다. 얘기가 길어질 것 같아요."

혹시 k가 취한 것은 아닌지 표정을 살펴보았지만, 그런 낌새는 보이지 않았다. k가 나와 비슷하게 도착한 것을 감안하면 취하기엔 이른 시각이었다. 나는 하고 싶은 얘기가 어떤 종류인지 물어보는 것이 실수일지 아닐지에 대해 고민했다. 하고 싶은, 더구나 길어질 만한 얘기가 있는 사람 치고 k는 어쩐지 평소보다 평온한 얼굴이었으므로 돌발적인 행동을 할 것 같지 않았으나, 지금의 상황 자체가 돌발적인 것도 부정할 수 없는 사실이었다.

"어떤 얘긴지 먼저 물어봐도 될까요?"

k가 내 질문의 의도를 이해했는지는 모르겠다.

"짧게 말하기 힘들 겁니다. 오해의 여지가 있어요. 하지만 구태여 말하자면, 반아 씨에 대한 얘깁니다. 아마, 나에 대한 얘기이기도 하고요."

확실히, 오해의 여지가 있었다. 나는 잠시 고민했고, 내가 오해한 게 맞는지 확인해보기로 했다. 오해가 아니더라도, 확실히 해두는 편이 나았다.

취객과 행인이 구분되지 않는 거리는 거대한 소음의 도가니처럼 들끓고 있었다. 지겹지만, 도무지 익숙해질 수는 없는 풍경이었다. 어디에 연원한 것인지 모를, 체온처럼 불쾌한 온기가 불시에 옷깃을 파고들 때면 이른 숙취에 시달리는 것처럼 헛구역질이 났다. k는 따로 목적지가 있는지 입을 다문 채 앞질러 걷고 있었다. 어쩌면 내가 잘못 생각했는지 모른다. k는 생각보다 금방 취하거나, 항상 술을 급하게 마시는 사람이었는지도 모른다. 나는 뒤를 쫓으며 오해의 여지가 있다고 말할 때 그의 얼굴이 어땠는지 떠올려

보려 했다. 떠오르지 않았다. 생각해보면, k는 뚜렷한 인상을 남기는 이목구비를 가진 사람은 아니었다.

물에 풀린 물감처럼 보면 볼수록 희박해지는 인상.

"여길 걸을까요?"

k가 가리킨 곳은 천변이었다. 오해가 있든 없든 그가 어떤 무드를 만들려 한다는 사실만은 확실해 보였다. 그러나 이제 와 그와의 산책을 거부할 핑계도 없었다.

"내가 하고 싶은 얘기는…… 말씀드렸다시피 반아 씨에 대한 것입니다. 아마, 나에 대한 것이기도 하고…… 또 중요한 얘기죠. 네, 아주 중요한 얘깁니다."

이즈음 나는 자포자기했던 것 같다. k가 무슨 얘기를 꺼낼지 예상했고, 언제나 그랬듯 역시 오해는 없었고, 여러 진부한 대답 중 어떤 것이 상황을 덜 나쁜 방향으로 흘러가게 해줄지 k의 행동 양식을 더듬어보고 있었다. 주변에 아는 얼굴이 있지 않나 은근슬쩍 살펴보다가도, 혹시나 좋지 못한 타이밍에 아는 얼굴과 마주칠까 목을 당겼다. 그러나 k가 말한 대로 오해가 있었다. k가 꺼낸 얘기는 내 예상만큼 진부한 내용이 아니었다.

반아 씨. k가 그렇게 운을 뗐을 때, 내가 어떻게 진부한 상황을 대비하지 않을 수 있었을까. 어쩌면 그것은 완전히 잘못된 대비는 아니었다. k는 이렇게 말했다. 나는 소설을 쓰고 있습니다. 네, 아마, 지금도. 지금도 나는 소설을 쓰는 중입니다.

자전거를 탄 무리가 옆을 빠르게 지나갔다. 안전모와 팔다리 보호대를 단단히 두른 네댓 명의 건강한 사람들. 천변을 걸을 때면 시간대와 상관없이 두어 번쯤 옆을 빠르게 스쳐 지나가는 그들을 볼 수 있었고(또한 그들은 항상 반대편에서 나타났고), 어째서 모든 장소에는 번번이 마주치게 되는 특징적인 사람들이 있는지, 나는 종종 음모론자들의 마음을 이해할 것 같았다.

"아…… 그런가요?"

나는 그 이상의 대답을 떠올릴 수 없었다. k도 그 이상의 대답을 원한 것 같진 않았다. k는 내 반응을 예측한 사람처럼 곧바로 입을 열었다.

"반아 씨, 아마, 오해의 여지가 있을 겁니다. 하지만 정확하게 들어주셔야 합니다. 나는 소설을 쓰고 있습니다. 지금도, 소설을 쓰고 있다는 얘깁니다. (같은 말을 반복하지만, 나는 이 이상 설명할 자신이 없습니다) 반아 씨, 반아 씨와 함께 천변을 걷고 있는 지금도, 나는 소설을 쓰고 있습니다. 아마, 그것은 천변을 걷는 나와 완전히 같지 않은 나겠지요." 여기서 k는 잠시 말을 멈췄다. 마치 내게서 어떤 대답을 기다린다는 듯이. 그러나 (당연하게도) 여전히 제대로 된 대답을 떠올리지 못한 내가 잠시 어찌할 바를 모르는 채로 있자, k는 곧바로 말을 이어나갔으므로, 그저 한 번 숨을 고른 것에 불과했는지도 모른다. 날벌레가 진눈깨비처럼 가로등 불빛 속을 날고 있었다. "반아 씨, (아마, 이렇게 말하는 게 좋을 것 같습니다) 나는 지금 내가 쓰는 소설 속을 걷고 있습니다. 아마, 내가 쓰는 소설의 천변을 걷고 있다 말하는 게 맞겠죠. 반아 씨와 함께 말입니다. 이해하시겠나요?"

놀랍게도 이해할 수 있었다. 동시에 나는 k가 그보다 정확하게 말할 수 없다는 사실 역시 이해했다. 미치광이에겐 미치광이 나름의 정확함이 있으리라. k의 말을 이해할 수 있었던 것은, 내가 그를 사로잡은 광기의 근방에 있기 때문이었다. 나도 시와 소설을 쓰는 사람이기 때문이었다. 미치광이 나름의 정확함 따위를, 종종 생각하는 인간이기 때문이었다. 이해했다. k는 지금 내 존재의 소유권을 주장하고 있었다. k는 자신이 나의 주인, 즉 저자라고 주장하고 있었다.

"미쳤어요?"

그러므로 나도 정확하게 말했다. 위험한 행동이었다. 그것을 모르지 않았다. 나는 지금껏 어떤 남성에게서도 그가 '때릴 수 있는 사람'이 아니라는 느낌을 받은 적이 없다.

그리고 증명된 한에서, 나의 직감은 언제나 맞아떨어졌다. 그런 것도 증명이라고 할 수 있어? 반증이 불가능하잖아. 모씨는 말했고, 나는 그것이 그가 '때릴 수 있는 사람'임을 증명한다 생각했다. 그러나 나는 두려움의 감각에 무딘 편이었다. 혹은 두려움보다 더 강렬한 충동을 많이 가진 사람이었다. 모씨는 오랫동안 그것을 이해하지 못했다. 모씨만 이해하지 못하는 것은 아니었다.

k의 입가에 말끔한 미소가 떠올랐다. 나는 그 순간 그가 나의 어떤 면을 이해하고 있음을 느낄 수 있었다. 그것은 두려움과는 다른 종류의 섬뜩함이었다.

"이해합니다(네, 아마 나는 더없이 이해하고 있습니다). 반아 씨가 그런 반응을 보일 거라고는 생각 못 했지만, 아마, 나는 알고 있었습니다. 우습지만, 그게 사실이에요. 나는 이번에도 실패했습니다. 가능한 내게 가까워질 생각이었습니다. 그것이 이번 소설을 쓰며 정한 두 가지 조건 중 하나였죠. 어느 정도는 이뤘다고 생각합니다. 항상 그랬듯이 말입니다.『참을 수 없는 존재의 가벼움』에서 쿤데라는 등장인물이란 작가의 일면이라 말합니다. 가보지 않은 길, 그런 식으로 표현했을 겁니다. 정확하지는 않아요. 작가에게 내포되어 있었던 일면이 극단적으로 걸어간 길의 끝, 혹은 그런 방향, 그게 쿤데라식 정의입니다. 그리고 나는 (실은 첫번째 시도는 아닙니다만) 그러고 싶지 않았습니다. 일면이 아니라, 나를 쓰고 싶었습니다. 멀리 걸어간 분신의 족적이 아니라, 나의 위치를 직접 나타내보고 싶었습니다. 하지만 이번에도 실패인 것 같습니다. 나는 너무 과장되었습니다. 아마, 나에 비해서 말입니다."

k의 독백은 평소보다 빠른 속도로 쏟아졌다. 내장 속에서 목구멍을 타고 올라와 혓바닥 위로 두 손을 얹은 속기사가 타자를 두드리고 그의 입은 다만 자의식 없이 입력된 활자를 옮겨 뱉고 있는 것처럼, 혹은 머릿속에 떠오르는 대로 아무렇게나 입을 놀리는 것처럼. 어쨌든 한 가지 확실한 것은 k가 막 화장실에서 나온 사람처럼 상쾌한 얼굴이라는 점이었다.

"내가 이 말을 하는 것은…… 이런 얘기를 반아 씨에게 하는 것은, 실패했기 때문입니다. 죄송하지만 실패했다는 사실을 전해드리기 위해서예요. 반아 씨는 아직 이해하지 못하셨을 겁니다. 이해할 수 있습니다. (반아 씨는 내가 이해했다는 사실에 의심이 드실 겁니다만) 그러므로 나는 말해야 합니다. 실토해야 합니다. 이번에도 나는 실패했습니다. 실패예요. 이런 식이면, 이런 식으론 안 되는 거였습니다. 반아 씨는 아직도 이해하시기 힘들 겁니다. 내가 실패했다는 사실이 왜 중요한지, 내가 무엇에 실패했다는 말인지. 한 가지는 알겠죠. 한 가지는 이미 말했습니다. 나는 나를 쓰는 데 실패했습니다. 아마 나는 나와 닮았지만, 완전히 같아지지는 못했습니다. 그런데 내가 이번 소설을 쓰며 정한 조건은 한 가지가 아니었습니다. 나는 두 가지 계획을 세웠습니다. 반아 씨는 이해하시기 힘들 겁니다. 그러니까…… 그러니까 반아 씨, 내가 하고 싶은 말은 이겁니다……" k는 겸연쩍은 표정으로 입술을 몇 차례 뗐다 붙였다. 한번에 너무 많은 단어를 쏟아내는 바람에 머릿속의 우물이 금세 밑바닥을 드러낸 것처럼, 혹은 그의 헛바닥 위에 두 손을 올린 귀신이 중요한 내용을 타이핑하기 전 잠시 생각을 가다듬기라도 하는 것처럼. "내가 하고 싶은 말은 이겁니다. 실패했다는 거예요. 반아 씨, 네, 이번에도 말입니다. 정말 죄송한 일이지만, 내가 세웠던 두번째 계획은 제대로 된 여성을 만드는 것이었습니다. 실패했습니다. 잘 안된 것 같아요. 여성을 등장인물로 쓴 적이 없는 건 아니지만, 주된 인물로 쓰는 경우는 아무래도 조금 다릅니다. 항상 그랬습니다. 특히 이번처럼……" k는 내 눈치를 살피며 다시 망설이다가, 이내 포기하는 듯한 얼굴로 말을 이었다. "반아 씨처럼 여성을 주인공으로 쓰다 보면 항상 그랬다는 얘기를 하는 겁니다. 이해하시기 힘들 겁니다. 이해할 수 있습니다. 하지만 사실입니다. 아무래도 제가 쓰는 여성

주인공은 도무지 여성 같지가 않습니다. 진짜 여성 같지가 않아요. 아마, 처음부터 그렇지는 않았습니다. 하지만 계속 쓰다 보면, 길을 걷다 보면 그렇게 됩니다. 어느 지점을 넘어서는 순간, 더는 여성처럼 보이지가 않죠. 죄송합니다. 진심이에요, 반아 씨. 죄송합니다."

k의 긴 독백 동안 내가 무슨 생각을 하고 있었는지 정확히 기억할 수 없다. 강물의 물방울들처럼 분리되지 않는 생각들이 빠른 유속으로 머릿속을 통과해갔다. 나는 간단히, k의 미친 고백에 반론을 펼칠 수도 있었다. 그러나 그게 다 무슨 소용일까? k의 고백은 황당했고, 반론을 펼칠 가치조차 없는 것이었다. 그러므로 무슨 반론을 하든 멍청한 짓이 되었다. 요컨대 k의 황당한 주장이 사실이라면, 반론을 펼치는 건 구차한 일이었다. 내가 k에게 하는 반론조차 k의 메타적인 수작일 테니까.(그렇다면 끝내 내놓지 않게 된 반론은 어떨까? 머릿속의 중얼거림은? 아마 마찬가지일 것이다. 소설만큼 내면의 자질구레한 면면에 충실한 장르도 드물었다) 마땅히, k의 말이 사실이 아니더라도 반론은 무의미했다. 그의 주장은 지나치게 황당하기에 또한 절대적이었다. 신앙과 같은 절대적임이었다. 의심을 할 가치도 여지도 없다는 면에서 그랬다. k가 왜 이런 황당한 주장을 하는지 이해할 수 있었다. 그것은 주장이라기보단 선언이었다. 선뺑

이라 해도 좋았다. 얼얼했다. 가히 모욕적인 얼얼함이었다.

k는 그 모든 혼란을 이미, 미리 이해하고 있었다는 듯 신처럼 인자한 얼굴로 나를 바라보고 있었다. 상쾌함과 침울함을 어지러이 오가는, 만성적인 조울증에 시달리는 인자함이었다.

나는 이 어지러움 다음을 상상해보았다. 우스꽝스러운 고백 소동이 끝난 후 고깃집으로 돌아가 k가 내게 털어놓은 '진실'을 학생과 선생 들이 있는 자리에서 털어놓는다면 어떻게 될까? k의 소설은 처음부터 터무니없는 환상에 사로잡힌 젊은 남성 소설가의 파국을 그린 메타 소설이 될 계획이었던 것이 되나? 아니, 아니다. 그들은 웃을 것이다. 선생은 그에게 이만하고 집에 들어가 쉬는 것이 어떠느냐고 제안할 것이다. k와 친한 학생들은 저 새끼 취했다며 웃을 것이다. 그러지 않을 이유가 없다. 나도 같이 웃게 되리라. 마땅했다.

"미친 새끼."

"그러게요. 정말…… 정말 그러게나 말입니다." k는 잠시 뜸을 들이다 덧붙였다. "죄송합니다."

오한 같은 감정이었다. 머리에서 시작된 열이 몸 곳곳으로 퍼져 나가는 것 같았다. 몸이 떨렸고, 현기증이 찾아왔다. 미친년. 나는 나의 친구에게 그렇게 내뱉을 때면, 종종 나와 그를 구분할 수 없었다. 내가 그에게 말을 한 것인지, 그가 나에게 말을 한 것인지 분간되지 않았다. 오랜 세월 내 목줄을 쥐고 있던 차가운 손길이 다시 한번 나를 충동질하는 것을 느꼈다.

"왜요? k씨, 왜 실패했다고 생각하는데요?"

k는 자신에게 불리하게 내려질 판결문을 몰래 언질받은 피고처럼 평화로운 자조에 잠긴 얼굴로 대답했다.

"나는, 나는 그런 생각을 합니다. 아마 여성을 쓰려고 할 때면 종종 말입니다. 나는, 나는 여성을 쓰면 안 되나? 아무도 나한테 여성을 쓰지 말라고 하지 않았는데 그런 생각을 합니다. 사실을 말하자면 사람들은 제게 여성을 쓰라고 했어요. 아마, 알다시피 누군가를 특정해서 말하는 건 아니고, (실은 별로 관심도 없겠지만) 시대의 요구, 그렇게 말해야 할까요. 그런 분위기 같은 게 형성되어 있다고 느낍니다. 과민하고, 과장되었을 수는 있습니다만, 거짓이라 생각하지는 않습니다. 아마, 완전히 거짓은 아닐 겁니다. 그리고 그런 생각이 들 때마다, 종종, 나는 여성을 쓰면 안 되나, 그런 생각을 했습니다. 이 의문문 앞에는 아마 몇 문장이 생략되어 있을 겁니다. 그 문장들을 구체적으로 떠올려볼 수도 있었을 겁니다. 그랬다면 더 구체적이고 해결 가능한 질문이 되었을지도 모릅니다. 하지만 나는 그러지 않았

습니다. 그러고 싶지 않았는지도 몰라요. 몇 문장을, 마주
하고 싶지 않았는지도 모릅니다. 그래서 나는 대신 질문을
이어가 보기로 했습니다. 나는 정말 여성을 쓰면 안 되나?
그렇다면 왜 그런가? 모든 질문엔 곧바로 따라붙는 간단한
답이 있습니다. 요컨대 이런 답입니다. 나는 여성이 아니
다. 여성이었던 적이 없고, 여성이고 싶었던 적도, 아마, 평
생 없을 겁니다. 확신할 수 없지만 확신할 수 있는 게 있죠.
나는 아마 영영 여성이지 않을 겁니다. 그렇기에 나는 여성
을 쓰면 안 된다. 그렇게 말할 수 있나? 그러나 그렇다면 내
겐 남은 물감이 없습니다. 팔레트의 물감은 전부 말라서 갈
라졌거나 아마, 애당초 없었기 때문입니다. 왜냐하면……
왜냐하면 나는 자본가도 써선 안 되기 때문입니다. 나는 건
축 현장의 일용직 노동자를 써서도 안 됩니다. 피아니스트
를 써서는 안 되고, 홍콩 사람도 써서는 안 됩니다. 아마, 아
직은. 아직은 말이죠. 왜냐하면 나는, 아마 불가능에 가까
울 테지만, 피아니스트가 될지도 모르고, 피아니스트가 되
는 것은, 나쁘지 않다고 생각합니다. 홍콩 사람에 대해서는
애매한데, 건축 현장의 일용직 노동자는 의지와 무관하게,
어쩌면 유관하게 올지도 모르는 미래이고, 자본가는 괜찮
을 것 같습니다. 그런 미래가 있다면 나쁘지 않을 것 같습
니다. 솔직하게요. 그렇기에, 그러하므로, 그런 연유로 하

여, 나는 여성을 써서는 안 되나? 정말 그게 전부인가? 하면 모르겠습니다. 왜냐하면, 말씀드렸다시피 이번의, 반아 씨와 같은 경우, 소설을 이끌어나가는 주인공과 같은 경우, 저는 되도록 여성을 쓰는 것을 피해왔고, 또 잘 피해왔으나, 그렇다고 전혀 여성을 쓰지 않은 것은 아니기 때문입니다. 여성은, 때론 전혀 여성의 얼굴을 드러내지 않은 채로, 그러나 언제나 제 소설 안에 스며들어 있었습니다. 그렇지 않습니까? 피아니스트나 홍콩 사람을 쓰는 것은 언젠가 한 번 해보고 싶은 일이었지만, 실제론 한 번도 해보지 못한 일이었던 데 반해, 여성의 경우 그렇지 않았어요. 그것이 못내 나를 불편하게 했습니다. 아마, 어쩌면 불쾌하게 했는지도 모르겠습니다. 그렇다면 (마땅히 떠올릴 수밖에 없는 의문인데) 나는 누구에게 불쾌한 겁니까? 아무도 강요하지 않은 불가능을 마주하면 막막해집니다. 반아 씨는 해파리의 내장을 본 적이 있나요? 나는 본 적이 있습니다. (이런 어법은 그러니까, 우리의 대화가 진짜 같게 만들어줍니다. 요컨대 지극히 소설적인 기법이죠) 실은 그게 정말 해파리의 내장이 맞는지는 모릅니다. 나는 사진과 영상으로 해파리를 여러 번 본 적이 있고, 해파리의 피부는 반투명했기 때문입니다. 반투명했기 때문에 안에 있는 것들, 아마, 마찬가지로 반투명한 것들이 보였는데, 그것들이 정말 내장인지는 모르겠습니다. 아마 맞을 겁니다. 생물이라면, 자연히 공유하게 되는 것들이 있지요. 몰라도 알게 되는 것들이 있습니다. 그러므로 나는 해파리의 내장을 떠올립니다. 나의 불가능을 생각하다 보면 말입니다. 막막한 반투명 같은 것입니다. 분명, 바깥이 닿지 않는데, 벽이 선명하지 않습니다. 만져지기는 만져지는데 그것을 뭐라 말해야 할지 모르겠습니다. 보이는 것이 없으니 역시, 아마, 불가능은 불가능이 아니었나? 거기 벽은 없었나? 자의식과잉이었나? 또? 백지에 아무렇게나 물감을 뿌려놓고 그것을 함부로 자아라 여겼나? 벽에 부딪힌 자아라 믿었나? 아마, 헛된 망상이었나? 또? 또? 아마 그런지도 모릅니다."

이즈음 되자 확실해진 것이 있었는데, 그것은 k가 이미 대화의 의지를 상실했다는 점이다. 애당초 그런 것이 있었는지는 모르겠으나, 이제 없는 것은 확실했다. k는 이미 나와의 대화를 성립 불가능한 난센스로 여기고 있었다. k는 그저 서술하고 있었다. 그가 서술하는 것은 어떤 몰락의 감각이었다. 자기혐오적이므로 자기애적인 몰락. k는 자신이 몰락하는 자라 주장하고 있었다. 몰락하는 자를 흉내 내고 있는 것이었다. 연기演技된 몰락. 연기延期된 몰락. 어쩌면 그는 내게 고해성사를 하고 싶었는지도 모른다. 그러나 나는 신부가 아니다. 나는 누구를 위해 신부가 되는 미래를 꿈꾼 적 없었다. 주를 믿지 않았다. 나는 잔 다르크가 천년 왕국에 무사히 도착했으리라 믿지 않았다. 내가 믿는 것은 오직 잔 다르크가 없는 길을 열기 위해 사다리차를 뒤집어 해자 속에 처박을 수 있게 했던 그 힘뿐이었다. 결코 믿음 이나 용기는 아닐.

"k씨, 나는 황당한 역할놀이에 어울려줄 마음이 없어요." 나는 그렇게 말했다. 그리고 동시에 내가 이제부터 굉장히 진부한 대사를 꺼내게 되리란 것을 깨달았다. 아주 오랜 역 사를 가진 플롯. 나는 잠시 왜 그토록 많은 작가와 독자가 클리셰에 매혹되는지 이해할 수 있을 것 같았다. 엄밀히 말 해 그들은 매혹당한 것이 아니었다. 장악당한 것이었다. 그 리고 나는 그것이 미치도록 불쾌했다.

"k씨, 나는 당신과 놀아날 생각이 없지만, 이대로 보내주 고 싶지도 않아. 마음 같아선 그 턱주가리를 날려버리고 싶 지만 그렇게 하진 않을 거야. 그렇게 하지 않는 게 올바른 선택이어서가 아니라, 당신이 쓰는 비극의 주인공이 되고 싶지 않으니까. 그러니까 k씨, 나는 사과를 받아야겠어. 당 신이 하고 싶은 사과가 아니라 내가 받고 싶은 사과를. 당 신의 실패에 대한 사과가 아니라, 나에 대한 무례를 사과받 아야겠어요, k씨."

어느 시점부터 내내 고개를 처박은 채 걷던 k는 잠시 나를 돌아보았고 다시 원래 모습으로 돌아갔다. 씻을 수 없는 죄에 대한 후회에 잠긴 사람처럼, 혹은 끊임없이 새로운 놀이와 역할을 발명해내는 창의적인 아이처럼.

"반아 씨, 반아 씨는 내 금기예요." k는 여기서 잠시 말을 멈췄고, 그것은 지극히 연극적인 제스처였다. 끼어들 틈을 만들지 않는 침묵이었다. 나는 k가 이 상황을 만끽하고 있음을 이해했다. 그것이 어떤 의미이든. "반아 씨, 나는 보통 허공에 글을 쓰지 않습니다. 어떤 글을 시작할 때든 거기 바깥에서 가져온 푯말을 하나 꽂아두지 않으면 불안을 견딜 수 없습니다. 아마 병일 겁니다. 알다시피 내겐 정신적인 병이 있습니다. 반아 씨, 나는 소설을 쓰다 보면 자꾸 바깥에 있는 것들을 함부로 가져오는 나쁜 버릇이 있습니다. 도벽이 있어요. 정신적인 도벽입니다. 나는 현실을 훔칩니다. 현실의 언어와, 현실 위에 씌어진 타인의 언어를 훔치죠. 아마 모든 작가가 마찬가지이겠지만, 나의 경우, 더 적나라하다고, 나는 생각합니다. 나는 알 수 있습니다. 나만이 알 수 있습니다. 다른 이들은 아마, 눈치채지 못할지도 모릅니다. 하지만 나는 알아요. 백지 위에는 흩뿌려진 물감의 변칙만이 있을 뿐입니다만, 그 물감들이 어디서 왔는지 나는 알고 있습니다. 낱낱이 알고 있습니다. 하지만 여성의 경우, 오랫동안 그럴 수 없었습니다. 오랫동안 여성을 쓰지 않았습니다. 두려웠기 때문입니다. 아마 두려웠다고, 나는 생각합니다. 이해하시겠나요?" 다시, 연극적인 사이. "이해하시겠나요, 반아 씨? 나는 내가 그들의 가슴이나 허벅지에 대해 쓸까 두려웠습니다. 만약 어쩔 수 없이 허리의 곡선이나 양쪽으로 당겨진 입술 따위에 대해 쓰더라도, 내가 실제로 알고 본 이를 떠올리며 그것들을 묘사하길 원하지 않아요. 그건 끔찍한 일입니다. 그래서 반아 씨, 나는 당신을 쓰기 위해 어떤 물감도 빌리지 않으려 노력했습니다. 아마 최선을 다해서요. 그러자 남는 물감이 몇 없었죠. 반아 씨, 나는 당신이 나를 혐오한다는 사실을 압니다."

문득 나는 k가 페미니스트일지도 모른다고 생각했다. 그렇다면 그것은 진심이리라. 어떤 진심은 끔찍함 위에서만 진실될 수 있었다.

"좆같은 소리 좀 작작해요." 충동처럼, 피로감이 몰려들었다. 다 때려치우고 싶은 기분이었다. "나는 하고 싶은 말을 다 했어요. 그러니까 더 말하게 하지 마요. 게다가 나는 딱히 당신을 혐오해줄 생각도 없어." 이때 나는 문득 내가 이전에 모씨에게 이와 똑같은 말을 한 적이 있었던 것 같다는 생각이 들었다—물론 착각이었다. 그리 중요한 착오는 아니었지만.

"꿈 깨라고요, k씨."

k는 다시 나를 돌아보았다. 이번에는 금세 원래 모습으로 돌아가지 않았다. k는 우울한 아이 같은 표정을 짓고 있었다. 우울한 아이를 흉내 내는 표정을 짓고 있었다. 자신의 우울을 이해하지 못해 책임감도 느낄 수 없는 자유로운 우울감에 시달리고픈 욕망의 표정이었다.

"미안합니다." k는 사과했다. 그러나 나는 k가 사과하지 않았음을 알았다. "죄송합니다, 반아 씨. 진심이에요. 제가 잠시 술에 취했습니다. 너무 큰 무례를 범했어요. 죄송합니다."

IX. 피눈물을 흘리는 토끼와 숲

오랫동안 바나나에 대한 한 가지 이미지를 가지고 있었다. 한 가지라 해야 할까, 내게 이미지란 언제나 이야기를 타고 흐르는 것이었으므로, 변칙적인 망상과 긴 시간은 그것을 뻗고 갈라지는 거대한 나무, 혹은 그런 나무의 뿌리 형상으로 길러냈다. 한 가지라 해도, 그렇지 않아도 상관없으리라. 중요한 것은 그런 게 아니었다.

나는 오랫동안 바나나에 대한 이미지를 가지고 살았다. 학창 시절이 내게 남긴 흉이었다. 어떤 흉은 그것이 피부

위로 자연스럽게 자라난 하나의 무늬, 곤충의 외피에 새겨
진 보호색의 일종과 같이 여겨졌다. 애정이나 애환을 품게
되었다는 얘기는 아니다. 다만 너무 오랫동안 하나의 사물
을 지켜보는 과정에서 생긴 우연한 부산물이 있었고, 어쩌
면 그것 역시 하나의 흉이었는지도. 아무려나, 학창 시절
나는 종종 바나나라 불렸고, 바나나에 대한 이미지를 갖고,
살아왔다. 최초에 바나나는 한 송이의 모양을 하고 있었다.
무채색의 보를 깐 식탁, 반듯한 흰색 그릇 위에 놓인 한 송
이의 바나나. 검은 반점에 얼룩져 있었다. 딱 먹기 좋을 때
구나. 옆에서 말하는 목소리가 있었다. 숨이 귀와 볼에 닿
을 듯한 목소리였다. 목소리의 주인은 어머니였다가, 외할
머니였다가, 종내는 아버지였고, 또 첫번째 남자친구도 되
었다. 실은 그보다 더 많았는데, 이제 잊었다. 아무려나, 그
(들)은 말했고, 목소리는 주인이 누구인지와 무관하게 언
제나 노쇠한 모양을 하고 있었다. 외할머니에 가까웠다 얘
기하려는 것은 아니다. 그것의 노쇠함은 초월적이었다. 아
득한 면이 있었다. 귀신이 나온다는 소문의 폐가처럼. 폐가
안에서 몇 겹으로 울리는 자신의 목소리처럼. 나는 목소리
가 무서웠고, 바나나를 먹지 않았다. 관념과 이미지의 차원
에서 그랬다는 얘기다. 관념과 이미지의 차원에서, 먹지 않
은 바나나는 가만히 썩어갔다. 벌레가 꼬였고, 반점은 커져

더는 반점이 아니게 되었다. 마지막 벌레가 사라지고 나면, 그것은 불 속에서 사윈 나무토막 같았다. 아득한 시간 동안 계속된 화마에 다른 모든 신체 부위가 재로 바스러지고 남은 최후의 손 같았다. 열 개의 쪼그라든 손가락들. 혼자서 깍지를 낄 수 있는 기묘한 손바닥. 그것은 노쇠한 신의 것처럼 보였다.

다른 이미지도 있었다. 알맹이가 모두 뜯겨나간 한 송이(?)의 바나나. 대만 남아 덜 뜯겨 달랑거리는 과육 껍질의 흔적만이 바나나임을 어설프게 증언하는 모양. 그것은 보도, 식탁도, 그릇도 없이 허공에 놓여 있고 얼마 지나지 않아 허공의 테두리를 찢고 들어온 손에 붙들려 쓰레기통에 처박힌다.

또 하나의 이미지. 그것은 불길처럼 솟아오르는 모양이었다. 우람하고 생기가 넘치는 다른 종류의 대[莖]들, 요컨대 몰락한 신전터의 기둥들처럼 불규칙적으로 솟은 나무 줄기들과 그것들을 영원한 불길처럼 타고 오르는 바나나의 군단. 어디선가 가사를 알아들을 수 없는 노래가 들려온다. 노쇠한 민족을 망상하게 하는 노랫소리였다. 가상의 중심 주변으로 원무를 추는 이들. 이들의 형상은 웅장하게 열을 맞춘 군대여도 좋았고, 네댓 명의 사냥꾼이거나, 또는 단 한 명의 외로운 이여도 좋았다. 이(들)은 다만 노랫소리가 꾸는 헛된 꿈, 바나나 군단-불길이 피워내는 검은 연기였으므로. 이 부유하는 연기를 가르며, 가상의 중심에서 한 줄기 강물이 흘러나오고. 붉은 강물. 하나의 죽음. 이(들)은 성공한 사냥에 대한 축가를, 노쇠한 신에 대한 찬가를 노래하고 있었다. 이때 죽음은 화살에 왼쪽 눈을 관통당한 회색 토끼 모양이다.

어째서 토끼인지—불시에 침입해 오는 관념과 이미지 따위가 있고,

토끼는 죽기 전 아마 한 줄기 광선을 보았으리라, 그렇게 생각해보면 어떨까. 잘 다듬어진 화살촉은 날아드는 순간 햇빛을 반사하고, 토끼는 죽음에 한 발짝 앞서 자신이 빛에게, 태양에게 버려졌다는 상실감을 앓는다. 열병 같은 상실감. 죽음도 떨쳐내지 못한 오한이 토끼의 잃어버린 왼쪽 세상으로 붉은 강물을 흘려보내리라. 원한 섞인 중얼거림. 저주를 위한 저주.

뒤풀이가 끝물에 다다른 고깃집 한편에 앉은 k는 타인과의 대화 의지를 완전히 상실한 것처럼 보였다. 취기에 완전히 장악당한 모습이었다. 많은 이상하고 모호한 점 사이에서 그것만은 확실해 보였다. k를 잘 알고 있는 사람도, 그를 잘 모르는 사람도 구태여 알아들을 수 없는 말을 혼자 중얼거리는 그의 곁에 다가가지 않았다. 한 선생만이 별로 내키

지 않는 듯 다가가 이제 그만 들어가 쉬는 게 어떻겠냐고 말한 뒤 자리를 뜰 뿐이었다. 다른 이들이 모두 그의 존재를 잊은 무렵까지 k의 중얼거림을 지켜보도록 나를 붙잡아 두었던 것이 정말 단순한 분노였는지는 모르겠다. 그러나 많은 시간이 흐르고 모씨가 짐작했던 것과 달리, 그것은 안쓰러움과 달랐다. 안쓰러움은 내 목줄을 쥔 감정이 아니었다. k의 중얼거림이 계속되고 있었다.

"주방에서 식기를 부시고 나르는 소리가 쏟아졌다. 마감 시간이 다 되어감을 알려주기 위한 일종의 시위였으리라. 홀에는 학과 사람이 거의 남아 있지 않았다. k에게 말을 걸었던 이를 마지막으로 선생들은 모두 자리를 뜬 것 같았다. 적요했다. 주방에서 날아드는 소음은 적요함을 깨기보단 강화하고 있었다. 지나치리만치 선명하게 흘러드는 k의 중얼거림이 그것을 증명하고 있었다. 죽음을 연기하는 붉은 천일 야화. 붉은 몸부림. 오른쪽으로 흐르는 붉은 강물은 열기 띤 어둠을 먹고 범람하는 왼쪽 숲을 가리기 위한 연막작전이었다. '나'라 말할 때, k는 그것을 마치 두 갈래로 찢어진 넝마처럼 발음했다. 날아오르려 두 쪽으로 갈라지는 풍뎅이의 등 껍데기처럼. 풍뎅이의 얼굴과 입처럼 분리될 수 있는 두 부위라 주장하듯. 그러나 안전한 나뭇가지를 찾아 내려앉는 풍뎅이의 등 껍데기는 다시 하나의 완연한 무늬를 이루고, 얼굴과 입은 유기적인 연결 고리 안에서 작동하는 기계였다. 나는 자리에서 일어났다. 대각으로 앉아 고개를 숙이고 오른 얼굴만을 내보이고 있는 k가 죽음을 연기하는 낯빛으로 내 동선을 집요하게 좇는 것을 분명히 느낄 수 있었다. 연극적인 제스처였다. 마감 시간이 다 되어가고 있었다. 나는 놓고 가는 물건이 없는지 주변을 살피고 몸을 돌려 출입문으로 걸어갔다. (k의 중얼거림이 귓가로 따라붙었다. 체온처럼 불쾌하게 달뜬 온기. 황당한 망상이다) 직원들의 무성의한 인사가 뒤따랐다. 진부한 무성의. 진부한 마지막. 나는 문을 열고 나선다. 그리고 마침내 열린 문이 스스로 닫힐 때, k는 예고받았던 영원한 알리바이를 하나 얻게 된다. 아마도."

더 나은

더 나은 삶을 살자. 우리는 약속했다. 언제인지는 말하지 않을 것이다. 언제였더라도 이상하지 않은 어느 날이었다. 언제인가. 더 나은 삶을 살 것이다. 우리의 대화는 종종 기도처럼 들렸다. 발언과 독백을 구분하지 않았다. 말했으나 듣는지는 불분명했고 그럼에도 대화는 흘렀으므로, 누군가는 듣고 있었을 것이다. 어디엔가 닿기는 닿았을 것이다. 닿은 곳에선 종종 전언과 분간되지 않는 말이 돌아왔다. ……가라사대, 더 나은 삶을 살라. 더 나은 삶을 살……리라. 그러나 더 나은 삶은 무엇인가. 더 나은…… 삶이란 무엇인가. 너무 크고 덩어리진 질문은 적잖이 무게가 나가 종종 대화를 탈선시켰다. 침묵은 도랑에 처박힌 2인용 자전거였다. 도랑은 강으로 바다로 이어졌고, 도로 꺼내지 않는다면 자전거는 점점 밀려나 머지않아 막막한 곳으로 유폐

될 것이었다. 그렇지 않더라도 녹슬어 고물이 될 것이었다. 그러므로 더 나은…… 시작점을 찾아야 한다. 더 나은 것에서 시작하자. 우리는 약속했다. 더 나은 침대를 사자. 어째서 침대인지, 구태여 논의되지 않는 것들도 있었다. 더 나은 침대는 더 나은 삶을 보장할 것이다. 더 나은 삶은 더 나은 침대를 보장할 것이다. 증명이 필요치 않은 증명이 있었다. 산수처럼. 테이블에 사과 두 알이 놓여 있다고 할 때, k가 개중 한 알을 집어 먹었다면, 테이블에 남은 사과는 몇 알인가. 우리는 산수를 좋아했다. 사칙연산의 단순 규칙과 자연수로 이루어진 확고부동한 세계. k가 먹은 사과의 씨앗이 도로 테이블에 놓인다거나, 사과를 다 먹은 k가 들고 있던 비닐봉지에서 사과 두 알을 꺼내 테이블 위에 올려놓는다는 식의 가정을 좋아하지 않았다. k가 실은 독립변수의 일종이라는 식의 이야기를 좋아하지 않았다. 우리는 함수가 두려웠다. 우리에게 함수란 종종 수학 그 자체였다. 수와 식은 산수와 수학 모두를 관통하는 개념이었으므로, 함수야말로 수학의 실존이라 생각했다. 그외에도 자연수가 아닌 유리수나 무리수, 기하학 따위가 있었으나, 너무 많은 조건은 우리의 실존을 위태롭게 했다. 너무 많은 실존 양식은 우리가 우리의 실존을 의심케 하는 결정적인 요인이었다. 종종 우리 자신을 유령과 구분 짓기 난처하게 했

다. 그러므로 수학을 일찌감치 포기했다. 합리적인 선택이
었다. 산수적으로 구한 답이었다. 우리는 산수만으로 충분
한 삶을 살고 싶었다. 수학은 어린 시절 우리가 습득하지
못한 실존의 한 양식이었다. 그렇게 간단히 넘어가고 싶었
다. 그러나 하나의 거짓말은 더 많은 거짓말을 낳고, 하나
의 폐기된 실존은 더 많은 폐기된 실존을 낳았다. 우리는
살아오며 수많은 실존 양식을 폐기했다. 어떤 것은 먼 나라
의 전설처럼 들려왔다. 그런 실존의 양식이 실존한다는 사
실만으로, 우리가 믿어왔던 단순명료한 진실들을 믿을 수
없게 되었다. 종종 유령이 실존할까 봐 두려웠다. 우리는
살아오며 많은 가능성을 폐기했다. 결과적으로 산수만으
로 충분한 삶을 얻게 되었다. 산수만으로 충분한 삶이란,
네 가지 곧고 매끈한 다리를 가진 침대 프레임 같은 것이었
다. 단순하고 안정감이 부족한 구조물 위에 놓인 소음이 심
한 스프링 매트리스 같은 것이었다. 허리와 엉덩이 부근이
항상 조금 내려앉아 있거나, 내려앉는 듯한 소리가 나는 어
떤 잠의 자세였다. 그런 프레임이 있어? 그래도 안 무너져?
우리의 침대 프레임을 보며 신기함을 감추지 않는 사람들
이 있었다. 그들은 매트리스 위에 함부로 앉아 엉덩이를 들
썩이며 삐극삐극 소리를 냈고, 우리는 그들을 말렸다. 우리
는 절대 매트리스 위로 뛰어들듯 눕지 않았다. 그런 버릇을

더 나은

가졌다. 그러므로…… 더 나은 침대를 사자. 우리는 약속했다. 그러나 더 나은 침대를 사기 위해선 우선 더 나은 침대를 정의할 필요가 있었고, 너무 크고 덩어리진 질문은…… 하지만 또 어떤 너무 크고 덩어리진 질문은 종종 적당한 크기로 잘라 소분할 수 있었다. 동물성 기름을 사용해 유지력이 좋은 케이크처럼 소분한 조각을 냉장고에 보관해 여러 차례에 걸쳐 나눠 먹을 수 있었다. 더 나은 침대를 떠올리기 위해, 우선 더 나은 침대의 구성물들을 상상할 수 있었다. 마땅히, 더 나은 침대는 더 나은 침대의 구성물들로 이루어져 있을 것이었다. 더 나은 프레임은 더 나은 침대를 보장하고, 더 나은 침대는…… 불필요한 정보는 생략될 수 있었다. 1+1=2는 1+2-2+1=2와 사실상 같은 수식이라 말해야 마땅했다. 1+(-99)-(-99)+1=2도 1+1=2와 사실상 같은 수식이라 말해야 마땅했다. 이는 1+1=2가 1+k-k+1=2와 사실상 같은 수식임을 증명했다. 수와 식은 산수와 수학 모두를 경유했으므로, 하나의 산수는 언제나 하나의 수학이 될 가능성을 품고 있었다. 불필요하여 생략될 수 있는 가능성이었다. 하나의 수학도 종종 하나의 산수가 될 가능성을 품고 있었다. 불필요하나 또 원한다면 얼마든지, 하나의 산수를 증명하기 위해 무수한 함수가 도용될 수도 있다고 수학 선생은 얘기했다. 하지만 사실 그건 수학이 아니야. 그런 건 철학이지. 사실을 말하자면, 우리는 수학은 포기했지만 수학 선생을 싫어하진 않았다. 어떤 수학 선생은, 수학보다 철학에 대해 얘기하길 좋아했기 때문이다. 어떤 국어 선생은, 국어보다 규율에 대해 얘기하길 좋아했다. 우리는 규율을 혐오했다기보단, 국어를 흉내 내는 규율을 혐오했다. 우리는 철학을 좋아했다기보단, 수학을 흉내 내는 철학을 좋아했다. 두 개의 음수를 곱하면 양수가 된다. 어떤 수학 선생은 이해할 수 없는 구조물에 대해 이해할 수 없는 언어로 설명했고, 우리는 종종 그것을 이해한 것 같았다. 이해할 수 없는 모양의 거대한 구조물을 구성하는 이해할 수 없는 모양의 작은 벽돌들이 있었고, 우리는 그것이 모종의 선험적인 이해를 암시한다 믿었다. 오해였다. 믿음은 붕괴의 조짐이 벽면을 타고 오르는 막막한 복도, 그 안을 우아한 걸음걸이로 가로지르는 이의 가볍게 감은 두 눈꺼풀이었다. 종종 기도와 구분되지 않았다. 그러므로 더 나은 삶을 살자…… 살 것이다. 언제인가. 우리는 약속과 믿음을 구태여 구분 짓지 않았다. 우리는 우리를 구태여 구분 짓지 않았다. 우리는 많은 어린 시절을 함께했지만, 모든 어린 시절을 함께한 것은 아니었다. 어떤 시기도 그런 기회를 주지는 않았다. 누구도 그런 기회를 얻지 못했으리라. 우리는 같은 수학 선생에 대해 얘기했으나, 같은 시기에 대해 얘기한 것은 아니었다. 같은 시기의 같은 국어 선생에 대해 얘기했으나, 그것이 우리가 그 시기를 완전히 함께했음을 의미하지는 않았다. 우리는 같은 선생들과 같은 시기를, 저마다 다른 방식으로 통과했다. 다 옛날 일이다. 우리는 저마다 다른 이유로 행복하지 않았고, 그래서 죽고 싶었다.[i] 다 옛날 일이다. 특별히 다른 이유가 있다고 생각한 것은 아니었다. 우리는 행복하기도 했다. 행복은 상태가 아니라 기분이다. 우리는 저마다 다른 어디선가 이런 말을 들었는데, 정확한 출처는 기억하지 못했다. 우리 중 누군가 어디선가 그런 말을 듣고 와 전해준 것인지도 모른다. 옛날 얘기를 하다가 잠깐 나온 말일지도 모른다. 아니면 그냥 우리 중 누군가가 지어낸 걸 수도 있다. 그런 말은 하루에도 수 번씩 지어졌다. 우리만의 일은 아니다. 더 나은 침대를 사자. 우리만 그런 약속을 하는 것은 아니었다. 아니었을 것이다. 이미 충분한 수요가 있었기 때문이다. 수요가 있으면 공급도 생긴다. 이는 공급이 있다면 수요도 있음을 증명했…… 증명할 것이다. 우리가 사는 동네에는 매트리스와 프레임을 취급하는 매장이 총 두 곳, 침구류를 취급하는 매장이 총 네 곳 있었고, 이는 총 여섯 매장만큼의 수요를 증명했……

[i] 한유주, 「그해 여름 우리는」, 『연대기』, 문학과지성사, 2019, p. 9.

증명할…… 어떤 생략을 설득하기 위해선 생략하기 이전보다 많은 정보가 필요했다. 소문자로 표기된 변수의 값을 구하기 위해, 본래의 식보다 더 긴 식이 도용되었다. 그것은 지나친 일처럼 여겨졌다. 우리는 우리를 지나치게 피로하게 하는 일들을 피하며 살아왔다. 우리의 상상을 초과하는 것을 상상하려 하지 않았다. 우리의 동네를 정의하기 위해 우리의 걸음걸이와 체력 이상의 기준을 적용하지 않았다. 따라서 우리의 걸음걸이와 체력이 구성하는 임의의 도형이 있다고 할 때, 그 안에 매장 여섯 개 만큼의 수요가 존재했다. 그러나 우리는 종종 이것이 임의의 도형 안만의 일은 아니니라 짐작했다. 진지한 짐작은 아니었다. 짐작이 틀렸더라도 문제가 되지 않았다. 산수는 너무 많은 수를 포용하지 못했다. 수가 너무 많아지면 산수는 제 기능을 상실했다. 너무 많은 수를 위해선 수학이 필요했다. 그러나 너무 많은 수는 종종, 그것이 단순히 덧셈과 뺄셈으로만 연결된 것이더라도 수학적으로 풀이할 수 없다고 수학 선생은 말했다. 함수는 차라리 간단하지. 함수는 압축이야. 문제는 압축되지 않는 것들이야. 그런 것들은 솔직해. 솔직한 풀이 과정을 요구한다. 정확히 쓰인 수만큼의 시간을 요구하지. 하지만 인간은 신이 아니지. 인간이 만든 계산기도 인간이 만들었기 때문에 영원을 풀이할 수는 없어. 그리고 보

면 신도 아직 영원을 다 풀지 못했는지 모르지. 당연하게
도, 수학 선생은 좋은 수학 선생이 아니었다. 수학 선생이
말하는 온전히 수학이지는 않은 여분의 말들은 수학을 공
부하려는 아이들에겐 하등 쓸모없었고, 선생의 잡담을 즐
기는 아이들에게는 지나치게 현학적이어서 지루했다. 수
학 선생을 좋아하는 것은 대체로 여분의 아이들, 한 학년에
네 명을 넘기는 일이 거의 없는 나머짓값이었다. 그렇다면
수학 선생은 나머짓값의 일부인가? 우리는 오랫동안 그것
이 궁금했다. 우리 중 누구도 수학 선생이 될 수 없었기 때
문이다. 우리 중 누구도 수학 선생과 근접한 삶을 얻지 못
했다. 그렇지만 수학 선생과 근접한 삶은 또 무엇인가, 하
면 답하기 어려웠다. 그것은 너무 많은 증명을 필요로 하
는, 너무나도 수학적인 질문이었다. 수학 선생만이 제대로
된 답을 내놓을 수 있는 문제였다. 그러나 너무 많은 수는
종종 수학적으로도 풀이할 수 없었으므로, 이는 신도 풀이
할 수 없는 문제일지도…… 요컨대 우리의 삶이란, 이런 것
을 가만히 궁리하는 형태가 되었다. 철학에 근접하나, 철학
이라 말하기엔 어딘지 곤궁한 궁리가 주된 관심사가 되었
다. 산수만으로 충분한 실존의 모양, 허리와 엉덩이 부근이
항상 조금 내려앉아 있거나, 내려앉는 듯한 소리가 나는 어
떤 자세로 누워 잠이 오길 기다리다 보면 종종 심각한 질병

과는 무관한, 일상적이고 짧은 배탈처럼 아랫배에 그런 궁
리가 고였다. 대체로 잠시 화장실을 다녀오고 나면 까맣게
잊었으나, 그렇지 않을 때면 대화를 했다. 우리의 대화는
대개 침대 위에서 이뤄졌다. 침대 밑에선 거의 대화를 하지
않았다. 처음부터 그런 건 아니고, 오랜 시간의 여파였다.
관성을 무디게 할 정도의 긴 시간이 있었다. 또 우리에게
저마다 다른 할 일이 있어서이기도 했다. 그러나 저마다의
다른 할 일을 위해 저마다 다른 환경이 필요했다는 얘기는
아니다. 우리는 자주 프랜차이즈 카페에 앉아 노트북을 켜
고 저마다 다른 할 일을 했다. 저마다의 노트북으로 하는
서너 가지의 저마다 다른 할 일에서 나오는 수입과, 연간
몇 차례 '실적'을 증명하고 서류를 작성해 정부 지원금 내지
는 보조금을 타는 것이 우리가 삶을 유지하는 양식이었다.
테이블은 1인용 원형 테이블을 두 개 붙여놓은 모양이 적
당했다. 우리는 엇갈려 앉았다. 어떤 프랜차이즈 카페더라
도 1인용 테이블은 노트북을 올려놓기에 적당한 사이즈가
아니었고, 요컨대 노트북을 올려놓고 잔이나 휴대폰 따위
의 여타 물건을 편히 올려놓기에 적합하지 않았고, 아주 작
은 노트북을 사용한다면 얘기가 달라질지 모르지만 우리
의 노트북은 그렇지 않았으므로, 우리는 상대의 노트북이
절반 넘게 차지하고 있는 테이블에 잔을 놓았다. 하나의 원

형 테이블에 테이블 앞 의자에 앉은 사람의 노트북과 그렇지 않은 사람의 잔이 놓인 모양이다. 잔은 노트북 뒤에 놓였다. 저마다의 원형 테이블에 저마다의 노트북과 잔을 놓는 방법도 있으나 이는 많은 번거로움을 초래하기 때문이다. 노트북을 펼치고 그 뒤에 잔을 놓게 되면 음료를 마시기 위해 잔을 입까지 가져오기 번거롭고, 앞에 놓을 경우 몸과 타자기 사이의 거리가 너무 멀어졌다. 따라서 우리의 노트북과 잔은 두 원형 테이블에 엇갈려 놓였다. 그것이 우리의 자세였다. 그렇게 된 지 오래였다. (그러나 적당한 테이블이 언제나 마련되지는 않았다. 엇갈려 앉을 만한 테이블이 여의치 않은 경우 우리는 따로 앉았다. 그것이 특별히 어색하진 않았다. 그 또한 우리의 자세였다) 우리에겐 상대의 양해가 필요치 않은 자세가 많았다. 이따금 우리는 우리가 복수라는 사실을 잊었다. 상대를 잊었다는 얘기는 아니다. 다만 우리가 복수라는 사실만을 망각했다. 우리는 항상 함께하고 싶었지만, 이는 똑같은 어린 시절을 갖는 것만큼이나 불가능한 일이었다. 우리는 자주 프랜차이즈 카페에 앉아 저마다 다른 할 일을 했으나, 그렇지 않을 때도 많았다. 어떤 날은 침대에 누워 있는 시간을 제외하곤 함께하지 못했고, 어떤 날은 같은 침대에서 시간을 보내지 못하거나 같은 시간에 침대에 누워 있지 못했다. 그러나 그런 날에 대해 회고할 때도 '우리'라는 주어를 썼다. 그날 거기 상대가 없었음을 망각한 게 아니었다. 다만 우리라는 주어를 남용했으며, 그것이 만드는 기억의 오차에 개의치 않았다. 기억의 오차는 점차 교정되었다. 침대에 누워 또 사소한 궁리에 대해 얘기하다가 그날 우리는 무엇을 하다가 잤지, 그날 우리 옆 테이블에서 커플로 보이는 두 사람이 언성을 높였고 그러다 보니 그들이 왜 언성을 높였는지나 이전에 몇 번이나 언성을 높였고 또 그들 중 누구의 잘못이 더 큰 것 같은지 따위를 다 알 것 같았지 원래 알고 있었던 것 같았지 하고 회상하다 보면 우리의 기억은 점점 비슷해졌다. 그럼에도 좁혀지지 않는 간극이 있었으나, 그런 간극은 언제나 있었다. 우리는 저마다의 시기에 겪어야 했던 같은 수학 선생을 구태여 구분 짓지 않듯이, 같은 시기에 겪었던 같은 국어 선생에 대한 저마다의 인상을 구태여 분리하지 않듯이 경험과 전달받은 기억의 차이를 신경 쓰지 않았다. 그러다 보면 우리는 우리가 만난 적 없는 사람들을 알고 있기도 했다. 우리가 저마다의 상황에서 만난 사람들이었다. 우리는 자주 프랜차이즈 카페에서 할 일을 했지만, 프랜차이즈 카페에서만 모든 일을 처리할 수 있는 것은 아니었으므로, 할 일과 관련된 사람들을 저마다 만나고 그들에 대해서 얘기했다. 대개 상대는 만나볼 일 없는 사람이었다. 그러나 우리는 우리가 만난 이런 사람들을 모두 만나보고 또 알고 있다 느꼈다. 그들의 사소한 버릇, 대화를 나눌 때 손이나 표정을 사용하는 방식이라든가 걸음의 속도와 모양새 따위를 본 것 같았다. 우리는 가본 적 없는 사무실에 앉아 만나본 적 없는 사람과 대화를 나눈 기억을 여럿 가지고 있었다. 어떨 때는 아무렇지 않게 우리의 침대 위에서 그들과 대화를 나누거나 커피나 차 따위를 마신 일을 기억해냈다. 그런 프레임이 있어? 그래도 안 무너져? 누군가 신기함을 감추지 않으며 우리의 매트리스 위에서 함부로 엉덩이를 들썩인 기억에 불쾌해졌다가 얼마 안 가 그를 만나본 적 없다는 사실에 기억날 때도 있었다. 종종 그 누군가는 우리의 방으로 초대하기엔 다소 사무적인 관계의 사람이었다. 회상한 이야기와 회상하는 순간이 오인되고 섞였다. 그러나 우리가 소용돌이치는 2인분의 기억에 갇혀 방향을 잃고 지내는 것은 아니었다. 저마다의 시기에 겪은 같은 수학 선생은 아무려나 같은 수학 선생이었다. 하나의 산수가 언제나 하나의 수학이 될 가능성을 품고 있다는 것은, 어떤 수학은 산수적으로 풀이될 수 있음을 의미했다. 우리는 풀 수 없는 문제를 모조리 찍은 덕에 한참 남은 시험 시간을 이용해 '한 모서리가 1m인 정육면체를 아래 그림처럼 피라미드 모양으로 쌓아 올렸다고 할 때, 높이가 50m인 피라미드의 밑면

넓이를 구하시오’ 따위 문제를 시험지에 직접 그려 풀었다. 시험지의 여백이 부족해 풀지 못한 문제도 있었다. 우리가 제공할 수 없는 여유를 요구해 지속할 수 없는 궁리도 있었다. 더 나은 삶을 살자. 더 나은 삶을…… 구하시오. π는 무한소수라고 했다. 무한소수의 존재는 무한을 가늠해보게 했다. 그러나 무한소수만이 무한을 가늠해보게 만드는 것은 아니었다. 인근 프리미엄 아파트 단지로 들어가 산책을 하다 보면 우리는 무한을 가늠하게 되었다. 30층을 넘긴 아파트 사이를 지나다 문득 고개를 들면 신에게 닿기 위해 탑을 쌓던 바빌로니아인들의 마음을 이해할 것 같았다. 탑을 쌓는 동안 바빌로니아인들은 절대 고개를 들지 않았을 것이다. 탑의 높이를 가늠하지 않았을 것이다. 무한을 쌓으려면 우선 한 장의 벽돌을 올려야 했다. 마음가짐의 문제가 아니었다. 무한은 보이지 않는 것이므로, 쌓을 수도 없었다. 한 장의 벽돌을 올리는 행위는 무한을 조금도 쌓지 못했다. 무한을 쌓으려면 우선 무한을 망각해야 했다. 무한을 쌓지 않아야 했다. 무한과 한없이 무관한 정면의 풍경과 한 장의 벽돌만을 기억해야 했다. 탑을 망각해야 했다. 우리는 우리가 우리라는 사실에 큰 관심을 두지 않았다. 우리의 대화는 상대가 필요치 않은 자세였다. 우리는 침대에 누워 화장실에 다녀와도 멈추지 않는 궁리에 대해 말했고, 대화는 조금씩, 어디론가 흘렀는데, 상대가 없을 때도 마찬가지였다. 그럼에도 어디선가 들려오는 목소리가 있었다. 우리는 저마다 다른 일을 하는 와중에도 우리로 지냈다. 저마다의 우리가 저마다의 장소에서 저마다 다른 일을 하다가 돌아왔고, 운이 좋은 날에는 같은 시간, 같은 침대에 누웠다. 그런 날이면 우리는 우리의 간극을 좁혔다. 언제이더라도 이상하지 않은 어느 날이었다. 언제인가. 더 나은 삶을 살자. 우리는 약속하듯 궁리했다. 무한한 여유를 요구하는 궁리였고, 우리는 더 나은 침대를 궁리하기로 했다. 또 더 나은 침대는 더 나은 매트리스와 프레임을 요구했는데…… 이 모든 대화는 하루 동안 벌어진 걸지도 모른다. 그래도 이상할 것 없었다. 그렇지만 우리가 살아오는 동안 꾸준히 이어져왔더라도 이상하지 않았다. 기념할 만한 일이 있으면 우리는 프랜차이즈 빵집에서 동물성 기름을 써 유지력이 좋은 케이크를 사 와 조금씩 소분한 것을 여러 차례에 나눠, 따로 혹은 같이 먹었다. 그러나 기념할 만한 일은 종종 길지 않은 간격으로 찾아왔고, 그럴 때면 두 개의 기념을 하나의 케이크로 해결했다. 소분한 것을 여러 차례에 걸쳐 하루 안에 다 먹기도 했다. 어떤 케이크는 상대가 먹을 새도 없이 사라졌다. 우리는 종종 먹은 적 없는 케이크의 맛과 형태를 먹은 것과 다름없이 기억했다. 어떤 케이크는 한 번

먹어본 기억만으로도 충분하다 여겨졌다. 어떤 음식은 맛이 있고 없고와 무관하게 두 번 먹고 싶은 생각이 들지 않았다. 맛이 있고 없고와 무관하게 두 번 이상 먹게 되는 음식도 있었다. 자의인 경우도 타의인 경우도 있었다. 만날 때마다 무언가 같이 먹어야 하는 사람이 있었고, 개중에는 우리의 기호에 관심을 두지 않는 사람도 많았다. 이들과의 식사는 급식과 달리 음식을 거부할 방법이 없었다. 또 어떤 맛없었던 음식은 이번엔 다르지 않을까 기대를 품게 했고, 우리의 기호에 관심을 두지 않은 사람이 제안한 것 중에 그런 기대를 품게 하는 음식이 포함되는 경우도 있었다. 운에 기대는 순간이었다. 테이블에 사과 두 알이 놓여 있다 할 때, 개중 한 알을 집어 먹은 k가 그대로 사라지길 기대하게 되는 순간이 있었다. 그러나 기대는 자주 좌절됐다. 기대는 산수적인 것이었다. 변수의 존재를 잊거나 없애고, 풀이가 쉬운 단순 명료한 인과관계만을 남기는 것이었다. 그러나 세상에는 k가 사과를 먹은 후 두 알의 사과를 테이블 위에 놓거나 사과를 반만 먹고 내려놓았다는 식의 이야기가 지나치게 많았다. 우리의 삶은 완전하고 단순한 수식을 이루지 못했다. 더 나은 침대를 구성하기 위한 더 나은 매트리스와 프레임을 정의하는 일은 금세 좌초되었다. 우리의 걸음걸이와 체력이 구성하는 임의의 도형 안에 있는 매장

6개가 그 수만큼의 다양한 선택지를 보장하지는 않았기 때문이다. 그러나 저마다의 매트리스와 프레임에는 크게 다르지 않은 규격이 있었다. 사이즈와 가격 면에서 그랬다. 요컨대 우리는 우리가 이미 가진 것과 같은, 우리 중 하나가 눕기 적당한 사이즈의 매트리스와 프레임은 무리하지 않고도 살 수 있었으나, 우리가 눕기에 적당한 사이즈의 매트리스와 프레임의 경우는 달랐다. 우리 중 한 명이 어깨를 비틀거나, 서로의 어깨가 비스듬히 겹쳐진 채 눕지 않을 수 있는 사이즈의 매트리스와 프레임은 무리한 조건을 필요로 했다. 사이즈가 무리했고, 가격이 무리했다. 그래도 가격의 경우의 미묘한 구석이 있었다. 가진 적 없었고 또 살 일도 없었던 물건을 산다는 건 본래 그런 일이었으니까, 이미 우리가 가진 것과 같은, 우리 중 하나가 눕기 적당한 사이즈의 매트리스와 프레임을, 가장 저렴하여 오래지 않아 심한 소음을 발생시킬 스프링이나 프레임 대신 납작한 받침대 따위를 고른다 하더라도, 그래서 결과적으로 더 나은 침대를 구한 것이 맞는지 애매해지더라도 조금은 무리해야 했으므로, 무리하지 않은 상황을 위해 무리한 조건을 충당해야 했으므로, 짧게는 한 달에서 길게는 두어 달 정도 씀씀이를 조절해야 했으므로, 이것이 서너 달에서 반년 정도로 늘어난다고 해서 정확히 얼마나 더 무리한다 말하기 난처했기 때문이다. 그러나 사이즈의 경우는 달랐다. 무리한 사이즈를 들이려면 우리의 생활을 견디기에 부적절해진 방 사이즈를 오래 견딜 각오를 해야 했다. 그것은 보다 본질적인 무리함 같았다. 이미 우리가 가진 것과 같은, 오래지 않아 더 나은 침대를 구한 것이 맞는지 애매해질 만한 저렴한 소재를 고른다거나 하는 식으로 우회할 수 없는 무리함이었다. 더 나은 삶을 보장하지 않았다. 가정의 수정이 불가피했다. 어떤 더 나은 침대는 더 나은 삶을 보장하지 않는다. 더 나은 삶은…… 그러나 어떤 더 나은 침대든 무리 없이 보장한다…… 할 것이다. 변했지만 변하지 않는 가정도 있었다. 있을…… 것이다. 그러나 어쩌면 이 역시 변하게 되리라. 아직 변하지 않았을 뿐인지도 몰랐다. 우리의 걸음걸이와 체력은 많은 가정을 증명하기에 적합하지 않았다. 우리의 궁리는 자주 산수적으로 풀이될 수 없는 영역으로 나아갔다. 인근의 프리미엄 아파트 단지를 산책하다 보면 자주 고개를 들게 되었다. 그렇게 만드는 힘이 있었다. 더 나은 삶을…… 살라. 예상치 못한 방향으로 굽이쳐 흐른 대화의 끄트머리에서 돌아오는 이상한 목소리가 있었다. 우리는 그것이 종종 국어 선생의 목소리를 닮아 있음을 알았다. 그러나 모두 그렇지는 않았다. 나머짓값이 있었다. 어떤 나머짓값은 먼 나라의 전설 같았다. 먼 나라의 전설에 따르면, k가 반만 먹고 다시 테이블에 올려둔 사과는 한 알의 사과이면서 한 알의 사과가 아니라 했다. 그런 실존 양식이 실존한다는 사실만으로, 우리는 우리가 믿어왔던 단순 명료한 진실들을 믿을 수 없게 되었다. 종종 우리의 존재를 믿을 수 없었다. 종종 우리가 두려워졌다. 우리라는 주어가 많은 문장을 비문으로 만든다는 사실이 두려웠다. 많은 문장이 삭제되었다. 우리는 더 나은 삶을 위해 더 나은 시작점을 찾기로 했고, 어떤 더 나은 시작에는 우리라는 주어가 부재했다. 우리는 일찌감치 수학을 포기했으나, 그렇다고 수학을 전혀 모르는 것은 아니었다. 우리의 어린 시절은 그런 무지의 기회를 주지 않았다. 어떤 시절을 통과했다는 사실만으로 자연히 알게 되는 사실들이 있었다. 안다고 가정되는 것들이 있었다. 요컨대 우리는 독립변수만으로는 함수가 구축되지 않음을 알았다. 우리가 알 것이라 가정했다. 함수는 독립변수와 종속변수가 한 쌍을 이룰 때 시작되었다. 매장 여섯 개를 돌아다니며 알아본 바로, 우리가 눕기 적당한 사이즈의 프레임은 항상 네 개를 초과하는 다리나 통으로 된 두껍고 단단한 밑면을 가지고 있었다. 특정한 부피가 유지되기 위해선 특정한 수준의 지지대가 필요했다. 특정한 주어는 특정한 수준의 실존 양식을 필요로 했다. 더 나은…… 침대가 필요했다. 침대에 누

위 있지 않을 때도 허리와 엉덩이가 내려앉을 것 같은 느낌
에 사로잡힐 때가 있었다. 오래된 일이다. 우리는 우리의
중간부가 내려앉는 순간을 종종 상상했다. 언제일지는 구
태여 예상하지 않았다. 불안은 종종 기도와 구분되지 않았
다. 더 나은 삶을 살자. 언젠가부터 우리는 우리에게 없는
실존 양식에 대해 많은 시간 궁리하고 있었다. 바깥에 대한
궁리가 길어지고 있었다. 철학에 근접하나, 철학이라 말하
기엔 어딘지 곤궁한 궁리는 점점 철학이거나, 혹은 차라리
수학인 무엇으로 변해가고 있었다. 우리의 궁리가 우리를
초과하는 중이었다. 그럴 때면 우리는 수학 선생을 이해할
것 같았다. 우리는 종종 우리라 지칭하기 난처한 우리에 대
해 얘기했다. 우리라는 주어에 지나친 집착을 보였다. 그런
프레임도 있어? 그래도 안 무너져? 먼 나라에는 먼 나라 나
름의 주거 문화가 있다는 얘기를 처음 들은 사람처럼 신기
함을 감추지 않는 사람들이 있었다. 개중에는 이민을 꿈꾸
는 이들도 있었다. 진지한 꿈은 아니었다. 진지해질 수 없
었기 때문이다. 진지한 욕망이 아니었던 것은 아니다. 어떤
사람은 프레임이 분리된 침대를 써본 적이 없었다. 프레임
이란 단어를 처음 들었거나 인지한 사람도 있었다. 생애 처
음으로 프레임이란 것을 구매하려고 고민하던 사람은 매
트리스 위에 진지한 표정으로 앉아 엉덩이를 들썩였다. 매

트리스가 내는 소음의 정도를 정밀히 측정하는 표정이었다. 고객님이라는 호칭이 어색하고 민망하나 구태여 거절하지는 않는 고객 같은 얼굴이었다. 우리는 그를 말렸다. 우리는 절대로 매트리스 위로 뛰어들듯 눕지 않는다고 했다. 그런 버릇을 가지게 된다고 얘기했다. 어떤 프레임을 가지기 위해선 어떤 자세를 가져야만 한다고 얘기했다. 툭 하고, 덜 마른 빨래처럼 침묵이 우리 사이로 떨어지는 순간이 있었다. 습도가 높은 초여름이었다. 창문을 열고 덜 마른 빨래를 주워 다시 건조대에 널었다. 우리는 대화를 이어갔다. 다른 화제가 시작되었다. 더 나은 에너지소비효율 등급을 가진 에어컨에 대한 것이었을지도 모른다. 혹은 에어컨이 있거나 없는 삶에 대한 것이었을 수도 있다. 그런데 집이 꽤 괜찮다. 잘 구했네. 그런 말도 나왔다. 아, 받은 게 있어서, 조금. 우리 중 하나가 대답했다. 아아. 우리는 종종 우리라 지칭하기 난처한 우리에 대해 얘기했다. 우리가 그런 것을 좋아했는지는 모르겠다. 좋다거나 싫다고 말하기 난처한 것들이 있었다. 우리의 대화는 종종 기도처럼 들렸고, 그것은 내몰린 자의 애원이거나 평범한 일과였다. 시간이 지나고, 생애 처음으로 프레임이란 것을 구매해보려 고민하던 사람이 결국 아무것도 구매하지 않았다는 얘기를 들었다. 여유가 없다고 했다. 더 나은 대안을 궁리해볼 생각이라 얘기했다. 그럴 때면 우리는 수학 선생을 이해할 것 같았다. 수학 선생이 한 번도 우리를 이해한 적 없음을 이해할 것 같았다. 이해할 수 없는 모양의 구조물을 구성하는 이해할 수 없는 모양의 벽돌은 그러나 누구에게나 이해할 수 없는 모양이 아님을 이해했다. 하지만 그건 사실 수학이 아니야. 그런 건 철학이지. 사실을 말하자면, 우리는 유클리드와 피타고라스의 시대에는 철학자와 수학자가 그다지 구분되지 않았다는 사실을 몰랐다. 어떤 세계에선 철학의 영역과 수학의 영역이 선명하게 구분되지 않는다는 사실을 몰랐다. 모든 수학은 철학의 가능성을 내포하고, 모든 철학은 철학 바깥의 흔적을 내포하고 있다는 사실을 몰랐다. 수학 선생은 그런 것에 대해서는 말하지 않았다. 그러나 알게 되었다. 어떤 것을 자연히 알게 되는 시기가 있었다. 수학 선생도 모르지 않았을 것이다. 당연하게도, 수학 선생은 좋은 선생이 아니었다. 수학 선생이 하는 온전히 수학이지는 않은 여분의 말들은 그런 것을 이해하고 싶지 않아 하는 아이들에겐 쓸모가 없었고, 그것을 이해하고 싶어 하는 아이들에겐 지나치게 난해했다. 의도된 난해함이 있었다. 자의적인 구분과 비약이 있었다. 수학 선생이 수학을 흉내 내는 철학을 얘기할 때, 우리는 안과 밖을 가늠하게 되었다. 더 나은 것에 대해 궁리하게 되었다. 심오함에 대해 생각했다. 내면과 외연, 자아와 세계 따위를 알게 되었다 믿었다. 그러나 소수의 관점으로 보자면, 나머지란 존재하지 않았다. 수 사이로 무한히 새어 나가는 수의 가능성만 있을 따름이었다. π는 흥미로운 개념이지. 수학이지만 수학이 아니야. 영원히 표기될 수 없는 수를 수학이라 부를 순 없지. 수학 선생은 말했다. 하지만 문제에는 항상 단서가 붙었다. 소수의 둘째 자릿수까지…… 영원히 표기될 수 없는 수를 표기하기 위해 누구나 영원을 탕진하는 것은 아니었다. 누구도 그럴 수는 없었다. 그것은 불가능한 일이었다. 수학 선생은 π를 소수의 아홉번째 자릿수까지 외워서 쓸 수 있다고 했다. 예전에는 백번째 자릿수까지 외웠는데 시간이 지나다 보니 다 잊었다고 했다. 시간이 지나면, 아무리 열심히 암기했던 것이더라도 쓰임이 없는 기억은 금세 지워진다고 했다. 사람의 뇌가 그렇게 생겨먹었다고 했다. 시간이 지나고, 우리는 그런 것을 이해하게 되었다. 더나은 것이란 무엇인가 궁리하게 되었다. 더 나은…… 삶이란 무엇인가. 우리는 자주 도랑에 빠진 2인용 자전거를 도로 꺼내 챙겨온 수건으로 더러워진 겉을 닦았다. 한번 도랑에 빠진 2인용 자전거는, 도로 꺼내도 2인용 자전거였다. 우리는 항상 함께 타고 싶었지만, 이는 똑같은 미래를 상상하는 것만큼이나 불가능한 일이었다. 그렇다고 해서 2인용 자전거가 대부분의 시간 동안 방치되었던 것은 아니다. 저마다의 우리가 저마다의 장소에서 저마다 2인용 자전거를 타다가 돌아왔다. 운이 좋은 날에는 같은 2인용 자전거를 탔지만 페달을 밟는 두 속도 사이 좁혀야 하는 간극이 있었다. 누군가는 잠시 발을 멈추고 누군가는 밟는 속도를 올려야 했다. 우리는 대명사가 아니라 대代동사였다. 헛소리다. 이해할 수 없는 모양의 작은 벽돌들로 구성된 이해할 수 없는 모양의 거대한 구조물이 있었고, 그것이 우리라 믿었다. 오해였다. 오해임을 모르지는 않았다. 두 알의 사과가 놓인 테이블로 k가 다가와 개중 한 알을 집어 먹었지만, 테이블에 사과가 몇 알 남는지는 말하지 않을 것이다. 한 알이거나 두 알이거나, 그 외의 어떤 가능성의 사과가 하나의 테이블 위에 가지런히 놓여 있었다. 두 쌍의 페달은 항상 같은 속도로 회전했다. 이상하게도. 우리는 약속했다. 언제인가. 더 나은 삶을 살자. 대화는 대답을 기다리지 않고 이어졌다. 한 쌍의 바퀴가 굴러가고 있었다. 모든 굴러가고 있는 것은 영원히 굴러왔던 것 같다. 영원을 가늠케 했다. 영원이란 페달을 밟는 발들과 무관하게 굴러가는 2인용 자전거였다. 끔찍하고 아름다운 이미지였다. 끔찍하거나, 아름다운 이미지였다. 종종 시야로 끼어드는 도랑의 이미지 너머로, 우리의 걸음걸이와 체력이 구성한 임의의 둘레가 빠르게 다가오고 있었다. 상쾌한 바람이 불어왔다. 속도가 불러일으킨 착각이었다. 페달을 밟는 우리가 우리가 아니어도 나쁘지 않을 어느 날이었다.

해설

세 개의 무기력과 영원히 더 나아지는 꿈

전청림
(문학평론가)

세 개의 무기력

한 창작자에게 예술이란 이해받고 있다는 기쁨과 오해받고 있다는 우울 사이에서 움직인다. 창작은 전력을 다해 허구를 생산하는 기술인 데 비해, 허구는 끝없이 정직한 독해를 거부하는 무언가를 생산하기 때문이다. 허구라는 불안한 지대는 온몸으로 비명을 쏟아낸 작가의 작품을 하나의 은유로 결박할 수 있고, 우연히 등장한 리듬과 멜로디를 본질적인 무엇으로 격상할 수도 있다. 물론, 예술을 하나의 놀이로 본다면 오해의 기회는 많아질수록 좋다. 그러나 이를 작가의 실존이라는 차원으로 사유한다면 어떨까? 오해와 이해가 뚜렷이 구분될 수 없는 생의 복잡성이 허구의 문지기로 서 있다면 말이다. 이건 강대호의 소설에 거는 베팅이자 희망이다. 이 소설집이 "반복되고 고착화되는 미학-실험"(p. 229)으로 환원될 수 없는 "꿈의 논리"(p. 257)라는 것을 증명하기 위한 사투인 동시에, 모씨某氏의 논쟁적인 화답을 기다리는 "평론가의 광역 어그로"(p. 233)이기도 하다는 이야기.

이 소설집에 어째서 '세 개의 무기력'이라는 해석적 언어가 따라붙는지를 먼저 해명해보자. 전작들에 대한 메타소설이기도 한 「두 가지 「프란츠 카프카」에 붙이는 한 가지 주석」(이하 「두 가지」)을 참조해서 말이다. 작가의 연작소설집 『스핀오프』(문학실험실, 2022)에는 두 편의 「프란츠 카프카」가 수록되어 있다. 목록상 첫번째 「프란츠 카프카」는 영원히 미완성에 이르는 저택을 짓고 가꾸는 가정부들이 등장하며, 두번째 「프란츠 카프카」에는 존재하지 않는 얼굴을 보았다고 착각하는 인물 k가 등장한다. 「두 가지」의 첫번째 각주에서 "두 소설이 대상으로 삼은 프란츠 카프카의 소설과 그의 생애에 있어 그러하듯, 이 주석 역시 앞선 두 소설을 참조하지 않고 읽어도 무방하다"(p. 207)라고 안내한 작가의 함정 아닌 함정에서 길을 잃지 않기 위해서는 그의 말을 온전히 믿어버려야만 한다. '대상으로 삼은 프란츠 카프카'라는 문구를 통해 그 영향을 명확히 인정하면서도, '참조하지 않고 읽어도 무방하다'는 거짓말 같은 역설을 드러낸 바로 그 함정 같은 말을 말이다.

참조하지 않고 읽어도 무방한 수준이라는 안내서를 참조하면서, '프란츠 카프카'라는 유대인 소설가를 제목에 올려놓은 그 압도적인 인식망 내에서 소설을 읽는 것. 이 까다로운 해석의 과정에서 반드시 「두 가지」의 플롯과 비슷한 어떤 경향성이 도출될 것이라는 예감을 지울 수 없다. 소설가 k의 작품에서 그가 영향받은 작가들(바스코 포파와 보르헤스 등)의 연관성을 밝히는 해석의 파장이 한 제도권 문학평론가의 비평에서 시작해, 개인 블로그에 기록된 모씨의 메타비평으로 퍼지고, 트위터와 SNS를 통해 논의가 지저분하게 부풀어 오르는 그 여정처럼 말이다. 소설 「두 가지」에서 촉발된 가상의 논쟁을 참조한다면, 한 소설가가 걸출한 문학가를 자신의 작품 속에서 호명하는 행위는 오마주가 될 수도 있고, 오리지널의 반복에 갇힐 수도 있다. 그뿐인가. 오리지널-오마주의 도식 자체가 낡았다는 해체적 사유를 촉발할 수도 있고, 무수한 참조점 사이에서 유의미한 현실적 실감을 도출해낼 수도 있다. 소설에서 논쟁은 얼마 가지 못해 생명력을 잃는다. 명확한 답이 없는 논쟁이 늘 그렇듯 이는 당연한 말로라고 할 수 있겠지만, 그로부터 시간이 얼마 흐른 뒤 모씨는 헌책방에서 이경림의 시집 『상자들』을 발견하고 이 조롱과 논쟁의 역사를 떠올리며 "이상야릇한 고양감"(p. 248)을 느낀다. 이경림의 시집을 손에 쥐고 k의 소설을 다시 맹렬히 독해해보던 그는 자신이 "무한히 긴 하나의 털실-상호텍스트성으로 얽히고설킨 실타래라는 식의 하나 마나 한 환원 논리에 다다를 뿐이었"으며, 퍼즐의 "마지막에서야 제 자리가 없는 한 조각을 조립하기 위해선 다른 조각을 모두 해체해야 한다는 사실을 알아차린 아이처럼"(p. 255) 문득 허탈해진다.

자, 그럼 이렇게 이야기해봐도 좋을까. "어떤 꿈은 충분한 망각을 통과해야지만 현실과 같은 구체적인 실감을 획득하는 법"(p. 257)이라면, 명백한 환원 논리도, 상호텍스트성의 무한한 참조도 아닌 방식으로 강대호의 소설을 읽는다는 것은 망각의 여운 속에서만 가능하리라고 말이다. 프란츠 카프카라는 이름을 충분히 망각한 채로 「프란츠 카프카」라는 소설을 읽어야만 한다는 것. 다시 말해, 완전한 참조도 완전한 망각도 아닌 '충분한 망각' 말이다. 너무도 걸출하기에 너무도 거슬리는 이름 앞에서 완벽한 소거는 가능하지 않기에.

세 개의 무기력은 바로 여기에서 시작된다. 카프카 이후의 글쓰기를 수행하는 그 본질적인 불안에서부터 말이다. 닮음과 다름, 오마주와 패러디, 소속과 분리라는 해석적 환원론의 위험을 의식하면서도 카프카라는 참조점을 결코 놓을 수 없는 어떤 강박이 이 소설집의 첫번째 무기력이다. 예 컨대 강대호는 카프카를 적극적으로 전유하기 위해 소설에 들여오는 것이 아니라, 창작적 선조로서 카프카가 남긴 문 제의식에서 결코 벗어날 수 없기 때문에 그를 쓰는 것이다. 이는 카프카라는 작가를 의식하는 분열된 양가감정으로 발 전하여 의식과 망각이라는 일종의 자기방어적 무기력으로 소설 속에 등장한다. 「두 가지」에 등장하는 숱한 논쟁의 교 환이 실은 편집증적인 독백이 될 수도 있는 셈이다.

그렇다면 작가와 공명하는 카프카의 문제의식이란 무 엇일까. 카프카가 가졌던 무기력, 즉 유대인이라는 정체성 과 강압적인 아버지로부터 배태된 괴로운 소외 의식을 문 학의 창작으로만 전할 수밖에 없는 예술가적인 불안이 강 대호와 공명할 때, 두번째 무기력이 등장한다. 그는 문학과 현실 정치를 치열하게 고민하면서도 창작의 절실함에 손 을 들어줄 수밖에 없다. 아니, 실은 바로 예술의 창작만이 현실의 유의미한 벼락같은 각성의 역사가 될 수 있다는 것 을 인식한다는 점에서, 이 무기력은 실로 문학을 향한 강인 한 믿음에서 오는 외로움이기도 하다. 그가 카프카적인 이 름 'k'를 소설에 등장시켜 이어나가는 문제의식에서 이를 돌이켜보자. "최소한의 개별적인 구체성도 그려낼 수 없는, 어떤 누구도 아니고, 다만 선험적으로, 당신네의 일부라고

만 말할 수 있는 그것"(「요정 이야기」, 『스핀오프』, p. 201)
인 'k'가 새로운 얼굴이자 "구체적인 '강대호'의 얼굴(들)"이
며, 우리가 함께 만들어갈 얼굴로 등장한다는 유의미한 지
적[i]은 k가 강대호의 소설에서 중요한 미래의 의미를 함축한
다는 것을 밝혀주었다. 익명인 동시에 구체적일 수 있다는
이 모순어법은 달리 말해 공통적이면서도 획일적이지 않
은 '보편적 개별성'의 알레고리를 개발해나가는 정치적 기
술이라고 볼 수 있다.

　그러나 강대호의 이번 소설집에서 제시되는 '순차성의
부재'라는 의미를 되새겨본다면, 이 k의 이름에 '미래'라
는 이름은 다시 생각해볼 필요가 있다. k는 미래를 위해 만
들어지는 지향점만은 아니다. 이때 k는 미래의 이름인 동
시에 카프카라는 오래된 과거에서 길어 올려진 다층적 시
간을 뜻하며, 정해진 방향도 선적인 순서도 없는 불온한
다중성의 얼굴이 된다. 이 소설집의 포문을 여는 작품인
「'DEUS EX MACHINA'를 위한 변론」은 바로 이 지점에서
해석해봄 직하다. "팀장 k를 포함해, 총 열두 명으로 구성된
팀이 〈도서관〉을 재현하기 위해 만든 인공지능 'DEUS EX
MACHINA'"를 변론하기 위해 씌어진 듯한 이 소설은 사

---

i　　양순모, 해설 「얼굴들, 벼락 같은」, 『스핀오프』, p. 215.

실 '동시-다중 창작자'라는 글쓰기-기계 자체를 긍정하기 위한 결단을 당당히도 드러내는 정치적 텍스트에 가깝다. "모종의 시작이 단일한 좌표, 즉 점이 아닌 면일 때 발생"(p. 16)하는 이 글쓰기-기계는 그 어떤 방향도 순차도 순서도 없는 전방위적이고 무작위적인 창작 그 자체를 긍정하며 숱한 k의 얼굴을 "압도적인 양"(p. 24)으로 그려낸다. 동시 다발적으로 빠르게 쏟아진 이 무수한 얼굴을 긍정하기 위해 소설은 DEUS EX MACHINA의 서른 편의 데뷔작을 읽기 위한 두 가지 독법을 제안한다. 첫번째는 "첫 작품(들)을 읽는 '올바른' 방법"(p. 30)이 부재한다는 판단하에 데뷔작 서른 편을 완전히 다르게 읽는 것. 동시에 이 작품들이 "둘이고 하나"일 수 있다는 모호한 인식 아래에서 유사한 가능성의 그림을 그려보는 것. 당연히도 이 독법은 서로 상충한다. 이 모순적 독법에는 DEUS EX MACHINA가 "완성의 (불)가능성으로만 존재"(p. 35)한다는 사실, 그로 인해 제대로 된 "도입부는 아직 씌어지지도 않았을지 모른다는 가능성"(p. 34)이 가로놓여 있다. 다시 말해, 방향도 순차도 없는 이 인공지능 글쓰기-기계의 세계에는 시작도 완성도 없으며, 완벽하고 올바른 독법조차도 존재하지 않는다. 다만 거기에는 '동시-다중 창작'의 '클론'이라는, "완벽히 동일한 순간에 씌어진, 동일한 가능성을 내포한, 그러나 동일하

지 않을 가능성 역시 지극히 내포한"(p. 28) 순간을 향한 긍
정이 "무한과 허무"(p. 32)라는 혼돈 속에서 제시되고 있는
것이다.

그렇다면 여기에서 세번째로 등장하는 무기력을 이야기
해볼 수 있다. 곧잘 정치적 허무를 상상하고 마는 조급한
k의 무기력 말이다. 명백히 카프카적인, 그리고 동시에 강
대호적인 k의 이름은 동시적 무한을 긍정함으로써 자신이
매우 주의 깊게 경계하듯, '상대주의 광신도'라고 오해받기
쉬운 위치로 나아갔다. 원본도 근본도 선재도 없는 이 동
시-다중 창작자에게 그런 오해는 필연적이다. 그런데 그는
그 오해마저도 품는, 무기력을 가장한 강인함으로 k의 얼
굴을 밀어붙인다. 언제라도 도래할 수 있는, 그러나 과거에
이미 있었던, 기다리는 동시에 항상-있음으로 존재하는 k
의 얼굴을 말이다. 그러므로 그에게 세 개의 무기력은 무한
한 긍정을 품은 역설적 단어가 되어 무기력의 내파를 일으
킬 위기와 긴장을 의식하게 만든다. 다중의 얼굴을 향한 탐
험이 언제나 긍정일 수는 없고 무한을 향한 발걸음이 곧 허
무라는 반대 방향의 걷기가 될 수도 있겠지만, 결코 그게 전
부는 아닐 것이라는 종래의 희망을 밝힘으로써 여전히 "실
천하지 않을 계획"에 승부를 거는 것. "두 지각知覺"(p. 39)이
라는 경계 안에서 마침내 뜨거워져 풍성한 부피감과 깨달

음이 발효되기를 기다리는 것. 그 기다림의 끝에 작가는 언제나 당신, 독자라는 k가 동시-다중 창작자로서 초대되기를 간절히 바라고 있었다. 어떤가. 이 오래된 미래에 참여할 준비가 되었다면 잘 따라오시라.

무수한 시간의 힘줄과 가로놓인 꿈

아노미anomie에 대한 뒤르켐의 흥미로운 분석에서부터 시작해보자. 소모적이고 황폐한 무질서의 상태를 일컫는 아노미는 분해와 분산, 붕괴를 불러일으키는 병리적인 현상이라고 할 수 있다. 그런데 뒤르켐은 무질서한 아노미의 상태에 질서와 규칙이 있다는 것을 발견해냈다. 무질서의 질서라고나 할까. 예컨대 아노미의 상태에서 개별적 주체는 외부적 힘에 추동되어 언제나 같은 방향으로, 같은 방식으로 움직여야만 하는 생명 없는 톱니바퀴라는 것. 같은 방향과 같은 방식으로 움직이는 타성적 힘들이 모인 체제로서의 무질서가 바로 아노미의 규칙이라는 것이다. 이런 점에서 아노미는 다분히 "형태적formal 개념"[ii]으로 격상한다.

---

ii   조너선 크레리, 『지각의 정지』, 유운성 옮김, 문학과지성사, 2023, p. 301.

눈 밝은 독자라면 알 것이다. 이 형태야말로 「현재에서 지속되는 과거(들)」(이하 「현재」)에 등장하는 '그(들)'의 아나키즘적 삶을 설명할 수 있는 개념이라는 것을 말이다.

「현재」는 죽음이 인간에게 필연적이지 않은 사회를 그린다. 마침내 "혁명적인 복원 수술"을 개발한 병원은 "모든 종류의 질병과 상처, 심지어 죽음마저 복원할 수 있"(p. 137)게 되었고, 인간의 삶은 '병원 이전의 시대'와 '병원 이후의 시대'로 나누어져 완전히 전환된다. 소설에는 '죽음권'을 인간의 존엄적인 가치로 주장하며 연설하는 이드, 노화로 인한 자연사를 받아들이기로 한 '병원 이전의 시대' 사람인 모씨, 고통도 없고 죽음도 없는 상태에서 전쟁놀이를 벌이는 좀비 그(들), 그리고 이 모든 일 사이에 있는 '너'가 등장한다. 마치 영원한 지속처럼 느껴지는 이 소설은 죽음, 끝, 맺음이 없는 돌림노래처럼 서사를 연접하여 시간에 대한 깊이 있는 탐구에 나아간다. 여기에서 이드는 완결성과 마침표를 잃어버린 삶이 "무한한 의미를 생산하는 것처럼 보이나 실은 한 줌의 의미도 만들어내지 못"(p. 159)한다는 사실을 설파한다. 인간이 육체의 완결성을 잃은 사태는 병원이 인간을 '취소'했음을 의미한다는 것이다. 병원이 "존재를 유지하는 것이 아니라 존재를 없었던 것"(p. 169)으로 만들었기에, 이드는 취소된 존재를 되찾기 위해서는 죽음권을 인정받는 것이 중요하다고 말한다. 죽음의 소멸로 인해 역사가 사라진 시대, 이로 인해 뉴스가 필요 없어진 병원 이후의 시대에 이드의 말은 "현대의 전설"처럼, 그리고 "진짜 뉴스"처럼 사람들의 열광을 불러일으킨다.

그러나 홀로그램 수상기로 허공에 울려 퍼지는 이드의 말은 진실 없는 스펙터클처럼 묘하게 공허하다. 실로 좀비 전쟁을 벌이는 허무주의적 아나키스트들과 이드의 죽음권 운동이 그다지 구분되지 않는 이유도 이 탓이다. "죽음권 운동이란 것도 결국 아나키즘의 진부한 반복"일 수 있으며, "아나키즘과 죽음권 운동 사이의 연관성과 차이 따위에 진지한 의심을 품는 사람은 처음부터 이드뿐"(p. 153)이라는 사실은 정치적 논쟁이 서로를 향한 네거티브와 대타적 의식으로만 이루어진 교묘한 파워 게임으로 흐를 수 있다는 사실을 이야기해주는 듯하다. 권력에 저항하는 것 또한 권력의 일부일 수 있다는 푸코의 말을 의식해본다면, 이드가 진실된 혁명을 설파하는 과정은 그 자체로 병원 이후의 시대의 평범한 증상일 수 있다. 교통사고로 죽음에 이른 이드가 복원 수술을 통해 그(들)의 모습으로 등장한 소설의 결말처럼 말이다.

진정한 혁명도 운동도 없는, 자칫 허무주의적 결말로 흐를 수 있는 이 소설에 틈을 열어주는 것은 시간에 대한 '너'

와 모씨의 대화이다. 병원 이후의 시대가 시간의 무수한 갱신으로 '신의 시간'을 열어젖힌 인간들의 세계라는 사실에 모씨는 반대한다. 모씨는 "시간은 언제나 단속적이었고, 그래서 지금 역시 연속적"이(pp. 142~43)라는 말로 역사를 갈무리한다. 신을 만들어낸 중세, 기계 신을 만들어낸 근대처럼 인간이 만들어낸 신의 시간은 언제나 계속됐으며, 그 창조 행위로 단독자가 되어 우뚝 서려는 오만한 인류의 역사는 지속되고 있다는 것이다. 그러나 '너'는 모씨의 말에 동의하지 않는다. 자연사를 추구하는 모씨 세대는 언젠가 역사의 뒤안길로 사라질 것이며, 병원 이후의 세대만이 진정한 영원의 시대인 신의 시간을 살아갈 것이기 때문이다.

그런데 여기에서 보다 주목해 읽어봐야 할 것은 '너'와 모씨의 입장 차가 아니라, '너'가 모씨를 기억하는 방식이다. '너'가 기억하는 모씨의 발언은 "파편적으로 발설되었던 것을 적당히 그러모은"(p. 143) 결과물에 불과하며, 그런 점에서 회상이란 "하나의 이야기"를 만들어내는 기술에 가깝다. "하나의 회상은 그 자체로 하나의 이야기였다. 이야기의 흐름에 맞춰 여러 차례 낱장의 기억을 이리저리 끼워 맞추다 보면 종종 페이지가 유실됐고, 본래 자리를 찾을 수 없는 페이지들도 나타났다"(p. 170). 회상과 망각, 기억과 이야기를 오가는 이 고백으로부터 소설은 치명적으로 흔들린다.

'너'가 관찰하는 모든 것이 실은 파편을 그러모은 이야기라는 것, 상상력에 가까운 어떤 재조합의 결과물이라는 것을 생각해본다면, 유령처럼 유실된 낱장의 페이지들이 여전히 이 소설이 그리는 미래에 잠복해 있기 때문이다. 그러므로 소설의 제목인 「현재에서 지속되는 과거(들)」은 죽지 않고 좀비처럼 되돌아오는 그(들), 혁명적 과거를 상징하지만 그(들)의 일부가 되어 되돌아온 이드를 뜻하기도 하나, 이 모든 현재에서 마치 잃어버린 것처럼 등장하지 않는 무언가가 '가로놓인 꿈들'처럼 산재해 있다는 사실을 무섭게 상기시키기도 한다.

유예된 죽음, 영원한 시간이라는 아노미의 상태는 마치 우리가 견뎌내야 할 무기력의 상태로 환원되어 등장하는 듯하다. 완벽한 진리를 의심하는 회의주의와 상대주의가 있고 잃어버린 진실을 복권하려는 혁명적 움직임도 있다. 그러나 아직 상상되지 못한 채 등장하지 않은 무언가가 반드시 존재한다. 여기에서 강대호는 그 잠재적인 힘을 추구하는 노골적인 희망의 서사를 보여주지 않는다. 단지 각축하고 추동하는 벡터들이 모인 사회의 체계 자체에 대한 재현의 방식을 고민하고 있기 때문이다. 그는 쓰면서 의심하고, 재현하며 받아들인다. 그가 재현함으로써 드러나지 않은 무언가가 반드시 생산된다는 사실을 말이다.

조르주 쇠라의 유명한 회화 작품「그랑드 자트 섬의 일요일 오후」(1884)를 소설로 들여오는 방식에서 그 실마리를 찾아보자. 이 인상주의 회화 작품은 점묘법이라는 독특한 묘사 기법으로 그려진 풍경화다. 무수히 많은 점이 빛과 색을 구현하고, 원근법에 과학적으로 접근한 흔적이 돋보이는 이 회화 작품은 미세한 원자가 어떻게 덩어리 같은 부피감을 갖추어 집단과 조화롭게 상응할 수 있는지에 대해 탐구한다. 그러므로 쇠라의 작품은 "사회적 응집 또는 해체의 다이어그램"으로, 다시 말해 "사회적 연합association의 문제적 성격에 대한 모호한 퍼즐"[iii]로 해석되어 연대와 유기체를 사유하는 혜안을 제공해왔다. '점'으로서 원자화된 개인들이 모여 커다란 풍경화라는 군집을 이루는 방식이 연대에 기반한 화합과 조화인지, 혹은 인접성에 기반한 무질서인지를 이 회화 작품의 재현이 치열하게 고민하고 있기 때문이다.

「그랑드 자트 섬의 일요일 오전」은 이와 같은 문제의식을 확장된 방식으로 더 밀고 나간다. 쇠라의「그랑드 자트 섬의 일요일 오후」그림이 걸린 나무 저택의 이야기가 다중 화자의 시점으로 진행되는 이 소설은 무질서와 조화라

iii   같은 책, p. 297.

는 점묘화의 문제의식과 더불어 '순차성의 부재'라는 강대호식의 시간 탐구를 겨냥한다. "선조와 후손은 같은 사람이라 할 수 있지"(p. 85)라는 말에 걸맞게 소설의 시간에는 인과론적인 순차성이 부재한다. 나무 저택의 아이가 섬을 떠난 아이가 되고, 도시 아이가 그 자신인 동시에 스스로의 어머니가 되는 이 미로 같은 소설은 저택에 걸린 쇠라의 그림에 대한 다양한 관점을 등장시킨다. 이 그림이 명백히 '위작'이라고 주장하는 미술 교사의 시선, 그림의 뒷면이 아니라 '너머'를 봐야 한다고 가르치는 할아버지의 교조주의, "서로에게 닿을 리 없는 '논리'들"(p. 97)의 경합이 지겨워져버린 아이의 어머니, 증조부와 조부라는 부계의 역사가 역겹고 모욕적인 아이의 아버지, 그림의 뒷면에 피어오른 곰팡이의 존재를 유일하게 아는 가정부. 이 그림을 둘러싼 인물들의 역사는 꼬리를 물고, 그러나 완벽히 구분되지 않은 채 서로가 서로에게 기대어 생산된다.

이로부터 소설은 회화 작품이 겨냥하는 사회적 재현의 문제에서부터 시작해, 위작과 모순이라는 작품의 실물에 대한 고민까지도 담아낸다. "촘촘히 찍힌 점들이 우글거리는 벌레처럼 하나하나 제 존재를 드러내"는 이 점묘화로부터 "하나의 유기체"(p. 90)를 읽어내는 독해를 강요하는 할아버지의 시선이 "자유를 빼앗기는 순간"(p. 108)으로 제

시될 때, 이미 소설의 질문은 그림 자체가 겨냥하는 해석을 뛰어넘고 있음을 엿볼 수 있다. 예컨대 이 '늙은이'의 고루한 해석이 쇠라의 작품에 대한 정설로 낙인찍히는 한, 그림이 '위작'이거나 '가짜'이거나 '레플리카'라는 의심은 중요치 않다. 작품은 단지 그 해석을 증명하기 위해 도구적으로 존재하기 때문이다.

그렇다면 증조부로부터, 조부로부터, 늙은이로부터, 할아버지로부터 내려온 모욕적인 해석의 역사는 어떻게 재생산되면서도 실패할 수 있을까? 소설은 이 해석으로부터의 완전한 이탈도 역전도 불가능하다는 사실을 이야기한다. 그림이 있는 집을 몽땅 불태워버려도 늙은이는 다시 탄생할 것이고, 자유로운 영혼의 동생은 늘 도망갈 것이며, 아이는 늘 다른 아이를 초대할 것이고, 어머니는 지겨워할 것이다. 액자 뒤편에 피어오른 곰팡이를 매일 분주하게 닦아대는 가정부가 "문득 오랫동안, 아득히 오랫동안 오늘과 같은 오전을 보냈다는 기분"(p. 134)을 상기하는 것처럼 말이다. 그림의 재현과 그 재현에 대한 해석, 그리고 그 해석을 향한 의심, 재현 체계에 대한 불만과 그 소구는 "영원의 시선"(p. 128) 속에서 계속된다. "하나의 풍경 안에 퍼즐처럼 빈틈없이 끼워 맞춰진 완벽히 무관한 시간의 존재들"과 "교차되지 않는 시선들"(p. 130)이 빛의 파편과 같이 등장하는 것처럼 말이다. 이 무관한 시간의 존재들의 시선이 보증되는 한 "시간은 절대 한 가닥으로 풀어지지 않"(p. 132)은 채 영원히 계속된다.

그렇다면 이 소설은 「현재」의 경우처럼, 그 되돌아오는 무기력한 시간을 긍정하며 영원의 관점을 취하는 것일까? 아니, 오히려 그 반대다. 소설은 마치 쇠라의 점묘화가 그러했던 것처럼, 다양한 관점을 취하는 '입장들'의 판을 짜고 영원과 시선, 연대와 개인이라는 이율배반을 그대로 드러낸다. 가담하고 조망하며 의식하고 비워낸다. 소설은 자기가 만든 세계마저도 실컷 부정하는 역설을 마음껏 드러낸다. 그 의심의 재현으로 영원히 새로운 술을 붓는 잔이 될 소설의 미래를 위해서.

더 나은 영원의 허구

이 소설집은 어떻게 더 나아갈 수 있을까. 무기력에서, 영원의 시점에서 벗어나기 위해서 말이다. 의심과 긴장만으로 한 소설집을 내어놓는 일은 다소 위험한 일이지 않을까. 독자에게 모든 것을 선택하게 만드는 일 또한 허구의 힘을 너무나도 많이 믿어버리는 작가의 자만이자 무책임이 될 수도 있다. 소설이 무엇을 발설하고 있다면, 무언가를 불가피하게 쏟아내고 있다면 그 실마리를 붙잡아볼 필요가 있다.

「늦잠」에서 다시 등장한 k의 경우를 보자. 소설에서 k는 "꿈을 자유자재로 조종"(p. 271)하는 루시드 드리머다. 천사와 마녀같이 날 수 있는 존재들의 낭만성에 현혹되어왔던 '너'는 홀린 듯 k에게 이끌려 그로부터 루시드 드림을 전수받는다. 꿈을 자각하고, '지점'을 만들어 현실과 꿈의 분리를 스스로 선택할 수 있게 된 '너'에게 비행은 중요한 의미가 된다. 어린 시절부터 날아다니는 일을 꿈꾸어온 '너'에게 비행은 원초적인 쾌락의 만족과 동시에 "루시드 드림을 즐기는 유일한 방식"(p. 280)으로 다가온다. 루시드 드림을 완벽하게 다루고 긴 비행을 시작하며 '너'는 꿈에 빠져들고, 그 와중에 k와는 점차 멀어지게 된다. "어디서든 깨어나고 잠들 수 있는 사람이"(p. 291) 된 '너'는 실로 비행飛行이라는 비행非行에 젖어들어버린 것이다. 자연스럽게 현실 세계에서 실종된 사람으로 취급된 '너'는 이명숙이 낸 산불에 의해 목숨을 잃는다.

'너'의 어머니인 이명숙은 천사와 마녀에게 현혹된 '너'에게 말한다. 귀신에 현혹되면 죽음뿐이라고, 천사와 마녀에게 홀리는 것은 불경하고 외설스러운 일일 뿐이라고 말이다. 서사는 이명숙의 경고처럼 루시드 드림의 비행에 현혹된 '너'가 불타 죽는 것으로 마무리된다. 하지만 경계심 많은 작가 강대호가 이토록 느슨하게 '너'의 서사를 그려낼 리 없다. 서사의 초반을 다시 들여다보면 다음과 같은 문제적인 문장이 등장하고, 여기에서 소설은 다시 시작되고 있다. "아무려나 너는 최후까지 자신이 날 수 있다는 사실을 몰랐음이 분명하다. 인터넷 기사에는 산불을 피해 달아나다가 그만 실족사한 서른 중반의 한 남성이 짧게 언급되었다. [……] 그러나 이는 사실이 아니다"(p. 264). '너'는 산불을 피해 달아나다가 죽은 것이 아니라, 피어오르는 검은 연기 너머에 환한 세계가 있을지도 모른다는 낭만성에 목숨을 걸었던 것이다. '너'는 환한 세계에 닿고 싶다는 "촌스러운 낭만, 이미 너 자신조차 현혹하지 못하는 잊힌 시절의 꿈"(pp. 292~93)에 이미 모든 것을 내걸 준비가 되어 있었기 때문이다.

그러므로 '너'의 죽음은 "영광에 대한 것"인 동시에 "억울함에 대한 것"이기도 하다. 이 수수께끼 같은 죽음과 실종은 "너의 이름이 노래가 되어 퍼지게 할 것"(p. 264)으로 서사의 중심에 자리한다. 낭만성과 현혹에 목숨을 거는 '너'의 '신기'는 "오래된 예언의 시행자처럼 낯선 실루엣"(p. 264)이 되어 지독한 세속주의자를 당황시킬 것이고, "단 하나의 희망을 남기기 위해 세계에 절망을 뿌린"(p. 275) 판도라처럼 저열하고 지독한 감정을 전파할 것이다. 이 가운데에서 k는 판도라의 그 절망 어린 희망이 거대한 사시나무 군락인 판도Pando처럼, 뽑아도 뽑아도 근원이 뽑히지 않는 잡초처럼, 대지를 받드는 거대한 무더기의 뿌리처럼 퍼져 나가게 할 사도使徒의 이름으로 존재하게 된다. '너'가 바로 그 가열한 희망의 뜨거움에 불타 매몰되었을지언정 k는 여전히 이 모든 것의 뒷배처럼 유유히 서사를 배회한다.

자, 이제 다시 k의 이야기다. 무기력한 작가인 동시에 동시-다중 창작자이자 진리를 전하는 사도가 된 k 말이다. 이쯤 되면 독자는 알아챌 것이다. 자애로운 영원의 시선 아래에서 k의 단일한 형상은 존재하지 않을뿐더러, 그를 둘러싼 이율배반적인 운동만이 소설이라는 팽팽한 장력을 가능하게 하리라는 사실을 말이다. 「더 나은」은 그 장력의 발견에 대한 소고이다. 요컨대 이 소설집은 "k가 실은 독립변수의 일종이라는 식의 이야기"(p. 376), 즉 k를 발견하거나 규정하기 위해 지어진 이야기가 아니다. 다만 이 모든 허구는 "더 나은 삶을 살자"(p. 375)는 느슨하면서도 절실한 한 가지의 주문으로부터 등장한 낱말 뭉치일 뿐이다. 그러므로 소설은 대화와 기도, 발언과 독백, 약속과 믿음이 구분되지 않는, 모종의 오해와 질문만으로 가득 찬 지독한 불가능에 가까워진다. "너무 많은 실존 양식은 우리가 우리의 실존을 의심케 하는 결정적인 요인"(p. 376)이 되고, 이 가운데 "우리의 삶이란, 이런 것을 가만히 궁리하는 형태가 되"(p. 382)며, "우리라 지칭하기 난처한 우리"(p. 393)를 의심하게 만든다. 우리가 만들어낸 우리라는 곧고 매끈한 프레임을 신기해하고 즐기며 마음껏 가지고 놀다가도 정작 어떤 의심이 피어오를 때는 태세를 전환한다. "그런 프레임이 있어? 그래도 안 무너져?"(p. 377)라고 말이다.

그러므로 이 소설은 다수로 이루어진 공동共同/共動을 향해 가는 허구에 대한 살벌한 의심인 동시에 추구이기도 하다. "다만 우리가 복수라는 사실만을 망각했다. 우리는 항상 함께하고 싶었지만, 이는 똑같은 어린 시절을 갖는 것만큼이나 불가능한 일이었다"(p. 384). 이 불가능을 뛰어넘기 위해서는 개별적인 기억의 소용돌이에 갇히는 것이 아니라, 차라리 무한을 망각한 채로 무한을 쌓아 올리는 한 장의 벽돌이 필요하다. 두려움을 뚫고 움직이는 펜대 하나가, 비약과 난해함을 감수한 채로 울려 퍼지는 오해와 헛소리가 등장할 때 비로소 무한은 무기력과 허무라는 자기의 한계를 잊고 움직이기 시작한다. 마침내 한 쌍의 바퀴가 영원처럼 굴러갈 때 "우리는 대명사가 아니라 대代동사"가 되어 "끔찍하고 아름다운 이미지"(p. 397)를 생산한다. "페달을 밟는 우리가 우리가 아니어도 나쁘지 않을 어느 날"
(p. 398)을 예비하며 말이다.

이 '허구들'을 무어라고 정의할 수 있을까. 더 나은 영원을 기록하기 위해 씌어진 이 오래된 구도자의 허구들을 말이다. 마침내 소설은 한 장의 벽돌을 들어 올려 늠름하게 허구의 문지기를 자처하는 동시에 무한의 이름으로 모두를 끌어안는 용기를 내었다. 불가능을 향한 이 절실한 이야기들 속에서 가히 종교적인 깊이로 창작의 양심을 지켜내는 강대호의 완력에 새삼 경이가 피어오른다. 그의 소설은 허구일지언정 그는 절대로 거짓말을 하지 않는다. 더 나은 시작과 더 나은 삶을 바랄지언정 반드시 도래할 미래를 섣불리 발명하지도 않는다. 그는 단지 모든 함수를 점쳐보는 성실한 수학자처럼, 고정된 착각을 의심하는 철학자처럼 끈질기게 언어의 꿈속으로 자기 자신을 밀어붙일 뿐이다. 소설집이 그렇게 이야기하고 있지 않은가. 이 모든 것은 단지 허구들일 뿐이라고 말이다……

　하루에 한 번 이상 앉아 소설을 쓰고, 논문에 쓰기 위한 자료를 읽고, 그와 무관하게, 그러나 또 다른 종류의 유관함에 매달려 책을 읽는다. 돈은 주기적으로 학원에 나가 글을 쓰고 싶어 하는 아이들에게 내가 공부했던 것을 가르쳐주며 벌고, 일을 하지 않을 땐 플스나 닌텐도를 켜 게임을 하거나 OTT로 애니메이션을 보고 애인과 이래저래 논다. 저것들만이 전부는 아니지만, 대개 저렇게 사는 요즈음이고, 생각해보면 쉬는 날이 없네, 종일 바쁘게 사는 건 아닌데, 안 노는 건 아닌데 하루 푹 쉬는 날이 가히 멸종 직전이군—그러나 다시 한번 생각해보면, 나는 내가 어릴 적 꿈꾼 모습대로 살고 있다. 꿈을 이뤘다—고 하기엔 노벨 문학상을 타지 못했지만, 그건 당시에도 그리 진지하게 꿨던 꿈은 아니었으니까—그러나 그렇지 않은 꿈이 있었던가

—요즈음의 나는 아무래도 내가 어릴 적 꿈꿨던 그 모습이지만—정말이지 이런 모습을 꿈꾼 건 아니었어—투덜거리고 싶지 않았다면 거짓말이리라.

요컨대 중요한 것은 상상의 구체성이다—아이들에게 글쓰기에 대해 가르쳐주며 이와 비슷한 얘기를 여러 번 했던 것 같은데—어쩌면 이 작가의 말이 그 아이들에게 상상의 구체성이 중요하다는 것을 알려줄 수 있는 적절한 예시가 되려나—요컨대 "구체적으로 상상하지 않으면 결국 이런 사달이 납니다"라고—나는 또 언제인가 이 얘기를 수업이나 소설의 소재로 써먹게 될까?—다시 말하자면, 어릴 적 내가 상상하지 못했던 구체성이란 이런 것이다. 하나의 삶을 유지하기 위해 매일 매 순간 굴러가는—굴려야 하는 또 하나의 굴레 같은 것—손쉽게—또 기어코 환멸로 치닫고 마는 지루함 같은 것. 그러나 나는 이 책의 한 부분에 이렇게 썼다. '그런 일들은, 그런 일들이 발생시키는 사건들은 조금도 지루하지 않다.' 어떤 문장은 오로지 내 것이 아니기에—내가 할 수 있는 말이 아니라는 이유로 나의 소설 속으로 끼어들고—이것이 두번째, 어린 내가 상상하지 못했던 구체성이라고 해도 될까?

하나의 삶이 굴러가는 동안 맞물리고 부대끼게 되는 셀수 없을 만큼의 바깥, 혹은 타자의 삶. 미하일 바흐친이라면 이것을 타자의 말이라고 했을 것 같은데 — 바흐친에 의하면 소설만이 실천할 수 있는 대화주의란 이 타자의 말들을 끌어안는 — 이 타자의 말들과 투쟁하고 한바탕 난장을 벌이는 카니발의 행위일 텐데 — 오로지 내 것이 아니라는 이유로 쓰게 되는 문장들이 있듯, 오로지 겹쳐질 수 없다는 이유로 나를 매료하는 이들도 있다.

다시 말하지만 중요한 것은 역시 상상의 구체성 — 그러나 종종 나를 쓰게 만드는 것은 상상 불가능성의 구체성 같고 — 그것이 한없이 버겁게 느껴진 적이 없었다면 거짓말이리라. 하지만 어쨌거나 놀랍게도 — 전혀 예상하지 못했는데 — 나는 내가 꿈꿨던 삶을 살고 있다는 것.

하나의 삶을 구축하는 구체성이란 결코 하나의 삶의 구체성이 아니라는 것.

언제인가부터 '당신'이란 말을 쓰지 않으면 소설을 완성할 수 없게 되었으므로, 당신이 무사히 도착했기를 — 이책 앞에 앉은 당신의 구체성을 내가 결코 상상할 수 없다

하더라도.

안녕하세요. 반갑습니다. 좋은 꿈 꾸세요.